U0945539

本书出版受到天水师范学院中国语言文学
省级重点学科建设经费资助

文学三元论

On the Three Elements of Literature

郭昭第　著

人民出版社

责任编辑：李之美

图书在版编目(CIP)数据

文学三元论/郭昭第 著. —北京:人民出版社,2019.7
ISBN 978-7-01-020760-5

Ⅰ.①文… Ⅱ.①郭… Ⅲ.①文艺学-研究 Ⅳ.①I0

中国版本图书馆 CIP 数据核字(2019)第 080048 号

文学三元论

WENXUE SANYUAN LUN

郭昭第 著

人民出版社 出版发行
(100706 北京市东城区隆福寺街 99 号)

环球东方(北京)印务有限公司印刷 新华书店经销

2019 年 7 月第 1 版 2019 年 7 月北京第 1 次印刷
开本:710 毫米×1000 毫米 1/16 印张:19
字数:280 千字

ISBN 978-7-01-020760-5 定价:58.00 元

邮购地址 100706 北京市东城区隆福寺街 99 号
人民东方图书销售中心 电话 (010)65250042 65289539

目　录

上编　文学表象层：言

中编　文学本体层：象

下编 文学核心层：意

绪　论

文学研究特别是文学理论研究虽然取得了显著成就，但由于长期以来执著于以理论为基础，用假设设定理论、用事实佐证理论、用理论推演理论的研究模式，使文学本体最需关注的文学案例特别是基于文学元素的案例及其核心影响力有所缺失；热衷于创作、文本、阅读相关规律和理论的孤立研究，使文学规律和理论研究最需依赖的整体规律有所削弱；倾向于已有理论成果梳理、借鉴和创新，使基于文学发展事实、融通古今中外文学实践的理论根基受到冲击和动摇。未来进一步探索走出文学理论自身诸多矛盾和困惑，走出试图提供永恒规律、法则、原理的目标使命与文学自身存在以颠覆诸如此类规律、法则、原理为基本功能和品格的悖论，才是文学三元论初步设想和研究实践的出发点。

一、文学三元论研究的理论背景

文学理论自诞生开始，一直存在着是立足于文学创作、文学文本、文学阅读具体实践，还是立足于已有文学理论成果的学理矛盾。人们当然可不费吹灰之力得出二者并重的结论，但实践操作层面却一直存在或偏于实践，仅限于关注单篇文本论或单个作家论范畴，以致只是一些简单经验型文学批评甚或鉴赏，每每只见树木不见森林；或偏于理论，热衷于以理论印证理论、以理论推演理论、以理论建构理论，以致只是一些玄奥空洞型的理论，每每只见森林不见树木。真正能将二者有效融合的文学理论微乎其微。

一是文学理论向来致力于所谓文学本质和规律的研究，但事实上文学有没有一成不变的本质和放之四海而皆准的规律，本身是值得怀疑的，为本身值得怀疑的假设耗费精力往往得不偿失。

文学理论通常被定义为关于文学本质和规律的科学，向来致力于所谓文学本质和规律的研究和描述，但文学有没有本质，有没有放之四海而皆准的规律，文学理论有没有全面研究和准确描述诸如此类本质和规律的能力，是值得深思的问题。不仅如此，即使人们用来描述文学本质和规律所惯用的一些最基本的，看似界限分明、严谨无误的术语和概念，如文学、内容、情节、意象、典型、意境、素材、题材、小说、诗歌、现实主义、浪漫主义等，其实也可能仅是一些介于作为日常用语的常识与作为专业术语的理论之间，似是而非、模棱两可，不可清晰界定和阐释的概念，甚至可能是一些看似严密，其实经不起推敲甚或漏洞百出的伪概念和伪命题。不仅诸如此类的概念和观点，甚至界定和阐述文学本质和规律形成的所谓规律、法则、原理、理论之类，也可能只是一些理论家甚至一般人庸人自扰的伪命题，充其量也可能只是一些自命不凡乃至自以为是的理论家不自量力的理论假设而已。

文学理论是否有能力有意识厘清诸如此类的假设与理论、伪命题与真命题等，便成为一个无法绕开的宿命。如安托万·孔帕尼翁所说："常识不屈不挠，理论陷入烂泥潭。这种情况屡屡出现：为了彻底解决一个无处不在、阴魂不散的恶魔，理论家们开始支持一些悖论，比如说文学与现实无涉。在其幽灵的教唆下，理论耗尽自己的好运，因为每当一个说法走向自相矛盾时，理论家们便不得不进一步细分以走出困境。于是常识又冒出头来。我所描述的，是理论与常识间无休止的对抗，是二者在文学基本要素这块地盘上的殊死决斗。理论对常识发动攻势反而自受其害：面对常识这条不死的九头蛇，理论越是繁衍枝蔓，越是内斗不止，便越有可能忘记文学本身，结果在从批评走向科学的过程中，在用实证概念取代常识的过程中一败涂地。”① 鉴于文学理论总是在所谓本质和规律的掩盖下从事于永远无法真正自圆其说的理论假设，陷入和生活常识的无期限纠缠之中，无论理论家们努力与否，其实都可能只是获得一些似是而非的阐释及其结论，而且基本上都是一些货真价实的假概念和伪命题，所以文学理论有必要放弃本来不存在或自以为是的本质和规律探索和阐释，回到文学案例分析和总结上来。

二是文学理论向来致力于已有理论的归纳概括，但事实上要将彼此风马牛不相及甚至水火不容的各种观点和理论真正整合为一个有机整体是不可能的，而且往往忽略了对本该重视的文学案例的分析比较和归纳提升。

文学理论向来致力于已有理论及其研究成果的归纳、梳理、总结，以为只要获取包容截至目前一切理论及其成果，并对未来发展有一定前瞻性、预见性的看似严密、一无所漏的概念范畴和知识谱系，并且能将各种风马牛不相及甚至自相矛盾的概念和知识融会贯通为看似完整统一且颇具包容性、整一性概念范畴和知识谱系，便可以获得所谓放之四海而皆准的普遍理论，便可以趾高气扬地以资料的充实、推理的严谨、持论的妥当，体系的完整，高调宣称其赢得了理论的真理性权威和力量。但真正能体现文学普遍规律的只是文学创造、文学文本和文学阅读案例本身，而非已有研究成果。已有研究成果归根结底只是他人对文学案例及其规律的梳理和阐释，说到底只是一己之见，往往因人而异、莫衷一是，并不比其他作者、文本和读者更正确更具权威性。即使更正确更具权威性，也不能成为代替他人思考的宝卷和范本，更不能成为衡量其是否为文学普遍规律的标准和依据，况且人们也不可能将其归纳概括为相对完整统一的理论及体系。孔帕尼翁指出：“文学理论是相对主义的而非多元主义的教科书。换言之，多样答案是可能的，但一个有了可能，另一个就失去了可能；它们皆是可接受的，但却互不相容。被这些理论称之为文学的或定性为文学的东西其实并非一回事，它们相互排

① ［法］安托万·孔帕尼翁：《理论的幽灵——文学与常识》，吴泓缈、汪捷宇译，南京大学出版社 2011 年版，第 243—244 页。

斥，无法被纳入一个全面统一的文学观；它们关注的不是同一事物的不同方面，而是不同的事物。”① 且不说要把一些风马牛不相及的概念和知识整合为一种看似严密的概念范畴本身是令人怀疑的，至于要将一些水火不容、自相矛盾的观点统一为完整理论体系更不可能，甚至不可思议。仅就其咄咄逼人、自以为是的理论架势本身便暴露出肆无忌惮的理论傲慢和偏执，特别是当其不假思索甚至傲慢无礼地放弃对一系列看似零散，甚至有些杂乱无章的例证的关注的时候，这种理论的傲慢甚至空虚便暴露无遗。许多时候，理论家们从来不是将例证直接作为独立研究对象予以充分尊重和高度关注，而只是在认定某一例证可用来证明其理论正确的前提下才加以关注，甚至仅仅在为了证明其所持守理论的正确性或反驳其所不认可理论的谬误的时候，才加以关注。理论家往往只关注长期以来形成的某些著名理论家的相关观点和理论，以及由此炮制出来的仅仅基于案例分析所抽象出来的概念范畴和知识谱系，并不十分关注具体作家的某些创作例证、具体文本的某些语言例证、具体读者的某些阅读例证，以至于不去潜心研究文学文本及其案例。

也正由于理论家们只是研究某些自己炮制出来的诸多自以为是的并不触及真正值得关注和重视的例证本身的概念和理论，才使理论暴露出虚弱无力的致命弱点。托多罗夫这样反思道：“人们在宣讲围绕作品的理论，而不去讲解作品本身。这样做表露出某种不谦虚。我们这些文学专家、文学批评家、教授们，在大多数情况下，只不过是骑在巨人肩上的侏儒，而且将语文教学集中到文本上，也是大多数教师心照不宣的意愿，我对此毫不怀疑。”“非专业的读者读这些作品并非为了更好地掌握一种阅读的方法，也不是为了从中提取作品所由来的那个社会的诸多信息，而是为了让他在其中找到使自己更好地理解人和理解世界的那么一种意义，找到一种能丰富其存在的美；这样，读者就能更好地理解自己。文学知识本身不是一种目的，而是

① ［法］安托万·孔帕尼翁：《理论的幽灵——文学与常识》，吴泓缈、汪捷宇译，南京大学出版社 2011 年版，第 19 页。

使每个人得到完美的康庄大道之一。”[①] 遗憾的是目前的文学理论研究和教学却走着一条与此背道而驰的道路，甚至有着百折不回的执著和傲慢，以及至高无上、不容置辩的偏执和自负。所以文学理论的研究和教学理应放弃对现有概念范畴和知识谱系的情有独钟和自以为是，将关注创作、文本和阅读案例，特别是文本案例作为主要研究对象和内容。当然，这里所谓案例研究，也非一般文学史沉溺于庸俗社会学的分析和理论推演，而应该是货真价实的案例分析和理论梳理。

三是文学理论向来致力于所谓超越时空的文学法则原理的阐释，但事实上无论是文学理论还是文学案例都以颠覆现有超越时空的法则原理为目的和任务，因此便陷入既想获得关于普遍法则和原理的阐释又要颠覆这一法则和原理之间的自相矛盾之中。

文学理论致力于文学法则原理的探讨和研究，而作为其研究对象的文学创作、文学文本和文学阅读，其使命恰在于突破现有法则和原理。这便使文学理论力图获得万古不变法则的研究宗旨与其试图颠覆一切法则的研究对象之间总是存在不可调和的矛盾冲突：文学理论的研究宗旨在于总结一种放之四海而皆准的原则、法则、定律、原理之类似乎一成不变甚至无所不包的规律和真理，以便适合于过去、现在和未来的一切文学创作、文学文本和文学阅读，而文学创作、文学文本和文学阅读，无论出于作者还是读者的目的，都以突破现有一切原则、法则、定律、原理等看似规律性模式来作为创造性标志和既定目标。进一步讲，越是具有真理性权威的文学理论越应该具有超越时间和空间的普遍规律性，越是具有强大影响力的文学创作、文学文本和文学阅读越应该具有颠覆一切约定俗成普遍规律的创造性。由此一来，越是追求普遍规律性的文学理论越对平庸的文学创作、文学文本和文学阅读具有普遍适用性，而越是追求全面创造性的文学创作、文学文本和文学阅读越不适合于现有文学理论，却为未来文学理论研究提供可依据强力例证。朗

---

① ［法］茨维坦·托多罗夫：《濒危的文学》，栾栋译，华东师范大学出版社 2016 年版，第 52—54 页。

西埃指出："文学，是由语言的必然性与语言所表达内容的无差别性、充满活力的精神与无修饰文字的大众化之间无法实现的和谐所支配的可能存在的系统。在这一理性的历史系统中，想要将作品牢固的现实从关于作品的可能性或不可能性的话语中区分出来是徒劳的，这些话语扎根于作品内部。"① 文学理论研究宗旨与研究对象不可调和的天然矛盾，使文学理论总是陷入无法自拔的矛盾和对立之中。这种矛盾对立的必然结果，只能导致文学理论不是自甘沉沦为对未来没有预见性的过时文字垃圾而无地自容，便是自甘堕落为对未来构成束缚的美丽牢笼而无法自拔。总之，文学理论大多只是对过去负责，对现在对未来无法负责的徒劳无益甚或有害无益的文字垃圾或语言牢笼而已。

更有甚者，无论文学理论，还是其研究对象即文学创作、文学文本和文学阅读的终极目标和神圣使命，均在颠覆现有一切规范、法则、原理，而重构新的规范、法则和原理，即布朗肖所谓："文学的使命是抵御陈词滥调，抵御规范、法则、形象和统一性的更为广阔的领域。任何一个屈服于陈词滥调和规约惯例的作家都迅速地放弃了对其思想的公正对待，甚至放弃了对原始关联，对作为一切艺术之目的的世界之新鲜的找寻；他沦为词语的牺牲品，成了一个懒惰迟钝的灵魂，被一个个对思想施加可耻权力的现成公式所捕获。"② 与此类似，卡勒的观点也很有启发性。他说："文学是一种自相矛盾，似是而非的机制。因为要创作文学就是要依照现有的格式去写作——要写出或者看起来像十四行诗，或者遵循小说程式的东西；但同时文学创作又要藐视那些程式，超越那些程式。"③ 布朗肖和卡勒似乎只注意到文学创作的这一特征，其实除此而外的文学阅读、文学文本乃至文学理论都存在基本相同的问题。值得注意的是，文学理论常常自命不凡，更明目张胆甚或充满悖

---

① ［法］雅克·朗西埃：《沉默的言语：论文学的矛盾》，臧小佳译，华东师范大学出版社2016年版，第205页。

② ［法］莫里斯·布朗肖：《文学如何可能》，白轻编：《文字即垃圾：危机之后的文学》，重庆大学出版社2016年版，第30页。

③ ［美］乔纳森·卡勒：《文学理论入门》，李平译，译林出版社2008年版，第43页。

论地将形成万古不变规范、法则、准则、原理作为终极目标和神圣使命。这使文学理论较之文学创作、文学文本和文学阅读因为终极目标和神圣使命的自相矛盾而陷入更加无法自拔的理论焦虑和困惑之中。人们可以在此基础上进一步指出文学理论自身存在的如同上帝能否制造一块自己无法搬动的石头之类的悖论，即文学理论能否提出一整套自身无法超越的规范、法则、准则、原理？如果能够提出这一整套超越时间和空间的规范、法则、准则、原理，便意味着因为自身无法超越而陷入文学理论功能和品格的失败；如果不能提出这一整套超越时间和空间的规范、法则、准则、原理，便因为无法达到自身目标而陷入文学理论目标和使命的失败。显然，如果文学理论要真正走出自相矛盾的悖论，其最明智的选择只能是放弃对已有规范、法则、准则、原理的追求，转而关注于具体案例的分析和归纳梳理。这也可能是文学理论无可奈何但也最切合实际的不二选择。

二、文学三元论研究的主要内容

虽然关注文学创作、文学文本和文学阅读具体案例，在此基础上分析、归纳、梳理和提升而达到理论的层次，并不是人们能够很快接受的，但确实是帮助文学理论真正走出以上困境，以至获得很多突破的明智选择。当然，人们也可以从不同角度形成关于文学元素的不同阐述，甚至将任何可能与文学相关的事物都纳入文学元素范畴。但这里所谓文学元素则基本有所指，且大体有不同角度和层面。如从文学文本结构角度来看，语言、形象和意蕴是其元素；从文学行动角度来看，作者、文本和读者是其元素；从文学表现角度来看，叙事、抒情和表象是其元素。

其一，结构三元论：语言、形象和意蕴。

关于文学文本结构，历来以内容与形式二分法、英伽登四层次划分较有影响。其实为人们所熟悉的内容与形式二分法，明显存在失之粗略的缺憾。韦勒克、沃伦指出："‘内容’和‘形式’这两个术语被人用得太滥了，形成了极其不同的含义，因此将二者并列起来是没有助益的；但是，事实上，即使给予两者以精细的界说，它们仍然是过于简单地将艺术一分为二。”① 这种二分法的致命弱点还在于无法清楚界定内容与形式二者的具体内涵及其相互关系。实际上按照一元论观点，内容即是形式，形式即是内容。因为世界上既不存在没有内容的形式，也不存在没有形式的内容，甚至内容本身即是形式，形式本身即是内容。至于英伽登所谓：“文学作品是一个多层次的构成。它包括：(a) 语词声音和语音构成以及一个更高级现象的层次；(b) 意群层次：句子意义和全部句群意义的层次；(c) 图式化外观层次，作品描绘的各种对象通过这些外观呈现出来；(d) 在句子投射的意向事态中描绘的客体层次。”② 这其实是将文学文本分为声音、意义、再现的客体、图式化观相四个层次，同时也承认了贯穿于整个作品的“形而上学性质”，但失之烦琐，甚至有些混乱，且可能主要适合于表音文字，就其普遍意义而言并不比中国古代三层次划分更有说服力。如白居易所谓：“诗有三体：以声律为窍，以物象为骨，以意格为髓。”③ 及李重华所谓：“诗有三要，曰：发窍于音，征色于象，运神于意。”④ 具体表述虽略有差异，但言、象、意三个层次划分却没有多少歧义，这种层次划分在最基本物质层面充分肯定了言特别是语音这一无论对表音文字还是表意文字都普遍适合的最原始最终端呈现方式，而且在这一层次与英伽登也没有多少分歧；在第二层次肯定了作为言特别是文学之言的形象性特征，也与英伽登再现的客体、图式化观相这三四层次基本相当，同时避免了英伽登分类的含混和琐碎；第三层次所谓意蕴，不仅包含英伽登“形而上学性质”的意蕴，也覆盖了英伽登作为第二层次的意义，显得更加

---

① ［美］勒内·韦勒克、奥斯汀·沃伦：《文学理论》，刘象愚、邢培明等译，江苏教育出版社 2005 年版，第 18 页。

② ［波兰］罗曼·英伽登：《对文学的艺术作品的认识》，朱立元主编：《二十世纪西方美学经典文本》（第 2 卷），复旦大学出版社 2000 年版，第 730 页。

③ （唐）白居易：《金针诗格》，胡经之主编：《中国古典文艺学丛编》（第 2 册），北京大学出版社 2001 年版，第 80 页。

④ （清）李重华：《贞一斋诗说》，胡经之主编：《中国古典文艺学丛编》（第 2 册），北京大学出版社 2001 年版，第 94 页。

完整且有概括性，也更准确地概括和呈现了文学文本由浅入深的结构层次，由于这种三分法还有王弼哲学思想作为学理支撑，可以很大程度上使文学三元论的立论基础更具说服力和中国特色。

文学文本是连接作者与读者的中介环节，也是文学成其为文学的最基本决定因素。如果没有文学文本，便没有使作者最终成其为作者的凭据，也没有使读者成其为读者的理由。因为世界上肯定不存在没有作为其创造产品的文本作者，也不存在没有作为其阅读对象的文本的读者。正由于文学文本有着这一至关重要的价值和意义，文学三元论研究必须切实改变现行文学理论偏重有关文学文本概念范畴和知识谱系，很大程度上忽视乃至无视文学文本自身结构特点的缺憾。王弼有云："夫象者，出意者也；言者，明象者也。尽意莫若象，尽象莫若言。言生于象，故可以寻言以观象；象生于意，故可以寻象以观意。意以象尽，象以言著。故言者，所以明象，得象而忘言；象者，所以存意，得意而忘象。"① 这实际告诉人们，言是用来明象的，象是用来出意的。意才是最深层的，是核心，是目的，是其根本意蕴；象是中间层的，是本体，也是主体，是用来蕴含或承载意的；言是最表层的，是工具，是手段，是借以呈现乃至显现象并进而寄寓意的工具和手段。文学三元论不仅以言、象、意三个结构元素及其相互关系作为研究对象和主要内容，而且以其为建构文学三元论宏观结构的立论基础，这便于探讨和研究基于言、象、意不同结构元的不同行动元及其在不同表现元中的具体特质。所以本书分上中下三编，分别以言、象、意作为三编的核心命题来建构理论及话语体系宏观结构，并依据文学行动元的不同，将其分别细化为作者言语、文本语言、读者话语，作者心象、文本兴象、读者意象，作者寓意、文本表意、读者会意作为章目，以具体梳理其因行动元及表现元不同而呈现出来的不同特质。

其二，行动三元论：作者、文本和读者。

一般将文学元素划分为世界、作者、文本和读者四个，如艾布拉姆斯

① （三国）王弼：《周易略例・明象》，张法主编：《中国美学经典》（魏晋南北朝卷上），北京师范大学出版社 2017 年版，第 31 页。

还基于此勾勒了活动示意图。艾布拉姆斯指出："每一件艺术品总要涉及四个要素，几乎所有力求周密的理论总会在大体上对这四个要素加以区辨，使人一目了然。第一个要素是作品，即艺术产品本身。由于作品是人为的产品，所以第二个共同要素便是生产者，即艺术家。第三，一般认为作品总得有一个直接或间接地导源于现实事物的主题——总会涉及、表现、反映某种客观状态或者与此有关的东西。这第三个要素便可以认为是由人物和行动、思想和情感、物质和事件或者超越感觉的本质所构成，常常用'自然'这个通用词来表示，我们却不妨换用一个含义更广的中性词——世界。最后一个要素是欣赏者，即听众、观众、读者。作品为他们而写，或至少会引起他们的关注。"① 艾布拉姆斯这里是论述作为艺术品总要涉及这四个要素，此后刘若愚也注意到这是"与一件艺术作品的整个情况有关的四个要素"②。

但许多人还是误解了艾布拉姆斯，以致扩大到整个文学活动领域，以为文学活动必然关涉此四个要素。这种观点的最大失误是将世界作为一个独立元素加以阐述。实际上世界似乎并不能独立存在。因为没有了相关作者、文本和读者的世界，虽然可独立存在，但不能成其为文学活动的一个元素，而且所谓作者、文本和读者中的任何一个元素都可以单独地或整体地存在于世界之中。作者、文本和读者作为世界的一个存在物才有其价值和意义，并不存在于世界的作者、文本和读者实际上不仅不可能存在，而且也没有存在的价值和意义。准确地说，世界只有依附于作者、文本和读者，或作者、文本和读者只有依附于世界，才有成其为文学活动元素的可能。只有存在于世界的作者、文本和读者才可能是文学活动的行动元素，世界虽然可能依附于作者、文本和读者而存在，但不可能单独成为文学活动基本行动元素。世界归根结底是以存在于其间的作者、文本和读者而在文学活动中发生作用；不成其为作者、文本和读者的世界，事实上并没有参与到文学活动之中。虽然世界可以单独存在，但作为文学活动元素的世界却不能离开真正意义的作

① ［美］艾布拉姆斯：《镜与灯：浪漫主义文论及批评传统》，郦稚牛、张照进、童庆生译，北京大学出版社 2004 年版，第 4 页。

② ［美］刘若愚：《中国文学理论》，江苏教育出版社 2006 年版，第 12 页。

者、文本和读者而独立存在。世界可以是作者的写作对象和读者的阅读对象，也可以是影响文学活动元素之作者、文本和读者的一个因素，或同时包含作者、文本和读者之中的某些因素。也就是说，世界只有作为作者、文本和读者参与或构成的世界，才有可能成为文学活动的元素，但这一元素的某些功能或部分或全部地归属于作者、文本和读者三个元素。真正意义的能独立自主的文学活动元素只能是作者、文本和读者。作者是文本的制造者，同时也是读者阅读文本的提供者；文本既是作者的制造物，同时也是读者的阅读对象；读者除了是文本的阅读者，更是作者的服务对象。其中每一个元素除了是它自己，更是连接其他两个元素的中介和纽带。

由于作者、文本和读者才是文学活动的真正行动元素和行动主体，而且也是文学理论研究无法回避的中心话题，所以文学三元论必须关注这三个行动元，不仅以作者、文本和读者三个行动元及其相互关系作为研究对象和主要内容，而且以其作为建构文学三元论中观结构的立论基础。也就是在以言、象、意作为宏观结构和编目的前提下，充分考虑作者、文本和读者在以上三个方面行动元的不同特点，以其作为文学三元论立论的章目，以便较为全面系统地阐述作者、文本和读者不同行动元在不同结构元和表现元中的具体行为特质。

其三，表现三元论：叙事、抒情和表象。

人们习惯上往往将文学表现手法概括为叙事、抒情、描写和议论，这种分类自有其影响，但也有并不准确的含混之处。因为叙事、抒情和描写的特征和区别十分明显。叙事依赖于时间序列和因果关系，但不一定遵循空间序列；描写依赖于空间序列和逻辑关系，但不一定遵循时间序列；抒情则既可遵循时间序列和因果关系，也可遵循空间序列和逻辑关系，甚至可最大限度打破乃至超越诸如此类时间序列和因果关系，以及空间序列和逻辑关系。至于议论一般情况往往分属于叙事、抒情和描写，至少可以渗透其中，特别是可以完全依附于抒情而存在，甚至可以说是抒情的极端表现形式。由于叙事、抒情本身都是动宾型词，有着明确的动作行为指向；唯独描写或只是一个并列型词，没有相应动作行为指向。所以换描写为表象似乎更为准确，况且描写，无论描写景物，还是临摹事物，其实都可归属于表象范畴。可见，所谓文学表现手法或文学表现元素，其实可以划分为叙事、抒情和表象三个。王国维有这样的论述："何以谓之意境？曰：写情则沁人心脾，写景则在人耳目，述事则如其口出是也。"① 王国维的论述虽然只相对于元剧之意境而言，但也较全面地阐述了文学表现的基本元素和手法。人们也可以在此基础上不再将文学体裁划分为叙事性、抒情性、叙事—抒情性，而只需划分为叙事性、抒情性、表象性三类。

由于文学文本本身可以划分为叙事、抒情和表象三种体裁，不同体裁文学文本都可能不同程度采用叙事、抒情和表象三种不同表现元，且这三种表现元可能在言、象、意不同结构层次，及作者、文本和读者不同行动元主体方面均有不同特点，所以文学三元论理所当然应该以叙事、抒情和表象三个表现元及其相互关系作为研究对象和主要内容，且必须以其作为文学三元论话语体系微观结构和节目的立论基础，以便能更全面细致、深入系统地阐述不同表现元在不同结构元层次的不同行动元行动中的具体表现特质。

三、文学三元论研究的基本思路

文学三元论不是从已有理论的总结、梳理和提升出发，而是从具体的文学创作、文学文本和文学阅读案例出发，不再致力于自命不凡的超越时间和空间的放之四海而皆准的普遍本质规律，以及规范、法则、准则、原理的研究，而是热衷于通过具体案例的概括总结、梳理比较，提升为相应理论，同时形成涵盖作者、文本和读者等文学行动元素，叙事、抒情和表象等文学表现元素，语言、形象和意蕴等文学文本结构元素，以言为表象层、象为本体层、意为核心层，同时关注作者、文本和读者，及叙事、抒情和表象，从

① 王国维：《宋元戏曲考》，《王国维文学论著三种》，商务印书馆 2001 年版，第 161 页。

而建构囊括以上三个角度和层级的文学元素，可以有效克服过去文学理论总是局限于本质规律，重视文学创作论、文学文本论、文学阅读论的分门别类研究，以及理论举证和推演而忽略了文学本身可能没有超越时空的所谓本质和规律的局限，可以克服过去文学理论总是局限于先入为主的理论假说先行而事实举例随后，以及不可能形成完整统一体系且也忽视了文学案例分析和比较的局限，可以克服过去文学理论总是局限于所谓文学法则原理研究，以及学术宗旨与研究对象其实都以颠覆相关文学法则原理为目的的局限。所有这些研究思路，在一定程度上对进一步探索文学理论走出自身学科困境，重新赢得一定理论自信，可能具有十分重要的启示意义。

一是有利于探索文学理论走出基于文学本质和规律研究，以致将诸多似是而非的阐释及结论，甚或假概念和伪命题作为文学本质和规律乃至核心命题加以特别强调的困境。维特根斯坦指出："你可能会把美学看作是告诉我们什么是美的科学——就语词来说这太可笑了。我认为它还应当包括什么样的咖啡味道更好些。"① 人们有理由相信，如果将文学理论界定为告诉人们什么是文学乃至文学本质和规律的学问，也同样极其可笑。文学理论没有理由执著于诸如此类本质和规律的研究，所以文学三元论也不再执著于单纯文学创作论、文学文本论、文学阅读论的分门别类孤立研究，以阐述所谓文学创作、文学文本和文学阅读规律作为研究宗旨的理论模式，而是基于言、象、意结构元，借以言为核心的表象层、以象为核心的本体层、以意为核心的核心层，系统阐述作者、文本和读者等行动元及其在叙事、抒情和表象等表现元中的不同行动表现及其特质这一核心命题，致力于建构以研究文学元素整体构成和相互关系作为研究宗旨的理论模式和基本构架。

二是有利于探索文学理论走出热衷于已有理论及其研究成果归纳总结、梳理比较，以致徒劳无益，甚至忽略了本该予以重视的文学创作、文学文本

---

① ［英］维特根斯坦：《关于美学的讲演》，俞吾金等主编：《当代哲学经典》（美学卷），北京师范大学出版社 2014 年版，第 77 页。

和文学阅读案例，特别是文学文本案例的困境。文学三元论不再采用先入为主的理论假说先行继以事实举例支撑的思维方式，而是采用基于文学案例，包括有关作者、文本和读者，叙事、抒情和表象，言、象和意等文学元素在内相关案例的归纳概括和梳理提升作为基本思维方法；不再以文学理论举证和推演作为基本论述方式，而是以包括作者、文本、读者，叙事、抒情、表象，言、象、意等文学元素在内的案例分析和综合提升作为基本论述方式。在所有可供研究和取证的案例中，作者的创作案例及经验、文本的呈现案例及形态、读者的阅读案例及经验，才是文学研究的真正核心内容，而且也是支撑理论大厦的坚实基础。在这三个方面的案例之中，最具有黏合力，甚至也能全面辐射作者和读者两个行动元的核心行动元是文本及其形态。在这一点上，叶芝的观点很有说服力。他明确指出："诚实的批评和敏感的鉴赏，并不注意诗人，而注意诗。如果我们留意到报纸批评家的乱叫和一般人应声而起的人云亦云，我们会听到很多诗人的名字；如果我们并不想得到蓝皮书的知识而想欣赏诗，却不容易找到一首诗。"① 文学三元论的任务在于对诸多文学案例进行有效列举、比较，并在此基础上进行必要归纳、梳理和提升。如维特根斯坦所说："要解决美学难题，我们实际上要做的是某种比较——把某些情况放在一起。"② 也许放弃对有关文学基本概念和知识的执著，以文本及其他案例的分析比较作为核心任务，进行一定的理论有效提升，才是最明智的。

三是有利于探索文学理论走出沉溺于超越时空的文学普遍法则原理研究，而事实上无论文学理论，还是文学创作、文学文本和文学阅读都以突破现有法则原则为宗旨和使命的困惑。既然无论文学理论，还是作为其研究对象的文学创作、文学文本和文学阅读均以突破现有法则原则为目的，这便注定了文学理论不可能获得关于所谓普遍法则原理的终极阐释，因此也无须纠

---

① ［英］艾略特：《传统与个人才华》，何太宰主编：《现代艺术札记》（文学大师卷），外国文学出版社 2001 年版，第 62—63 页。

② ［英］维特根斯坦：《关于美学的讲演》，俞吾金等主编：《当代哲学经典》（美学卷），北京师范大学出版社 2014 年版，第 97 页。

缠于能否提出一系列自身能超越的法则和原理的悖论，只需承认文学理论无法提出自己不能超越的法则原理，才是明智的。福柯指出："文学的特征就是文学总已经给自身指派了一个明确的使命，而那个使命恰恰是刺杀文学。"① 人们也有理由相信，文学理论的特征便是为自己指派一个使命，那就是颠覆试图获得所谓文学普遍法则原理终极阐释的研究假设和构想。卡勒的阐述同样有启发性，他指出："文学是一种为揭露和批评自己的局限而存在的艺术机制。"② 既然无论文学创作还是文学理论都注定要颠覆所谓文学普遍法则原理，注定要揭露和批评自身局限，那么文学三元论的不二抉择便是颠覆所谓文学普遍法则原理，同时也颠覆试图获得所谓文学普遍法则原理终极阐释的研究假设和构想，最终放弃对所谓文学普遍法则和原理的执著，直面自身局限，敢于自我揭露和批评，并呈现文学理论自身存在的诸多困惑和悖论，以致力于文学基本案例列举比较、分析梳理为基本追求。

---

① ［法］米歇尔·福柯：《文学与语言》，白轻主编：《文字即垃圾：危机之后的文学》，重庆大学出版社 2016 年版，第 87 页。

② ［美］乔纳森·卡勒：《文学理论入门》，李平译，译林出版社 2008 年版，第 43 页。

上编　文学表象层：言

文学表象层是以言为基质形成的基本层面，是构成文学文本的基本条件，也是作家、文本和读者借以叙事、抒情和表象的基本工具和媒介，同时也是作家、文本和读者赖以存在的终端形式之一。

第一章　作为作者的言语

言语常常因人而异，是一个人生来具有的基本语言潜质和能力，虽然也受制于母语的影响，但主要还是取决于当事人个人的先天语言潜质和能力，中国老百姓常常较之学者更能抓住这一属性。虽然长期以来中国学术界包括文论界常以语言包揽一切，将特定民族某一单个人的语言特质、基于某一共同语的民族语言特质，甚或某一特定的单个人乃至阶级阶层出于某一动机所形成的具有特定权力形式的语言特质等一味地归之于语言范畴，但乡村的人们却从来不将某一特定孩子的语言能力简单归结为语言能力，而是说某些孩子言语快，有些孩子言语慢。他们在此基础上甚至近乎武断地认为言语快的孩子命苦，言语慢的孩子命好。这可是现代科技无法证明的现象。但人们不再像过去那样迷信科技，以为凡是科技证明了的便是正确的，凡是科技目前尚无法证明的便是谬论。人们清醒地认识到，即使科技发展到今天，能够被其证明的仍然微乎其微，而不能证明的仍然极其广泛而且普遍。每个作家作为单个的人，其言语特点和能力显然有很大差异，而且这种差异常常由于叙事、抒情和表象的不同而呈现出更为丰富复杂的变化。

第一节　作者叙事言语的基本策略和个性形态

一般认为，叙事乃铺陈其事而已。其事有真有虚，关键不在于其虚实有别，而在于都得经过作家的感知和思考。未经感知和思考的事件不可能形之于笔端，成其为叙事言语。中国向来有所谓“言为心声”的说法。这不仅是说语言常常能最大限度表达人们的内心活动，更重要的是言语作为人的特定思维活动的工具，是其思维活动的最全面载体。孟子有谓“心之官则思”①，即心的主要功能是思维。当人们评价一个人言语快或慢以及言语能力强或弱时，不仅仅是说这个人特定言语能力发育快慢或强弱，更重要的是指这个人思维能力发展的快慢、强弱。作家的叙事言语很大程度上取决于自身的先天言语潜能和后天言语能力，很大程度上是其心理活动的产物。退到最基本点，所谓叙事其实就是寻找最恰当的叙事词语和叙事方式。所谓作者叙事言语其实也就是基于先天或后天词汇等言语积累而选择的最佳叙事词语和方式的终端显现形式。

叙事的核心任务是表达作者的内心欲望，但无论哪一种欲望特别是叙事的冲动和欲望等，都往往是从选择最佳词语和叙事方式开始的。如杜拉斯明确指出：“写一本书，我认为是从词开始的。可以是那样：我看见这些词，我把它们安置下来，句子是后来的，句子是悬挂在词上，环绕在字的周围，它按它所能作的那样形成自己。字是不动的，它们是一声不吭的。有些词属于句子，有一些词则属于书。‘沙漠’这个词拍击着全书的节奏。‘情人’这个词也一样。另外如‘白色’这个词：丛林哨站住宅的白色，河流遮蔽处墙垣的白色，白色人种的房子，孩子肌肤和白人少女肌肤的明亮的白色。‘中国’这个词侵入了全书……只是重读这本书时，我才觉察到这一点。在《情人》中，有一种经常的、持续不断的隐喻。”②西方人叙事常常重视词语乃至隐喻的价值，这并不意味着中国叙事便不重视这一点，只是不能说所有的中国叙事都强调词语乃至隐喻的价值和意义。至少在诸如“奔马毙犬于道”这一类事件的叙事中似乎看不出隐喻的痕迹。

或者说，叙事言语常常因对特定事件的不同叙述呈现出特定的人们言语和思维能力的差异。如关于“奔马毙犬于道”这一事件，人们更关心这

---

① （南宋）朱熹：《四书章句集注》，中华书局1983年版，第335页。

② ［法］杜拉斯：《历史、音乐和词句》，何太宰主编：《现代艺术札记》（文学大师卷），外国文学出版社2001年版，第143页。

样六种叙述的不同：一是“有奔马践死一犬”，二是“马逸，有黄犬遇蹄而毙”，三是“有犬死于奔马之下”，四是“有奔马毙犬于道”，五是“有犬卧通衢，逸马蹄而死之”，六是“逸马杀犬于道”。与其说上述六种叙事的优劣有所不同，倒不如说叙事者感知的着眼点和思维的兴趣点、关注点有所不同。一般认为叙事有时间、地点、人物、事件、原因和结果六要素，而第一种叙事言语虽然简洁，但仅关涉人物、事件、原因和结果，并未明确叙述时间、地点，且其感知的着眼点和思维的兴趣点显然在于奔马而非犬，同时也用一个“践”字叙述了奔马毙犬的动作，算是较为传神的叙述；第二种叙事有人物、时间、原因和结果，但其感知的着眼点主要在犬而未忽略马，且突出了犬的毛色，以及马逸是导致犬死的原因，并强调了原因及结果的变化，但同样没有交代清楚时间、地点；第三种叙事其感知的着眼点和思维的兴趣点更在于犬而非马，仅点明了人物、时间、原因和结果，同样未能明确叙述时间和地点，且未能清楚叙述犬如何死于奔马之下，如蹄踩践踏；第四种叙事其感知的着眼点和思维的兴趣点在于马而非犬，较之前几种叙事更清楚突出了地点，也没有忽略犬是因奔马踩踏击毙而亡的原因；第五种叙事言语较为啰唆，其最凸出的特点是感知的着眼点主要在犬却未忽略马，同时也交代了地点、人物、事件、原因和结果，尤其凸显了犬从生到死的过程；第六种叙事较之第五种言语更为简练，且感知的着眼点和思维的兴趣点在于马也未忽略犬，且清楚交代了地点、人物、事件、原因和结果，仅未明确叙述杀犬的动作。以上叙述其共同缺陷是忽略了时间，而叙事的根本特征在于时间序列和因果关系。

一般认为，叙事是关于某个有时间序列和因果关系的事件的叙述。这里要特别强调的是事件的时间序列和因果关系。前者是指事件必须在时间上呈现出一定的先后顺序，而且构成这一时间先后顺序的根本原因是因果关系，一般来说，即是前为因后为果。对于“奔马毙犬于道”这一事件而言，显然存在时间序列和因果关系：一是犬卧于道在前，马踩死犬在后，且犬卧于道是被马踩踏而死的原因，而马踩踏犬也是犬毙于道的原因。上述不同叙事虽然感知的着眼点和思维的兴趣点有所不同，对时间序列和因果关系的呈现并不十分充分，但其叙述事件的前因后果还是基本明晰的，因而属于叙事的范畴。反之如果没有了时间序列和因果关系，便不能成其为叙事了。虽然关于时间在一年春夏秋冬的哪个季节，以及一天之中的早中晚或夜里，并不十分清楚，但这些无关乎事件本身的时间序列和因果关系。没有这些，作为叙事显得有些简略，但还是抓住了事件的基本时间序列和因果关系，因此仍然属于叙事的范畴。至于具体时间的交代不十分清楚，也不影响其成为叙事的基本特征。形成以上不同叙事言语的根本原因是叙事者感知的着眼点和思维的兴趣点有所不同。更进一步讲，以上叙事之所以不同，其根本原因是“心”之不同，也就是感知和思维的习惯和定式不同。正是感知的着眼点乃至思维的兴趣点不同才从根本上造成了叙事言语的差别。

表面看来，叙事仅仅是对某一有时间序列和因果关系的事件的叙述，其实没有这么简单，叙事是叙述者感知乃至思维的表征。正如人们总是说谁口才好，事实上忽略了口才好是因为言语好、言语好是因为思维好的基本事实。因为感知不清晰、思维不缜密的人不可能有好的口才和言语能力。日常生活中有些人表达不清，其根本原因不仅是叙事言语的问题，更是感知模糊和思维混乱的原因。当然叙事言语含混不清，存在歧义性，也导致人们理解和认识的混乱。如《吕氏春秋·察传》所举“吾穿井得一人”之所以被人误传为“丁氏穿井得一人”，确实是叙事言语本身含混，存在歧义，未能清晰呈现“得一人之使”或“得一人于井中”而造成的；且就叙事言语的表象来看，人们似乎有理由联想到“得一人于井中”而非“得一人之使”。人们不能简单怪罪叙述者之所谓“吾穿井得一人”是因为感知和思维不清晰所致，但其叙事言语本身的含混不清，仍然与其对叙事言语的把握不清有关，归根结底仍然是思维不清楚的问题。

值得注意的是，叙事言语常常借句式安排和词语选择以蕴含或暗示作家着眼点和兴趣点之不同。如关于“奔马毙犬于道”这一事件的叙述，尽管马为施事，犬为受事，这是任何人无法改变的事实，但因对马和犬感知着眼点和思维兴趣点略有不同，使其句式安排不尽相同，以致呈现出三个不同类型：一类明确单以马为突出对象，如“有奔马践死一犬”、“有奔马毙犬于道”、“逸马杀犬于道”等；一类二者并重，或略突出马，如“马逸，有黄犬遇蹄而毙”，或略突出犬，如“有犬卧通衢，逸马蹄而死之”；一类仅突出犬，如“有犬死于奔马之下”。在这一事件的叙述中，由于死者为犬，基本没有用情感色彩鲜明的词语描述其宿命，大都用“死”、“毙”、“杀”三个形容词或动词。其中“死”作为中性词，大体表达了相对客观而无同情色彩的情感意义；至于“毙”、“杀”仍为中性词，但同情色彩似乎更加弱化，以至有某种程度的理所当然的倾向，甚至强化了逸马之力量，而不是犬之不幸。至于对人的死亡加以陈述则因用“死”、“亡故”、“去世”、“逝世”等多种词语而有极为丰富的情感色彩。虽然“死”有中性词的特点，也不乏理性、冷静乃至冷漠的情感态度，比较而言，“去世”便略显出惋惜痛惜的情感色彩，至于“逝世”在这一基础上还有更多尊敬乃至敬畏的情感色彩，“亡故”却往往具有相对客观甚或正规法律文本陈述性质，虽然没有鲜明的情感色彩，但法律文本的客观严肃显而易见。至于鲁迅《祝福》记述祥林嫂年关时间死亡只能说“老了”而不能说“死了”，则更多带有避讳乃至祈求吉祥幸福的意愿；对于皇帝死亡只能说“驾崩”而不能说“死去”，则更多带有政治意义，有借此固化和宣示皇帝作为真龙天子，其与一般百姓人格尊严和生命之等级差异。虽然人的死亡不可避免，但许多人从感情的角度总是避讳说到死，或进而绕开死，至少不愿意直接地谈论死。即使有人偶然暗示或明确谈到死，也不以为其有哲学家的理性和深刻，倒认为有几分不祥之意。《红楼梦》中贾政对薛宝钗便有这种近乎本能的预感。说婴儿将来飞黄腾达的并不一定是实话，但受到人们的喜欢；说终有一死的明显是实话，但不一定受到人们欢迎。在诸如此类的具体叙事言语中，虽然词语的选择应该遵守真实性原则，应该凸显事实的力量，但在许多时候，真心的实话并不见得比违心的情话更暖人心，更能博得人们的欢迎。这里有着非常复杂的情感因素。正是这些有着复杂情感因素的词语常常寓含着作家丰富的情感倾向和生命态度，并折射出微妙而深刻的文化内涵。

日常生活中的普通叙事言语只是叙事的初级形态，真正卓有成就的小说叙事才是叙事言语的高级形态，而长篇小说显然是小说叙事乃至叙事言语的极致。说到小说叙事，人们自然会联想到巴尔扎克所谓“秘书”的说法。巴尔扎克指出：“法国社会将成为历史家，我只应该充当它的秘书。”① 这并不意味着巴尔扎克只是实录法国历史，且这一法国历史也只是巴尔扎克自己所感知的法国历史，甚至是被巴尔扎克所重构的法国历史，并非实际发生和客观存在的法国历史。因为任何被感知和重构的叙事其实并不能真正体现历史的事实，只能体现对历史的接受和处理的程度。因为叙述者充其量只能按照自己的经验所把握的所谓“事实”来叙事，不可能完全按照事实的存在来叙事，即使强调“实录其事”的历史学家，充其量也只能按照自己所掌握的历史事实，并结合自己的考证甚或推测来叙述历史。叙事本身具备的线性叙述特点决定了任何叙事都不可能一成不变，最起码对历史上同时发生的事件只能采取“花开两朵，各表一枝”的方式来叙述，这本身便是对事件无可奈何的改变，导致叙事言语与事件本身的不同步性。人们向来纠结于历史叙事与文学叙事的分别，倾向于认定历史叙事是纪实叙事，而文学叙事是虚构叙事，认为文学叙事倾向于情节编排，而情节编排便是文学操作，便是虚构杜撰。其实历史叙事也不可避免地存在情节编排，只是这种编排不一定是文学操作或虚构杜撰。事实上无论历史叙事与文学叙事有何区别，都不可避免地存在某些共同性：“话语（写作，再现，符号）与实在之间必然存在着不可逾越的鸿沟，任何符号或再现都不能让我们看到真实或‘钩住真实’。”② 也就是无论历史叙事还是文学叙事都受制于叙事言语的影响，不可能达到绝对真实的程度。只是作为虚构叙事的小说叙事，其情节编排和虚构杜撰的特点获得了最大程度的张扬，更不拘泥于客观事实的绝对真实。

与人们对巴尔扎克关于叙事表象阐述的印象有所不同，普鲁斯特更深刻地揭示了叙事的精神实质：叙事在根本上只能是叙述者感知和思维之最高形式的体现，或者说最高的现实主义不是照猫画虎式地临摹事物的原始形态

---

① ［法］巴尔扎克：《〈人间喜剧〉前言》，《巴尔扎克论文艺》，袁树仁等译，人民文学出版社 2003 年版，第 258—259 页。

② ［美］卢波米尔·道勒齐尔：《虚构叙事与历史叙事：迎接后现代主义的挑战》，［美］戴卫·赫尔曼主编：《新叙事学》，马海良译，北京大学出版社 2002 年版，第 183 页。

和叙述事物的发展过程，而是按照作家自己的独特感受重构事物的原始形态和发展过程，并将这一原始形态和发展过程作为其最真实的存在方式。普鲁斯特指出："一种文学如果只满足于'描写事物'，满足于由事物的轮廓和表面现象所提供的低劣梗概，那么它妄称现实主义，其实离现实最远。这样一种文学最使人感到思想贫乏，感到伤心，不管它怎样连篇累牍地谈论光荣和伟业，因为它粗暴地切断了以下三者之间的沟通：我们现时的自我；保留其本质的过去的对象物；鼓励我们再度寻求其本质的未来的对象物。"① 普鲁斯特的这一阐述对熟悉王阳明"天下无心外之物"② 观点的人来说不难理解。普鲁斯特深刻揭示了人们感知和叙述事件的基本事实。这就是所谓最客观真实的叙述往往以主观感受甚或直觉作为衡量标准，而不是以所谓客观事实作为衡量标准。其实巴尔扎克虽然自甘做法国历史的"秘书"，但并不排斥小说家作为艺术家的艺术想象和综合，以及"在小小的空间里惊人地集中了大量思想"③ 的艺术概括，而且一部成功的小说特别是现实主义小说，无疑是小说家借助联想乃至想象将散见于生活且为自己所感知和把握的各种事件、人物等原始素材凭借自身灵魂加以观照，并按照自身意愿有机组织和重构出来的更凝练、更集中、更典型的艺术世界。巴尔扎克明确指出，包括小说家在内的艺术家其实就是"一个习惯于将自己的灵魂当镜子，让整个宇宙映入其中，使各个地域及其风俗，人们及其情欲都按照他的意愿显现出来的人"④。

不仅如此，小说的叙事言语常常因其可能达到的智慧高度、视域广度、时间长度、内涵密度、创新难度而有所不同。所谓智慧高度主要指叙事所能

① ［法］普鲁斯特：《复得的时间》，伍蠡甫主编：《现代西方文论选》，上海译文出版社 1983 年版，第 132 页。

② （明）王阳明：《传习录》，张法主编：《中国美学经典》（明代卷下），北京师范大学出版社 2017 年版，第 560 页。

③ ［法］巴尔扎克：《论艺术家》，《巴尔扎克论文艺》，袁树仁等译，人民文学出版社 2003 年版，第 12 页。

④ ［法］巴尔扎克：《论艺术家》，《巴尔扎克论文艺》，袁树仁等译，人民文学出版社 2003 年版，第 10 页。

达到的对人生世态智慧把握的程度，如“会当凌绝顶，一览众山小”便是对这一智慧高度的形象描述。达到这一境界的小说叙事言语常常能在不经意中形成对生命的彻底顿悟，如所谓“万境皆空因果不空”便是中国长篇章回小说如《红楼梦》、《水浒传》、《三国演义》、《西游记》等不同程度达到的智慧境界。所谓广度主要指叙事可能达到的对世界万物观照和把握的程度，如“笼天地于形内，挫万物于笔端”① 可作为对这一视域广度的形象阐述。达到这一境界的小说叙事言语常常能对世间万物无论大小、善恶、美丑，在空间上一视同仁，无所不包，无所不容，所谓“心量广大犹如虚空”可以不同程度用来指称《红楼梦》等章回小说叙事言语的特点。所谓时间长度主要指叙事可能达到的对世间万物过去、现在、未来把握和统领的程度，有较长时间限度的叙事言语常常能达到对过去、现在和未来生命绵延的时间统摄，所谓“过去之心不可得、现在之心不可得，未来之心不可得”可作为中国章回小说的基本态度。所谓内涵密度是指叙事言语可能达到的对思想、人物、事件的集中把握程度，如“窥一斑而知全豹”、“举一隅而以三隅反”等可作为对叙事言语之内涵密度的形象描述。达到这一境界的小说叙事言语常常有“言近旨远”、“言有尽而意无穷”的艺术韵味。所谓创新难度主要指叙事可能达到的对艺术技巧的花样翻新乃至推陈出新的程度，如“言征实而难巧，意翻空而易奇”可作为对这一叙事言语创新准则的基本概括，能够达到这一创新难度的叙事言语往往因增加感知难度易于使人们感受到新奇的艺术魅力。

莫言注重“长篇胸怀”，指出“大苦闷、大悲悯、大抱负、天马行空般的大精神，落了片白茫茫大地真干净的大感悟——这些都是‘长篇胸怀’之内涵也”②。但上述关于奔马毙犬于道事件的叙述显然只突出了用语的精练，并未很大程度上彰显出悲悯胸怀。且不说如此简短的叙事言语，即使作为叙事言语之极致的长篇小说叙事也不一定都能有如此“胸怀”，都能达到如此的智慧高度、视域广度、时间长度、内涵密度和创新难度。有些作家由于受

① （西晋）陆机：《文赋》，张法主编：《中国美学经典》（魏晋南北朝卷下），北京师范大学出版社 2017 年版，第 503 页。

② 莫言：《捍卫长篇小说的尊严——代序言》，《蛙》，上海文艺出版社 2012 年版，第 2 页。

自身叙事襟怀限制不可能达到这些境界。高行健强调敬畏之心、谦卑之心、悲悯之心，我们则更倾向于强调无所执著的通达之心、周遍万物的包容之心、生生不息的创化之心、一即一切的觉悟之心、道法自然的顺任之心。这是因为叙事言语的高度常常取决于作家无所执著的通达之心。有些作家执著于利害得失，斤斤计较于自身利益，患得患失，便无法达到对生命通达无碍的深刻体悟，更不可能达到对生命的解悟、证悟和彻悟，充其量只能津津乐道于个人的利害得失。这种叙事不是将世间悲剧归之于因果作用而是归咎于某些人的肆意妄为和故意作祟。叙事言语的广度往往受制于作家周遍万物的包容之心。有些作家总是着眼于自身，走不出自家小天地，更不可能形成对其他人或事物最基本的同情和悲悯，往往纠缠于自恋情结，自命不凡地将自己打造为无所不通的人生导师或无所不能的宇宙主宰，却把其他人或事物塑造成愚顽不化的芸芸众生或无可救药的愚顽之徒，更不可能有周遍无碍、明白四达的叙事视域。叙事言语的长度常常受制于作家生生不息的创化之心。如果因循守旧，既看不到过去，又不能展望未来，只津津乐道于现在的瞬间感受，并将其作为至高无上的终极领悟，便不能形成贯通生命之过去、现在、未来的跨时观照和领悟，不可能对生命及其来龙去脉有纵深思考。叙事言语的密度常常取决于作家对自我本心和万物本性“一即一切、一切即一”的了然觉悟之心。对一个没有思想和经验积累，对自身本心和万物本性没有深切体悟、不能发明本心、通透万物本性的作家来说，至多不过是炮制些无关痛痒的孤芳自赏或没有内容的无病呻吟，不可能对人类生命有深刻启迪。叙事言语的难度主要取决于作家道法自然的顺任之心。对一些不能取法自然、顺任万物，又没有破旧立新能力的作家来说，其最大可能也只是亦步亦趋，拾人牙慧，更不可能推陈出新，创造出空前绝后、富于魅力的叙事言语。所以叙事言语，特别是作为其最高形态的小说叙事言语，从来不仅仅是叙述事件，更是彰显作家自我心灵世界，展示其智慧高度、视域广度、时间长度、内涵密度、创新难度，赢得叙事言语之高度、广度、长度、密度和难度的主要手段。

作家的叙事言语很大程度上受制于作家的心灵活动，特别是无所执著的通达之心、周遍万物的包容之心、生生不息的创化之心、一即一切的觉悟之心、道法自然的顺任之心等心灵活动的影响。虽然诸如此类的心灵活动看似表述有所不同，其实都不离本真之心，也就是老子所谓婴儿之心、孟子所谓赤子之心、慧能所谓清净之心。大凡诸如此类心灵活动也就是李贽所谓“童心”，如其所谓“夫童心者，绝假纯真，最初一念之本心也”①。只有作家本着无所执著、澄明无私的本心，才可能形成至为真实感人的叙事言语。人们总是奇怪某些作家竟然创造出迥然有别于其思想观念的叙述世界，其根本原因就是澄明的本心压倒了后天基于世界观和价值观的是非之心、好恶之心、取舍之心。

第二节　作者抒情言语的基本成因和个性品质

中国人很多时候往往在情与性之间看好性而贬斥情，以为性彰显事物的真实性，情则遮蔽和掩盖事物的真实性，但并不否认言语是情的显现形式，如《国语·晋语五》认为：“身为情，成于中；言，身之文也。”②作家的抒情言语作为其情感的外化形式，更准确地说，就是作家基于情感引发或驱使寻找相应抒情词语和抒情方式形成的最佳也是最终表达载体和形式。所谓抒情言语就是基于作家先天或后天言语积累而选择和形成的最佳抒情词语和方式的终端显现形式，理所当然是作家缘情的必然结果。《文赋》特别强调抒情言语缘情而发的合法性，有所谓“诗缘情而绮靡”③。

虽然人们将作家的情感分别界定为作为其情感基调的常情，决定其情

① （明）李贽：《焚书》（卷三），张法主编：《中国美学经典》（明代卷上），北京师范大学出版社 2017 年版，第 51 页。

② 《国语·晋语五》，张法主编：《中国美学经典》（先秦卷），北京师范大学出版社 2017 年版，第 44 页。

③ （西晋）陆机：《文赋》，张法主编：《中国美学经典》（魏晋南北朝卷下），北京师范大学出版社 2017 年版，第 504 页。

感基调形成缘由的情由，以及飘忽不定、变化莫测，没有特别清晰缘由的不定情等，但无论其情感的构成多么复杂，仍然不离乎喜怒哀乐爱恶欲，有云："凡喜怒哀乐爱恶欲之真趣，皆情也。"① 喜怒哀乐爱恶欲特别是哀乐作为情感的最基本形式，必然是抒情言语的核心内容。抒情言语不同于叙事言语的一个显著特征是，叙事言语常常受制于时间序列和因果关系，抒情言语却既可以受时间序列的制约，也可以不受时间序列的制约；既可以受因果关系的制约，也可以不受因果关系的制约。这是因为作为情感基调的定情虽然有着一定时间先后顺序，但并不一定遵循前为因后为果的逻辑，某些时候甚至很多时候常常不是前为因后为果，甚或可能后为因前为果，或不是由于伤心才哭泣，而是由于哭泣才伤心，或二者互为因果，以至难解难分。也可能没有因果，以致莫名其妙、无缘无故。人们可以振振有词地认为世界上没有无缘无故的爱，也没有无缘无故的恨，但也不得不承认确实存在着莫名其妙的爱恨、烦恼和焦虑。所有这些都可能对抒情言语构成极为复杂的影响，使抒情言语相对于叙事言语，显得更感性、更莫名其妙。

中国人向来强调"物随心转，境由心生"，这即是说抒情言语往往受制于作家自身因素的影响。王国维将抒情境界分为有我之境与无我之境。在他看来，诸如"泪眼问花花不语，乱红飞过秋千去"、"可堪孤馆闭春寒，杜鹃声里斜阳暮"为有我之境，"寒波淡淡起，白鸟悠悠下"、"采菊东篱下，悠然见南山"为无我之境。王国维的失误在于太过受邵雍影响，太过囿于二元思维模式，太过绝对化，没有充分认识到作家自身受诸多因素影响。因为二者表面虽异实质相同，均有我在：只是有我之境存在的是情感激动热烈的我，而无我之境存在的是心态虚静淡泊的我。徐复观显然认识到了这一点，明确指出："诗人面对景物（境），概略有两种态度：一种是挟带自己的感情以面对景物，将自己的感情移出于景物之上，此时，不知不觉地将景物拟人化，此即王氏之所谓'有我之境，以我观物，故物皆着我之色彩'。诗人以

---

① （元）陈绎曾：《文说》，胡经之主编：《中国古典文艺学丛编》（第 2 册），北京大学出版社 2001 年版，第 184 页。

虚静之心面对景物，将景物之神移入于自己精神之内，此时不知不觉地将自己化为景物，即《庄子·齐物论》中的‘此之谓物化’的‘物化’，此殆即王氏之所谓‘无我之境，惟于静中得之’。”① 徐复观揭示了二者均有我在，只是由于心态乃至观照方式不同而有所区别，但他还未能充分认识诸如此类的抒情言语之所以迥然有别，背后存在着极其复杂的原因，更多时候可能受制于作家生存的自然环境、性别、性格、年龄、知识、心态等诸多因素。

除丹纳之外的很多人可能并不看重生存环境对作家抒情言语的影响，其实这一影响可以说根深蒂固：司空见惯的诸多景物会自然而然化入作家的抒情言语，成为作者顺手拈来的表情达意手段和工具，以致成为客观对应物；日用而不知的生存环境诸如气候、植被、地形、地势、地貌会潜移默化地影响作家的气质性格乃至生活方式，最终影响抒情言语及其风格；诸如此类的地形地貌、气候植被会影响作家的生活方式甚至影响到人们的思维方式乃至审美习惯，会成为人们根深蒂固但日用而不知的潜意识和无意识乃至原始情结和集体无意识。如西北广袤的黄土高原相对干旱少雨的气候，山大沟深、秃山光岭的地貌，人烟稀少的环境决定了人与人之间不可能和风细雨般地轻声交谈，只能以尽嗓子高声喊叫达到沟通目的，更多时候为了排遣人不见人、村不见村的内心凄然和寂寞，甚至为了自我壮胆，只能带着几分嘶哑的嗓音干吼几句狂风暴雨般的秦腔、信天游之类的山歌，而这些狂风暴雨般秦腔、山歌之类抒情言语更典型地体现着苍劲有力、粗狂豪放、凄然悲凉的抒情风格；东南沿海江南水乡湿润多雨的气候、一望无际的平原、郁郁葱葱的草木、平缓清澈的湖泊、星罗棋布的村落、熙熙攘攘的人群等似乎养育了江南水乡和风细雨般悠扬婉转、缠绵悱恻的越剧和江南小调的抒情言语及其风格；东北广阔无垠的平原、肥沃的土壤、伟岸挺立的树木、白茫茫的积雪使作家似乎只有通过火辣辣的二人转式抒情言语才能驱遣漫漫冬季的严寒，才能在无边无际的平原和森林中为自己找到一点自信和存在的价值；至于山

① 《王国维〈人间词话〉境界说试评》，徐复观：《中国文学精神》，上海书店出版社 2004 年版，第 55 页。

清水秀的桂林，也许只有刘三姐式清脆圆润的歌喉乃至抒情言语才能与其相配。这也是南北朝民歌抒情言语骤然有别，以南朝民歌抒情言语表情细腻、含蓄缠绵、词采秀丽，北朝民歌抒情言语表情直率、豪放刚健、朴实无华的根本原因。

作家的抒情言语除了受山形地貌、气候风水的影响，还受到性别的影响。一般来说男性多粗犷直率，女性多细腻婉转。如苏轼、辛弃疾的豪放与李清照的婉约。但这也不尽然，同样是婉约，不仅有李清照这样的女性，同时还有柳永这样的男性。作家的抒情言语也可能受制于其性格气质影响显得相对稳定或以某一风格为主。如胆汁质相当于神经活动强而不均衡型，兴奋性很高，脾气暴躁，性情直率，精力旺盛，多受精力影响或激情满怀或一落千丈；多血质相当于神经活动强而灵活型，热情，有能力，适用性强，机智灵活，注意力易转移，情绪不稳定，富于幻想，不擅长细致耐心工作。这两种人虽然略有差异，但其抒情言语多倾向于豪放直率；至于黏液质相当于神经活动强而均衡的安静型，为人平静，善于克制，生活有规律，态度持重，有耐久力，注意力不易转移，不够热情灵活；抑郁质相对于神经活动弱型，沉静、深含，易于相处，办事稳妥，做事坚定，能克服困难，较为敏感、孤僻、寡断。这两种人虽然程度不同，但其抒情言语多偏于委婉含蓄。如李白偏于情感充沛、豪迈奔放，杜甫偏于沉郁顿挫、沉着蕴藉；苏轼偏于豪放、不废婉约，李清照偏于婉约、不废豪放；郭沫若偏于热情奔放、一泻千里，鲁迅偏于清醒冷峻、一箭双雕。具体来说，即使一个人其抒情言语及其风格也非一成不变，这可能受制于年龄和阅历变化的影响。一般来说青年时代血气方刚、思维敏捷、激情飞扬，其抒情言语易于剑走偏锋，或婉约或豪放；中年时代身强力壮，刚健沉稳，进退有节，其抒情言语易于保持中和之美，显得温柔敦厚；老年时代饱经风霜，淡然随和，深刻睿智，其抒情言语易于豁达自如、淡泊空灵。这也正是朱自清等作家其抒情言语及风格前后略有所变，前期偏于辞藻华丽、情感浓郁，后期偏于质朴无华、情感淡泊的主要原因。作家的知识修养和生活心态等因素对抒情言语的影响更为深刻，因而某些作家如屈原、杜甫等终其一生对现实保持极大兴趣，总是愤世嫉俗，不是境随心转，而是心随境转，以致其抒情言语或浪漫或现实，多显得慷慨激昂、忧心忡忡、冷峻含蕴；但陶渊明、王维等作家却偏于修身养性，自得其乐，不管风吹浪打，抒情言语仍似闲庭信步，充分彰显了境随心转而非心随境转的特点，以致其抒情言语多率性任真、淡泊宁静、恬然自得。这最后一点也许便是徐复观所揭示的诗人因心态和面对景物的态度不同以致有不同抒情言语。

应该说，作家的抒情言语常常基于作家的本心，待外物感发而生成，借外物与自我本心心心相印而付诸行动，借积习已久成为本性，以致借助外物即所谓客观对应物得以物化成为抒情言语。《性自命出》："凡人虽有性，心无定志，待物而后作，待悦而后行，待习而后定。喜怒悲哀之气，性也。及其见于外，则物取之。"①就作家最原始本真的本心而言往往有很大相似性，甚或完全相同，都接近无蔽本心的澄明存在，只是由于某些作家后天受到外物和欲望等诸多因素的遮蔽较为严重，有些则较为轻微，有些甚至出于无蔽状态，所以其抒情言语也往往因本心展露或裸露程度不同而有不同境界和层次。李泽厚十分强调儒道互补，但就不同作家心灵深处之最强有力的精神慰藉或原始情结而言，屈原、杜甫、白居易等偏于儒，陶渊明偏于道，王维偏于佛。偏于儒者以充实之为美，偏于道者以空灵之为美，偏于释者以寂灭之为美。虽然不能说充实之美、空灵之美和寂灭之美之间有不同的境界，但无视三者之间区别，还是不明智的，因为充实之为美，有形而可见，限于自身内涵而不及其余，只有这种内涵足以光照他人，影响他人，才算上升到一个更高境界；但这仍然不是空灵，所谓空灵其实就是大而化之，乃至心量广大，甚或大象无形、大音希声的境界；大象无形、大音希声，乃至圣而不可知，不生不灭、不垢不净、不增不减，才是寂灭的境界。孟子所谓："可欲之谓善，有诸己之谓信，充实之为美，充实而有光辉之谓大，大而化之之谓圣，圣而不可知之之谓神。"②可见正是诸如此类的儒释道文化作为中国作

---

①　郭齐勇：《中国古典哲学名著选读》，人民出版社 2005 年版，第 211 页。

②　（南宋）朱熹：《四书章句集注》，中华书局 1983 年版，第 370 页。

家最强有力的精神慰藉和原始情结才真正构筑和支撑起了中国抒情言语的不同精神境界。

人们虽然不能武断地认为偏于儒者境界最低，偏于道者境界较高，偏于佛者境界最高，但如果就对人类生命本体和宇宙万物的普遍关怀和深刻体悟而言，可能存在一定程度的层次差异：如屈原、杜甫、白居易等偏于儒者的作家之忧国忧民情怀已经很大程度上体现了佛教的悲悯精神，只是这种悲悯仅限于对人自身的同情和怜悯，并未遍及其他生物，且常常将一部分人特别是下层百姓的疾苦归咎于上层统治者的无能和剥削；偏于道者的作家如庄子、陶渊明等已经很大程度上超越了将一部分的生活疾苦归咎于另一部分的作祟和压榨的思维局限，能最大限度表现出对人类乃至大自然的普遍博爱，且不再执著于人与自然的高低贵贱分别，以至对衣食住行、成败得失、生老病死、四季运行等有极普遍的大道平等思想；偏于释者的作家如王维、王梵志等不仅不再执著于人与自然的高低贵贱分别，对衣食住行、成败得失、生老病死、四季运行等有极普遍的大道平等思想，且将一切看得不生不灭、不垢不净、不增不减，彰显出更周遍含容、平等不二、心体无滞的精神境界，似无须为死亡而恸哭凭吊，更不必为死亡击缶而歌，一切随缘。

作家在抒情方面并没有什么特异功能，他们既不可能创造抒情言语，也不可能创造明显异于他人的独特情感，他们所能做到的只是尽其可能寻找最恰当的抒情词语和方式将情感显现出来，以至在没有外界刺激的情况下比其他人更敏锐地感受和捕捉情感，并将这些情感经过理性思考以最有效抒情言语表现出来。华兹华斯明确指出："能更敏捷地表达自己的思想和感情，特别是那样的一些思想和感情，它们的发生并非由于直接的外在刺激，而是出于他的选择，或者是他的心灵的构造。""实际生活中的人们是处于热情的实际紧压之下，而诗人则在自己心中只是创造了或自以为创造了这些热情的影子。"① 诗人作为抒情言语的最高成就的集中体现者，虽然不能创造词

① ［英］华兹华斯：《〈抒情歌谣集〉序言》，高建平、丁国旗主编：《西方文论经典》（第3卷），安徽文艺出版社2014年版，第165页。

语，但可以借助关键词语的选择和句式倒装重组等手段形成富有个性特色的抒情言语。艾略特也指出："诗人必须变得愈来愈无所不包，愈来愈间接，以便使语言就范，必要时甚至打乱语言的正常秩序来表达意义。"① 人们可以用不同词语随意转述其他抒情言语的意义，但不可能转述作为抒情言语最高形式的诗歌的意义。或者说在抒情诗中，抒情言语常常与其特定诗歌意义捆绑在一起，难分难解，甚至可能超过诗歌意义具有独立存在价值。这便是诗歌作为抒情言语最高形式的艺术魅力之所在。如杜甫之"感时花溅泪，恨别鸟惊心"句，可释为因感时事花亦溅泪，因恨离别鸟亦惊心，也就是花鸟感于时事和别离而溅泪惊心，是为夸张和拟人手法；亦可补充词语为"感时（见）花溅泪，恨别（闻）鸟惊心"，可释为感时见花而溅泪，恨别闻鸟而惊心，也就是诗人因有感时事和离别见平时可娱之物反而触景伤情，生起溅泪和惊心之情，是为反衬和写实手法；若调整语序为"感时溅花泪，恨别惊鸟心"，乃至"感时溅泪（于）花，恨别惊心（及）鸟"，似可释为因感时事溅泪于花，因恨离别惊心及鸟，也就是有感于时事和别离而溅泪于花、惊心及鸟，是为情感的迁移与渲染，仍有夸张和拟人的成分。杜甫这里没有生造一个词语，也没有煞费苦心经营语序，但正是在这看似极其寻常的用词和语序之中，借助歧义的生成，明显增强了诗歌抒情言语的内在表现力和情感张力。这便是诗家经营抒情言语之最常见也最可贵的手段和方法。可以想象，对自命"为人性僻耽佳句，语不惊人死不休"的杜甫来说，所有这些看似寻常的诗句可能如卢延让是作家本人"捻断数根须"而得，但其抒情言语至少表面看来并不像韩愈那样显得奇绝险怪，倒给人以信手拈来、不事雕琢的感觉。这才是作为最高形式的诗歌抒情言语所能达到的最高境界。

当然也不是所有诗人之抒情言语都得力于"为求一佳句，捻断数根须"、"两句三年得，一吟双泪流"，同样也有所谓"李白斗酒诗百篇"的说法。这主要取决于诗人当时所处情境特别是高峰体验状态。一般来说生性思

---

① ［英］托·斯·艾略特：《艾略特文学论文集》，李赋宁译注，百花洲文艺出版社 2010 年版，第 27 页。

维敏捷者多文思如泉涌，不择地而出，不必搜肠刮肚、苦思冥想，如苏轼“吾文如万斛泉源不择地皆可出，在平地滔滔汩汩，虽一日千里无难，及其与山石曲折，随物赋形而不可知也”①。或即使思维并不敏捷，灵感并不迭出者，如果处于创作的最佳状态乃至高峰体验状态，亦然能文思泉涌。在某种意义上讲，善于选择词汇和语序而经营抒情言语的作家更多时候往往是最能抓住创作最佳状态的人，并不一定是经常文思泉涌、灵感迭出的人。

有些看似浅显易懂而情感真挚的诗歌之抒情言语总是给人以直抒胸臆、自然天成的感觉。如金昌绪《春怨》之所谓：“打起黄莺儿，莫教枝上啼。啼时惊妾梦，不得到辽西。”借思妇思念戍守辽西的丈夫，只能寄托于梦境，却不能付诸行动，来寄托诗人思念家人之情，其情之真、思之切、心之急，寥寥数语便和盘托出，自然天成，没有任何雕琢痕迹，且自然而然形成了情感的闭环结构：突如其来的“打起黄莺儿”，是为了“莫教枝上啼”；为何“莫教枝上啼”，是怕“啼时惊妾梦”；为何怕“啼时惊妾梦”，是因为担心“不得到辽西”；正因为担心“不得到辽西”，所以“打起黄莺儿”。情真意切的主题意象、回旋圆融的情感结构、朴实无华的语言词汇无不彰显出自然天成的特点。诸如此类自然天成的抒情言语在民歌中常常显得更淋漓尽致。如同是担心鸟禽啼叫，安徽民歌之《啼醒小郎就杀你》不是打起而是喂饱，不是出于思妇期盼圆梦，而是陶醉爱河的女子担心打搅小郎睡眠，显得更果决，甚至有些近乎武断残忍，有所谓：“太阳渐渐下山低，姐抓白米呼金鸡：芦花公鸡多多吃，五更半夜莫乱啼。莫乱啼！啼醒小郎就杀你！”虽然金昌绪《春怨》之思妇已够率真果决的了，但与甘肃西和民歌之“房檐的滴水上线哩，想得心跳肉颤哩；想得肝花摇铃哩，想得肠子拧绳哩；把心想成豆瓣子，肠子想成口弦子”之掏心掏肺甚或撕心裂肺相比，仍显得有些遮遮掩掩，意犹未尽。这首诗又题为盖嘉运《伊州歌》，盖嘉运作为唐玄宗时的北庭节度使，有一定文化修养，受儒家含蓄内敛的叙事习惯所影响，虽然特别

① （北宋）苏轼：《文说》，郭绍虞主编：《中国历代文论选》（第3册），上海古籍出版社1979年版，第310页。

思念远在内地的爱妻，但难以启齿，更不能直抒胸臆，于是只能假托身在内地的思妇思念戍守边关的丈夫来曲折抒情，即使假托思妇曲折抒情，也不可能如安徽民歌抒情女主人公那样果决而近乎残忍，更不可能像甘肃西和民歌抒情女主人公那样将思念之情剥得一丝不挂，赤裸裸和盘托出。这同样彰显了“物随心转，境由心生”的特点，彰显了情作为抒情言语的核心仍基于人们的自然环境、性别、性格、年龄、知识、心态等诸多因素的特点，彰显了情由心造的基本精神。

情作为抒情言语的核心，在作家文学创作与日常生活中看似没有明显区别。无论日常生活中的抒情言语，还是文学创作中的抒情言语，都可以情感发生与否的真实性作为衡量标准，不必以情感发生的动机真实性作为衡量标准。只要是真实发生过的情感，便有其存在的理由，大不了认为真实发生的虚假动机情感具有欺骗性，但只要具有欺骗性的虚假情感真实发生过，人们便得承认这一虚假情感的真实发生。值得注意的是，人们对日常生活中的抒情言语更倾向于以其动机真实性作为衡量标准。如婴儿哭泣了，人们无须首先怀疑或判断其哭泣动机的真实性，往往只热衷于核实其哭泣动机的具体内涵，核实其真实动机出于饥饿，或需要大小便，或身体什么部位不舒服。一旦成人哭泣了，人们首先得核实哭泣动机的真实性，是真情实感，还是虚情假意，以便采取必要的应对态度和措施。对文学创作中的抒情言语，人们往往无须以动机真实性作为衡量标准，只需以情感的真实发生与否作为衡量标准。无论其动机是否真实，是否具有欺骗性，只要真实发生了，便以真实发生的情感作为分析和判断的对象。也就是说，人们对文学创作中的抒情言语，常常不必纠结于其动机的真实性，只需着眼于发生的真实性，以发生的真实性作为衡量标准，而不是以动机真实性作为衡量标准。这不是说文学创作中抒情言语的动机真实性无关重要，而是说发生真实性较之动机真实性更为重要。而且文学创作中的抒情言语常常借助想象将情感加以形象化，且很多时候往往借助看似合理或不合理、看似真实或不真实的联想、妄想和想象加以形象化。不仅对情感动机的真实性无须执著，而且对将情感形象化必须采取的想象真实性也无须考量。徐复观指出：“想象的合理性，不应当用推理、考证的眼光加以衡量，而是要由想象中所含融的感情与想象出来的情景，是否能够匀称得天衣无缝，来加以衡量的。”① 这实际是说，文学创作中的抒情言语常常无须在意情感动机乃至想象的真实性，只需以其想象看似真实或情感真实发生作为衡量标准。如人们只需在意杜甫“露从今夜白，月是故乡明”所蕴含的思乡之情的真实发生与否，不必在意甘肃天水的月亮是否真的没有他家乡河南巩县的月亮明亮。同样，人们也只需关注李白“白发三千丈，缘愁似个长”的悠长愁思的真实性，不必执著于考证三千丈白发的真实性。

从这个意义上讲，日常生活中的情感作为抒情言语的核心都可以成为文学创作中抒情言语的核心，但文学创作中抒情言语的核心却不一定都能成为日常生活中抒情言语的核心；同样的道理，日常生活中的抒情言语可以成为文学创作中的抒情言语，但文学创作中的抒情言语并不都能成为日常生活中的抒情言语。也就是说，作家文学创作中的抒情言语常常较之日常生活中的抒情言语更加经不起事实特别是动机真实性的考量，但作家文学创作中的抒情言语却并不因此丧失必要的信赖度，相反可能由于大胆的夸张想象而显得更形象生动，更具有感染力。这就是人们常常看好《三国演义》中曹操、刘备、诸葛亮诸人的精彩情感表演，却很少有人因他们特定情境中的虚假情感渲染而产生厌恶情绪，更无须像专门学者那样校读《三国志》以核实其情感动机乃至情感发生的真实性。

第三节　作者表象言语的基本要求和个性特征

中国人虽然不十分热衷于客观规律的科学研究，但并不意味着放弃了对客观规律的哲学思考，只是并不视其为事物的本质及其客观规律，而更多称其为“性”。如孟子有所谓：“尽其心者，知其性，知其性者，则知天

① 徐复观：《中国文学精神》，上海书店出版社 2004 年版，第 68 页。

矣。”[①]这显然将尽其本心，视为知其事物本性，继而通晓整个宇宙本性的主要途径和基本条件。作家的表象言语表面看似仅描述事物的形状和轮廓，实则借此展示事物的本性。

作家描摹天地万物的表象言语，不同于叙事言语关注事件时间序列和因果关系的特点，根本上不执著于事件的时间序列，更看重事物的空间关系，不执著于事件的因果关系，更看重事物的相似关系；不同于抒情言语关注常情的持续性及其情由的可靠性，以及不定情的飘忽不定、无缘无故性，更看重事物的邻近性和相关性。如马致远《秋思》“枯藤老树昏鸦，小桥流水人家。古道西风瘦马。夕阳西下，断肠人在天涯”诸句，从意境生成的角度来看，仅仅将枯藤、老树、昏鸦、小桥、流水、人家、古道、西风、瘦马、夕阳、断肠人等人和事物按空间邻近性和相关性简单排列，实际十分危险，完全可能由于简单拼凑，没有思维和想象空间乃至大煞风景，导致枯燥乏味，毫无诗情画意的致命缺憾，但由于这首散曲将远景与近景、静景与动景加以错落有致排列，且在看似毫无联系的人和事物简单排列中借助断肠人形成众星拱月、画龙点睛之笔成功避免了这一险境，可谓铤而走险、化险为夷。从绘画的角度来看，除了夕阳近于暖色调，其他如枯藤、老树、昏鸦、小桥、流水、人家、古道、西风、瘦马、断肠人在黄昏时间几乎都属冷色调，也谈不上什么色彩搭配，同样极其危险，容易导致色彩单调、画面昏暗无趣的感觉，但由于马致远能够在几乎全部冷色调中融入夕阳这一近乎回光返照的暖色调，冲破画面色调的单调，以至渲染出万绿从中一点红的耀眼光泽，甚至可能因此造成黄昏时间大明大暗、大红大紫的斑斓色调，可谓绝处逢生；更有甚者，几乎卓有成就的表象言语都可能因某些匠心独运的形容词和动词获得鲜活的生机，但纵观全曲，似乎找不到一个诸如“春风又绿江南岸”之中的形容词“绿”，及“细雨鱼儿出，微风燕子斜”之中的动词“出”和形容词“斜”之类的传神之笔，更没有用王国维颇为欣赏的诸如“红杏枝头春意闹”、“云破月来花弄影”两句中的“闹”、“弄”，以致

---

① （南宋）朱熹：《四书章句集注》，中华书局1983年版，第349页。

“一字而境界全出”，却仅用了诸如“枯”、“老”、“昏”、“小”、“流”、“人”、“古”、“西”、“瘦”、“断肠”等看似寻常、几近事物本身属性的限定词，并借助看似杂乱无序的归类，容易使人因为死气沉沉产生厌倦疲劳乏味的审美倦怠，马致远却有借看似昏暗乃至近乎死寂的氛围通过“断肠”的点睛之笔妙手回春的特异功能，使整首散曲在近乎死寂的氛围中起死回生，有了强烈而持久的生命冲击力，甚至有了诸如“闹”、“弄”等看似富于生机的词汇所没有的更加深沉、更加耐人寻味的生命活力。这正是马致远表象言语的过人之处。

但作家的表象言语不仅仅限于形象，形象只是表象言语最基本的特征，如果不能达到形似，这种表象言语便基本是失败的。即使能够达到形似，如果不能使其传神，使其鲜活起来，仍然令人索然无味，仍然不算是成功的表象言语。如《世说新语・言语》有这样一段文字：“谢太傅寒雪日内集，与儿女讲论文义，俄而雪骤，公欣然曰：‘白雪纷纷何所似？’兄子胡儿曰：‘撒盐空中差可拟。’兄女曰：‘未若柳絮因风起。’公大笑乐。”虽然兄子与兄女的表象言语都能达到形似，但兄子的表象太过实际，没有给予人们足够的想象空间，以致显然没有诗情画意，且也未能达到传神的程度；相形之下倒是兄女的表象更富于诗情画意，也更惟妙惟肖，以致给予人们较为丰富的想象空间，所以显得较为成功。成功的表象言语无疑应该在形似的基础上达到传神，只有传神才能使本来形象的事物真正鲜活起来。中国人重视表象言语的形神兼备，特别看重通过细腻逼真的形象描摹达到传神的目的。王世贞有云：“人物以形模为先，气韵超乎其表；山水以气韵为主，形模寓于其中，乃为合作。若形似而无生气，神彩至脱格，皆病也。”① 如“沉舟侧畔千帆过，病树前头万木春”、“忽如一夜春风来，千树万树梨花开”等都是神来之笔，极为形象而传神地描摹了相关季节景物的特征。但传神仍不是目的，使事物真正鲜活的根本原因在于展示其生命本性。白居易《动静交相养赋》有云：

① （明）王世贞：《艺苑卮言》，胡经之主编：《中国古典文艺学丛编》（第 2 册），北京大学出版社 2001 年版，第 185 页。

“天地有常道，万物有常性。”李日华亦云：“凡状物者，得其形，不若得其势；得其势，不若得其韵；得其韵不若得其性。”“性者物自然之天，技术之熟，照极而自呈，不容措意者也。”①“细雨鱼儿出，微风燕子斜”之所以传神并鲜活不仅因为巧用了“出”和“斜”，更因为“出”和“斜”恰好分别展示了鱼儿和燕子的生命本性和活力。王国维看好的“红杏枝头春意闹”、“云破月来花弄影”也并不仅仅因为巧用了“闹”、“弄”二字境界全出，而是因为这两个字恰到好处地揭示了红杏和花的生命本性。

呈现形象必须尽可能揭示事物的本性即性命，也就是事物与生俱来的最原始最持久的生命本性。郭店楚墓竹简《性自命出》有云：“性自命出，命自天降。”②有些表象言语仅仅满足于形神兼备，满足于对事物独特性的揭示，但更深邃更高级的表象言语显然能借此达到对事物本性的展示，且能在此基础上达到对人类本性乃至宇宙本原的展示。马致远《秋思》的高妙恰在于成功揭示了诸多事物特别是“断肠人”的生命本性。柳宗元《江雪》所谓“千山鸟飞绝，万径人踪灭。孤舟蓑笠翁，独钓寒江雪”，与张岱《湖心亭看雪》同样写雪景，却有迥然不同的表象言语，但无一例外地揭示了相关事物特别是人物的性命。上述三者的相同之处是都从宏大视域开始到最后浓缩于孤零零的人，都借助宏大视域与微不足道的人的强烈反差凸显人的孤寂冷落无助，特别是马致远《秋思》和柳宗元《江雪》。至于《湖心亭看雪》虽不止一人，但其孤寂无助之情仍然极为相似。所不同的是，《秋思》写秋景，而《江雪》、《湖心亭看雪》同是写冬景，均采用从大到小、由物及人、由表及里，最终点染出人活出率真生命本性的表象顺序和逻辑：《江雪》先通过“飞绝”、“踪灭”写鸟儿与人迹俱无的死寂环境氛围，最终推出了蓑笠翁的孤舟独钓。《湖心亭看雪》则直写“湖中人鸟声俱绝”的死寂环境氛围，后连带天云山水上下一白，唯有长堤一痕、湖心亭一点、余舟一芥、舟中人两三粒、亭中饮者及童子三人，最终推出与饮者三人同饮同痴。不同的是，

① （明）李日华：《六砚斋笔记》，胡经之主编：《中国古典文艺学丛编》（第2册），北京大学出版社2001年版，第189页。

② 郭齐勇：《中国古典哲学名著选读》，人民出版社2005年版，第211页。

《江雪》渲染了隐含表象者视角，虽没有直言作为观察者和表象者的作者之存在，但这一切景色必定是没有显山露水的作者“我”观察和表象的结果；《湖心亭看雪》则开门见山点出“拏一小舟独往”的作者“余”这一抛头露面的主体观察者和表象者，及借助后文议论带出舟子作为辅助观察者和表象者，营造了一主一副公开表象者视角：“余”这一主体观察者和表象者并没有主观感慨和议论，是含蓄而中性的观察者和表象者，“舟子”这一辅助观察者和表象者却通过末尾冒出的一句感慨使其成为显山露水的直率主观观察者和表象者。《江雪》并不极写其“上下一白”，主要突出上下“绝灭”，以“千山”、“万径”鸟声人迹绝灭来凸显“孤舟蓑笠翁”的死寂而独钓，《湖心亭看雪》则虽写“人鸟声俱绝”，但对“上下一白”更感兴趣，以致不惜用诸如“一痕”、“一点”、“一芥”、“两三粒”等极尽铺陈“绝白”之能事，用以凸显“余”与二饮者的死寂而痴饮。《淮南子・原道训》指出：“夫性命者，与形俱出其宗。形备而性命成，性命成而好憎生矣。”[①] 这一绝灭一绝白、一钓一饮，表现出作家和抒情主人公的好憎及其思想动力和心理慰藉似有不同：前者更多表彰的是儒家式特立独行、自强不息，后者主要表彰的是道家式任物顺己、洒脱飘逸。虽然所表彰的好憎及精神动力似有不同，但其追求率真本性的终极目标却息息相关、相得益彰。

呈现事物本性，还应该在此基础上尽可能达到对人类本性乃至宇宙本原的展示，理所当然也不能脱离对动物特别是人类自身生命的表象。人们虽然不能如黑格尔等西方学者那样将动物的生命视为“自然美的顶峰”，认为人的身体较之动物更高级，“是一种受到生气灌注的能感觉的整体”[②]，但对动物乃至人类自身生命的表象确实是古今中外作家最热衷的内容之一，而借比喻手法表彰少女身体美是许多作家寄托其最高审美理想的主要手段和方式。虽然人体的方方面面都可能充满生气，人们总是将五官面庞端庄清秀与身材苗条匀称一并作为人体美的衡量标准，但面庞无疑最能彰显人的生气和

① 《淮南子》，《诸子集成》第7册，中华书局1954年版，第16页。

② ［德］黑格尔：《美学》第1卷，朱光潜译，商务印书馆1979年版，第170—188页。

活力，最具有鲜明表现力和强烈吸引力。甚至可以说，面庞特别是充满生气和活力的面庞通常是人类生存与交往的首要手段和方式。或者说人类是凭其充满生气和活力的面庞存在于世界并与人交往的。这不是说人们可以凭漂亮面庞生活，而是说面庞往往是人类五官的密集部位，人类感知世界并彰显自身存在的主要方式是面庞特别是位于面庞的五官及其感觉，而且五官搭配匀称、和谐，并富于个性活力的漂亮面庞往往是其心灵最直接方便的显现形式。这也不是说面庞漂亮的人一定心地善良，面庞丑陋的人便一定灵魂肮脏，但有一个最基本的事实是内心肮脏的人不可能拥有真正美丽的面庞，心灵扭曲变态的人通常从其畸形怪状的面庞暴露出来。所以喜欢并乐于描摹美丽面庞乃至身体通常是作家基于本能且富于理想的表象行为的原初动机之一。可以毫不夸张地说，《诗经·硕人》所谓“手如柔荑，肤如凝脂，领如蝤蛴，齿如瓠犀，螓首蛾眉。巧笑倩兮，美目盼兮”的比喻表象，明显为作家表象中国女性之相貌树起了美的标准范式，但单就其表象言语之沉溺于彼此孤立、仅靠外在空间位置邻近性组合起来却没有内在逻辑联系的明喻而言，虽极尽相貌之美，却仍未免显得有些枯燥乏味，也不一定能激起所有人的共同美感。如黑格尔批评《旧约·雅歌》之类似表象言语时指出：“比喻的对象如果完全是孤立的和感性的，而且和同样的感性现象结合在一起，这样堆砌起来的显喻就还显出思想不大深刻，感情没有成熟，这种只就外在材料进行东拼西凑所产生的多样性就会令人感到枯燥无趣，因为其中没有任何精神方面的联系。”[①] 这不仅因为诸多比喻其相似性和形象性本身就极为有限，即使极其相似乃至形象的比喻也可能由于爱好和见识不同难免使人产生诸多歧义，有些甚至可能形成负面评价。所有见诸中外表象言语的比喻特别是明喻仅具备有限的能力，甚至可能仅仅是人类表象言语早期发展初级形态的体现，因为仅凭借空间位置邻近性将充满歧义且似乎没有把握引起人们审美共鸣的明喻简单排列起来的方法，不仅可能缺乏浑然一体的韵味，甚至可能形成一盘散沙式的怪味拼盘。

---

① ［德］黑格尔：《美学》第2卷，朱光潜译，商务印书馆1979年版，第138页。

《诗经·硕人》所开创的用诗歌刻画人物肖像的中国表象言语之传统特色到后来的宋元话本和明清章回小说中获得了别具一格的空前发展。如曹雪芹《红楼梦》刻画林黛玉之所谓："两弯似蹙非蹙笼烟眉，一双似喜非喜含情目。态生两靥之愁，娇袭一身之病，泪光点点，娇喘微微。闲静时如姣花照水，行动处似弱柳扶风。心较比干多一窍，病如西子胜三分。"不仅炉火纯青地继承并发展了这一诗歌表象传统，而且成功避免了一盘散沙式怪味拼盘的乏味甚或反胃：虽然对其眉目的表象仍多少有些比喻的表征，但已摆脱了简单罗列的明喻模式，渗入了暗喻乃至借喻成分，且并不在意五官特别是衣着打扮之类的逐一比喻，尤重最能传情和表彰生气的眉目，借以极写林黛玉清高孤傲、多愁善感，略带病态的不凡品貌和独特风韵，整个表象言语一气贯通，浑然天成，颇似一首优美的词曲。到沈复《浮生六记》对芸肖像的表象，虽然已经缺失了《诗经》、《红楼梦》表象言语之诗词韵律，采用了相对散文化的表象言语，但是还保留了类似《红楼梦》对女主人公清高灵秀风韵和夭寿宿命，"其形削肩长项，瘦不露骨，眉弯目秀，顾盼神飞，唯两齿微露，似非佳相。一种缠绵之态，令人之意也消"的表象和暗示，一定程度上折射出中国作家习惯于借助面相学原理凸显"相由心生、命由己造"哲学内涵的表象传统。但诸如此类的表象传统传至钱钟书《围城》对唐晓芙"妩媚端正的圆脸，有两个浅酒窝。天生着一般女人要花钱费时、调脂和粉来仿造的好脸色，新鲜得使人见了忘掉口渴而觉嘴馋，仿佛是好水果"之类表象，虽不能完全无视其面庞、脸色，但大体摆脱了简单罗列五官长相明喻的乏味，关于其脸色新鲜的暗喻也显得灵动形象，只是已暴露出酸腐的学究气。如果说用所谓"一般女人要花钱费时、调脂和粉来仿造"的好脸色已显得有些抽象，那么"她的眼睛并不顶大，可是灵活温柔，反衬得许多女人的大眼睛只像政治家讲的大话，大而无当"等则显得更晦涩，甚或多少有些卖弄学识的嫌疑。更有甚者，钱钟书对唐晓芙肖像的表象言语不仅丢失了《诗经》、《红楼梦》诗歌形式表象之节律韵味，且由于崇尚科学，不再相信目前所谓科学无法证明的朴素哲学，以致很大程度上缺失了对"相由心生、命由己造"生命哲学意蕴的张扬和暗示，暴露出现代以来表象言语逐渐偏于理性化、抽象化、晦涩化的缺憾。

表象言语其实是作家基于先天或后天言语积累，寻找最佳表象词汇和表象方式彰显事物本性的终端显现形式。许多人传为佳话的贾岛对“鸟宿池边树，僧敲月下门”之“推”或“敲”的纠结，单从表象言语的角度来看，似乎没有多大实际意义，仅较为极端地体现了所谓表象言语其实就是作家精心选择相应表象词语或所谓客观对应物形成最佳表象方式的基本事实。只是用“推”没有音响效果，且显得有些唐突；用“敲”则有音响效果，且较为礼貌，有征询的迹象。但这主要取决于“推”或“敲”的是谁家门户，如果是自家门户，便显得有些多此一举。况且对僧人来讲应该或“推”或“敲”率性而为，不必纠结，即使俗人也不该如此斤斤计较于鸡毛蒜皮之类的事情，何况遁入空门的僧人。可见贾岛到底还是个俗人，岂能领悟佛教妙理的通达？与中国古典诗歌表象言语更多强调平仄、押韵、对仗相比，绝大多数散文表象言语并不重视这一点。西方诗歌尤其是意象派诗歌也不十分重视诸如类比、对比和排偶等，往往将通过表象及其节律来显示生活作为诗歌无与伦比的唯一方法。在意象派诗人看来，所谓理想的诗歌不过是形象的自由诗，诗人的使命在于靠具有表象意义的词语来工作，而不是靠生造词语和刻意求新来哗众取宠。庞德更喜欢使用比喻，如其《在一个地铁车站》之所谓：“人群中这些面孔幽灵一般显现；湿漉漉的黑色枝条上的许多花瓣。”实际上是用湿漉漉的黑色枝条来借喻昏暗地铁车厢里的人群，而所谓花瓣则是对他曾经看到的一个个儿童和女人的美丽面孔的比喻和表象，他写作与其说是在寻找一些文字，不如说是在寻找一种表达方式，一种方程式，一种表象叠加的形式。从这个意义上讲，他实际上不是用语言而是用一种许多颜色的小斑点作为比喻来表征当时的表象及对表象的独特感觉。他这样解释道：“所谓‘善于使用比喻’，应该理解为文思敏捷，几乎是思如潮涌，当然是文辞生动。但这并不等于刻意求精、复杂错综。”与意象派诗歌重视表象言语，并通过比喻特别是表象节律显示生活有些类似，中国的禅言诗和日本的俳句常常能达到在惟妙惟肖模拟物象的同时借助暗喻特别是借喻寄寓深刻哲理的境界。如佛光禅师所谓“一片白云横谷头，几多归鸟尽迷巢”，看似极其寻常的自然现象的表象，却蕴含极为深刻的哲理，至少揭示了有些人迷恋于虚幻不实的色相乃至假象，以致迷失了自己的生命本原甚至本性；至于松尾芭蕉所谓“夜中声窃窃，虫儿钻入月下栗”、“古池塘，青蛙跳入波荡响”等看似仅是对自然现象的表象进行描述，没有什么哲理，其实蕴含着声与色、动与静、有与无的微妙变化，特别是有即是无、无即是有，乃至似有非有、似无非无，甚至非有非无、非无非有的无滞无碍、明白四达的生命智慧。与西方人擅长于用概念、判断、推理等抽象思维的方式阐述思想有所不同，东方人更喜欢用看似不经意的感觉、知觉、表象等形象思维方式来表达对宇宙和人生的哲理性思考。这也是以中国为代表的东方人擅长表象，且必定寄寓一定哲理的表象言语往往具有醍醐灌顶般启示意义的主要原因。

如果说叙事言语主要依照事件的时间顺序并通过对时间顺序的处理方面展示艺术造诣，抒情言语主要在按照情感和情绪的波动和变化，以及对情感和情绪脉搏的处理彰显艺术造诣，那么表象言语则主要借助对事物的表象视角及表象顺序的安排来凸显艺术造诣。而确立表象视角和表象顺序的根本立足点在于表象视点。表象视点的设置常常是构成千差万别、丰富多彩的表象言语的基础。相对极端的例子，一种是有明晰而一成不变的视点但视角却随景物发生变化的唯一固定明晰表象视点，如谢灵运《于南山往北山经湖中瞻眺》之所谓“舍舟眺回渚，停策倚茂松；侧径既窈窕，环洲亦玲珑；俯视乔木杪，仰聆大壑淙”诸句，其视点无疑是作者本人；另一种是景物特别清晰但视点模糊以致让人产生景物自行呈现而非基于某一视点的观察所得的感觉，即貌似无视点的表象视点，如王维《辛夷坞》之所谓“木末芙蓉花，山中发红萼；涧户寂无人，纷纷开且落”诸句，好像花木自行开落乃至自生自灭，非人为观照和表象的结果。相对复杂的例子是表象视点较为明晰却有所变化的互换表象视点，最典型的是如辛弃疾所谓“我见青山多妩媚，料青山见我应如是”之类假想对视式互换视点，还有如卞之琳《断章》之所谓“你站在桥上看风景，看风景的人在楼上看你”之类比较明显的对视式互换视点，当然这一视点既可视为典型的对视式表象视点，也可视为假想性对视式互换表象视点。除此而外还有移位式变换表象视点，如《湖心亭看雪》所谓

“舟中人两三粒”，其真实表象视点应该是坐于舟中的作者，但在这一表象言语中却成了表象对象，虽然表象视点同是作者本人，但时间、地点和情境发生了变化，使曾在夜里看雪情境中的真实表象视点变成了当下写作情境特别是表象言语中的表象对象，是为回忆想象性移位式变换视点。

除了唯一固定明晰表象视点，其他如貌似无视点模糊表象视点、对视式互换表象视点、移位式变换表象视点等，往往较为典型地体现了类似国画的散点透视原理，称得上是中国表象言语的最具民族特色的视点模式。更多时候可能表象视点既不及谢灵运《于南山往北山经湖中瞻眺》那么确切唯一，又不会如王维《辛夷坞》那样模糊不清、近乎没有视点，常常似有似无、若存若亡，乃至非有非无，偶然立足于某一固定视点，却又不受制于这一视点，间或有所转换，且能最大限度拓展表象视域。如王维《终南山》所谓“太乙近天都，连山到海隅”为或高或远的远眺仰视，先是高望太乙近天都，后为远望连山到海隅；“白云回望合，青霭入看无”为由近及远与由远及近的伸缩平视，回望白云由近及远，入看青霭由远及近；“分野中峰变，阴晴众壑殊”为或左或右、或前或后的回转俯视，视中峰分野或左或右，看众壑阴晴或前或后；后“欲投人宿处，隔水问樵夫”为若即若离、或远或近的内外探视，先是内心探视欲投宿，再是外在行动探视问樵夫。所有这些视点汇集在一起便是多重视角的散点透视和表象，正是这一散点透视和表象最终成就了最圆满全域表象视点。虽然并不是所有作家的表象言语都达到如此充分圆满的全域视点程度，但不同程度的有限全域视点还是较为普遍的，许多视点相对模糊乃至若有若无、似有非有的表象言语大体都能纳入这一视点范畴。

第二章　作为文本的语言

作为文本的语言常常在作家个性化言语的基础上锤炼而成，虽然很大程度上仍带有作家个性化言语的特点，但由于更加书面化、规范化以至有着较为突出的民族共同语性质，所以更应该称为语言而非言语。一般对文本语言之最富于民族共同语特点的部分往往冠以语言，而对最个性化的作家特色部分往往称之为言语。于是作为民族共同语性质的部分往往属于语言的范畴，作为作家个人特色的部分往往属于言语的范畴。这二者在具体文本语言分析中常常难以明确区分，最明智的做法只是相对而言。

第一节　文本叙事语言的体裁类型和民族特点

叙事语言的感知着眼点和思维兴趣点往往以主语乃至大主语形式呈现于叙述句之中。对于汉语而言，最完整的叙述句往往是主谓句，最典型的便是诸如“我读书”之类。一般来说作为主语的人或事物，不言而喻是叙事的着眼点和兴趣点，且这一人或事物往往以施事为特征。相对比较复杂的是主谓句中的主谓谓语句如“他一口水都不喝”，双宾句如“大家叫她祥林嫂”，连谓句如“燕燕下床穿鞋”，兼语句如“大家选他当班长”等，一般都是以主语或大主语作为施事者，宾语为受事者。除非如主谓谓语句之“一口水他都不喝”以主语“一口水”为受事，但作为小主语的“他”其施事的特色仍然很鲜明。比较而言，似乎被字句如“张三的阴谋被揭穿了”，虽然“张三”

这一主语是受事，但作为省略了施事者“我们”或其他施事者的特点仍然比较突出。至于动词性非主谓句如“饭后走了一批客人”之类存现句仍有叙述句性质。相对最简略的叙述句是主语省略句如“吃饭”等。所有这些汉语句式的类型特点必然深刻影响中国叙事语言，使基于汉语的叙事语言只能是中国式而不可能是西方式。

基于汉语的特点，以其作为第一叙事语言的叙事文本常常与以其他语言为第一叙事语言的文本有较明显的区别。这种区别甚至表现在对相同题材类型事件的叙事中。如同样是慈母放纵其子以致走上偷盗乃至犯罪道路的题材，同样是警示和启发人们重视幼儿教育、从小事抓起，防微杜渐的主题，《伊索寓言》与中国民间故事有某些微妙差异。《伊索寓言》之《做贼的小孩与母亲》是这样叙述的：“一个小孩从书房里偷了同学的写字板，拿到他母亲那里去。她不但不责罚，还是很称赞他。第二回偷了外衣，拿来给她。但是她比以前更是夸奖他。时光过去，他成了少年的时候，就打算去偷更大的东西了。有一次，他被当场捉住，反缚了双臂，被牵到刽子手那里去。那母亲跟在他后面，捶胸悲叹，他便说想要在她耳朵边说一句话，她走近他去，那儿子咬住她的耳朵，就一口咬下来了。她骂他不孝，犯了罪还不够，又把母亲都残害了。那人说道：‘假如我初次偷了写字板拿去给你的时候，你打了我，那我何至于增长起来，被牵去就死呢！’这个故事说明，期初不惩戒，将更益增大。”明代陈继儒《读书镜》卷一《芒山盗》有云：“宣和间，芒山有盗临刑，母来与之诀。盗对母云：‘愿如儿时一吮母乳，死且无憾。’母与之乳，盗啮断乳头，流血满地，母死。盗因告刑者曰：‘吾少时也，盗一菜一薪，吾母见而喜之，以致不检，遂有今日。故恨杀之。’呜呼！异矣。夫语‘教子婴孩’不虚也！”虽然从故事类型上看均为慈母败子故事：因其母溺爱放纵其子，使其子在做贼道路上愈陷愈深，以至于罪不可赦，其子临刑前怀恨在心借故报复。但由于各地物质条件和民俗文化背景不同，使偷盗之物有所不同：《伊索寓言》笔下盗贼起先偷的是写字板和外衣，而中国故事中盗贼偷的是蔬菜和木柴。这说明《伊索寓言》笔下的盗贼似有较高层次，已达精神的形而上层面，关涉文化提升或外表包装；中国民间故事中的盗贼则仍处于肉体的形而下层面，限于最基本的生理需求，属于解决基本生活的饥饱和寒暖问题的层次。《伊索寓言》中的盗贼报复的手段是咬掉其母耳朵，虽然使其残废但终不至死，中国民间故事中的盗贼却选择咬掉其母乳头，致使其母流血而亡。说明中国民间故事中的盗贼较之伊索笔下的盗贼起初偷盗层次更低，但对其母厌恶痛恨的反弹程度更高，报复更残酷。这从一个方面折射出中国文化赋予父母对子女教育的责任更大，其所付出的代价也必然更惨痛，有所谓“子不教父之过”的古训，而且从故事闭口不提父亲而言，可能该盗贼没有其父，在中国“寡妇的儿子光棍的女”是最难教育的，其母或其父教育的压力更大，任务更重。末尾的总结也隐约表现出《伊索寓言》重在其子而中国故事重在其母的判断差异。所谓“小时偷针大了偷金”的类似民间故事在中国各地有不同版本，但大都强调家庭教育在儿童成长中的重要性。以上分析仅限内容，但实际已表露出叙事语言的某些差异。《伊索寓言》的叙事语言基本属于概述性，相对而言中国民间故事倒有较为鲜明的描写性质，常常不是仅靠相对概括的叙事语言平铺直叙，而是较为精心地选择了一些动词使叙事语言更生动，也使用了为数不多的形容词使叙事语言更形象。这一点甚至在盗贼的表态上也能看出来。

文本叙事语言在形式上主要有诗歌体和散文体两种。西方自《荷马史诗》开始便开创了极其发达而悠久的诗歌体叙事语言传统，诸如但丁《神曲》、弥尔顿《失乐园》、歌德《浮士德》、拜伦《唐璜》等诗体小说都是诗歌体叙事语言辉煌成就的代表，其他如莎士比亚戏剧、雪莱《解放了的普罗米修斯》等诗体戏剧也是这方面的代表。西方之所以有如此辉煌的诗歌体叙事语言传统，根本上由于许多作家都是以杰出诗人的身份叙事，或更准确地说，他们首先是杰出的诗人，然后才是小说家或戏剧家。有些作家如雨果虽然是散文体叙事语言的杰出代表，但其诗歌创作成就亦毫不逊色，而且也不乏诗歌体叙事语言。比较而言，中国可能更多地是将诗歌体用来抒情，其话本小说、章回小说等文本叙事语言主要为散文体。这可能由作为叙事语言主体的小说其最初的传播形式所决定的：西方小说最初在享受、娱乐、闲适的家庭聚会时朗读以供贵妇人们休闲消遣，所以用诗歌体叙事语言可能更易煽情和感染人；中国小说特别是作为主流的话本主要用来在专门场合说书或评书，所以用散文体语言更便于渲染气氛、叙述曲折生动的情节，更易于引人入胜。

正因为这一最初传播方式决定了话本小说以及在此基础上发展而来的章回小说很大程度上沿袭了这一散文体叙事语言，往往以散文体为主，适度穿插一定数量诗词曲赋之类诗歌体叙事于其中，除了增强平仄对仗押韵等音乐感外，更重要的是在开篇部分有作为引子的序言式诗词曲赋以起引领作用，结尾部分借助诗词曲赋以起画龙点睛之类的结题作用。如什克洛夫斯基所说："它们由故事的讲述者创作，讲述者本人也出现在故事中。我们听见他们的声音，他们像主人一样进入故事，对听众咏诗，讲各种相类似的故事，同时也依靠民间故事。"① 浦安迪《中国叙事学》也注意到了中国叙事语言诗词曲赋引录和插叙的修辞手法。这些穿插于散文体叙事语言之中的诗词曲赋等诗歌体叙事语言，常常起延缓叙事速度、烘托叙事氛围、提升情感节律，特别是升华叙事主旨等作用，而且在中国话本小说中，往往会在主体故事叙述之前加叙一段陪衬故事，故事虽然一主一副，但并不都有相似关系的题材和主题，也有相反关系的题材和主题，类似于庙会演出常提前加演些折子戏一样。但中国话本小说开篇的陪衬故事绝对不是折子戏而是自成一统的短篇故事，至章回小说虽然没有了诸如此类截然独立的陪衬故事，但常常将前一章回故事的结尾放置于下一章回故事之前以呼应前一章回，起承上作用；同样的道理，也可能在这一章回末尾提起下一章回的引子，以起开启下一章回的作用。而且中国章回小说依然有着相对独立、偶尔也有关联的一主一副情节结构，如《红楼梦》之贾家与甄家乃至贾宝玉与甄宝玉虽然关联度不高，但也不是完全没有关联，至少有着深层真与假的寓意。浦安迪将此称之为"二元补衬"②。这不仅是中国白话小说的一大特点，而且也是中国白话小说叙事语言的一个基本策略，甚至也是中国白话小说形成富于深层寓意的

① ［俄］什克洛夫斯基：《散文理论》（上），刘宗次译，百花洲文艺出版社 2010 年版，第 174 页。

② ［美］浦安迪：《中国叙事学》，北京大学出版社 1995 年版，第 159 页。

一主一副叙事结构且具有深刻哲学意蕴的根本原因。中国话本小说、章回小说，以及史书也往往在叙事语言之末尾或中间，进行直接的简要议论，或引证他人诗词曲赋抒发感慨，或用诸如“看官”之类呼吁表彰自身存在。但无论哪一种形式的穿插其间或安排于首尾的抒情、议论，至少在篇幅上不能喧宾夺主，否则可能有割断情节发展和联系的缺憾。在西方叙事语言特别是乔伊斯《尤利西斯》中虽然也尝试开拓叙事语言种类的多样性，但大部分为散文体，偶尔在某些部分采用了戏剧体。这一点对莫言《蛙》也有一定启发，也同样难以达到中国话本小说和章回小说诗歌体与散文体叙事语言并用的水乳交融境界。另外更多的西方散文体叙事语言，如巴尔扎克的小说等也间或穿插一些类似格言警句式议论借以点明题旨，并不具有中国传统叙事语言的文体乃至功能多样性的特点。值得注意的是，无论西方戏剧还是中国戏曲，其叙事传统大体均为诗歌体叙事语言，至少作为人们的台词基本如此，只是个别独白和对白可能属于散文体。只有后期的话剧是例外，基本上采用了较为单调一致的散文体叙事语言。

无论在诗歌体叙事语言还是散文体叙事语言中，人们常常会用一定叙事语言侧面描写人物特别是美至极致的女主人公相貌。作为诗歌体叙事语言的《陌上桑》与《荷马史诗·伊利亚特》在展示女主人公美貌时几乎都采用了侧面表象的手法。也许对任何民族任何语言来说，对最欣赏最崇拜的最美形象都不敢轻易触碰，因为越是最崇拜的美，越是可能为苍白、笨拙的语言所无法形容的，任何轻妄的描写都可能造成对最高境界的美的形象多此一举的冒犯和不必要的损伤，即使任何最轻微的疏忽、无能也可能对最高境界的美的形象造成不可饶恕的伤害。方东美这样阐述道：“宇宙间真正美的东西，往往不能以言语形容。”[①] 中国人最懂得这一道理，所谓“大美无言”、“无言相对最销魂”、“此时无声胜有声”等，都是中国哲人和诗人对最高境界的美无法用语言描述的深邃体悟。所以《陌上桑》从头到尾没有敢直接用表象语言正面描摹罗敷之美，只能恰到好处地虚晃一枪，用对旁观者行为事迹的叙

① 方东美：《生生之美》，北京大学出版社 2009 年版，第 288 页。

述来弥补表象语言的苍白无力："行者见罗敷，下担捋髭须。少年见罗敷，脱帽着帩头。耕者忘其犁，锄者忘其锄。来归相怨怒，但坐观罗敷。"人们也不能低估了西方文学，虽然荷马敢于直接描摹许多人的肖像，但自始至终没有正面描写海伦的相貌，《荷马史诗·伊利亚特》用这样的叙事语言来侧面烘托："普里阿摩斯正同盘托奥斯、提摩特斯、兰波斯、克吕提奥斯、阿瑞斯的后裔西克塔昂、行为谨慎的乌卡勒昂、安特诺尔这些长老坐在斯开埃城门上面，他们年老，无力参加战斗，却是很好的演说家，很像森林深处爬在树上的知了，发出百合花似的悠扬高亢的歌声，特洛亚的领袖们就是这样坐在望楼上。他们望见海伦来到望楼上面，便彼此轻声说出有翼飞翔的话语：'特洛亚人和胫甲精美的阿开奥斯人为这样一个妇人长期遭受苦难，无可抱怨；看起来她很像永生的女神；不过尽管她如此美丽，还是让她坐船离开，不要成为我们和后代的祸害。'"

在这里人们也能依稀发现中国和西方诗歌体叙事语言的某些微妙差异：中国汉语一个汉字一个音节的特点对诗歌体叙事语言仍然有很大影响，这一特点使中国诗歌体叙事语言常常表现出音节整齐、节奏分明，更富于音乐感的特点，但是缺失了相应的微妙变化，使得更复杂情感态度的渲染和描述受到了限制；西方诗歌体叙事语言往往没有整齐分明的节奏，虽然使音乐感受到了某种影响，但其相对细腻的人物描写能使微妙复杂的情感态度获得较充分展示。秦罗敷固然很美，以致几乎让所有见到她的人都忘乎所以，不知所措，但不可能有海伦那样的足以激发人们为其发动战争、不惜付出流血代价的魅力。这固然与女主人公自身美貌及其影响力的差别有关，但也有中国与西方文化背景不同的原因：相对来说，中国文化偏于内敛、自省、克制、沉稳，而西方文化则更崇尚外向、自由、对抗、张扬。不过古希腊人虽然从审美本能的角度认定为海伦长期遭受苦难是值得的，但理性还是让他们清醒地说出最好让海伦离开，以避免其祸害后代的话语。中国虽然也有美色亡国、红颜祸水的说法，但主要基于红颜薄命、祸起萧墙的宿命考量，而非基于避免战争的考虑。主要的区别还是《陌上桑》叙事语言偏于人物的动作叙事，而《荷马史诗·伊利亚特》明显偏于人物的心理叙事，且基本是类似于感慨乃至演讲的人物语言叙事。

类似情形在古代诗歌中较为多见。朱庆馀《近试上张水部》有云：“洞房昨夜停红烛，待晓堂前拜舅姑。妆罢低声问夫婿，画眉深浅入时无。”全诗只叙述了新嫁娘洞房花烛夜后的第二天拜见公婆前梳妆画眉的事情，尽管只字未提其相貌，但没有人会怀疑其貌美。可是这首诗的题旨不在于通过叙事侧面描写新嫁娘的美貌，而在于试探主考张籍，征询其举荐之意，看其文章是否合乎科举要求。这一点从其题目便看得一清二楚，那么人们关于新嫁娘貌美与否的纠缠大体属于表象解读率性走偏。类似例子还见于王建《新嫁娘》之所谓：“三日入厨下，洗手作羹汤。未谙姑食性，先遣小姑尝。”这首诗虽然和朱庆馀诗歌体叙事语言有着基本相同的新嫁娘试探公公婆婆的情节，但是否也同属于科举应考的考前征询试探便不得而知了。因为王建诗歌标题并不像朱庆馀《近试上张水部》那样点明题旨，至于是否也有假托新嫁娘来征询科举考试或其他功名利禄之类寄寓便不得而知，而且也无须纠缠于新嫁娘之美貌与否，仅从简单叙事也多少可以体察到其聪明伶俐、勤快孝道的品貌。人们一般推崇“此时无声胜有声”，这其实并不是叙事语言的最高境界，其最高境界是“非言非默”，如《庄子·则阳》所谓：“道物之极，言默不足以载；非言非默，议有所极。”①

中国叙事语言更崇尚白描的手法，一般三言两语点到为止，仅为清晰勾勒事件和叙述梗概，并不倚重过分繁缛的细节，更不将简单的事件与繁冗的心理活动交织在一起。如《世说新语·忿狷》：“王蓝田性急。尝食鸡子，以箸刺之不得，便大怒，举以掷地。鸡子于地圆转未止，仍下地以屐碾之。又不得。瞋甚，复于地取内口中，齿破即吐之。”在这一叙事语言中，人物动作特别是表现这些动作的动词起了极关键的作用，不仅是推动情节发展的原始动力，而且是情节得以演进的核心要素。也正是用诸如“食”、“刺”、“掷”、“碾”、“取”、“破”、“吐”等动词将先后发生的不同事件元素按照时序有机串联起来。虽然由于忽略许多细节特别是细腻心理活动描写多少显得

① （晋）郭象注，（唐）成玄英疏：《南华真经注疏》（下），中华书局1998年版，第517页。

有些有骨无肉，但用语简洁有力，勾画人物清晰，展示情节完整，主次较为分明。西方叙事语言与此不同，特别是意识流小说往往看重内心活动，显得血肉丰满，但由于缺乏对核心情节富有骨感的勾勒多少有些有肉无骨，核心情节主次不明晰。如普鲁斯特《追忆似水年华》写喝带着小马德兰点心屑的茶水的口腔感觉并夹杂着断断续续、似有逻辑也没有逻辑的记忆思绪的一段文字："当这口带着点心屑的茶一碰到我的上颚，我便猛然一惊，注意到在我身上发生了奇妙的事情。一种美妙的快感侵袭了我，使我超脱了周围的一切，而我却不知道快感由何而来。它立即使我对人世的沧桑感到淡漠，对人生的挫折泰然处之，将生命的短暂看作过眼烟云，如同爱情，它使我充满一种宝贵的本质；或者说，这种本质不是在我身上，它就是我。我不再感到自己庸庸碌碌，可有可无，生命有限。这种强烈的欢乐是从哪里来的？我感到它和茶及点心的味道有关，然而它却远远超过了味觉，而且具有迥然不同的性质。这欢乐从何而来？它意味着什么？到哪里抓住它？我喝了第二口，感觉和头一次相似，喝了第三口，感觉较轻于前次。我该停下来，饮料的效力似乎在减退。很明显，我所寻求的真理不是在饮料中，而是在我身上。饮料唤醒了我身上的真理，但它并不认识真理，它只能无限地逐渐由强转弱地重复这一见证，我不知道如何解释这个见证，但我至少希望能再次得到它，完全占有它，然后探求出最后的说明。我放下茶杯，求助于我的智能。应该由它来找出真理。"在这段文字中，人物动作和情节反而湮没于无休无止的感觉体味、思维浮现和记忆存取之中。这表面看来仅是一种创作思想的差异，其实更是一种生活方式，乃至物质基础和社会历史文化差异的集中体现。虽然意识流小说极力标榜心理感觉的真实性和重要性，但如果没有法国等欧洲国家发达社会的高福利物质基础，没有恬淡闲适自如的生活传统，如果放在一个温饱问题都没有很好解决，人们终其一生仍奔波于养家糊口的强体力、高物价、薄收入、低福利社会，这一切不可能发生，而且有些匪夷所思、不可思议。再看老舍《骆驼祥子》中写祥子吃饭一段文字："歇了老大半天，他到桥头吃了碗老豆腐：醋，酱油，花椒油，韭菜末，被热的雪白的豆腐一烫，发出点顶香美的味儿，香得使祥子要闭住气；捧着碗，看着那深绿的韭菜末儿，他的手不住的哆嗦。吃了一口，豆腐把身里烫开一条路；他自己下手又加了两小勺辣椒油。一碗吃完，他的汗已湿透了裤腰。半闭着眼，把碗递出去：‘再来一碗！’”这一关于吃的感觉呈现与《追忆似水年华》中喝杂有小马德兰点心屑的茶水时的丰满和细腻大不相同。

越剧《梁山伯祝英台》与莎士比亚戏剧《罗密欧与朱丽叶》有几乎相同的爱情题材和诗歌体叙事语言。但作为梁山伯祝英台故事原型的叙事语言采用散文体叙事语言以记述发生于东晋的故事，这一已见于唐代的散文体叙事至清代翟灏《通俗编》卷三“梁山伯访友”引《宣室志》已大体能看出今天戏曲的故事雏形：“英台，上虞祝氏女。伪为男装游学，与会稽梁山伯者同肄业。山伯，字处仁。祝先归。二年，山伯访之，方知其为女子，怅然如有所失。告其父母求聘，而祝已字马氏子矣。山伯后为鄞令，病死。葬鄮城西。祝适马氏，舟过墓所，风涛不能进。问知有山伯墓，祝登号恸，地忽自裂陷，祝氏遂并埋焉。晋丞相谢安奏表其墓曰‘义妇冢’。”可以看出这一民间故事与莎士比亚戏剧《罗密欧与朱丽叶》均讲述了男女主人公自相爱怜，虽不能同生，但求同死的爱情悲剧，且悲剧的主因都与意想不到或出人意料的失误有关，很显然都因男主人公错误估计和判断所致。男主人公往往显得懦弱无助，死得消极被动。如梁山伯在后来的民间叙事中明确演绎为相思成疾，且这一相思成疾、染病而亡在后来的改编中缘于他对祝英台婚约暗示的麻木迟钝、无动于衷，以致错失了最佳求婚时机；罗密欧由于对朱丽叶和神父密谋通过假死以求曲折与罗密欧团聚真相一无所知，便贸然殉情赴死。正由于两个男主人公有意无意的失误最终酿成了女主人公别无选择的殉情自杀或自葬悲剧。与二位男性充满失误的率先赴死相比，女性则聪明机智，勇敢果决，几经曲折直至一切希望最终化为泡影，无力回天的时候才毅然选择了同死的悲剧。朱丽叶死而复生，见自己与神父密谋曲折团聚的计划因罗密欧贸然赴死彻底失败的情况下，才选择了殉情自杀；祝英台在后来的改编中对梁山伯多有婚约暗示，但未引起梁山伯的顿悟，最终错失最佳订婚时机，当她听闻梁山伯已死归葬，在无可挽回的情况下才毅然殉情同葬乃至双双自化蝴蝶。至少从表象来看，正由于男主人公没有参透虚假契约才最终酿成了爱情悲剧。在后来改编中梁山伯因为没有参透祝英台表面假托其妹实为她本人的“虚假婚约”染病而亡，罗密欧则因为没有弄清楚朱丽叶与神父密谋的“虚假死约”而贸然自杀。这是最终酿成爱情悲剧的直接原因。进一步深究，可以发现梁山伯与祝英台的悲剧其实起因于中国“男女授受不亲”的性别防线，罗密欧与朱丽叶的悲剧则缘于两个家族的宿仇。前者起因于不具名的无形的观念教条，后者发端于具名的有形的家族血统；前者起因于中国儒家礼教的性别拒斥，后者发端于欧洲血统体制的家族拒斥。

一般叙事语言既有叙事文字，亦有叙事者的议论文字。单就叙事语言的深刻寓意来看，中西方叙事语言多难以达到印度民间叙事的高度。《庄子·列御寇》之所谓：“河上有家贫恃纬萧而食者，其子没于渊，得千金之珠。其父谓其子曰：‘取石来锻之！夫千金之珠，必在九重之渊而骊龙颔下，子能得珠者，必遭其睡也。使骊龙而寤，子尚奚微之有哉！’”[①] 虽然均淋漓尽致地揭示了与前引《伊索寓言》咬母亲耳朵及中国民间咬母亲乳头故事基本相同的防微杜渐的道理，但寓意更深刻，告诫人们，智慧只给人通达的假象，勇猛躁动多招致怨愤，有仁有义则多受责难，只有顺任自然、遵从人心、自甘人下，才是通达的三条必然规律。即使如此寓意深刻的叙事语言，较之印度故事仍显得有些不尽如人意。如《杂譬喻经》之《瓮中身影喻》云：“昔有长者子，新迎妇，甚相爱敬。夫语妇言：‘卿入厨中取葡萄酒来，共饮之。’妇往开瓮，自见身影在此瓮中，谓更有女人，大恚还。语夫言：‘汝自有妇，藏着瓮中，夫迎我为?’夫不自得，入厨视之。开瓮见己身影，逆恚其妇，谓藏男子。二人更相忿恚，各自呼实。有一梵志，与此长者子素情亲厚，过与相见，夫妇斗，问其所由。复往视之，亦见身影，恚恨长者：‘自有亲厚藏瓮中，而阳共斗乎?’即便舍去。复有一比丘尼，长者所奉，闻其所净如是，便往视瓮中，有比丘尼，亦恚舍去。须臾，有道人亦往视之，知为是影耳。喟然叹曰：‘世人愚惑，以空为实也。’呼妇共入视之。道人

---

① （晋）郭象注，（唐）成玄英疏：《南华真经注疏》下，中华书局1998年版，第599页。

曰：‘吾当为汝出瓮中人。’取一大石，打坏瓮，酒尽，了无所有。二人意解，知定身影，各怀惭愧。比丘为说诸要法言，夫妇共得阿惟越致。佛以为喻：‘见影斗者，譬三界人不识五阴、四大、苦、空、身三毒，生死不绝。’佛说是时，无数千人皆飞得无身之决也。”印度故事不仅其叙事语言能巧用动词形容词，且要言不烦，画龙点睛，叙述故事大概，发人深省。《伊索寓言》、《安徒生童话》等结尾处亦三言两语点出所寓哲理，但多限于生活常识，充其量也只是一种富有启发意义的生活哲理，即使诸如庄子寓言等也不可能是触及人们生命乃至灵魂的当头棒喝。《瓮中身影喻》的指喻是包括夫妻矛盾在内的一切人类烦恼困惑皆源自内心的贪欲、痴愚、嗔忿等虚妄不实心魔的外化示现，如果去除诸如此类的心魔，内心清净、澄明无碍，自然心体无滞、来去自由。这一叙事语言结尾仅寥寥数语的议论文字便点明题旨。有些叙事语言结尾的议论文字甚至长于叙事文字，且由讲述者直接抛头露面而非借他人口吻来议论。如《百喻经》之《小儿得大龟喻》云：“昔有一小儿陆地游戏，得一大龟，意欲杀之，不知方便，而问人言：‘云何得杀？’有人语言：‘汝但掷置水中，即时可杀。’尔时小儿信其语故，即掷水中。龟得水已，即便走去。凡夫之人，亦复如是。欲守护六根，修诸功德，不解方便，而问人言：‘作何因缘而得解脱？’邪见外道、天魔波旬、及乃恶知识而语之言：‘汝但极意六尘，恣情五欲，如我语者，必得解脱。’如是愚人，不谛思维，便用其语，身坏命终，堕三恶道。如彼小儿掷龟水中。”这一叙事语言直接叙事部分仅占一少半，叙事文字极为简洁，但不一定能启发人们真正获得正解，于是讲述者才用大半篇幅直接阐发要旨，以明示某些人如小儿欲得清净正道，获得解脱，反而因听信旁门外道者的恶言妄语，放纵心魔如掷龟入水中，以致身死命终，堕三恶道的佛教妙理，显然有醍醐灌顶、震撼灵魂的精神力量。只是诸如此类由叙述者在文本中直接登台亮相，不惜动用多于叙事文字的长篇大论式语言直接品评故事中人物和事件的叙事语言例证并不多见。

第二节　文本抒情语言的体裁类型和民族特点

文本抒情语言之核心内容是情感，抒发情感的最常见句式也往往因语种而不同。不同语种其独特语法规律常常起着举足轻重的作用。对汉语而言，其情感内涵最明晰的典型句式是诸如“把革命进行到底”之类的把字句，常常能以处置的特色强化其情感和意志的力量；最简便易行的抒情句式往往是如“多舒服啊”等形容词性非主谓句，“多么美的风景啊”等名词性非主谓句，特别是“唉”等叹词句。诸如此类的句式不仅其强调情感的特点更鲜明，且也不乏表象的特点，特别是某些形容词的使用必定与事物的一些表象紧密联系。即使这种表象比较模糊，甚至因人而异，如果确实有一定感染力，便必然引起人们的情感联想和意义具体化。因为当人们说“多美啊”、“多舒服啊”之类的简单抒情语言时，其核心词语的意义并不十分明晰。因为每个人关于美和舒服的标准并不完全一致。也就是同样的感慨，每个人心目中所引发的具体内涵并不完全相同。这一点甚至可以从情感最为裸露的民间抒情语言中找到例证。

文本抒情语言同样有讲究节奏和押韵的诗歌体抒情语言与不大讲究节奏特别是押韵的散文体抒情语言两种。民歌作为民间抒情语言的最高形式，大概没有人会怀疑其在抒情方面的简单明晰、坦率裸露。黑格尔明确指出：“民间诗歌在形式上一般是抒情的。”① 中国民间对爱情婚姻之男女双方哪一方相对主动有明白说法，有所谓“女缠男不值钱，男缠女抱金砖”的顺口溜，在具体民歌中并不都表达得十分清楚。如黎族民歌之所谓：“哥爱妹如藤缠树，妹爱哥如树缠藤；藤死树生缠到死，树死藤生死也缠。”分明抒发了男女双方相亲相爱生死不离的忠贞不渝爱情。但正是此类看似极其明白无误的抒情语言其核心名词的概念的内涵并不十分确定。人们可以说这一男

① ［德］黑格尔：《美学》（第 3 卷）下，朱光潜译，商务印书馆 1981 年版，第 203 页。

女关系中男女双方都是施事者，又都是受事者，甚至可以说互为施事者、互为受事者。但如果仔细推究则会发现仍然存在诸多疑团：就抒情主人公为女性而言，似乎女方更主动，属于施事者，也就是女缠男型，但至少从抒情语言的次序来判断，似乎“哥爱妹”在前，而“妹爱哥”在后，又属于真正的男缠女型。问题是这一民歌中抒情主人公到底是男性还是女性？如果换男性来当抒情主人公试读，似乎也合情合理。如果男性真为抒情主人公，那显然男性为施事者，女性为受事者，理所当然属于男缠女型，但从这首民歌的设喻来看，既然男性为藤女性为树，“藤死树生缠到死”便是男性的期盼，“树死藤生死也缠”是男性的决心。如果按照男为阳刚而女为阴柔的文化传统，倒应该女性为藤而男性为树。在甘肃西和民歌之“郎是阳山的绵葛条，妹是阴山的野樱桃；葛条一丈树八尺，葛条倒把树缠住”的抒情语言中，有将葛条这一相对柔弱的植物比作男性，将樱桃相对刚直的植物喻为女性的设喻，但这里标识男女性别的似乎不是柔与刚，而是生长地在阳山还是阴山。比较而言，似乎“郎是钥匙妹是锁”的设喻更具有明晰的男女不同性别象征意义，但在另一首民歌之所谓“十八的妹十九的郎，活像钥匙缠锁簧；锁子门上吊着哩，钥匙钻七窍着哩；钥匙缠住锁簧了，贤妹娃吸住小郎了”，又似乎有些含混。因为从主动与被动关系来看，应该钥匙为主动为男，锁簧为被动为女，但从最后两句设喻来看，倒似女性为钥匙男性为锁簧。

除了核心名词所指不明外，民歌抒情语言的含混不清还表现在看似极其明晰的核心情感也可能含混不清，甚至自相矛盾。如爱惜某一情感以至小心谨慎、呵护有加的时候，反而有可能因太过珍重而造成不经意疏忽和闪失，导致前功尽弃，于是便有“噙到口里怕咽了，掬到手里怕拌（摔）了”的担忧和焦虑，这极其正常。因为这一担忧和焦虑恰恰出自“把花儿爱得放不下”的心理。当一个人真正爱另一个人或物到无以复加的程度时，往往会将这一人或物无限放大，且愈珍爱愈放大，以致由于太过珍重、太过小心谨慎，反而最易对这一人或物造成意想不到的伤害。正由于厚爱必多费才往往会使人因为不堪重负而产生“捻下的麻线抖乱了，拿不了主意早算了”的埋怨和感伤。既然“爱得放不下”，又岂能自暴自弃产生“拿不了主意早算了”

的想法？关爱备至与不堪重负常常是孪生兄弟，大爱大恨、大舍大得往往相辅相成。也可能正因为如此，使黑格尔也只能得出相对含混甚或矛盾的看法："这种原始素朴性格赋予民歌以一种不假思索的新鲜风格和惊人的真实，往往产生极大的效果。但是民歌易流于零散破碎，过分简练以至于晦涩。"①可见诸如此类的民歌虽然所抒发的情感取向相对简单明晰，但其具体核心名词、核心情感的内涵其实并不清晰，无法对号入座进行明晰深究。

相对于民歌，文人抒情诗才是诗歌体抒情语言的最高形式。诗人的抒情语言特别是诗歌体抒情语言最能彰显一个民族语言特别是抒情语言的最高成就。刘勰《文心雕龙·体性》有谓："吐纳英华，莫非情性。"②也许汉语才是最适合抒情诗体语言的语言：首先汉语一个汉字一个音节并有固定声调的特点决定了往往平仄对仗整齐，便于表现节奏整齐的情感，特别典型的要数格律诗等近体诗之类。也可不大受其限制，在相对灵活的古体诗特别是后起的词曲中也能在相对简单整齐的节奏感基础上，彰显更富于变化的情感基调，甚至丰富复杂的情由以及变幻莫测的不定情，以充实抒情语言丰富的内涵和拉伸抒情语言内在情感的张力；汉语表意的模糊性和多义性，常常更便于通过为数不多的词汇表达更多的意义，或将多重意义凝结于相对集中的某些词汇之中，或借助某一相对明晰意义的词汇蕴含并暗示其他可以让人们浮想联翩的引申或联想意义，这里不仅有一语双关之类修辞方法发生作用的缘故，也可以在双关之外借助用典等方法注入词语以历史的意义，在延伸词汇的历史纵深度的同时，叠加和丰富词汇的历史文化内涵及情感意义；特别是汉语通常没有过分严格的词性、词格、数、时态、人称、句式语法诸方面人为规范限制，有更接近自然而非人为分别割裂和武断界定的特点，能在诸如此类的各个方面为诗人任物随性，充分尊重自然规律，最大限度发挥主观能动性，运用语言更形象生动、灵活自如地歌咏自然，表彰宇宙万物无所执著的生命本性提供了广阔自由的创造空间，以及最接地气最合乎自然的个性

---

① ［德］黑格尔：《美学》（第3卷）下，朱光潜译，商务印书馆1981年版，第202页。

② 范文澜：《文心雕龙注》下，人民文学出版社1958年版，第506页。

表现空间。特别是大量无主句的频繁使用更成全了中国诗人把握宇宙万物自然本性而非自我膨胀的抒情个性，使中国诗人即使直抒胸怀也显得较含蓄委婉，倒像是歌咏自然而非感悟人生，像是描写景物而非借景抒情，像是抒写伤时感世而非托物言志。

一般来说，豪放派词虽不及民歌爽朗直白，亦多为快人快语，绝不藏藏掖掖，并能气贯长虹，但即使如辛弃疾《水龙吟·过南剑双溪楼》抒写抗金救国、收复中原的雄心壮志，句句不离写景，如“举头西北浮云”，“我觉山高，潭空水冷，月明星淡”，“风雷怒，鱼龙惨”，“片帆沙岸，系斜阳缆”诸句貌似写景，实则写抗金形势的严峻，特别是金人的强大攻势、主和派的压倒性态势和将士们士气不振的现状；即使直抒雄心壮志，也没有岳飞“直捣黄龙府，与君痛饮耳”那样明白如话、痛快淋漓，而是所谓“倚天万里须长剑”，虽有豪情，亦不免于写景。倒是其他非豪放派，如婉约派尤其花间派词等尤其显得含蓄蕴藉，富于诗情画意，亦多类似工笔描画美人悲秋图。如温庭筠《更漏子·玉炉香》所谓：“玉炉香，红蜡泪。偏照画堂秋思。眉翠薄，鬓云残。夜长衾枕寒。梧桐树，三更雨。不道离情正苦。一叶叶，一声声，空阶滴到明。”大体写美人的居室环境，借炉香盘绕升空、蜡泪时有滴落来烘托美人独居画堂的昏暗、孤寂、凄凉的氛围，点出秋思主旨。再写美人悲于不能为悦己者容，便疏于梳妆，以致“眉翠薄，鬓云残”。但这并非美人的悲苦之处，其悲苦之处在于长夜无眠枕衾寒。也许长夜无眠枕衾寒也还非最悲苦处，最悲苦处在于借着滴落梧桐的秋雨，一直听到三更。也许这还不是悲苦的根本，其根本是随着“一叶叶，一声声，空阶滴到明”，是随着一叶叶希望的失落和一声声绝望的累加，最终耗尽了美人的秋思，耗尽了美人的美貌，耗尽了美人的生命。如果彻夜失眠是摧毁美人花容月貌的罪魁，那么导致美人彻夜失眠的祸首又是什么呢？是移情别恋的恋人，是戍守边关的丈夫，还是乐不思蜀的君王便不得而知了，但这一切似乎无关紧要，紧要的是剪不断理还乱的思虑正消耗着人们的时间、精力乃至生命。而这最后一点却并不仅仅是美人的宿命，几乎是所有人特别是不能忘怀功名利禄、成败得失者的共同宿命。如果说中国古代诗词常常会欲言又止，留出许多朦胧含混的艺术空白，借以供人们体会玩味、推测想象、填充完形，元散曲却往往以更直白细腻的铺陈寄寓读者相对更加具体明晰的想象空间，使读者曲调韵律的表演，以达到渲染情绪、表达情感的目的。元散曲题卢挚《夜忆》及其曲三首串联起来正是首夜间情思长卷，恰好表达了与温庭筠《更漏子·玉炉香》类似的情感，且铺陈渲染得更坦率而不失逼真细腻、直白而不失缠绵悱恻，有谓："窗间月，檐外铁，这凄凉对谁分说。剔银灯欲将心事写，长吁气把灯吹灭。将灯残，人睡也，空留得半窗明月，孤眠心硬熬浑似铁，这凄凉怎捱今夜？灯将残，人睡些，照离愁半窗残月。多情直恁的心似铁，辜负了好天良夜！灯下词，寄与伊，都道是二人心事。是必你来会一遭儿，抵多少梦中景致！"许多元散曲在某种意义上通常可被视为对唐诗宋词的一种诠释，而且这种诠释保留了同样的抒情语言特点，虽然含蓄蕴藉较为有限，但表意直率明白则显而易见。

对于汉语作为诗歌体抒情语言优势的研究，美国语言学家范尼洛萨《汉字作为诗歌的媒体》有突出贡献。他认为汉字充满动感，不像西方文字被语法、词类规则框死；汉字的结构保持其与生活真实间的暗喻关系；汉字排除拼音文字的枯燥的无生命的逻辑性，而是充满感性的信息，接近生活，接近自然。在此基础上，郑敏系统总结和阐述了汉语动感和富于感性魅力，并特别强调："汉语的浓厚的暗喻色彩使得汉语本身就富于诗的本质。这也是汉语这充满人类直接想象、感性视觉美及思维组织能力的文字较拼音文字的冷漠无情无感性视觉美更优越的原因。"① 其实除了汉语可能是最便于抒情的语言之外，人们似乎还是无法弄明白中国诗人为什么不热衷于宏大历史叙事，偏偏执著于书写瞬间感受并借此展示关于生命个体和宇宙万物的终极思考。这难道是因为中国人本性最多愁善感、最乐于感时伤世，还是最关注生命本体、最长于感悟人生？莫非真如王夫之所说是"以追光摄影之笔，写通天尽人之怀"②，是如宗白华所说"'澄怀观道'，在拈花微笑里领悟色相中微

① 郑敏：《语言观念必须革新：重新认识汉语的审美功能与诗意价值》，载陈思和主编：《中国当代文论选》，上海教育出版社 2010 年版，第 126 页。

② （明）王夫之：《古诗平选》，上海古籍出版社 2011 年版，第 161 页。

妙至深的禅境”[①]？也许中国人并不热衷于宏大历史叙事，更看重感时伤世、顿悟人生的瞬间情感和体悟的根源，在于很早就培养了一种学而优则仕的普遍观念，以至于绝大多数知识分子将考取功名作为上升途径，但科举考试只能给予极其有限的少数知识分子提供出路，其他更多的知识分子仍然没有上升通道，或即使有了上升通道，也可能由于种种原因并不能经常春风得意马蹄疾，于是每到失意之时，便顺理成章地将其准备科举考试的文采用于书写感时伤世、顿悟人生的情怀上，而且越是在这种情况下，他们越有试图超越一般意义的事件发展和平常意义的情感生成，在终极意义上思考和揭示生命真谛的强烈愿望和创作动机。也许正是这种达成或达不成的情结驱使和支配着中国人总是以各种方式和途径试图达到圣人、真人乃至佛陀的境界，而且中国乃至东方文化也确实给了人们成佛成圣的希望和机会；西方从古希腊时期特别是后来占据主体地位的基督教在根本上消解乃至否定了人们可能成为神灵和上帝的可能，使其不再奢望成为圣人、真人乃至佛陀，只能退而求其次，以求获得真实可感的实实在在的成功，于是只热衷于通过宏大历史叙事以图弄通人类社会发展规律，通过科学研究以图获得宇宙发展规律，转而服务于人类的生活。

也许正是由于中国人敬重自然以至于将其作为最高意志的代表，才不像西方人那样将上帝看成万物的主宰，也不将自然只是看成上帝的创造物，更不至于像西方人那样除了信仰上帝，似乎并不真正崇尚高度敬畏自然的道理，且易于自我膨胀，将自然作为征服和利用的对象，将人类自诩为理所当然的万物精灵和宇宙精华，才使中国人能保持极其低调的态度始终与自然和谐相处，并将“道法自然”作为人类生存智慧的源泉，以致即使最为个性张扬的中国抒情诗人在永恒宇宙特别是无边无际的空间和无始无终的时间面前也往往显得比西方浪漫主义诗人更冷静低调、更内敛谦逊。如李白《将进酒》所谓“天生我材必有用”虽然标识了鲜明而强烈的自我才情，似乎也有高度的自信，但永远不可能膨胀到如雪莱那样自诩为艺术的创造者、“法律

---

① 宗白华：《宗白华全集》（第2卷），安徽教育出版社1994年版，第363页。

的制定者、文明社会的创立者、人生百艺的发明者”① 的程度，而他恰恰是出于感伤宇宙的无始无终与人生的稍纵即逝，以致只能借酒浇愁：“呼儿将出换美酒，与尔同销万古愁”。因为李白比其他人特别是西方诗人更能敏锐地认识到自己作为诗人“吟诗作赋北窗里，万言不值一杯水”（《答王十二寒夜独酌有怀》）的冷酷现实处境。与李白《将进酒》相比，辛弃疾《沁园春·将止酒，戒酒杯勿使近》则抒写了不是纵酒而是戒酒的情志，有所谓：“杯汝来前！老子今朝，点检形骸。甚长年抱渴，咽如焦釜；于今喜睡，气似奔雷。汝说刘伶，古今达者，醉后何妨死便埋。浑如此，叹汝于知己，真少恩哉！更凭歌舞为媒，算合作平居鸩毒猜。况怨无大小，生于所爱；物无美恶，过则为灾。与汝成言：‘勿留亟退，吾力犹能肆汝杯！’杯再拜道：‘麾之即去，招则须来。’”虽然这首词类似于“伐酒檄文”，貌似是对酒的面对面口诛笔伐，其情之露、之粗、之真、之切，达到了无以复加的地步，但其无论陈述害处，还是讲道理，都能或现状或历史，或比较或总结，都能遵循以情感人、以理服人的基本原则，而且从饮酒所悟到的“怨无大小，生于所爱；物无美恶，过则为灾”的哲理也入情入理，感人至深，显得通达无碍，发人深省。正由于他尊重自然，尊重自然规律，并将自然作为体悟生命智慧的重要源泉，才不会如李白那样说得过满，虽有“勿留亟退，吾力犹能肆汝杯”的承诺，也不排除“麾之即去，招则须来”的余地。

正是基于对永恒宇宙的整体感知，中国人最容易形成对自身生命短促的理性思考和诗性感慨。这几乎是中国诗歌体抒情语言的最基本主题。在这一点上，陈子昂《登幽州台歌》视域最为开阔，以至在时间上涉及过去、现在、未来，在空间上涉及天、地、人。也正是基于这一点，才使他发出了几乎前无古人后无来者的“念天地之悠悠，独怆然而涕下”的感悟。虽然陈子昂关于生命短促的感慨有宏大视域，但并不意味着其对生命的感悟和思考便最深刻。比较而言，虽然王维的禅言诗许多时候并未真正达到禅宗空灵和寂

① ［英］雪莱：《为诗辩护》，高建平主编：《西方文论经典》（第 3 卷），安徽文艺出版社 2014 年版，第 211 页。

灭境界，但相对于其他更多诗人来讲，还是最富于禅趣的，至少他所表现的无所执著、任物随性的状态本身便是生命达到智慧境界的集中体现。王维《酬张少府》是一首酬答诗，但对生命的感悟和思考显然至为深刻。如其所云："晚年惟好静，万事不关心。自顾无长策，空知返旧林。松风吹解带，山月照弹琴。君问穷通理，渔歌入浦深。"王维这首诗貌似语言浅显直白，但正是这看似浅显直白的抒情语言中却蕴含着深刻的生命体验和领悟，而这些体验和领悟并不是所有人都能理解透彻的，有些人浑浑噩噩甚至可能终其一生也不知其所云。其最核心的抒情语言为"静"、"空"、"照"、"歌"四字，可以分别设问：为什么晚年惟好静？为什么空知返旧林？为什么满足于风吹月照？为什么寄寓于渔歌入浦深？对此可借用更明白如话的元散曲加以阐释。首先王维为什么到晚年才好静，以致万事不关心？这是因为经历了逐年累月的摸爬滚打，特别是经历了青壮年时代的成败得失，方真正领悟人生易逝、万境皆空，唯有顺任本心、活出真我才是明智选择的生命真谛。如卢挚《双调·蟾宫曲》所谓"想人生七十犹稀。百岁光阴，先过了三十。七十年间，十岁顽童，十载尪羸，五十岁除分昼夜，刚分得一半白日。风雨相催，兔走乌飞。子细沉吟，都不如快活了便宜"。既然懂得了万境皆空、顺任本心的生命真谛，便无须斤斤计较于成败得失、是非曲直之类，倒不如回归自然、无所用心、返璞归真。如白朴《乔木查·对景》："岁花如流水，消磨尽自古豪杰，盖功名利禄总是空。方信花开易谢，始知人生多别。忆故园，漫谈嗟。旧游旅馆，翻做了狐踪兔穴。休痴休呆，蜗角蝇头，名亲共利切。富贵似花上蝶，春宵梦说。"既然选择了回归自然、无所用心、返璞归真的生活方式，那么满足于任风解带、随月照琴的顺任自然生活境界便是理所当然的。如不忽木《仙吕·点绛唇》所谓："臣离了九重宫阙，来到这八方宇宙，寻几个诗朋酒友，向尘世外消磨白昼。臣则待领着紫猿，携白鹿，跨苍虬，观着山色，听着水声，饮着玉瓯，倒大来省气力如诚惶顿首。"既然满足于无所用心、返璞归真的生活境界，那么理所当然便没有穷与通的分别，也没有执著于答与非答、辩与非辩的必要了。如宋方壶《山坡羊·道情》有云："布袍粗袜，山间林下。功名二字皆抛罢。醉联麻，醒烹茶。竹风松月浑无价，绿绮纹楸时聚话。官，谁问他；民，谁问他。”

较之诗歌体抒情语言，散文体抒情语言并不具有特别优势，也不能低估其作用。除了为数不多的可能会用到“多美啊”、“多舒服啊”等感叹句来抒情之外，一般不会用此类的句式，而是借助叙事、表象等方法来抒情。这应该是散文体抒情语言的基本特征。母爱作为人世间最具本能性又最具道德性的情感体验，是许多民族抒情语言的核心内容。如归有光《项脊轩志》所谓：“妪每谓余曰：‘某所，而母立于兹。’妪又曰：‘汝姊在吾怀，呱呱而泣；娘以指扣门扉曰：‘儿寒乎？欲食乎？’吾从板外相为应答。”语为毕，余泣，妪亦泣。”寥寥数语借老妇人之口叙述了她与作者母亲的对答，看似平淡，却凸显了一位亡母生前对孩子的关爱，活灵活现，催人泪下。至于史铁生《我与地坛》有云：“有一回我摇车出了小院，想起一件什么事又返身回来，看见母亲仍站在原地，还是送我走时的姿态，望着我拐出小院去的那处墙角，对我的回来竟一时没有反应。待她再次送我出门的时候，她说：‘出去活动活动，去地坛看看书，我说这挺好。’许多年以后我才渐渐听出，母亲这话实际上是自我安慰，是暗自的祷告，是给我的提示，是恳求与嘱咐。只是在她猝然去世之后，我才有余暇设想。当我不在家里的那漫长的时间，她是怎样心神不定坐卧难宁，兼着痛苦与惊恐与一个母亲最低限度的祈求。现在我可以断定，以她的聪慧和坚忍，在那些空落的白天后的黑夜，在那不眠的黑夜后的白天，她思来想去。”史铁生这段抒情语言除了有较多的自我推测，以及直接抒情的内容之外，在叙事并描写他母亲近似自语又似叮嘱的语言，以及“仍站在原地，还是送我走时的姿态”的动作方面，与归有光抒情语言极其相似，都借助各自母亲简短语言和动作的描写，塑造了惟妙惟肖、关爱备至的母亲形象，而且都没有掺杂任何矫揉造作的成分，都彰显了最为朴素、最为真挚抒情语言的感人至深力量。萨特在《词语》中写了这样一段文字：“我推了个平头后便光荣地回到了家里。家里迎接我的是惊叫，但没有亲吻。母亲躲进自己房里哭泣去了，因为她的小女孩被换成了小男孩。更有甚者，只要我美丽的鬈角卷发飘来荡去，母亲就还可以拒不承认我长得丑陋这一明显的事实，然而我的右眼已经变得模糊起来，她必须承认事实的真相，外祖父似乎也目瞪口呆了：他把一个奇才托付于他，可他却还给他一只癞蛤蟆，这无异于挖掉了她日后惊叹称奇的根基。妈咪快活地看着外祖父，她只是说：'卡尔垂头丧气，并不为他的所作所为感到自豪。'安娜－玛丽心地善良，她不让我知道她忧伤的原因。我直到十二岁才突然发现其中的奥秘。我感到很伤心，我发现家里的朋友常对我投以担忧或困惑的一瞥。"萨特这段文字除了写死了丈夫回到娘家的母亲遭受着来自娘家的冷遇和无奈之外，与归有光、史铁生母亲一样都有对其子看似平常却极不容易的母爱。史铁生母亲对残疾儿子忧心忡忡却从不将这种感伤流露出来，只是时常会重复地、木然地自语；萨特母亲偷着哭泣，却在人面前若无其事甚至装作快活。这些都充分彰显了一个母亲的坚忍、自强和深情，同时也都写出了作者作为儿子的木讷和迟钝，以及对母亲超负荷担忧的一无所知和事后醒悟。所有这些都通过儿子对母爱事后的深刻体验，抒发了对各自母亲几乎本能的伟大的爱的深刻而真挚的体认和怀念。

不能说任何文本语言都是抒情语言，但抒情显然是绝大多数文本语言的原初动机，至于叙事和表象语言更多时候仅仅是文本语言的外在特征。也不能排除以叙事和表象为原初动机的文本语言，但文本语言不可能没有任何情感。并不是所有作家都放纵情感，甚至也有作家如艾略特主张逃避情感，但事实上没有文本语言能够纯客观甚或没有夹杂任何情感，除非不是文学文本语言，而是诸如科学报告之类。

第三节 文本表象语言的体裁类型和民族特点

文本表象语言同样是文本语言的主要形式之一。虽然有部分文本语言其原初动机可能基于表象，但表象通常并不仅仅是纯客观表象，总是不同程度地带有或夹杂着某些主观感知、判断乃至情感的成分。对汉语而言，最常见的表象语言句式为存现句，如"院里卧着一只大黄狗"、"午后来了几只小麻雀"等，特别是诸如此类的存现句如果多了些限定性形容词、动词之类描写性词语的时候，其表象性语言特征将更加鲜明。另外如“上课了”、“不到黄河心不死”等动词性非主谓句，除非绝对意义上的主观意愿乃至意志之类，否则作为状态描述则只能属于表象语言的范畴。至于“多美啊”等形容词性非主谓句虽然可能不失抒情特点，但往往由于有着描述性特征而具有表象言语特点，特别是诸如此类的表象语言有了一些限定性形容词和动词的时候。尤其是在文学文本之中，可能并不仅仅是一些标准句，甚至千变万化。

表象是语言的主要功能之一。《庄子·则阳》有云：“言之所尽，知之所至，极物而已。”① 文本表象语言其基本职责和功能便是表象。当人们无法准确乃至惟妙惟肖地描摹事物表象的时候，实际可能由于所使用语言在表象方面存在先天不足，人们在认可这一先天缺憾的基础上，首先得怪罪自己不能成功发现乃至捕捉事物特征。这是因为人们无法从根本上改变甚或创造某种语言，充其量只能是在现有语言条件的基础上尽可能准确无误地发现和捕捉事物特征并对其进行惟妙惟肖的描摹。阿恩海姆指出：“语言并不是我们的感觉同现实接触的通路——它仅仅是给那些看到、听到或想到的事物赋以名称。但对于描述和解释视觉对象来说，语言却并不是一个生疏的或不适合的媒介。所幸的是，我们的视觉分析系统还能够进一步地得到发展，并且还可以唤起能够‘透视’事物的那些潜在能力，而这些潜在能力的发挥，又能够帮助我们弄清那些不能够分析的事物的本质。”② 虽然语言的这种促使人们透视乃至发现事物本质的作用可能是相同的，但作为用来表象的语言却由于各自特点不同往往在表象方面有不同表征。

汉语作为象形表意文字有着区别于西方拼音文字的特性。用郑敏的话说：“拼音文字的组成部分是全抽象的符号字母。它们只能唤起接受者对于对象的抽象概念的记忆，而后联想到该事物的感性质地，所以通过拼音文字并不能直接达到对该物体的感性认识，而汉字的象形（形）、指事（状态）和会意（智）不需通过抽象概念可直接传达对象的感性和智性质地。显然，

---

① （晋）郭象注，（唐）成玄英疏：《南华真经注疏》（下），中华书局 1998 年版，第 515 页。

② ［美］阿恩海姆：《艺术与视知觉》，朱立元主编：《二十世纪西方美学经典文本》（第 1 卷），复旦大学出版社 2000 年版，第 733 页。

拼音文字在传达与接受知识方面不如汉文字。”① 这即是说汉语基于象形表意文字的性质决定了汉字有着其他拼音文字所没有的表象功能，因为汉字作为象形文字以及以象形文字为基础存在的大量形声字的文字，其表象功能常常具有先天性功能的性质，因为诸如日、月、山、人、龟、碗、窗、菜、饭等名词，拿、跑、想、刻、挖、吃等动词，黝黑、狂躁、疯癫等形容词，其实从其表意的字眼乃至偏旁部首便可以分辨出相关的形象和意义来。如闻一多《死水》之“也许铜的要绿成翡翠，铁罐上锈出几瓣桃花；再让油腻织一层罗绮，霉菌给他蒸出些云霞”，可以从诸如铁罐、锈、桃花、油腻、霉菌、蒸、云霞等最基本词汇分辨出事物的质地和属性。当然更多情况下仅字面意义并不能构成表象的整体状态和特点，往往需要借助词语本身所具有的特定表象功能，如以上事物各自不同颜色，才可以构成一个五彩斑斓的世界。类似的表象功能也可以从汉译外国诗歌窥见一斑。如波德莱尔《腐尸》中“腐败的肚子上苍蝇嗡嗡聚集，黑压压一大群蛆虫 / 爬出来，好像一股黏稠的液体，顺着活的皮囊流动”的描写，许多名词如肚子、苍蝇、蛆虫、液体、皮囊，形容词如腐败、黑压压、黏稠，动词如爬、流动，象声词如嗡嗡等，其实都能通过偏旁部首等使人联想起相应的形象。

表象语言的特定性质和特点，往往因诗歌体表象语言与散文体表象语言而有所不同。相对来说，散文体表象语言显得平实，虽然有可能因为有所寄寓，使其往往超出生活本身的特点，拥有了相对主观而深邃的寓意，但其基本上还是遵从于生活本身的限度，并不像诗歌体表象语言那样过度赋予事物以主观感觉、想象乃至思维，特别是并不过度将不具象的无形事物表象化甚或物态化、具象化。如叶圣陶《牛》这样写道：“我进院子的时候经过牛身旁，总注意到牛鼓着的两只大眼睛在瞪着我。我禁不住想，它这样瞪着，瞪着，会猛地站起身朝我撞过来。我确实感到那眼光里含着恨。我也体会出它为什么这样瞪着我，总距离它远远的绕过去。有时候我留心看它将会有什

① 郑敏：《语言观念必须革新：重新认识汉语的审美功能与诗意价值》，陈思和主编：《中国当代文论选》，上海教育出版社 2010 年版，第 122 页。

么举动，可是只见它呆呆地瞪着，我觉得那眼睛里似乎还有别的使人看了不自在的意味。”在这段散文体表象语言中，虽然赋予牛的两只大眼睛以不同寻常的表情，特别突出了“恨”以及后来才读出来的“哀怨”，但这一切并不是直接强加于牛，而是通过我的观察感受表象出来的。虽然诸如此类的感受也许并不真正合乎牛的本意，但至少还忠实于牛本身可能存在或使人联想到的某些情感态度，如牛可能流露出来的对人过度驱使和奴役的不满等。于勒·列那尔《冷冰冰的微笑》之《牛》有这样一段表象语言：“老牛缓慢地、安静地过来喝水。它们把脊背挺直，喝着水。水在极轻微地颤动。最后，它们凉快了，似醉非醉，又同时抬起头，像来时那样，乖乖地离去。但是，有一头牛留着。十分温柔的牧人并无恶意地戳着悬在它臀部的干粪片，但没有用处：一头牛留着，蹄子插在土中，凝视着双角倒影，忘掉了自身。”在这段表象语言中，一切表象都好像是自然而然发生的，没有任何主观推测和想象的成分，至少较之叶圣陶那段表象语言明显少了很多主观推测和想象成分。人们可能觉得这种看似极忠实于生活的表象语言同样有寓意，而且较之叶圣陶表象语言更深邃：不仅那群“脊背挺直，喝着水”，“凉快了，似醉非醉，又同时抬起头，像来时那样，乖乖地离去”的牛个个像深沉的哲人，似乎已经参透了人生哲理以至于从心所欲，至于那头最后留下来“蹄子插在土中，凝视着双角倒影，忘掉了自身”的牛，更俨然一位有敏锐而智慧法眼的哲人乃至智者，像是在思考宇宙生命的某一奥秘，或已经将所谓生命真谛和宇宙奥秘勘破参透乃至了如指掌、成竹在胸。但这一切也似乎只是读者的一种推测和想象，并不意味着文本表象语言本身明白无误地寄寓乃至暗示了这一切。这可能是散文体表象语言的一个基本特征。

至于诗歌体表象语言可能并不如此拘谨，甚至可以完全不受制于生活真实性的约束，将作家想象、拟人、夸张等最大化地直接诉诸表象语言，乃至有明显泛化倾向。如朱红《黄昏·夏夜·白鸥》，看标题只是三种事物的表象，三者之间也不一定有什么必然联系，理所当然不可能汇集成一首完整诗歌的表象世界，如所谓“还未吻到江面呢 / 夕阳已经醉了 / 顿时 / 羞涩绯红了整个黄昏”一节显然只是一个黄昏的表象，更具体来说，只是一个黄昏落日的表象。运用了拟人化手法使其显得形象生动，如以“吻到江面”来表象夕阳落到江面，以“醉”、“羞涩”引出“绯红”来写红彤彤的夕阳，以及所映射出来的红彤彤的黄昏全景。这一节表象语言虽看似不真实，其实是最真实不过的黄昏景色的表象，如日落江面、红彤彤的世界，没有哪一个不是黄昏可能出现的景色。关键是接下来的第二节表象语言，便显得不可思议，甚至莫名其妙，有：“夏夜在你波涛似长发间涌起 / 明眸亮成两点航标 / 只是那三个清清澈澈的汉字 / 仍不忍在唇上起锚 / 唯恐惊飞 / 栖息在臂弯里的 / 那只美丽白鸥”。在这一节表象语言中，夏夜如何能在波涛似长发间涌起？是谁的长发？是人是物是白鸥？明眸如何能亮成两点航标？是谁的明眸？是人是物还是白鸥的明眸？又如何能只是那三个清清澈澈的汉字？是哪三个清澈的汉字？又为何仍不忍在唇上起锚？是谁的唇上，是人是物还是白鸥？又为什么唯恐惊飞？唯恐谁惊飞？是人是物还是白鸥？最终推出答案是唯恐惊飞栖息在臂弯里的那只美丽白鸥。但这只白鸥是真正的白鸥，还是有所隐喻？为何栖息在臂弯？这臂弯又是谁的？这一系列问题仍然悬而未决。无论其问题能否迎刃而解，似乎也并不重要。重要的是栖息在夏夜的白鸥与绯红的黄昏又是什么关系？是隐喻还是转喻？如果仅仅凭借时空邻近性建立联系，便具有转喻性质；如果基于相似性建立的联系，便具有隐喻性质。单就字面表象而言，夏夜在长发间涌起、明眸亮成两点航标、三个清澈汉字不忍在唇上起锚，唯恐惊飞栖息在臂弯里的美丽白鸥等句中的“涌起”、“点亮”、“起锚”、“惊飞”这几个动词便有着逼真而富于深意的表象功能。相对于《黄昏 · 夏夜 · 白鸥》，休姆《秋》倒是更为简洁而纯粹，且不失表象的形象生动：“秋夜的一丝寒意——我在田野中漫步，遥望赤色的月亮俯身在藩篱上 / 像一个红脸旁的农夫。我没有停步招呼，只是点点头，周遭尽是深深沉沉的星星，脸色苍白，像城市中的儿童。”在这首诗的表象语言中不仅多了几分叙事成分，且其表象也显得简单明了、形象生动，说夕阳落入藩篱为“俯身”，说其赤色像“红脸旁的农夫”，说点点星星“脸色苍白”。所有这些动词、形容词、名词都似乎十分自然，没有任何雕琢痕迹，但又不能说仅是秋夜的表象，肯定还存在隐喻及哲理，但即使在不能弄清其深意也不影响人们对完整表象世界的整体把握。论起表象语言的生动形象性，桑德堡《雾》更值得一提："雾来了，踮着猫的细步。他弓起腰蹲着，静静地俯视 / 港湾和城市，又往前走。"这首诗动用了诸如"踮着"猫步、弓腰"蹲着"、静静"俯视"、又"往前走"等动词和形容词活灵活现地展示了雾的表象，虽然用了拟人，但不会有人觉得脱离了雾的半点本色，更没有抽象晦涩的设喻干扰和伤害诗歌体表象语言的纯粹和明朗。

比较而言，艾略特《窗前晨景》之所谓："地下厨房里早餐盘子哗哗响，而沿着行人践踏的街道两边，我觉察到女佣人潮湿的灵魂 / 在大门口沮丧地冒出嫩芽。晨雾的黄色波浪从街道底上 / 向我抛来一个个扭歪的面孔，从穿脏裙子的路人脸上撕下 / 一个无目的的微笑，让它飘在空中 / 沿着屋檐的水平方向渐渐消失。"单就表象的真实性而言，所谓哗哗响的早餐盘子似乎没有多少想象成分，但这恰恰是走在街道的人对地下厨房盘子按照其生活经验的合理推测，虽然不能说完全不是想象，但也不属于眼见为实的景象，充其量也只是耳听为虚的经验积累。至于地下厨房女佣人特别是其灵魂理所当然是不能直接察觉的，更不可能变化为嫩芽冒出身体特别是大门，这充其量也只是一种想象和推测，最大的可能是出于对地下厨房潮湿现状的一种推测，甚至可能是对厨房大门飘出的炊烟和雾气的一种想象性推断，想象女佣人潮湿的灵魂可能伴随飘出门外的炊烟和雾气而发芽，或所有这些炊烟和雾气腾升的苗头本身就有着与嫩芽相似的特点，或并非是所谓炊烟和雾气，而是厨房中储存的某些蔬菜也有在这一潮湿环境中发芽乃至伸出门外的可能。也正是基于这一节的想象才引出了下一节地面街道的景色实写：所谓晨雾的黄色波浪显然没有拟人夸张成分，而且从街道路面涌动也可能没有想象成分；虽然如扭歪的面孔几乎是不可能的，也只能是一种错觉，但对于笼罩在晨雾中且受到折射影响的面孔则完全可能变得扭曲；从穿脏裙子的路人脸上撕下一个无目的的微笑似乎有些玄乎，但也没有多少值得大惊小怪乃至小题大做的必要，因为这不过是写出了穿脏裙子路人无目的的微笑受到晨雾遮蔽有些模糊，倒像是融入雾气并随其飘荡在空中，以致沿屋檐方向升起，逐渐融入雾气淡化消失了。这段表象语言之"潮湿的灵魂"、"沮丧地冒出嫩芽"、"抛来一个个扭歪的面孔”、“从穿脏裙子的路人脸上撕下 / 一个无目的的微笑”、“让它飘在空中 / 沿着屋檐的水平方向渐渐消失”等都是看似奇特实则极其逼真的设喻，而且在诸如此类设喻中既不排除转喻，更不排除隐喻成分。诗歌体表象语言的最大特点是往往能够将沮丧等心理感受体验，不通过诸如喜怒哀乐诸形容词或人物外部表情直接表述出来，而借助“冒出嫩芽”外在化；能够将灵魂这一看似神秘、抽象甚或无形的事物不直接以概念形式点出来，而借助“冒出嫩芽”等将其具象化、有形化；能够借助“吻”、“俯身”，以及“踮着”猫步、“俯视”将黄昏落日、赤色月亮、雾等没有生命的、非人的事物人格化。诗歌体表象语言的最大优势在于能够将内在事物外在化、抽象事物具象化、无形事物有形化、非人的事物人格化，并因此有了非常灵活多变、生动形象的特点。

当然，不是所有诗歌体表象语言都有类似特点，至少有些诗歌体表象语言如中国古代诗词曲赋可能在诸如拟人、比喻，特别是句式的灵活多变和表象的生动形象方面并不具有类似艾略特《窗前晨景》等西方乃至现代诗歌更为灵活多变、形象生动的特点，但在讲究平仄对仗押韵、具有音乐性方面却拥有无与伦比的节奏和韵律优势，以至于好多古代诗词曲赋能够直接入曲演唱。如元散曲徐再思《常山江行》也是写景，甚至有着与马致远《天净沙·秋思》较为接近的景色，有所谓：“远山，近山，一片青无间。逆流溯上乱石滩，险似连云栈。落日昏鸦，西风归雁，叹崎岖途路难。得闲，且闲，何处无鱼羡饭?”但这首散曲并不仅仅凸显游子的孤独凄凉，更表现对悠闲自得生活理想的渴望。张隆溪《比较文学研究入门》指出，奥尔巴赫曾通过对荷马史诗《奥德赛》与《圣经·旧约》比较发现，荷马习惯于“把所叙述的事物都做详尽无余的细节描写”，《旧约》则倾向于“只用极少的语言做最简练的叙述，而留下大量的空白和背景，让读者用想象去填补”①。人们可以将这一观点运用于东西方文本表象语言某些区别的阐释方面，似乎中国乃至东方表象语言显得含蓄蕴藉，而西方表象语言更显得细腻直白。人们虽

① 张隆溪：《比较文学研究入门》，复旦大学出版社 2009 年版，第 59 页。

然可以在一定程度上这样说，但事实上类似的特点确实并不像人们所阐述的那么泾渭分明，而且往往互渗互通，特别是在抒情体表象语言当中。

中国古代诗词曲赋作为表象语言虽然有着不大灵活多变，甚或有些抽象呆板的缺憾，但也有着西方乃至现代诗歌体表象语言所没有的特点和优势。比如中国古代诗歌体表象语言普遍存在的异序歧义对句结构，通常是西方乃至现代诗歌体表象语言所没有的。如对正常语序本应为“鹦鹉啄余香稻粒，凤凰栖老碧梧枝”的诗歌体表象语言，杜甫故意通过调换“香稻”与“鹦鹉”、“碧梧”与“凤凰”二个名词位置的方法作了陌生化处理，以至调整语序而换用所谓“香稻啄余鹦鹉粒，碧梧栖老凤凰枝”。使得本来作为粒的限定词的香稻换成了鹦鹉，本来作为枝的限定词的碧梧换成了凤凰，貌似有些驴唇不对马嘴，但正是这种看似驴唇不对马嘴的倒置语序却有着陌生化的奇特效果，能够使人们在对诸如鹦鹉粒特别是香稻啄余鹦鹉粒，凤凰枝特别是碧梧栖老凤凰枝的莫名其妙和不可思议中实现语序的重新调整和印象的重点强化，从而获得最切合实际的表象世界秩序和意义范畴内容。当然也可以调试其他语序，如鹦鹉香稻啄余粒，凤凰碧梧栖老枝；啄余鹦鹉香稻粒，栖老凤凰碧梧枝；香稻鹦鹉啄余粒，碧梧凤凰栖老枝；啄余香稻鹦鹉粒，栖老碧梧凤凰枝。虽然这种组词方式和排列结构的变化并未增减或改变任何事物表象，但随组词方式和排列结构的特定调整变化，会使其表意内容和效果产生某些微妙变化。这既彰显了汉语语序的灵活多变性，也体现了表意方式的灵活多样性。也可以视为将内在事物外在化、抽象事物具象化、无形事物有形化、非人事物人格化等表象手法及表象语言特点的一种变体。人们也不难发现这种语序调整和词位变化甚至有着不可想象的意义再生空间，但无论语序如何调整，词位如何变化，作为其核心名词意象的“香稻”与“鹦鹉”、“凤凰”与“碧梧”显然都有着相对独立的表象系统最灵活多变的道具的价值和意义：“‘香稻’和‘碧梧’由于形容词‘香’和‘碧’的作用而明显表现出感觉特征，而‘鹦鹉’和‘凤凰’则产生出一幅色彩斑斓的景象。”①

① ［美］高友工、梅祖麟：《唐诗三论》，商务印书馆 2013 年版，第 60 页。

当然人们也不能低估“啄余”乃至“啄”与“余”，“栖老”乃至“栖”与“老”的独立价值和意义。其实汉语表象语言语序和词位的灵活多变同样可以为读者留下极为广阔的意义生成空间。这也是汉语诗歌体表象语言难得的独具特点的意义滋生和表象重组手段之一。杜甫等用调整词位和变换语序的方法以增强陌生化效果，可能是中国古代诗词曲赋独有的特点，但类似陌生化手法却非中国独创，如什克洛夫斯基明确指出：“艺术的手法是将事物‘奇异化’的手法，是把形式艰深化，从而增加感受的难度和时间的手法，因为在艺术中感受过程本身就是目的，应该使之延长。”①

戏剧才是以演员表演作为终极目的的文本表象语言的最圆满表现形式。人们可以将戏剧按照使用语言是否押韵划分为戏剧体散文和戏剧体诗歌，并分别归属于散文体表象语言与诗歌体表象语言之中，也可以将戏剧体独立作为特殊表象语言加以阐述，如此便分为散文体戏剧表象语言与诗歌体戏剧表象语言两种。无论将戏剧分属于散文体表象语言与诗歌体表象语言，还是将散文体表象语言和诗歌体表象语言称之为戏剧体散文表象语言和戏剧体诗歌表象语言都不会影响其具体特点的阐述。一般来说占据戏剧主体地位的人物台词往往有着表白内心活动、推动情节发展、渲染环境氛围等多种表象功能。相对来讲，一般的诗剧、歌剧，尤其具有综合性质的戏曲更倾向于展示人物的内心活动，特别是环境氛围烘托，甚至可以称之为环境氛围型表象语言；诸如话剧等更倾向于自我行为，特别是自身动作的展示，甚至可以称之为自我行为型表象语言。或更进一步讲，西方戏剧往往更倾向于内心世界的直接袒露，中国传统戏曲虽然也注重这一点，但更倾向于借助环境氛围来间接暗示。如曹禺译本莎士比亚《罗密欧与朱丽叶》中朱丽叶在初恋后一个夜晚见面时有这样一段台词，她本来要罗密欧起誓，但正当罗密欧起誓时却又打断了，说道：“不，不，还是不要起誓，虽然我喜欢你，我可不喜欢今夜这样的盟誓。这太快，太急，太没有想，太像天空中的闪电，还没有等人说

---

① ［俄］什克洛夫斯基：《散文理论》（上），刘宗次译，百花洲文艺出版社2010年版，第11页。

完‘看，这闪电！’闪电已经过去了。甜，再见吧！在夏天的风里万物都暗暗地滋长，这枝爱的嫩芽等我们再次相见，就会发出一朵美丽的花。再见，再见，我心里满是甜蜜的安息，我想它也会来在你的心里。”在这一段台词中，因朱丽叶后悔自己要罗密欧起誓的想法而断然阻止，这典型体现了她内心深处的微妙变化和矛盾，怕幸福来得太快又去得太快，犹如闪电还没有等人说完便消失了。但正是这一担忧恰恰成了他俩爱情婚姻的谶语：她虽然打断了罗密欧的起誓，但未能最终改变这来得太快去得也太快的爱情婚姻宿命。这既是对当前爱情婚姻进展的推进，同时也是对未来爱情婚姻结局的一种无意识暗示。所谓在夏风里暗暗滋长的爱的嫩芽会发出一朵美丽的花，既是对当前爱情婚姻状况的一种描述，同时也是对未来的一种期待。既袒露了她的内心世界，同时也真实描述了当前爱情婚姻进展情况特别是环境氛围，总体上仍倾向于内心世界的展示。紧接着的台词更明白无误地强化了甜蜜的安息正在她内心充满，同时也期待出现于罗密欧的内心。至于《哈姆雷特》、《李尔王》、《麦克白》以主人公大段大段内心独白而著称。与此略有不同的是中国传统戏曲往往不是大段内心独白，而是相对独立的长篇环境氛围描述。如王实甫《西厢记·送别》之“【正宫·端正好】碧云天，黄叶地，西风紧，北雁南飞。晓来谁染霜林醉？总是离人泪。【滚绣球】恨相见得迟，怨归去得疾。柳丝长玉骢难系，恨不倩疏林挂住斜晖。马儿迍迍的行，车儿快快的随，却告了相思回避，破题儿又早别离。听得到一声去也，松了金钏；遥望见十里长亭，减了玉肌：此恨谁知？”崔莺莺演唱的第一曲词显然化范仲淹词来描摹环境氛围，同时也借景抒情；演唱的第二曲词虽然其离愁别恨更见袒露，但较之朱丽叶，基本上仍属于借景抒情：“恨相见得迟，怨归去得疾”属于直接抒情，但紧接着的“柳丝长玉骢难系，恨不倩疏林挂住斜晖”借景抒情的成分更浓郁；到“马儿迍迍的行，车儿快快的随，却告了相思回避，破题儿又早别离”其实是超前想象，在安排车马送行前已料想到离别情景；至于“听得到一声去也，松了金钏；遥望见十里长亭，减了玉肌：此恨谁知”，虽然抒情成分更加直白坦率，但还是借助松了金钏、减了玉肌的自觉体态进行了曲折抒情，而不是如朱丽叶那样直接说出“我心里满是甜蜜的安息，我想它也会来在你的心里”的心里话。崔莺莺与朱丽叶均面临离别，似乎朱丽叶心情轻松，而崔莺莺则倍感沉重。这主要不是二人性格有别，而是与离别相关的背景乃至后果有所不同：朱丽叶面临的离别是暂时的离别，是相见不难别亦不难，崔莺莺面对的则是长期离别，是相见时难别亦难；朱丽叶的离别意味着与罗密欧下一次再会难度不大，但崔莺莺面对的是张生得抵制京都花花世界的诱惑，甚或一年半载乃至长年累月的难以见面；朱丽叶的轻言再见是充满期待的再会，是自信，崔莺莺的不忍离别是对前程未卜的疑惑与担忧，是离愁别恨，至少在她俩的心理体验和预期中是如此。

文本表象语言往往有内在表象语言和外在表象语言。相对来说，中国传统戏曲长于外在表象语言，西方戏剧倾向于内在表象语言。这一点看似寻常，却深深扎根于民族最普遍的集体无意识深处，以致长期影响和支配着不同民族的繁衍生息。歌德也有这样的论述：“中国人在思想、行为和情感方面和我们一样，使我们很快就感到他们是我们的同类人，只是在他们那里一切都比我们这里更明朗，更纯洁，也更合乎道德。”“正是这种在一切方面保持严格的节制，使得中国维持到几千年之久，而且还会长存下去。”① 人们可以忽略中西文学文本表象语言之外在表象与内在表象的相对区别，但不能忽视由此而形成的民族心理乃至精神的差异。虽然中国人倾向于道德的自我反省和人格的自我升华，但其表象语言却常常擅长于外在表象，西方人倾向于外部宗教约束和法律监督，但其表象语言却往往擅长于内在表象。这似乎有些矛盾，但这种表面看来矛盾的现象却是成就其外在表象与内在表象差异的根本原因：中国人注重内在自省，重视良心的自我谴责和人格的自我升华，往往将自我的真实情感、思想和意志放在内心深处加以自省，从而完成道德的自我监督和完善、人格的自我锤炼和升华，所以不愿意将本该属于自我完善的内心世界的真实情感、思想和意志直接袒露出来公之于众；西方人注重外在的宗教和法律的约束，也没有更多的道德自我完善和人格自我超越的任务，所以才不怕将内心世界公之于众，往往借助公之于神父获得宗教的约束

---

① ［德］爱克曼辑录：《歌德谈话录》，朱光潜译，人民文学出版社 1978 年版，第 112 页。

乃至内心的忏悔，借助公之于法治以求获得法律的监督和保护。其实无论西方之公之于众，还是中国之反躬自省，都是人类自我完善走向进步的明智选择，这里没有高低贵贱之分。有些人片面认为中国文化缺乏自我忏悔意识，其实中国文化不仅存在自我反省同时存在自我改造乃至超越的内在意识。这正是中华民族历经劫难仍然生生不息的根本原因。

第三章　作为读者的话语

读者是文学活动的最终决定因素，读者的语言理所当然不是一种无足轻重乃至可有可无的语言，而是一种对文本语言的创造性解读和阐释，甚至可以称之为后于作者发生的二度创造。读者对文学文本的解读和阐释是读者作为二度创造者主观意志的强力投射形式，是一种典型的权力话语。人们不能低估这一话语的重要性。读者话语常常与作者言语一样，虽然基于母语作用可能受其影响，但从根本上讲仍属于个性化语言范畴，或者说往往在很大程度上强力表彰着读者作为个体生命存在物自身的价值和特点，而不是普遍意义的带有民族共同语性质的语言。

第一节　读者叙事话语的个性阐释和制约因素

所谓读者叙事话语并非读者用来叙事的话语，而是读者基于叙事文本特别是文本叙事语言而形成的叙事话语，是解读和阐释叙事文本特别是文本叙事语言而形成的叙事话语。虽然可能一定程度受制于作为民族共同语的叙事语言，但更多时候主要彰显的还是读者对叙事文本特别是文本叙事语言的富于个性化倾向的解读和阐释。基于文本叙事语言乃至叙事文本的读者叙事话语常常因文本之散文体叙事语言与诗歌体叙事语言有所不同：其中非诗歌体长篇小说理所当然是散文体叙事语言的最圆满体现形式，一般意义的叙事散文次之，再其次便是诗歌体叙事语言。看似简单的叙事文本乃至文本叙事语言的解读和阐释从来也不简单。它往往是读者以往所有知识储备、思想观念、思维方式，以及当时阅读趣味、审美心态综合发生作用的结果。正由于每个人知识储备、思想观念、思维方式不同，特别是阅读当时的审美趣味、审美心境不同，所以不同读者甚至同一读者在不同情境所获得的阅读体验和认识也不尽相同，对叙事文本乃至文本叙事语言的解读和阐释也必定有所不同。存在一般读者满足于故事情节，高级读者习惯于从中获得某种意蕴的启迪的现象，即俗话说“内行看门道、外行看热闹”。

这种个性化解读和阐释往往较为集中地体现在对叙事文本乃至文本叙事语言的重构方面。因为叙事文本乃至文本叙事语言常常是以时间序列建构起来的历时性结构，但这仅仅是叙事文本乃至文本叙事语言的表层结构，真正的深层结构常常是超越时间序列的共时性结构，而叙事文本乃至文本叙事语言的深层意蕴往往潜藏在深层结构之中。西方叙事学所谓主体与客体、发出者与接受者、帮助者与反对者的事件角色划分，以及基于S1（正）与S2（反）、－S1（非正）与－S2（非反）的对立关系、S1（正）与－S1（非正）、S2（反）与－S2（非反）的矛盾关系、－S2（非反）与S1（正）、－S1（非正）与S2（反）的前提关系的语义方阵建构都是人们试图获得叙事文本乃至文本叙事语言共时性结构的尝试。西方叙事学诸如此类的尝试突破了表层的历时性结构，建构了深层的共时性结构，对某些叙事文本的解读和阐释得心应手。如对《红楼梦》可以将其分析为正（贾宝玉）与反（贾政）、非正（林黛玉）与非反（薛宝钗）四个义项，但这并不一定符合所有叙事文本乃至文本叙事语言，其最大缺憾在于不同程度建立在二元对立思维基础之上。不一定所有深层意蕴都必须借助此类共时性结构重构，但对关于叙事文本乃至文本叙事语言深层意蕴的解读和阐释则完全必要，甚至是高层次叙事文本乃至文本叙事语言解读和阐释的必然选择。

人们对同一叙事文本特别是文本叙事语言的解读和阐释，如高级读者乃至专门学者对《红楼梦》主题的解读和阐释往往有所不同。新中国成立以来，人们往往将以贾宝玉、林黛玉、薛宝钗三人之间的恋爱和婚姻为基础，以贾府乃至贾、王、史、薛四大家族的兴衰为线索，把批判和揭示中国封建社会必然灭亡的命运作为这部长篇小说的主题思想。这主要受制于马克思主义批评的基本原理，甚或庸俗社会学的影响。成之（吕思勉）此前在《小说丛刊》中指出："《红楼梦》中之人物，为十二金钗。所谓十二金钗者，乃作者取以代表世界上十二种人物者也；十二金钗所受之苦痛，则此十二种人物在世界上所受之苦痛也。此其旨，具于第五回之《红楼梦曲》。此曲之第一节，为总合诸种之苦痛而释其原因；其末一节，述其解免之方法；其中十二节则历述诸种人物所受之苦痛，亦即吾人生于世界上所受之种种苦痛也。"① 成之的这一阐释较为透彻，但可能在一定程度上沿袭了王国维《红楼梦评论》的观点，而且也可能受到叔本华思想的影响。至于王国维之所谓："《红楼梦》一书，实示此生活此苦痛之由于自造，又示其解脱之道不可不由自己求之者也。而解脱之道，存于出世，而不存于自杀。""而解脱之道，又自有二种之别：一存于观他人之苦痛，一存于觉自己之苦痛。""前者之解脱如惜春、紫鹃；后者之解脱如宝玉。前者之解脱，超自然的也，神明的也；后者之解脱，自然的也，人类的也。前者之解脱，宗教的也；后者之解脱，美术的也。前者平和的也；后者悲感的也，壮美的也，故文学的也，诗歌的也，小说的也。此《红楼梦》之主人公所以非惜春、紫鹃，而为贾宝玉也。"② 基本上受到亚里士多德特别是叔本华悲剧理论的影响，以至于过分执著欲望的束缚与超越的阐释。比较而言，浦安迪又似乎太过受制于西方人所津津乐道的二元对立思维模式，往往将二元论思维模式作为解读和阐释中国话本小说的基本路径和方法，以至于太过执著于他所谓"二元补衬"叙事原则。浦安迪认为："'情''性'互补终于雷同于释家'色''空'的共济，《金瓶梅》和《西游记》即有类似的中心寓意。人们也许认为，这几部巨著的作者都是主张'万事皆空'的，因为贾宝玉最后识破红尘而遁入空门，玄奘及其弟子也历尽千辛万苦而'修成正果'。不过作者们既然都以补衬交替作为叙事原则，那么，抽象的'情'、'性'也可能含有同样的联系。无论如何，《红楼

---

① 成之：《小说丛刊》，载陈平原、夏晓红主编：《二十世纪中国小说理论资料》（第1卷），北京大学出版社1989年版，第433页。

② 王国维：《王国维文学论著三种》，商务印书馆2001年版，第9—11页。

梦》第一回已将它们的关系扩而大之了：‘因空见色，由色生情，传情入色，自色悟空。’”① 其实在中国人乃至佛教看来，所谓色和空并非仅仅是有与无的关系，更是同一的关系，有所谓“色即是空，空即是色”的说法。也就是对有色无色、空与非空不应该有所执著，此即《红楼梦》第一回《甄士隐梦幻识通灵，贾雨村风尘怀闺秀》之所谓：“那红尘中有却有些乐事，但不能永远依恃。况又有‘美中不足，好事多磨’八个字紧相连属。瞬息间则又乐极悲生，人非物换。究竟是到头一梦，万境皆空。”脂砚斋批曰：“四句乃一部之总纲。”②

虽然在叙事文本特别是文本叙事语言的解读和阐释方面不可能存在唯一正确的终极答案，如赫什所说：“所有的解释都局限于一定空间。单独一种解释不可能穷尽文本的全部意义。所以，就每一种不同的解释给文本的意义诸方面带来新的背景衬托这一点来说，解释的歧义性该受到人们的欢迎。它们都有益于理解文本。一个人知道的解释越多，他的理解就越充分。”③ 但这并不意味着所有解读和阐释都拥有完全一致的正确性和合理性。在以上所列举的关于《红楼梦》叙事主题的解读和阐释中，最为现代读者接受的社会历史乃至庸俗社会学解读和阐释，恰恰最不符合《红楼梦》旨意。但由于这种解读和阐释长期以来被视为运用了马克思主义文学批评的基本方法，所以拥有看似至高无上的权威性，有毋庸置疑的解读和阐释话语权，但恰恰是这种解读和阐释其实并不符合经典马克思主义文学批评将美学放在第一位、历史放在第二位，并反对用道德的、政治的、人本主义的方法批评的基本原则。因为如果脱离了非功利的美学标准，便可能因为功利目的的介入而使解读和阐释不可避免地陷入“有求必应”的功利性解读和阐释。这种解读和阐释必然很大程度上强化读者的话语权，致使叙事文本乃至文本叙事语言常常沦为任人摆布的“妓女”，一切只是借我一用，归根结底只能听从主人的调

---

① ［美］浦安迪：《中国叙事学》，北京大学出版社 1995 年版，第 165—166 页。

② 曹雪芹：《红楼梦》名家点评本（上），中华书局 2009 年版，第 1 页。

③ ［美］赫什：《解释的有效性》，高建平、丁国旗主编：《西方文论经典》第 5 卷，安徽文艺出版社 2014 年版，第 528 页。

遣和驱使，所谓不是郭象注庄子，而是庄子注郭象的现象便是这种解读和阐释集中体现，至于福柯等人提出所谓“读者已死”的观点更是从理论方面为赢得这种解读和阐释话语权奠定了基础。《红楼梦》显然超越了相对狭隘的社会阶级论，有着更为广阔、平等的叙事视界，但基于社会历史乃至庸俗社会学的解读和阐释必然无视这些最基本的事实，寻找相应的为己所需的阶级斗争和社会历史发展意蕴。当然这种解读和阐释也非一无是处，作为一家之言同样有其见人之所未见、发人之所未发的特点和优势，只是不应成其为独霸一方且不容其他观点存在的至高无上的权力话语，甚或成为放之四海而皆准的颠扑不破的真理来受到追捧。

成之和王国维的解读和阐释较之流行权力话语有更宏大的胸襟和视界，不再斤斤计较于某些阶层阶级的命运，而是将所有人的命运作为关注对象。叙事文本乃至文本叙事语言的解读和阐释应该有全域视界，应该关注生存于世界上的一切事物都拥有基本相同的生存权，这不仅包括一切人，而且包括一切事物。在这一点上道家和佛教常常有广大的心胸和宏大的视界，相对来说儒家的胸襟便多少显得有些狭隘，至于执著于某一阶级乃至阶层的解放而使另一阶级和阶层被打倒，用一种不平等对付另一种不平等的观念其实并不符合马克思主义力求在每一个人都获得解放的基础上实现全人类共同解放的宗旨。成之和王国维的解读和阐释显然幸运地躲过了后来兴起的庸俗社会学权力话语的影响，将所有人的命运作为关注对象，但由于太过执著叔本华等人的悲剧理论，很大程度上夸大了欲望对人们悲剧命运的深刻影响。其实佛教的核心思想是无所执著。这当然包括对放纵欲望与禁绝欲望的无所执著。所谓烦恼即菩提、菩提即烦恼正是为了超脱烦恼与菩提的二元分别和对立，但习惯于西方二元论思维模式的叔本华并不十分精通佛教教义，势必陷入同样的二元对立偏执之中。其实执著于放纵欲望或禁绝欲望都是一种妄执，都不为佛教所提倡。所以成之、王国维的阐释并不完全符合《红楼梦》的旨意，仍然在一定程度上存在缺乏庄子万物一马、佛教普度众生的囊括宇宙的襟怀和视界，仍不能将除人之外的其他宇宙存在物纳入关注的视界，仍有不大接地气的缺憾，但由于叔本华的思想基础毕竟包含某些佛教因素，所以其解读和阐释还算不太离谱，至少没有南辕北辙。事实上关于文学文本乃至文本语言的解读和阐释很长一段时间仍受制于二元论思维模式的制约，仍纠结乃至津津乐道于诸如美与丑、内容与形式、主体与客体之类二元分别和取舍，以致囿于诸如此类自造的看似真理的伪命题，牺牲了古往今来诸多美学家乃至批评家的生命，且这种悲剧至今还在上演，似乎没有多少人能真正勘破二元论偏执，获得正解。

浦安迪的解读和阐释明确触及佛教更多色空观念，更接近于《红楼梦》万境皆空的思想，显得周遍含容。他关于林黛玉所代表的“木石前盟”与薛宝钗所代表的“金玉良缘”的解读和阐释颇有新意，给予人们一定启发，但还是太过执著于西方阐释学的影响，试图将什么都对号入座乃至解释得一清二楚，这恰恰违背了中国人“大美无言”、“大音希声”、“大象无形”的基本美学原则，多少有些牵强附会，明显存在西方主流话语过度阐释乃至强制阐释倾向。近年来，充斥于中国文学界的西方主流话语作为权力话语受到了人们的尊奉和吹捧，其普遍存在的过度阐释乃至强制阐释倾向可能基于多种原因，但执著于二元论思维模式显然是其最致命的缺憾。因为许多权力话语体系就建立在诸如此类的二元论思维模式的基础之上，离开了二元论思维模式作为基础的一切所谓概念范畴和知识谱系，所谓权力话语体系便成为空中楼阁。也就是说，一切所谓概念范畴和知识谱系乃至建立在此基础上的权力话语体系其实都以二元论思维模式作为基础。有些人说西方推崇建构基于概念范畴的完整知识谱系，中国则更崇尚对生命智慧的顿然觉悟和瞬间体悟。这是因为知识往往建立在二元论思维模式的基础之上，智慧的力量恰恰在于超越二元论思维模式。当人们习惯用基于二元论思维模式的所谓辩证法来诠释老子“有无相生”①和佛教“色即是空”②的观念，执著于“有无相生”和“色即是空”之所谓辩证关系乃至辩证法思想的时候，其实已经因为落入二元论陷阱而永远地背离了其超越于二元论乃至辩证法思想的灵魂。浦安迪

① 《老子奚侗集解》，上海古籍出版社2007年版，第4页。

② 《心经》，《佛教十三经》，中华书局2010年版，第3页。

的偏执偏失就在于太过执著于色与空的所谓辩证关系。他指出："'色即是空，空即是色'。'色'与'空'的辩证关系，是明代四大奇书和清代《红楼梦》中的核心思想。从这种意义上说奇书文体并没有简单地把'空'作为解决一切有关'色'的难题的灵丹妙药。反之，每部作品在探索人生有因必有果和天地万物皆空这两个界面时，都设法跨越现实和魔幻间的微妙界限。"① 按照浦安迪的这一阐释，似乎明代四大奇书和清代《红楼梦》的价值在于试图超越基于有因必有果的现实界与体现天地万物皆空的魔幻界界限，在于超越人生有因必有果和天地万物皆空这两个界面。其实在中国人看来，所谓有因必有果与万境皆空并非两个风马牛不相及的对立面，所以有"万境皆空而因果不空"的说法。现实界与魔幻界也非风马牛不相及的两个世界：如果说魔幻界是因，那么现实界便是果；同样如果说现实界是因，那么魔幻界便是果。二者互为因果。也不能说现实界便是真实的因果，魔幻界只能是万境皆空。《红楼梦》所揭示的正是：看似真实的现实界恰恰虚妄不实、万境皆空，是所谓"凡所有相皆是虚妄"，而看似虚妄的魔幻界其实可能是真实的，是因果不虚的。太虚幻境所谓"假作真时真亦假，无为有处有还无"的对联就是告诫人们所谓现实界与魔幻界、因果不虚与万境皆空其实是同一的，无须执著的。同样道理，许多看似真实不虚的所谓知识谱系乃至真理其实是虚妄的，而看似虚妄的般若智慧却可能是真实的。这并非终极意旨，其终极意旨是告诫人们无须执著于真实与虚妄、现实与梦幻、知识与智慧之类的分别和取舍。

读者对基于叙事文本特别是散文体叙事语言的解读和阐释在不同历史时期曾经以其他解读和阐释作为权力话语，如先秦至"五四"基本以伦理道德批评作为权力话语，从"五四"到"文革"基本以政治批评作为主流话语，20 世纪 80 年代起又以人本主义批评为权力话语，对诗歌体叙事语言的解读和阐释则基本上尚未脱离审美批评的基本路径。人们不能否认读者叙事话语除了基于长篇小说这一文本叙事语言之最典型最圆满形式所形成的解读

① 浦安迪：《中国叙事学》，北京大学出版社 1995 年版，第 188 页。

和阐释话语之外，还包括最不典型也最不圆满的诗歌体叙事语言解读和阐释话语。在对诗歌体叙事语言的解读和阐释方面无疑取得了显著成绩，不仅许多诗话、词话，还有散见于各种笺注、回评中的解读和阐释，都从不同角度彰显出无与伦比的审美批评话语特点。其实基于美学的批评才是经典马克思主义所提倡的名列第一位的解读和阐释方法，理所当然是形成读者叙事话语的最基本批评原则和方法。当然这种解读和阐释在一定程度上区别于西方历史上曾经出现过的唯美主义批评。因为西方唯美主义极端地认为诗歌只有创造超凡绝尘的美才是引起乐趣的正当途径，如爱伦·坡有云："文字的诗可以简单表述为美的有韵律的创造。它的唯一裁判者是趣味。对于智力或对于良心，它只有间接的关系。除了偶然的情况下，它对于道义或对于真理，也都没有任何的牵连。"① 虽然提倡美的标准，这本身无可厚非，但如果偏于非此即彼的二元论思维模式，乃至否定诸如道义和真理、智力和良心等则未免有些偏执，也当然会有所偏失。不过西方唯美主义批评也揭示了文本解读和阐释的一个基本原则和依据便是审美趣味。

人们可以根据自己的知识储备特别是审美趣味，对叙事文本乃至文本叙事语言进行个性化解读和阐释。人们完全可以对杜甫《闻官军收河南河北》之诗歌体叙事语言进行基于叙事学视域的解读和阐释，如诗中所谓："剑外忽传收蓟北，初闻涕泪满衣裳。却看妻子愁何在，漫卷诗书喜欲狂。白日放歌须纵酒，青春作伴好还乡。即从巴峡穿巫峡，便下襄阳向洛阳。"这首诗虽然有着明确而浓郁的抒情色彩，但大体来说属于叙事诗范畴，或者因相对清晰的时间序列和因果关系，具备了叙事的基本要素。基本上以"却看妻子愁何在，漫卷诗书喜欲狂"作为现在进行时，以"剑外忽传收蓟北，初闻涕泪满衣裳"为过去进行时，以"白日放歌须纵酒，青春作伴好还乡。即从巴峡穿巫峡，便下襄阳向洛阳"为将来进行时。这实际上决定了第一二句为回顾叙事，第三四句为同步叙事，第五六、七八句为预示叙事。更重要

---

① ［美］爱伦·坡：《诗的原理》，高建平、丁国旗主编：《西方文论经典》（第4卷），安徽文艺出版社2014年版，第7页。

的是诸如此类的诗歌体叙事语言虽然没有散文体叙事语言那么充分舒缓和圆满，但在保持相关叙事基本要素的同时，还有了散文体叙事语言并不多见的一泻千里、急急如飞的叙事时间和速度，使本来并不急促快速的还乡行程有了超乎寻常的迅疾叙事速度，很大程度上有了概述的性质，虽没有概述的概括和抽象，却有着更形象生动的特点。

这种阐释当然适合于对西方叙事学有一定知识储备并有叙事学视域解读和阐释趣味的读者，对不懂得西方叙事学也没有这方面审美趣味的读者则不一定适合。中国古代学者往往热衷于用古代诗学来解读和阐释，当然也可以因人而异：如范温《潜溪诗眼》的解读和阐释侧重于作者情感基本脉搏的解读和阐释，认为："古人律诗亦是一片文章，语或似无伦次，而意若贯珠……'剑外忽传收蓟北，初闻涕泪满衣裳'。夫人感极则悲，悲定而后喜。忽闻大盗之平，喜唐室复见太平，顾视妻子，知免流离，故曰'却看妻子愁何在'；其喜之至也，不知手之舞之，足之蹈之，故曰'漫卷诗书喜欲狂'；从此有乐生之心，故曰'白日放歌须纵酒'；于是率中原流离之人同归，以青春和暖之时即路，故曰'青春作伴好还乡'。其言道涂则曰'欲从巴峡穿巫峡'，言其所归则曰'便下襄阳向洛阳'。此盖曲尽一时之意，惬当众人之情，通畅而有条理，如辩士之语言也。"① 这实际上凸显了作者还乡之核心情感，并随情境特别是语境愈演愈烈的情感脉络，以及以情感时间变化作为核心线索的叙事语言特点。相对来说，浦起龙《读杜心解》更突出了情感变化的特点，且更多作为抒情语言而非叙事语言，特别关注了技法的承转变化，尤其急切与舒缓的变化脉搏，如其所云："八句诗，其疾如飞。题事只一句，馀俱写情。得力全在次句，于神理妙在逼真，于文势妙在反驳。三四句以转作承。第五仍能缓受。第六上下引脉。七八紧申'还乡'。生平第一首快诗也。"② 浦起龙虽然隐去了叙事要素而表彰情感元素，但还是揭示了该诗迅疾如飞的急切心情和抒情速度，只是这种抒情速度严格来说建立在叙事速度的

---

① 陈伯海：《唐诗汇评》上，浙江教育出版社 1995 年版，第 1174 页。

② 浦起龙：《读杜心解》下，中华书局 1961 年版，第 628 页。

基础之上。

与将这首诗看成抒情诗的观点有所不同的是，有些将其视为叙事诗。如喻守真《唐诗三百首详解》认为“是一首完全叙事诗”。有云：“此诗作法有两点特殊的地方。第一是完全叙事抒情，并无写景。第二是结联相对，与他诗首联常对的不同。少陵乱离奔走，忽闻故乡光复的消息，回忆以前光景，不觉涕泪沾裳。后来破愁转喜，喜归家的有日，‘愁何在’者，不必再愁也。‘漫卷’者，抛书而起也。‘放歌纵酒’，上承‘喜欲狂’；‘作伴还乡’上承‘妻子’。末联是一口气说出还乡所经过的路程，又是紧接还乡而来。所谓一气奔驰，毫不停顿。是谓奔进的表情法。我们读了此诗，竟可想象少陵当时对妻子手舞足蹈、口讲指画的一种惊喜欲狂的神态。”① 喻守真虽认为这是首完全叙事诗，但并不否认抒情的特点，且充分发掘和彰显了这首诗一气奔驰的抒情速度。杜甫这首诗即使抒情也正是借助“忽传”、“初闻”、“却看”、“漫卷”、“放歌”、“穿”、“下”等动词来表达对事件的超速预期，凸显了情感的一气奔驰，当然也没有排除“涕泪”、“喜欲狂”等形容词在凸显情感方面的作用。与喻守真相似，叶维廉《中国诗学》也认为这是一首叙事诗，也强调其疾如风的叙事速度，但更偏重表彰其富于曲折变化的戏剧性，认为是一首“偏爱”戏剧意味的“叙事”诗，“八句诗，其疾如风，层层快速转折，如音乐中的快板，几乎无暇抽丝，虽然在文字的层面上有说明性的元素”。② 诗人杜甫由“初闻涕泪”到“白日放歌”，妻子由“愁”到“喜欲狂”的情感变化显然具有戏剧性，但更具戏剧性的是相应的动作变化，特别是“即从巴峡穿巫峡，便下襄阳向洛阳”的一线贯通乃至所向披靡的行程预期，更凸显了诗人还乡的急切与渴望。

同样基于中国诗学的诗歌体叙事语言解读和阐释，也往往因各自审美趣味不同而有不同侧重。中国诗学重视对诗歌体叙事语言的审美直觉和感悟，往往能够一语中的，但不一定都建立在理性分析的基础上，不一定能形

---

① 喻守真：《唐诗三百首详析》，中华书局 2005 年版，第 285—286 页。

② ［美］叶维康：《中国诗学》，人民文学出版社 2006 年版，第 32 页。

成严密系统的话语体系。也许中国历代诗话、词话、文话之类的读者叙事话语其最大缺憾在于不能形成系统的有自己特色的概念范畴和知识谱系特别是话语体系。这也许与中国诗歌体叙事语言解读和阐释缺乏必要哲学学理支撑有关。于是人们虽然花费了大量精力注释和评述杜甫《闻官军收河南河北》，但不一定有哲学层次的学理考量。如人们虽然对这首叙事诗进行了诸多基于审美趣味的阐释，但对其急切还乡主题所蕴含的深刻哲学内涵还是没有进行必要的哲学思考。中国人向来强调落叶归根，往往将家乡看成获得心理慰藉、灵魂安顿和生命自由的根本保障；在中国人看来，所有流落在外的游子自然而然都会有一种漂泊不定、没有根基、没有精神寄托和慰藉的恐慌感和危机感。卢卡奇指出："诺瓦利斯说，'哲学其实就是思乡'，就是'渴望处处都像在家里舒适一样'。所以，哲学，无论是作为生活形式还是作为规定生活形式的东西以及给诗提供内容的东西，总是'内'与'外'之间断裂的征兆，是自我与世界有本质区别的标志，是心灵与行动不一致的象征。所以，极幸福的诸时代是没有哲学的，或者说，这种时代人人都是哲学家，都拥有每一种哲学的乌托邦目标。"① 也许正是由于这种看似极其寻常的还乡情结蕴含着诗人的一种心灵渴望，而这种心灵渴望的强烈和热狂程度往往体现出这个人通向本原，回归家园，获得心理慰藉、灵魂安顿和生命自由的努力，所以杜甫《闻官军收河南河北》、马致远《天净沙·秋思》等诗歌都从不同侧面表达了人们漂泊在外的游子情怀和急切回归家园的思乡情怀。中国人之所以到现在并未对还乡情结进行哲学思考，当然可以借卢卡奇的观点即人们处于极幸福的时代以致没有哲学来阐释，但每个人其实都是哲学家，都有一种归回家园的乌托邦来聊以自慰。但人们也不得不承认这样一个事实：与中国人长期以来停留于注疏层面，确实对《诗经》之类经典缺乏必要哲学阐释相比，印度便有室利·阿罗频多对《薄伽梵歌》的意蕴进行了哲学层面的系统解读和阐释。这不能不说是中华民族难以弥补的遗憾和伤痛。虽然哲学层面的系统解读和阐释以及建立在此基础上的读者话语体系可能会束缚乃

① ［匈］卢卡奇：《小说理论》，燕宏适等译，商务印书馆 2012 年版，第 20 页。

至漏失人们对一些生命核心问题的直觉层面的零星感悟，但对中国叙事文本乃至文本叙事语言及其意蕴缺乏哲学层面的系统解读和阐释，不能不说是读者叙事话语的一大缺憾。

人们不得不承认，作为读者基于叙事文本乃至文本叙事语言的解读和阐释视界和层次往往取决于其阅读的广度和深度，一般来说阅读的广度往往决定读者解读和阐释的视界，阅读的深度常常制约解读和阐释的高度。而且所有这些还仅仅是解读和阐释的基础，最根本的是读者的襟怀和悟性。没有周遍含容的襟怀和无所执著的悟性，不可能真正形成周遍无碍、明白四达的解读和阐释话语。所有建立在二元论思维基础上的解读和阐释话语都不可能周遍无碍，都可能存在偏执偏失的缺憾。一个人执著于有求必应的动机和非此即彼的二元论思维模式，便难以形成真正周遍无碍、明白四达的解读和阐释话语。当然，周遍含容的襟怀和无所执著的悟性肯定与人们的思想观念、思维方式息息相关。不仅人们的知识储备、思想观念、思维方式可能影响人们对叙事文本乃至文本叙事语言的解读和阐释，而且即使思想观念、思维方式和知识储备大体相同的人也可能由于审美趣味的不同而形成不同解读和阐释。也许这些并非解读和阐释的根本点。解读和阐释的根本点是发明本心，是每一个读者都能最大限度放下各种执著，以周遍含容的襟怀和无所执著的悟性解读和阐释叙事文本乃至文本叙事语言，从而获得本心的澄明和敞亮。

第二节　读者抒情话语的个性品味和基本策略

所谓读者抒情话语非指读者用来抒情的话语，而是读者基于本人审美趣味感知和玩味抒情文本特别是文本抒情语言而形成的抒情话语。虽然可能一定程度受制于民族共同语，但更多时候还是依赖读者对抒情文本特别是抒情叙事语言的富于个性化倾向的感知和品味。鉴于文本抒情语言乃至抒情文本往往包括诗歌体抒情语言和散文体抒情语言，那么读者抒情话语自然而然也包括诗歌体抒情话语和散文体抒情话语两种，其中最圆满最充分的抒情话语可能基于诗歌体抒情语言，再次为散文体抒情语言，尤其以抒情散文和非诗歌体抒情性长篇小说为代表。

品味一首诗的情味常常是读者抒情话语的最基本任务。最常见的情形是对一首看似极其平常甚或没有任何出类拔萃的奇异化特征的抒情语言进行一定程度感知和品味。如果能达到对抒情语言乃至抒情文本的整体感知和品味，便有了品其趣味的性质。应该说，一定的好的审美趣味常常能促使读者以较好的审美判断力根据不同抒情语言乃至情境做出最佳回应。如《红楼梦》第二十三回写道："这里林黛玉见宝玉去了，又听见众姊妹也不在房，自己闷闷的。正欲回房，刚走到梨香院墙角上，只听墙内笛韵悠扬，歌声婉转。林黛玉便知是那十二个女孩子演习戏文呢。只是林黛玉素习不大喜看戏文，便不留心，只管往前走。偶然两句吹到耳内，明明白白，一字不落，唱道是：'原来姹紫嫣红开遍，似这般都付与断井颓垣。'林黛玉听了，倒也十分感慨缠绵，便止住步侧耳细听，又听唱道是：'良辰美景奈何天，赏心乐事谁家院。'听了这两句，不觉点头自叹，心下自思道：'原来戏上也有好文章。可惜世人只知看戏，未必能领略这其中的趣味。'想毕，又后悔不该胡想，耽误了听曲子。又侧耳时，只听唱道：'则为你如花美眷，似水流年……'林黛玉听了这两句，不觉心动神摇。又听道：'你在幽闺自怜'等句，亦发如醉如痴，站立不住，便一蹲身坐在一块山子石上，细嚼'如花美眷，似水流年'八个字的滋味。忽又想起前日见古人诗中有'水流花谢两无情'之句，再又有词中有'流水落花春去也，天上人间'之句，又兼方才所见《西厢记》中'花落水流红，闲愁万种'之句，都一时想起来，凑聚在一处。仔细忖度，不觉心痛神痴，眼中落泪。"应该说林黛玉对《牡丹亭》和《西厢记》曲词有一定回应。这种回应最起码表现为能够用相应的甚至是最恰当的话语表达自己的体味和感受，而另外有许多读者可能只是停留于好得很或糟得很的层次，至于好在什么糟在什么是说不清楚的。对于一般读者来说不一定得依赖专门术语和知识体系形成自己专业性抒情话语，但能够正确表达自己的体味和感受则是最基本要求。所谓"笛韵悠扬，歌声婉转"便是林黛玉对《牡丹亭·惊梦》的最初感觉，且无关乎曲词内容，这是她整体感知和品味《牡丹亭·惊梦》的开始。到后来“偶然两句吹到耳内，明明白白，一字不落”便是品味的正式开始，所谓“倒也十分感慨缠绵”、“原来戏上也有好文章。可惜世人只知看戏，未必能领略这其中的趣味”便是她抒情话语的真正体现。这一抒情话语虽然并不十分专业，但也是中国读者所能达到的较为在行的一种抒情话语。到后来“不觉心动神摇”，“亦发如醉如痴，站立不住，便一蹲身坐在一块山子石上，细嚼‘如花美眷，似水流年’八个字的滋味”，便是她品味渐入佳境，乃至与曲词形成情感乃至意境的共鸣，达到得意而忘言境界的体现。至如“忽又想起”前日见古人诗词并联想到《西厢记》诸句“凑聚在一处”，“仔细忖度，不觉心痛神痴，眼中落泪”更是其如痴如醉，臻达柏拉图所谓“迷狂”审美境界的体现。如果说所谓品味便是读者对其阅读的抒情语言进行正确回应的能力的体现，那么所谓抒情话语便是读者运用先天特别是后天学习所积累的最佳言语恰到好处地表达自己感受的话语形式。对一般读者而言，好的品味可能与后天习得有关，但也应该看到有些读者由于悟性等缘故虽然认真学习了并不一定能形成好的品味。在这一点上讲，好的品味似乎不是经过学习所能掌握的，甚至在某种程度上排斥专业化，以免因过分专业化导致读者抒情话语艰涩、枯燥、乏味。

品味乃至审美判断力除非纳入某些商业目的的文化创意产业行为，一般情况是一项没有任何经济回报的技能，只能满足人们的审美需求以达到自娱自乐。虽然这种自娱自乐并不能带来相应经济报酬，但能最大程度显示一个人先天乃至后天的基本审美素养和文化修养。有较高审美品位乃至判断力的读者常常能比其他人有更多感知和阐释世界的方法和途径，而且也比其他人有更多获得自我慰藉和解放的机会和能力。人们总是有意或无意地夸大了自己的想象力，其实想象力的作用相当有限。有些诗歌体抒情语言看似明白如话，读者自以为已经了如指掌，倘因为偶然机缘步入相应情境，有了切身体会，才可能恍然大悟，真正意识到原来感知和品味的浅薄和不得要领，如陆游便有所谓“纸上得来终觉浅，绝知此事要躬行”的感受。因为身体乃至五官感觉往往是人们介入世界、感知世界的最基本也最重要的方式，也是人们借以理解世界、阐释世界的最基本也最重要的方式。梅洛－庞蒂指出："我的身体是所有物体的共通结构，至少对被感知的世界而言，我的身体是我的'理解力'的一般工具。身体不仅把一种意义给予自然物体，而且也给予文化物体，比如词语。如果以极快的速度向被试呈现一个词语，比如说词语'热'，以至被试不可能辨认出该词语，那么词语'热'能引起一种灼热感，并在被试周围形成一个意义光环。"① 既然人们是借助身体乃至感官感知和阐释世界，那么读者只有身临其境才能获得关于作者抒情言语乃至文本抒情语言的真切品味，便是一个不争的事实。如《老残游记》关于老残对谢灵运诗句的感触即源于此。第十二回写道："老残对着雪月交辉的景致，想起谢灵运的诗，'明月照积雪，北风劲且哀'两句。若非经历北方苦寒景象，那里知道'北风劲且哀'的个'哀'字下的好呢？这时月光照的满地灼亮，抬起头来，天上的星一个也看不见，只有北边，北斗七星开阳摇光，像几个淡白点子一样，还看得清楚。那北斗正斜倚在紫微垣的西边上面，杓在上，魁在下。心里想道：'岁月如流，眼见斗杓又将东指了，人又要添一岁了。一年一年的这样瞎混下去，如何是个了局呢？'又想到《诗经》上说的'维北有斗，不可以挹酒浆'，现在国家正当多事之秋，那王公大臣只是恐怕担处分，多一事不如少一事，弄的百事俱废，将来又是怎样个了局，国是如此，丈夫何以家为！想到此地，不觉滴下泪来，也就无心观玩景致，慢慢回店去了。"可以想见，老残对"哀"以前肯定有过相应感受，但将眼前雪月交辉的自然环境与自身政治境遇，特别是与谢灵运"明月照积雪，北风劲且哀"诗句有机联系起来，却可能还是生平第一次，所以才能激发其产生最为真切而深刻的体悟。

可见，将身体置于特定情境是读者获得最真切诗歌体抒情话语的必要手段。否则几乎所有抒情诗，对没有认真细致品味的读者来说都可能味如嚼蜡，即使对认真咀嚼品味但未能身临其境的读者也可能只是食而不知其味。这不仅是因为与诗人有着基本相同的现实境遇和特别强烈共鸣的情感基础，往往可以最大限度激发读者的好奇心并促成读者情感乃至整个生命的共

---

① ［法］莫里斯·梅洛－庞蒂：《知觉现象学》，姜志辉译，商务印书馆2001年版，第300页。

鸣，以致弥补纸上得来终觉浅的缺憾，更重要的是因为置身其间乃至身临其境往往能够很大程度上弥补读者没有身体的直接接触、理解和发现世界可能造成的感知和阐释隔膜。好多人可能对毛泽东《清平乐·六盘山》“天高云淡，望断南飞雁”的诗句记忆犹新，也不会有人怀疑自己对如此简单的诗句及其情景的体悟会存在理解不到位现象，但当一个人真正亲临六盘山，才可能真真切切体会到什么叫“天高云淡”。可见主要依靠身体乃至五官感觉接触、理解和发现世界的读者，如果脱离了身体知觉的介入，便可能使其理解乃至阐释抒情语言、形成自己抒情话语的能力受到很大程度的限制。长期以来，现实经验无疑最终制约着人们的想象以及体验诗歌体抒情语言能力的正常发挥。

当然也不是所有人对所有抒情语言都可能有获得身临其境切身感受和体悟的机缘。在这种情况下，人们最现实也最可依赖的只能是相对真切而普泛的文本抒情语言品味经验。一个并不热爱同时也不愿花费心思致力于品读抒情语言的读者不可能获得关于抒情语言的真切感受，即使一个有着品味抒情语言渴望的读者，如果没有与诗人基本相同的现实境遇和情感基础，特别是没有一定的审美趣味和修养，也不一定能获得关于抒情语言的真切感受，更不可能形成自己独特的抒情话语。因为抒情语言特别是诗歌体抒情语言作为文本语言的最高形式，本身存在由于身体尚未真实介入而导致的理解和阐释难度，再加上一些诗人总是乐于采用陌生化手段制造奇异化效果，使读者对抒情语言特别是诗歌体抒情语言的理解、品味和阐释变得更加难上加难。因为读者的抒情话语不仅依赖于用最恰当的词语表达自己的感受，而且依赖于对抒情语言特别是诗歌体抒情语言的正确理解和准确品味。人们并不一定必须了解相应的文学理论术语，但必须了解抒情语言的最基本词语和表达方法，没有对诸如此类的基本词汇和表达方法的了解，便不可能形成最基本的抒情话语。一个读者要形成卓有成就的独特抒情话语，还必须学会用专业理论品味抒情语言，并用较为专业的术语阐述自己对抒情语言的品味和理解。相对于西方文论，中国抒情话语似乎缺乏系统而严密的概念范畴和知识谱系，特别是概念明晰周延而自成体系的话语体系，但这只是一种错觉，事实上见诸诗话、词话、曲话乃至文话同样有着相应的概念范畴和知识谱系，只是关于这种概念范畴和知识谱系的现代阐释仍然显得有些力不从心。要在一定高度品味中国抒情语言特别是诗歌体抒情语言，就必须熟悉且熟练把握这一概念范畴和知识谱系，特别是基于创造性直觉的思维方式和品味方法。

如杜甫《旅夜书怀》之所谓："细草微风岸，危樯独夜舟。星垂平野阔，月涌大江流。名岂文章著，官应老病休。飘飘何所似，天地一沙鸥。"先写近景，从微观着眼，突出细草微风、桅樯夜舟；再是放眼远景，从宏观着手，突出星垂平野、月涌大江。且以上四句均不离动静结合：或先动而后静，微风动而危樯静，桅杆虽静但危樯必危；一陆一海，路"细""微"而海"危""独"。或先静而后动，平野静而大江动，大江流危而涌流更危；一陆一海，陆"垂""阔"而海"涌""流"。杜甫没有"空手把锄头，步行骑水牛，人从桥上过，桥流水不流"的禅思，不会有如傅大士那样对现象界进行打破常规感知习惯和经验的终极把握，理所当然仍停留于普通感知习惯和经验的基础之上。如果不仔细品味，也不过写景而已。但正是这看似不经意处，却潜藏着机关，似有陆地平安而江面危险之意。陆地平安而江面危险可能是不习水性、习惯于陆地生活的人的朴素观念，但正是这一不习水性的人后来却自喻沙鸥，其对自己前程未卜的担忧甚或悲观失望已不言而喻。以上首联颔联为铺垫，为暗笔，其后颈联尾联直抒胸怀，为提升，为明笔。所谓"名岂文章著，官应老病休"的感慨也不过道出了一个最基本的常识：人岂能仅以文章而著名，做官理当因老病而退休。这里看似仅仅表达了一种社会经验和政治常识，也就是读书人并不以立言文章作为终极理想，其终极理想是建功立业，无奈因老病而退休，是言终极理想似难实现，只能退而求其次，以图苟且偷生了。接着便由这一普泛社会政治常识落到具体的诗人身上，这漂泊不定像什么呢？也不过如天地间一只普通沙鸥而已。"一"恰与前"独"字呼应，似非抒写其高傲、豁达和超然，倒是写其天地之大而独类似一沙鸥，从衣食无忧、平安无事的陆地步入暗流涌动、生死未卜的江面，不仅漂泊无定、孤独无凭，且身陷险境，岌岌可危。似高傲而实孤寂，似豁达而实危戚。章燮的品味类此，认为颈联"言大丈夫当立功名，不徒以在文章上显著，而休官皆因老病之时”；结句“言己之漂泊，犹如天地间一沙鸥耳。含无限悲伤意。一字，应上独字”①。

对这首诗，俞陛云有不同品味。他写道：“首叙江上旅夜，先言泊舟之地，次及泊舟之人，而寥寂之景，已可想见。三四句江干远眺，句极雄挺，与李白之‘山随平野尽’二句，大致相似，而状以‘垂’‘涌’二字，则意境全换。盖野阔则天幕四低，用一‘垂’字，见繁星之直垂天尽处，用一‘涌’字，见高浪驾空，挟月光而起伏。炼字精警无匹。以下皆书怀之句，言虽善文章，名不加显，况兼老病，官且应休。则声誉功名，两无所得。漂泊一身，直与江上沙鸥相等，宜怀抱难堪矣。沙鸥句兼有超旷之意，言身在天地间，如沙鸥飘然，一无系恋。吴梅村诗‘放怀天地本浮鸥’，即用此意也。”② 此说以为杜甫“名岂文章著，官应老病休”，是抒写文章声名与做官功名两无所得的感慨，末句自比沙鸥是言其一无系恋的超旷似有可商榷之处：杜甫是苦于文章成名非其所愿，功业未成才终生遗憾，还是文章名声与做官功名均无所成，却反因了无牵挂、无官一身轻而落得逍遥自在？

以上两类品味，虽然关于“天地一沙鸥”句的阐释大相径庭，但基本都立足于对首联、颔联所写如细草、微风、危樯、独舟、星、平野、月涌、大江等景物的寓意阐释。而实际情况是不是杜甫真正着意于客观对应物的选择，或仅仅按照他当时所见景物，甚或不加选择地记录入诗，这是值得仔细玩味的。如果杜甫真的着意选择甚或假造了适合于寓情于景的客观对应物，那么以上品味着眼于寓意便有合理之处；但如果杜甫只是将其所见之景物随便入诗甚至不加选择，以上品味则势必显得多此一举，难免存在过度乃至强制阐释的嫌疑。人们可以推想，杜甫当时是夜间旅行，虽然有星星月亮，但毕竟不及白天明晰豁朗，其所见之物必然极其有限。虽然微风自会感觉得到，但细草在微风中的摇摆则可能更多是按平生经验进行的一种推断，至于星星遥挂如垂、月亮随江涌动，更可能是“境由心生”之结果。当然，也有

① 《唐诗三百首》，浙江文艺出版社 1983 年版，第 129 页。

② 俞陛云：《诗境浅说》，北京出版社 2003 年版，第 8—9 页。

可能并非诗人将他所见之物全部记录入诗，是诗人只看见他愿意记录入诗的景物。梅洛－庞蒂指出："人们只能看见自己注视着的东西。"① 由此可见，无论入诗的景物是否为诗人精心酌选甚或虚构，均可能有意无意体现其意识甚或潜意识层面的心理动机，都难免或多或少有所寄寓或暗示。宇文所安认定杜甫之区别于华兹华斯的最大特点是，杜甫基于记录和实情，华兹华斯则基于隐喻和虚构。中国读者往往按照诗人的实际描述诠释世界，西方读者则主要按照诗人隐喻和虚构寻找其隐藏的无限丰富的寓意。且不说宇文所安这种阐释本身存在非此即彼的二元论思维缺陷，至于他从杜甫诗歌中破译出来的诸如众多与一、稳定与流动、柔软与僵硬、扎实与摇摆，特别是稳定的弯曲、微小、普通与危险的直立、巨大、高贵的对立，以至由此得出杜甫擅长于使用的明喻使诗人凭借其家族关系在沙鸥上找到了同族的结论，虽然揭示了中国历代读者品味杜甫诗歌尚未得出的结论，颇有启发性，但也多少显得有些玄乎，更有受制于二元论思维模式束缚而强制阐释之嫌。

以下摘录宇文所安品读杜甫《旅夜书怀》的部分感受，并对其特别彰显读者个性化品味及不自觉遵循发明本心宗旨的段落做了着重号标识："杜甫题的是'怀'，'他感怀什么'，或更精确些，他内心关注并强烈感触的是什么。怀可能是某种所见到、所想到、所感受到的东西。头两联的景句中抒的怀绝不比第三联要少。最后一联的明喻同样是怀，某种他所感受到的，它并不展现为一种诗歌表现手法，而是作为一种活跃的思考行为——为自我发现一个对应物。杜甫的诗句可能是一种特殊的日记，不同于一般日记的地方在于它的情感强度与即时性，在于对发生在特定时刻的经验的表达。……对杜甫的读者来说，这首诗不是虚构：它是对一特定历史时刻的经验的特殊的、实际的描述，诗人遭遇、诠释和回应世界。轮到读者，在某一后来的历史时刻，遭遇、诠释和回应这首诗。……细草微风岸，危樯独夜舟。那夜他乘着一艘船，月光隐约勾勒出景物的形状，更清晰的形状隐藏在夜色的黑暗

① ［法］梅洛－庞蒂：《眼与心》，孙斌编：《当代哲学经典·美学卷》，北京师范大学出版社2014年版，第257页。

中。我们想知道，他如何分辨出那些在岸上轻摇的细草？微风可能在江面上感受到，但他知道它在岸上的效果？这一句中的两物相互依赖：它们按照经验世界的法则相互作用，并由此可知一种联系——在微风中弯曲的细草的隐藏形象。柔弱的细草的运动，也只有这种细草的运动可显示风而且只是这种最微弱的风。或者他知道，岸上的微风，会使草摇摆，只是这种柔弱的细草摇摆，不能看见。这只桅樯高耸于他的上方，‘危’，形状高而不稳固，岌岌可危。这里有种不稳定，传达出一种不平衡，正如它随颠簸而摇摆。他的眼睛，从这件事物移至另一件事物，循着形状的起伏而起伏：这些微小的、弯曲的细草的叶片复现式转换为他上方激烈摇摆的桅杆。观者的视点界定了他的视野——他远望并猜测这些在黑暗中的细小形状时的众多而安全，当这一形象重现，在他上方震动时随即突然变小。**这种形式一再出现时，我们直觉到不同于对立：那是众多；这是一个。那是稳定的岸边；这是水和流动的世界。那边柔软、弯曲但坚固地扎根；这边僵硬、危险地摇摆。那边细小而无意义；这边真正地重要。这种对立是有预兆的；它们反映在指涉物的相关现状中：流动和无止境的运动，与稳定和坚固相对；独自旅行的一个人，与其他安全的生物相对；危险的直立、巨大、高贵，与弯曲、微小、普通相对。未做定论，未解决任何矛盾。这是一个优秀的读者片刻的思考。他抓住了对立的全部，感觉到它们对杜甫的重要性，并察觉它们的意义可以引申出去。**……星垂平野阔，月涌大江流。空间扩大，伴随其上升，观者的视野收缩；眼睛从看不见的细草上升至桅樯，随后跃出再往上，到达至宽至高的夜空。在那儿遇见了与地上所见相重复的图式：草坚固地扎根，星星安全地朝下悬挂，犹如细草的弯折。众多星星安全地系牢天空；一轮明月坠落，影子投射江中，光波四散，摇碎。根系大地的细微之物和紧系天空之物，与一根水上岌岌可危地摇晃的桅杆相对，随即月亮坠落水中。明月随江水涌动而涌动，细碎；而更微弱的光却能维持安全和完整。这一联的第一句由两个不相从属的部分组成，并置，相互间作用，引起诗人和读者的思考。它与第二句形成平行和对立，催生出更多牵连和愈加复杂的关系。如此我们有了两联，通过一套相对的对立物与另一套对立物相匹配，定义了变化并进入一个更广阔的指涉空间。外界愈加显明的对立，在夜行江上的孤独诗人的内心产生了共鸣，它们强化了他的思虑，反映出他的不安、他的奔波、孤立，以及因其独特和优越而生的自傲，同时，他感到与河景中巨大的、濒危的‘一个’之间的共鸣，他自身的维度在阔大的视野中收缩，成为在无垠夜空中一个越来越小的点。我们从一些并置及相互作用的物体开始，对立的特定图式的重复使那些图式趋于明显，诗人和读者都可见出。我们可以将这一过程解读为一种由外部世界提供的征兆，我们可将它理解为诗人内心的冲动、个人创伤的疤痕。……在物理景观中的对立可以在诗人生活领域产生回响。名岂文章著，官应老病休。正如前面一遇上多，这里它也寻求认同。这种孤立不可能被克服和更远离威胁。今人不认识我，后人不会记住我，我甚至必须辞退低微的职位。在文学或历史中将没有我的位置，它们两者一起是集体认同和我们文明的记忆。一根摇动不安的桅杆、一轮下坠的月亮、一个被忘却的诗人——所有都以河为支撑并都随其流动。但一首诗是令被忽略、被遗漏、被隐蔽之物显明的行为。这首诗人意识到自己的孤立以及同他人背离的诗，令这种真实向他人显明。……一首诗是诗人思维运动的显明的形式，这种显明反过来指向其他的思考。杜甫的诗歌极力冲出众人和与其远离的自我之间对立的藩篱：从一开始这首诗就努力克服它所觉察的这种世界秩序。它开始于隐秘及特殊之物，然后移至显明和共享之物。飘飘何所似，天地一沙鸥。在为自我观察了一系列相关物后，诗人在沙鸥的明喻中做了一个真正的类比。隐喻（明喻）对一首描写诗人所见、所思、所感的诗来说并不重要，隐喻不如说就是一种对其他物的思考行为。但在这首特别的诗中，这个明喻的形成却是要解决和逃离外部世界处处可见的‘一对多’图式的压迫性重复。正是明喻的这种形式承认了在不同事物之间存在重要相似的可能性：存在穿越身份屏障的共享之物。明喻使家族关系成为可能，在沙鸥上，诗人找到了同族。此处这只鸟既是又不是这个人。既然人是天、地、人三才之一，所以这个生物也是三才之一。它既不属于天，那儿星星安全地悬挂；也不属于地，那儿细草牢固地扎根。它是这条河的生物，在天地之间漂移，永远处在其间。它像细草一样被风吹来吹去但不弯折；或顺风或逆风而行，脆弱无依却不失愉快。天地的无限几乎将这一渺小的生物湮灭，但它是这个巨大空间唯一主宰（天、地、鸟），这赋予他突出的价值和重要性。诗人停下对世界的眺望，开始解读这个从‘多’中分离的‘一’的征兆：‘多’消失无踪，唯留下诗人与他的对应物相对。”①

应该看到，虽然宇文所安限于西方先入为主和非此即彼二元论思维模式，某种程度上存在西方人惯于过度乃至强制阐释的缺憾，但更应该看到其学贯中西的比较文学知识储备和研究方法显然成就了他超乎寻常的更开阔更独特的品味视界和层次。人们必须高度评价这一建立在相应专业术语、概念范畴和知识谱系基础之上的具有较高专业水平和技术含量的抒情话语，因为它很大程度上颠覆了中国人向来长于训诂、笺注、疏证的习惯，有着中国抒情话语所没有的气象和品格。人们只有熟悉这种抒情话语的专业性、学术性和前沿性，只有学会真正理解和运用诸如此类抒情话语，才能提升自身抒情话语的价值和意义，进入真正意义的世界视域。奥利维耶·阿苏利指出：“人们可以简单地说某样很美丽，但重要的是有能力参与到这场承载着审美意见的个体间话语游戏中。审美品味的游戏规则取决于对语言的掌控。审美品味机制建立的前提是拥有专门的词汇、内部独有的礼节、若干专家群体、特有的庆祝方式，以及与普通语言之间的强烈对比，甚至往往是冲突。”②正由于品味抒情语言得依靠一定知识积累和储备，借以表达自己的感受还得依赖相关术语乃至概念范畴和知识谱系，所以作为读者必须像以上学者那样潜心研究和品味抒情语言，深入钻研并全面把握抒情语言乃至概念范畴和知识谱系，更应该在更大视界和更高层次上形成富有专业性、理论性，以及自身独特思维方法、品味方法，核心概念和知识谱系的抒情话语。在某种意义上讲，铤而走险，独出心裁地解读和品味正是文学赋予杰出读者的最大特权，在此基础上形成富有独创性的权力话语正是读者生命意志获得成功凸显的标志。如弗洛伊德解读莎士比亚戏剧《哈姆雷特》、海德格尔解读荷尔德林诗

① ［美］宇文所安：《中国传统诗歌与诗学》，中国社会科学出版社2013年版，第1—11页。

② ［法］奥利维耶·阿苏利：《审美资本主义》，黄琰译，华东师范大学出版社2013年版，第17页。

歌“人诗意地栖居”，都是作为思想家的读者深得发明本心之要领，以至于获得最高权力话语的终端显现。发明本心，形成别具一格的解读和品味话语，建构独树一帜的读者抒情话语体系，是读者获得最高解读和品味成就的集中显现形式，也是其生命意志获得最高展示的权力话语形式。

第三节 读者表象话语的个性诠释和文化基因

所谓读者表象话语并非读者用来表象的话语，而是读者富有个性创造性地解读和诠释表象文本特别是文本表象语言的神韵乃至气韵所形成的话语。虽然一定程度可能受制于作为民族共同语的表象语言，但更多时候主要还是彰显读者的个性化解读和诠释。文本表象语言主要包括散文体表象语言与诗歌体表象语言两种，其中戏剧体散文与戏剧体诗歌分别归属于散文体表象语言与诗歌体表象语言。或者可以将主要用于演员表演乃至动作唱词表象的戏剧体表象语言这一最圆满形式称之为戏剧体表象语言，并在此基础上将以散文和诗歌作为表现形式的戏剧体表象语言划分为戏剧体散文表象语言和戏剧体诗歌表象语言。表象语言除了最圆满最典型的戏剧剧本，还有一般意义的状物散文、咏物诗等，当然也不排除散见于其他文体的写景状物片段。

有鉴于此，人们可以将基于这些表象语言基础上的读者表象话语分为散文体表象话语和诗歌体表象话语。也可以将分属于散文体表象话语和诗歌体表象话语中的戏剧体表象话语这一最圆满话语形式单独加以阐释，以至于将其分为戏剧体散文表象话语和戏剧体诗歌表象话语两种。无论戏剧体诗歌表象话语还是戏剧体散文表象话语，其实都存在内表象话语与外表象话语之别。基于直接地显现其内心活动的表象话语为内表象话语，基于直接地显现其外在形态的表象话语为外表象话语。严格来说，所谓内表象话语常常反映于外表象话语之中，外表象话语也往往反映于内表象话语之中。但无论内外表象话语其根本点都在于揭示人和事物的神韵，如张彦远《历代名画记·论画六法》所云："鬼神人物，有生动之状，须神韵而后全。"① 甚至可以在此基础上达到对其精神风貌乃至气韵的整体把握。所以读者表象话语的根本在于透过表象语言最大程度获得关于其神韵乃至气韵的诠释，而且这种诠释会自觉或不自觉地受到其所接受的有关文化传统的深刻影响。

对哈姆雷特这样的人物形象要找到一段最能体现其性格特征的台词还是有很大难度的。当人们关注于其性格的矛盾性，特别是思维与行为、思想与行动的矛盾的时候，往往以第二幕第三场的一段台词作为范例，有谓："他现在正在祈祷，我正好动手；我决定现在就干，让他上天堂去，我也算报了仇了。不，那还要考虑一下：一个恶人杀死我的父亲；我，他的独生子，却把这个恶人送上了天堂。啊，这简直是以恩抱怨了。他用卑鄙的手段，在我父亲满心俗念、罪孽正重的时候乘其不备把他杀死；虽然谁也不知道在上帝面前，他的生前的善恶如何相抵，可是照我们一般的推想，他的孽债多半是很重的。现在他正在洗涤他的灵魂，要是我在这个时候结果了他的性命，那么天国的路是为他开放着，这样还算是复仇吗？不！收起来，我的剑，等候一个更残酷的机会吧；当他在酒醉以后，在愤怒之中，或是在乱伦纵欲的时候，有赌博、咒骂或是其他邪恶的行为的中间，我就要叫他颠踬在我的脚下，让他幽深黑暗不见天日的灵魂永堕地狱。"在这一段揭示其内心活动矛盾性的内表象语言中，人们至少可以看出哈姆雷特所纠结的核心问题主要还是复仇计划的万无一失与复仇行动及结果的无法预期之间的矛盾，而且仅此一段台词便经历了两个回合的矛盾交锋：首次是在其叔父克劳狄斯心存善念时毅然行动与因客观上送其上天堂以至于以德报怨的矛盾；再次是等待克劳狄斯心存恶念时实施送其下地狱的计划与事实上一时难以找到这样的机会以致以牙还牙的矛盾。许多学者也可能正是基于此形成了类似哈姆雷特更为高尚的观念：只有能圆满实现杀死克劳狄斯并送其下地狱的复仇理想，才能真正付诸行动，否则如果只是杀死他而未能达到送其下地狱的目的，便宁可放

---

① 张彦远：《历代名画记》，载《中国美学史资料选编》（上），中华书局1980年版，第308页。

弃机会也不付诸行动。

也正是基于此，赫士列特对哈姆雷特性格的拖延作出了这样的文化诠释："哈姆雷特这样拖延并不是他不爱父亲或对父亲被害不感到憎恨，这是出于放任自己的想象力去玩味罪恶之大，去周密推敲复仇的计划比立刻去实行更合他的口味。他主导的感情是思想，而不是行动：任何投合这个倾向的模糊的借口立刻使他离开早先定下的目的。"[①] 这实际上已经暗示了哈姆雷特高尚而力求万无一失的周密计划乃至思想与其行动上一而再再而三地放弃机会的矛盾。其实这一观点应该是受了柯勒律治的影响。柯勒律治致力于从真实世界与想象世界之间的平衡入手，寻找哈姆雷特身上存在的异常活跃的思想、幻念，与其缺失了生来具有的敏锐乃至有些近乎迟钝的真实知觉之间的强烈反差，也就是过于敏锐的心灵思想（计划）与有些迟钝的事物知觉（行为），也即活跃的想象世界与有些麻木的真实世界之间的矛盾。他指出："我们看到一种伟大的、一种几乎是巨大的智慧的活动，和因它而引起的对真实行动的一种相应的反感带着它一切的征兆和伴随着的性质。莎士比亚把这个人物放在这样的环境中，在这个环境中不得不当机立断：——哈姆雷特是勇敢的，也不怕死；但是，他由于敏感而犹豫不定，由于思索而拖延，精力全花费在做决定上，反而失却了行动的力量。"[②] 这一类观点的最根本落脚点往往被更清晰地诠释为敏锐的思谋与迟钝的行为之间的矛盾，如弗·史雷格尔所说："由于奇异的生活境遇，他高尚的天性中的一切力量都集中在不停思虑的理智上，他行动的能力却完全破坏了。他的心灵好像绑在拷刑板上向不同方向分裂开来；这个心灵由于无止境地思虑着的理智而陷入覆灭，这种理智使他自己比所有接近他的人遭到更大的痛苦。人类心灵的无法解决的不和谐性——这是哲理悲剧的真正题材——也许比起哈姆雷特性格中的思考与行动力量的失调来，没有其他东西更能完美地表现这种不和谐性了。这部悲剧

---

① ［英］赫士列特：《莎士比亚人物论》，《古典文艺理论译丛》（卷三），知识产权出版社 2010 年版，第 1640 页。

② ［英］柯勒律治：《关于莎士比亚的演讲》，《古典文艺理论译丛》（卷一），知识产权出版社 2010 年版，第 429—430 页。

的总的印象是：在一个极度败坏的世界中，理智所遇到的无比绝望。”① 所有这些解释的最根本失误在于，忽略了哈姆雷特思想的敏锐与行动的迟缓之间的焦点在于人在临死时心存善念或恶念到底有没有送人灵魂上天堂或入地狱的问题。应该看到，无论基督教和伊斯兰教是否有类似观念，佛教至少禅宗便有“一念愚即般若绝，一念智即般若生”的观点，至于藏传佛教、净土宗等都往往将临终持念看作成佛或堕入六道轮回的根源，如净土宗认为人临终前如果心存善念甚或口诵阿弥陀佛，便可出离生死轮回而成佛；如果心存嗔怒怨愤等恶念，就可能堕下地狱陷入六道轮回。基督教、伊斯兰教虽然可能没有如此夸大临终持念的重要性，不可能因临终善念而成佛成圣，但都十分重视临终忏悔诵经，以求得到神灵的宽恕和恩赐，以至进入天堂，免遭地狱之苦。《华严经》卷十五《贤首菩萨品》有云：“又放光明名见佛，此光觉悟将没者，令随忆念见如来，命终得生其净国。见有临终劝念佛，又示尊像令瞻敬，俾于佛所深归仰，是故得成此光明。称十念者，即是念十声阿弥陀佛。”② 虽然人们并不十分清楚哈姆雷特信仰什么宗教，但至少从其台词可以看出他在乎临终持念是不可否认的。既然哈姆雷特有已确信的理念或未确信但不得不有所顾忌的观念，那么其思想的活跃与行动的迟缓便有了相对一致的交汇点。

与以上诠释有所不同而且影响较大的是，歌德等看到哈姆雷特迟缓乃至延宕的根本原因在于其所肩负的神圣使命和与生俱来的相对平庸的能力之间的矛盾。持这一观点的学者往往着眼于第一幕第五场哈姆雷特所谓“时代整个儿脱节了；啊，真糟，天生我偏要把它重新整好”的台词。如歌德明确指出：“我以为这句话是哈姆雷特全部行动的关键，我觉得这很明显，莎士比亚要描写：一件伟大的事业担负在一个不能胜任的人的身上。这出戏完全是在这个意义里写成的。这是一棵槲树种在一个宝贵的花盆里，而这花盆只能种植可爱的花卉；树根伸长，花盆就破碎了。一个美丽、纯洁、高贵而道

① ［德］弗·史雷格尔：《论莎士比亚》，《古典文艺理论译丛》（卷三），知识产权出版社 2010 年版，第 1671 页。

② 释道成：《释氏要览校注》，中华书局 2014 年版，第 552 页。

德高尚的人，他没有坚强的精力使他成为英雄，却在一个重担下毁灭了，这重担他既不能掮起，也不能放下；每个责任对他都是神圣的，这个责任却是太沉重了。他被要求去做不可能的事，这事的本身不是不可能的，对于他却是不可能的。他是怎样地徘徊、辗转、恐惧、进退维谷，总是触景生情，总是回忆过去，最后几乎失却他面前的目标，可是再也不能变得快乐了。"① 马克思、恩格斯甚至在此基础上将所谓历史的必然要求与这个要求的实际上不可能实现之间的矛盾视为悲剧性冲突的根本。黑格尔虽然没有像马克思那样总结悲剧的特点，但他还是很大程度上受到了歌德观点的影响并在悲剧理论高度发展了其观点。他指出："真正的冲突不在于哈姆雷特在进行伦理性的复仇之中自己也势必破坏这种伦理，而在他本人的主体性格，他的高贵的灵魂生来就不适合于采取这种果决行动，他对世界和人生满腔愤恨，徘徊于决断，试探和准备实行之间，终于由于他自己犹豫不决和外在环境的纠纷而遭到毁灭。"② 黑格尔虽然否定了哈姆雷特复仇的伦理性矛盾，但还是肯定其主体性格乃至高贵灵魂决定了他不可能采取果决行动也就是承担不起神圣使命的矛盾。只是黑格尔还没有能清楚地诠释哈姆雷特高贵灵魂为什么使他不能采取果决行动的问题，仍未能真正注意到临终持念与灵魂归宿之间的焦点。

黑格尔的可贵在于发现了哈姆雷特身上存在的死结，却把它诠释为软弱的个性与残暴的现实之间的强烈对比，他这样写道："在哈姆雷特的心灵深处一开始就潜伏了死机。有限事物所立足的沙滩并不能使他满意；从他的哀伤和软弱、忧愁和愤世嫉俗的表现，我们一开始就看得出他生在这种残暴世界中是一个死定了的人。在死神还没有袭击他以前，内心的厌倦早已把他撕得粉碎。"③ 正是这一模棱两可的阐述客观上为弗洛伊德提供了进一步想象和发挥的空间，使他从精神分析学角度得出了前所未有的结论：哈姆雷特绝

① ［德］歌德：《〈威廉·麦斯特的学习时代〉中关于哈姆雷特的分析》，《古典文艺理论译丛》（卷一），知识产权出版社 2010 年版，第 536—537 页。

② ［德］黑格尔：《美学》（第 3 卷）下册，朱光潜译，商务印书馆 1981 年版，第 322 页。

③ ［德］黑格尔：《美学》（第 3 卷）下册，朱光潜译，商务印书馆 1981 年版，第 328—329 页。

对不是一个没有行动能力的人，那么是什么阻碍了他的行动，显然是他生来就有的俄狄浦斯情结。他这样阐述道："哈姆雷特什么事都能干得出来——只除开向那个杀了他父亲娶了他母亲、那个实现了他童年欲望的人复仇。于是驱使进行复仇的憎恨为内心的自责所代替，而出于良心上的不安，他感到自己实际上并不比杀父娶母的凶手更高明。在此，我把保留在哈姆雷特内心潜意识中的内容转译为意识言词；如果有人认为他是一个癔病患者，我只能认为那也是从我的解释中得出的推论。"① 弗洛伊德的这一观点显然不能从哈姆雷特台词中找到相应依据，或哈姆雷特压根儿就不可能有类似俄狄浦斯情结之类的潜台词。这不是说哈姆雷特的台词为弗洛伊德恰到好处地自圆其说提供了难得的辩解理由，而是弗洛伊德所提出的潜意识乃至无意识概念本身具有既不可能证明也不可能证伪的自圆其说的空间。因为在弗洛伊德看来，任何无意识的东西都不可能作为意识的形式从其言谈中明确显露出来，能够从其言谈中明确显露出来的就只能是意识而不可能是无意识乃至潜意识。弗洛伊德的这一阐释，不是说弗洛伊德从哈姆雷特身上找到了用来印证其俄狄浦斯情结的佐证材料，而是弗洛伊德强制性将哈姆雷特作为阐发其俄狄浦斯情结的佐证材料，更不是出于阐释哈姆雷特的目的而从其戏剧体诗歌表象语言中找到了依据。这一点充分印证了他是庄子注郭象而非郭象注庄子。哈罗德·布鲁姆明确批评了弗洛伊德，指出："哈姆雷特未曾有过俄狄浦斯情结，而弗洛伊德显然具有哈姆雷特情结，或许他的精神分析学就是某种莎士比亚情结！""近四百年来，哈姆雷特已将爱恨交织的矛盾呈现于欧洲及世界观众的面前，而弗洛伊德是几个世纪后才出现的。弗洛伊德在解读哈姆雷特方面并未提交一份合格的答卷；而哈姆雷特却对弗洛伊德的主题做出了最好的阐释。"② 从精神分析学角度来看，弗洛伊德的这一学说确实极大地颠覆了人们的知识视野，更新了人们认识自我和世界的观念和方法，但这一阐释并不一定符合哈姆雷特的实际，至少不能称得上是一种严谨的表象还原。可是哈罗

---

① ［奥］弗洛伊德：《释梦》，孙名之译，商务印书馆 1996 年版，第 256 页。

② ［美］哈罗德·布鲁姆：《西方正典》，江宁康译，译林出版社 2011 年版，第 331—334 页。

德·布鲁姆关于哈姆雷特的阐释同样难以让人心悦诚服。他这样写道："任何一个心怀愤懑的人都可以在全剧的第一场就把克劳狄斯砍倒，如果暂时受阻挠，也可以继续疯狂下去直到把他杀死为止。只有哈姆雷特感觉到他的追求是形而上的，也许只有与上帝或神灵正面冲突才能从他名义上的父亲那里赢得哈姆雷特这个名字。到底谁是篡位者：武士哈姆雷特国王，通奸的克劳狄斯国王，还是黑暗的王子?"① 哈罗德·布鲁姆的阐释几乎与绝大多数学者一样不约而同地夸大乃至拔高了哈姆雷特的灵魂和品德。

也许哈姆雷特只是一个彻头彻脑的懦夫，只是一个小事情上明白、大事情上糊涂的懦夫而已。他的一切计划和延误其实都是为了掩饰其懦弱的本性而不得不采取的维护其体面的手段，都是些自欺欺人同时也欺人自欺的伎俩。正是由于他的这些成功掩饰才使人们多少年来为其辩护，以至于挖空心思为其犹豫不决寻找理由。也许他根本上就没有真正的复仇计划，也没有真正的复仇行动和能力，有的只是庸人自扰式的自我安慰，以及语言的巨人与行动的矮子的真相。哈姆雷特的成功也许只在于他赢得了人们对他的同情和怜悯。也正是基于这一点，人们还会继续好心好意地为其开脱，为其寻找忧郁和延宕的理由。也许哈姆雷特的复仇只是体现了其父的意志，却可能因此与上帝乃至整个神灵系统和价值体系发生根本冲突：如果哈姆雷特选择了杀死了克劳狄斯的行动，虽然可能实现了为其父复仇的意愿，但可能由于违背了父亲不得伤害其母亲的叮嘱而导致复仇的失败；如果哈姆雷特选择了不杀死克劳狄斯的行动，这虽然不会违背父亲不伤害母亲的叮嘱，却由于没有完成父亲的意愿而导致复仇的失败。这从一开始就注定了哈姆雷特无论采取杀死还是不杀死克劳狄斯的行动，无论其杀死克劳狄斯的行动是否成功，都可能由于违背了父亲的意愿或叮嘱而导致复仇的最终失败。人们不能像黑格尔那样断言哈姆雷特是一个必死的人，但完全可以说他是一个注定要失败的人，这丝毫不过分。而且命运给予哈姆雷特的悖论还远不止于此，还在于他

① ［美］哈罗德·布鲁姆：《影响的剖析：文学作为生活方式》，金雯译，译林出版社 2016 年版，第 48 页。

找借口或有真实的顾虑：如果哈姆雷特消灭了克劳狄斯的肉体，便意味着他作为父亲的独子，不但没有为父报仇，反而因为替克劳狄斯创造了使其灵魂因善念进入天堂的机会而违背了父亲复仇意愿以致复仇的失败；如果哈姆雷特不消灭克劳狄斯的肉体，虽然避免了使其灵魂因善念进入天堂的可能，但也由于未能杀死克劳狄斯以实现其父复仇意愿以致复仇的失败。可见哈姆雷特的真正令人同情和怜悯之处，在于其无论作出任何选择、采取任何行动，都不可能从根本上调和其所处的二难命运及困惑，也不可能从根本上改变其必然失败的宿命。

读者表象话语主要在于诠释和呈现人物的内在精神。中国近代以来也学会了如西方人分析哈姆雷特那样重在诠释人物的典型性格及其内在精神，但近代以前特别是晋朝的时候人们常常不以人物典型性格作为诠释的重中之重，而将品藻人物特别是其风神潇洒、不滞于物的自由心灵和精神风貌作为重点，且无论其文本表象语言，还是读者表象话语似乎都以此为重点。如《世说新语·容止》这样写道："嵇康身长七尺八寸，风姿特秀，见者叹曰：'萧萧肃肃，爽朗清举。'或云：'萧萧如松下风，高而徐引。'山公曰：'嵇叔夜之为人也，岩岩如孤松之独立，其醉也，傀俄若玉山之将崩！'"晋朝时人们往往不以其性格作为品藻的重点，也不致力于人的典型性格的抽象概括和分析，而是将人的精神风貌乃至人格气质作为品藻的主要内容，习惯于用设喻特别是以诸如"风"、"松"、"山"等自然事物作为喻体，也非仅作为其喻体，往往赋予其生命特质，以至习惯于运用比拟手法，先将人物当作物来写，再将物当作人来写，且总是以突出人物的精神风貌和人格气质为主要内容。宗白华有这样的阐述："拿自然界的美来形容人物品格的美，例子举不胜举。这两方面的美——自然美和人格美——同时被魏晋人发现。人格美的推重已滥觞于汉末，上溯至孔子及儒家的重视人格及其气象。'世说新语时代'尤沉醉于人物的容貌、器识、肉体与精神的美。"① 宗白华对晋人品

① 宗白华：《论〈世说新语〉和晋人的美》，《宗白华全集》（第2卷），安徽教育出版社1994年版，第277—278页。

藻人物的分析也不做长篇大论式推理论证，常常一语中的、点到为止，仅展示思维结果而非过程；其分析也不像西方那样基于非此即彼的二元思维模式，着力于人物矛盾心理乃至二重性格，而是致力于超越二元论思维模式，采用整体把握的圆成慧觉和妙悟；也不是将人与自然对立起来，强调人的唯我独尊，而将人看成自然的一部分，既可以将人比作物，也可以将物比作人，二者无所隔膜，并不相互矛盾对立，且平等不二。有些习惯于严密论证推理的人觉得诸如此类的品藻可能并不严密也不深刻，但正是这种品藻方法却常常能直入主题，凸显灵魂风貌，更不拘泥于非此即彼的分别和取舍，有着基于二元论思维模式的分析所没有的周遍含容、平等不二的圆融智慧。

类似现象也见于读者表象话语对艺术作品及事物神韵的诠释和呈现方面。西方人也倾向于对事物内在精神的呈现，如海德格尔对梵高《农妇的鞋》的呈现："要是我们只是一般地把一双农鞋设置为对象，或只是在图像中观照这双摆在那里的空空的无人使用的鞋，我们就永远不会了解真正的器具之器具因素。从梵高的画上，我们甚至无法辨认这双鞋是放在什么地方的。除了一个不确定的空间外，这双农鞋的用处和所属只能归于无。鞋子上甚至连地里的土块或田陌上的泥浆也没有粘带一点，这些东西本可以多少为我们暗示它们的用途的。只是一双农鞋，再无别的。然而——从鞋具磨损的内部那黑洞洞的敞口中，凝聚着劳动步履的艰辛。这硬邦邦、沉甸甸的破旧农鞋里，聚积着那寒风陡峭中迈动在一望无际的永远单调的田垄上的步履的坚韧和滞缓。皮制农鞋上粘着湿润而肥沃的泥土。暮色降临，这双鞋在田野小径上踽踽而行。在这鞋具里，回响着大地无声的召唤，显示着大地对成熟的谷物的宁静的馈赠，表征着大地在冬闲的荒芜田野里朦胧的冬冥。这器具浸透着对面包的稳靠性的无怨无艾的焦虑，以及那战胜了贫困的无言的喜悦，隐含着分娩阵痛时的哆嗦，死亡逼近时的战栗。这器具属于大地，它在农妇的世界里得到保存。正是由于这种保存的归属关系，器具本身才得以出现而自持，保持着原样。然而，我们也许只有在这幅画中才会注意到所有这一切。而农妇只是穿这双鞋而已。”[1]虽然海德格尔的这段表象话语也有呈现乃至凸显事物内在精神乃至鲜活生命的特点，但这种呈现其终极目标并不仅仅是凸显事物的精神风貌，更是为了阐述海德格尔所谓“虽说器具的器具存在就在其有用性之中，但有用性本身又植根于器具之本质存在的充实之中”[2]的哲学命题和观点，以致表彰他所谓“艺术的本质就应该是‘存在者的真理自行设置入作品’”[3]。单就这段表象话语而言，其基于读者先入为主的表象和诠释乃至某种程度上的想象还原甚或根本误读虽然看起来有些自相矛盾，但这种有限还原与无限误读乃至背离的自相矛盾才真正有效彰显了读者表象话语的权力表征，同时也增强了表象话语独立而深远的影响力。在某种意义上说，读者的表象话语虽然可能很大程度上存在有意无意的有限还原和无限背离，其庄子注郭象而非郭象注庄子的倾向，不但没有削弱其话语的说服力，反而在一定程度上增强乃至凸显了表象话语的价值或意义。或者可以说，读者表象话语的价值和意义恰在于其主观上的有限还原与客观上的无限背离，乃至实际发生的客观的有限还原与主观的无限背离。这种现象在过去乃至将来都会相对持久而稳定地存在于读者表象话语之中。

中国人诠释和呈现事物的精神风貌更倾向于发掘其神韵，且不限于事物的自由生命精神。更有甚者，其最理想的境界往往强调人们对事物的超越生死束缚的哲理思考，特别是致力于追求镇定自若、超然物外乃至不生不灭、不垢不净、不增不减的美的究竟而永恒的智慧境界。宗白华明确指出“美在神韵”观点，认为：“神韵可说是‘事外有远致’，不沾滞于物的自由精神（目送归鸿，手挥五弦）。这是一种心灵的美，或哲学的美，这种事外有远致的力量，扩而大之可以使人超然于死生祸福之外，发挥出一种镇定

① ［德］海德格尔：《艺术作品的本源》，《海德格尔选集》（上），孙周兴译，上海三联书店1996年版，第253—254页。

② ［德］海德格尔：《艺术作品的本源》，《海德格尔选集》（上），孙周兴译，上海三联书店1996年版，第254页。

③ ［德］海德格尔：《艺术作品的本源》，《海德格尔选集》（上），孙周兴译，上海三联书店1996年版，第256页。

的大无畏的精神来。”① 中国人也如海德格尔那样重视存在乃至此在，但更重视将艺术乃至美的理想与生活乃至生命的理想合二为一，将艺术和审美生活化，以至成为一种生活方式和生命形式，更倾向于把玩“现在”，在刹那的现量生活里求极量的丰富和充实，且不为将来或过去放弃现在价值的体味和创造，以至将美的价值寄于过程本身而非外在目的。宗白华这样阐述道：“晋人的美感和艺术观，就大体而言，是以老庄哲学的宇宙观为基础，宜于简淡、立远的意味，因而奠定了一千五百年来中国美感——尤以表现于山水画、山水诗的基本趋向。”“晋宋山水画的创作，自始即具有‘澄怀观道’的意趣。画家宗炳好山水，几所游历，皆图之于壁，坐卧向之，曰：‘老病俱至，名山恐难遍游，惟当澄怀观道，卧以游之。’他又说：‘圣人含道应物，贤者澄怀味像；人以神法道而贤者通，山水以形媚道而仁者乐。’他这所谓‘道’，就是这宇宙里最幽深最玄远却又弥沦万物的生命本体。东晋大画家顾恺之也说绘画的手段和目的是‘迁想妙得’。这‘妙得’的对象也即是那深远的生命，那‘道’。中国绘画艺术的重心——山水画，开端就富于这玄学意味（晋人的书法也是这玄学精神的艺术），它影响着一千五百年，使中国绘画在世界上成一独立的体系。他们的艺术的理想和美的条件是一味绝俗。”②

也许由于中国人对待人与自然的关系，从来都比西方人更易于热衷真心实意地敬畏自然，以至不仅将自然作为赖以生存和发展的生活资源来源，而且作为赖以养育乃至提升境界的生命智慧来源。所谓诸如“道法自然”之类永远不是一种空洞的哲学概念，而是一种生活观念乃至生命信仰，在许多时候人们甚至将其神秘化乃至神灵化，以致有所谓山神土地、雷公电母之类。这虽然在某种程度上带有基于神话思维式的阐释世界特点，但更是一种思维方式乃至生命信仰。几乎每一个中国人都会程度不同地直接从自然界获

① 宗白华：《论〈世说新语〉和晋人的美》，《宗白华全集》（第 2 卷），安徽教育出版社 1994 年版，第 276 页。

② 宗白华：《论〈世说新语〉和晋人的美》，《宗白华全集》（第 2 卷），安徽教育出版社 1994 年版，第 278—279 页。

得无穷无尽的生命智慧。重视所谓“澄怀味象”，在此基础上达到“澄怀观道”乃至“澄怀味道”，不只是一种生命信仰，更是一种生活方式乃至生命形式。中国人承认现实生活不以人们意志为转移的基本事实，但并不表明否认现实世界能被转移的事实。其实如“雾里看花”等很有代表性地彰显了诸如夕照、月明、灯光、帘幕、薄纱、轻雾等自然事物在烘托和创造美方面的近乎神秘乃至完美的力量。明代张大复《梅花草堂笔谈》有载：“邵茂齐有言，天上月色能移世界，果然！故夫山石泉涧，梵刹园亭，屋庐竹树，种种常见之物，月照之则深，蒙之则净，金碧之彩，披之则醇，惨悴之容，承之则奇，浅深浓淡之色，按之望之，则屡易而不可了。以至河山大地，邈若皇古，犬吠松涛，远于岩谷，草生木长，闲如坐卧，人在月下，亦尝忘我之为我也。今夜严叔向，置酒破山僧舍，起步庭中，幽华可爱，旦视之，酱盎纷然，瓦石布地而已，戏书此以信茂齐之语，时十月十六日，万历丙午三十四年也。”宗白华作为在这方面难得有所悟解的美学家之一，对这段表象语言有这样的阐述：“月亮真是一个大艺术家，转瞬之间替我们移易了世界，美的形象，涌现在眼前。但是第二天早晨起来看，瓦石布地而已。于是有人得出结论说：美是不存在的。我却要更进一步推论说，瓦石也只是无色、无形的原子或电磁波，而这个也只是思想的假设，我们能抓住的只是一堆抽象数学方程式而已。究竟什么是真实的存在？所以我们要回转头来说，我们现实生活里直接经验到的、不以我们的意志为转移的、丰富多采的、有声有色有形有相的世界就是真实存在的世界，这是我们生活和创造的园地。”①宗白华的表象话语强调现实世界的真实性，并不是让人们执著于现实世界，而是奉劝人们不得执著于现实世界及其美虚妄不实的识见，奉劝人们既不能执著于现实世界的虚妄不实，也不能执著于现实世界的真实不虚。也许所谓事物及其自由生命精神本来并不存在于事物自身，而是存在于观照者的内心世界。

---

① 宗白华：《美何处寻》，《宗白华全集》（第3卷），安徽教育出版社1994年版，第272—273页。

张大复的表象语言以及宗白华的表象话语，表面看来似乎在彰显月色等现实事物能转移世界的道理，也应该看成借夕照、月明、灯光、帘幕、薄纱、轻雾烘托之下事物的虚假来彰显阳光照射下的事物貌似真实其实同样可能虚假的道理。在中国人看来，大自然一切事物都可能存在丰富多彩的生命特性，更存在万物一理的生命智慧。不是仅如罗丹那样关注“在艺人的眼中，一切都是露着特性，因为在他中正坦白的视察下，一切隐秘，无从逃遁”①，更是倾向于形成对“一切有为法如梦幻泡影，如露亦如电”②乃至“凡所有相皆是虚妄”③，及对“相由心生”乃至“心随境迁”等生命智慧的深刻悟解。当然《金刚经》等佛教经典的类似阐释不是仅仅告诉人们现实世界虚幻不实，而是告诫人们不可执著于现实世界，一切依赖一定条件存在的看似现实的世界往往是暂时的、不可靠的。但不是说虚妄不实的世界就一定真实可靠、不生不灭，而是告诫人们无论看似真实不虚或虚妄不实的世界都可能有真有假，也就是看似真实不虚的世界可能虚妄不实，看似虚妄不实的世界也可能真实不虚，这即是从根本上说一切事物不无所谓真假虚实，一切关乎真假虚实的分别和取舍只是人们的一种主观臆断，都仅仅基于人们的主观臆断而存在；如果没有这种主观臆断，没有这种分别和取舍，一切事物其实无真无假、无实无虚。

“心生种种法生，心灭种种法灭”④。在一个内心真正自由的人看来，一切都是自由的，都是自由的内在生命的最圆满呈现形式。从这个意义上，中国人崇尚“道法自然”，乃至“澄怀味象”、“澄怀观道”、“澄怀味道”，看似很大程度上排解了人类主观性对世界的侵扰，退回到了一个极度客观而本原的世界，并由此形成了一个没有任何读者主观意志的介入、看似没有任何权力的话语体系之中，但正是这种没有任何人为权力的话语体系才真正彰显了

---

① ［法］奥古斯特·罗丹口述，［法］葛赛尔记录：《罗丹艺术论》，傅雷译，中国社会科学出版社2001年版，第43—44页。

② 《金刚经》，《佛教十三经》，中华书局2010年版，第16页。

③ 《金刚经》，《佛教十三经》，中华书局2010年版，第8页。

④ 《坛经》，《佛教十三经》，中华书局2010年版，第123页。

事物的本原，并因此凸显了读者表象话语无与伦比的权力表征：以无限的襟怀乃至包容一切的最广大心量彰显了其可能达到的无实无虚、无真无假乃至无是无非、无善无恶、无美无丑的最高智慧。可见，于相离相，于空离空，于念无念，于住无住，乃至无染无杂、内外明澈、来去自由、万法尽通，才是中国乃至东方人对生命自由的最透彻、最究竟、最澄明的觉悟。

中编　文学本体层：象

文学本体层是以形象为基质形成的本体层面，是连接言与意，构成文学文本的主体元素，也是作家、文本和读者叙事、抒情和表象的最充分最圆满的显现形式。象作为连接言与意的最基本元素和环节，既是作者借以弥补言自身缺陷达到表意目的的基本手段，又是读者借以获取言进而获得意的基本媒介。

第四章　作为作者的心象

心象是存在于创作前的作者的内心形象。虽然不是所有创作都可以内在形象方式显现出来，但夹杂甚或主宰创作基本动因的情况十分普遍。心象不仅是作者创作必须依赖的最基本原型和模特，而且也可能是促成作者得以完成创作的内驱力之所在。

第一节　作者叙事心象的典型案例和基本形态

叙事心象是存在于作者创作之前催生作者叙事动机并促成作者叙事文本的内在形象。虽然不是所有创作都以诸如人物、情节、画面、场景等内在形象方式获得显现，有些甚至仅仅是一种情绪或器物等，但无论哪一种形式的内在形象都夹杂甚或主宰着创作的基本动因。不仅是作者创作必须依赖的最基本原型和模特，而且也可能是促成作者得以完成叙事文本的内驱力之所在。作者叙事肯定存在某一内在心理动机，而这一内在心理动机虽然可能表现为欲望，但这一欲望并不经常直接诉诸日常行动，往往借助某一文学形象方式曲折显现出来。这正是作者不同于其他人的一个主要特点。这不是作者有迥异于他人的特异功能，而是说作者较之其他人能多一个用形象方式借以曲折宣泄其欲望的手段和路径。

作者的叙事行动往往源于其内心的叙事欲望，这种叙事欲望至少在付诸实施之前在其头脑中已经有一个或多个心象。许多人以为作者叙事之前往往在其头脑中有一个相对清晰的故事情节、人物形象甚或主题意蕴，其实许多作者并非如此。他们可能并没有明晰的主题意蕴，甚至只是几段情节、几个人物，甚或情绪而已。这便是作者叙事心象。如曹禺《我如何写〈雷雨〉》明确叙述道："累次有人问我《雷雨》是怎样写的，或者《雷雨》是为什么写的这一类问题。老实说，关于第一个，连我自己也莫名其妙；第二个呢，有些人已经替我下了注释，这些注释有的我可以追认——譬如'暴露大家庭的罪恶'——但是很奇怪，现在回忆起三年前提笔的光景，我以为我不应该用欺骗来炫耀自己的见地，我并没有显明地意识着我是要匡正、讽刺或攻击些什么。也许写到末了，隐隐仿佛有一种情感的汹涌的流来推动我。我在发泄着被抑压的愤懑，毁谤着中国的家庭和社会。然而在起首，我初次有了《雷雨》一个模糊的影象的时候，逗起我的兴趣的，只是一两段情节，几个人物，一种复杂而又原始的情绪。"① 这不是说作者没有清晰的主题思路，没有能力或思想，这恰恰是许多作者创作的实际现状。当然也不是说作者叙事前不能有清晰的主题思路，如雨果创作《悲惨世界》和茅盾创作《子夜》等事实上都有清晰的主题思路，即使有着清晰的主题思路，也并不能证明有足以激发其产生叙事动机，最终促成其完成叙事的情节、人物、画面乃至场景、情绪、器物等。

如曹禺虽然明确声称没有清晰的主题思路，但并不否认情节、人物甚或情绪，而且在看似没有清晰主题思路的汹涌澎湃的情感中仍然潜伏着一种主题思路。虽然这种主题思路并不一定合乎大众化主流主题思路的基本内涵和精神，也不一定十分精辟深刻，且并非执意暴露和批判什么、彰显和赞美什么，但一定基于自己的独立思考抑或创造性直觉。他这样阐述道："与《雷雨》俱来的情绪蕴成我对宇宙间许多神秘的事物一种不言而喻的憧憬。《雷雨》可以说是我的'蛮性的遗留'，我如原始的祖先们对那些不可理解的现象睁大了惊奇的眼。我不能断定《雷雨》的推动是由于神鬼，起于命运或

① 曹禺：《我如何写〈雷雨〉》，郁敏、杨倩编：《艺术咏叹》，天津人民出版社 1998 年版，第 63—64 页。

源于那种显明的力量。情感上《雷雨》所象征的对我是一种神秘的吸引，一种抓牢了我心灵的魔。《雷雨》所显示的，并不是因果，并不是报应，而是我说觉得的天地间的‘残忍’（这种自然的‘冷酷’，四凤与周冲的遭际最足以代表，他们的死亡，自己并不过咎）。如若读者肯细心体会这番心意，这篇戏虽然有时为几段较紧张的场面或一两个性格吸引了注意，但连绵不断地若有若无地闪示这一点隐秘——这种种宇宙里斗争的‘残忍’和‘冷酷’。在这斗争的背后或有一个主宰来使用它的管辖。”① 虽然在曹禺看来这似乎只是一种裹挟着他的情感乃至情绪涌动，但这一情感乃至情绪涌动本身其实如他自己所说“蕴成我对宇宙间许多神秘的事物一种不言而喻的憧憬”，而且这种“憧憬”的核心内容便是宇宙斗争的“残忍”和“冷酷”以及潜藏其背后的类似“上帝”、“命运”和“自然法则”之类的主宰。

应该说，这种类似神秘归因并没有新意，也非因果报应，仅仅是类似于“上帝”、“命运”和“自然法则”之类的主宰在掌控和支配一切人和事物，但这恰恰便是一种主题思路，而且这种主题思路其深刻程度至少超过了庸俗社会学的阐释，至少没有将一部分人的悲剧简单归咎于另一部分人的作祟，而是将所有人都看成一群被看不见的手所掌控和操纵的棋子乃至玩物：他们看似踌躇满志，看似耀武扬威，看似难辞其咎，其实不过是受情感乃至不可知力量支配的玩偶。他虽然认为“写《雷雨》是一种情感的迫切需要”，但实际上所表达的正是一种秘而不宣的主题思路。他这样写道：“我念起人类是怎样可怜的动物，带着踌躇满志的心情，仿佛是自己来主宰自己的运命，而时常不是自己来主宰着。受着自己情感的或者理解的捉弄，一种不可知的力量的——机遇的或者环境的——捉弄；生活在狭的笼里而洋洋地骄傲着，以为是徜徉在自由的天地里。称为万物之灵的人物不是做着最愚蠢的事么？我用一种悲悯的心怀来写剧中人物的争执。我诚恳地祈望着看戏的人们也以一种悲悯的眼来俯视这群地上的人们，所以我最推崇我的观众，我视

① 曹禺：《我如何写〈雷雨〉》，郁敏、杨倩编：《艺术咏叹》，天津人民出版社 1998 年版，第 64 页。

他们如神仙，如佛，如先知，我献给他们以未来先知的神奇。在这些人不知道自己的危机之前，蠢蠢地动着情感，劳着心，用着手，他们已彻头彻尾地熟悉这一群人的错综关系，我使他们征兆似的觉出来这酝酿中的阴霾，预知这样不会引出好结果。”① 应该说曹禺的这一主题思路显然有别于人们习惯上接受的人是宇宙的精华和万物的精灵的人文主义思想，甚至有几分神秘的宗教色彩。虽然不能说主张人是万物之灵，与人是上帝乃至神秘力量的奴仆，哪一个更合乎自然法则，哪一个更有价值，但有一点是肯定的，那就是所有这些看似矛盾对立的主题思路其实并不矛盾对立，说人是万物之灵，只是张扬人自身价值，使人们赢得自信；而强调人是上帝的奴仆，只是肯定人只能遵从自然不能抗拒自然法则，使人们赢得自醒。自信与自醒都是十分必要的：没有自信，人们便可能丧失生存的信心，便可能平白无故增添生活的无助与痛苦；没有自醒，人们便可能因为盲目而自我膨胀，可能招致自然法则乃至规律的无情惩罚，遭到没有必要的打击和挫败，也便平白无故地增添生存的代价和痛苦。但剑走偏锋的人们从来没有几个能在二者之间找到最佳切合点。应该说，曹禺的这一主题思路对五四以来自尊盲目膨胀的人们来讲应该是一剂清醒药，但许多读者并未真正知晓这一点。应该说，曹禺下面一段文字典型体现了他叙事心象的核心内容：“我是贫穷的主人，但我请了看戏的宾客升到上帝的座，来怜悯地俯视这堆蠕动着的生物，他们怎样盲目地争执着，泥鳅似的在情感的火坑里打着昏迷的滚，用尽心力来拯救自己而不知千万仞的深渊在眼前张着巨大的口。他们正如跌在泽沼的羸马，愈挣扎，愈深沉地耜粘着死亡的泥坑里。”② 应该说，曹禺对人生际遇有较深刻的体悟，至少这种体悟典型地体现了作为普通人在掌控自身命运方面的无奈和无助，这也不仅仅是普通人的命运，更是所有人命运的显现。唯其如此，所有这些看似栩栩如生的舞台形象，诸如鲁侍萍、周朴园、蘩漪、周萍、周冲、四

① 曹禺：《我如何写〈雷雨〉》，郁敏、杨倩编：《艺术咏叹》，天津人民出版社 1998 年版，第 64—65 页。

② 曹禺：《我如何写〈雷雨〉》，郁敏、杨倩编：《艺术咏叹》，天津人民出版社 1998 年版，第 65 页。

凤、鲁大海、鲁贵等看似各不相同，其实都不过是各个人物按照各自的方式，扮演乃至表彰着同在“死亡的泥坑里”越是挣扎越陷得深的一堆“蠕动着的生物”角色而已。至于作者最先构思出哪一人物，或“较觉真切的是周蘩漪，其次是周冲。其他如四凤，如周朴园，如鲁贵”，[①] 倒显得有些无足轻重。他们无一例外地彰显着作为“蠕动着的生物”的角色，也是见诸戏剧舞台终端形式，以不同方式得以显现而已。

这看似仅是曹禺的一个特例，其实也有普遍意义。作者的叙事心象并非一次成形，可能在创作前的构思阶段有变化，也可能在创作的实际操作过程有变化。应该看到，创作的清晰度往往有赖于构思的清晰度，也就是清晰的构思常常能形成清晰的创作，但也存在另一种情形。这便是创作本身也有使构思的主题思路更加清晰的现象。也就是不仅创作常常因构思而清晰，甚至构思也常常因创作而清晰，比较而言，似乎后者更普遍。这一点能从曹禺《雷雨》剧本相对清晰的叙事与起初相对模糊的构思乃至主题思路看出来，也能在其他作者创作实践中看到。如福克纳谈到写作《喧哗与愤怒》时这样说道：“开始，只是我脑海里有个画面。当时我并不懂得这个画面是很有象征意味的。画面上是梨树叶中一个小姑娘的裤子，屁股上尽是泥，小姑娘是爬在树上，在从窗子里偷看他奶奶的丧礼，把看到的情形讲给树下的几个弟弟听。我先交代明白他们是些什么人，在那里做些什么事，小姑娘的裤子又是怎么会沾上泥的，等到把这些交代清楚，我一看，一个短篇可绝对容不下那么许多内容，要写非写成一部书不可。后来我又意识到弄脏的裤子很有象征意味，于是便把那个人物形象改成一个没爹没娘的小姑娘，因为家里从来没有人疼爱她、体贴她、同情她，她就攀着水管往下爬，逃出了她唯一的栖身之所。”[②] 福克纳随着写作的逐步推进，其对起初的叙事心象及其象征意义的理解往往越来越清晰，且最终形成了其叙事兴象。

---

① 曹禺：《我如何写〈雷雨〉》，郁敏、杨倩编：《艺术咏叹》，天津人民出版社 1998 年版，第 66 页。

② ［美］福克纳：《创作源泉与作家的生命》，何太宰编：《现代艺术札记》（文学大师卷），外国文学出版社 2001 年版，第 97—98 页。

越叙事越可能有助于清晰认识乃至修改原初叙事心象，但要一次性达到作者期待，也有一定困难。所以许多作者可能借助一而再再而三的修改，覆盖乃至抹去原初叙事心象的痕迹。这可能是最普遍的现象。作为特例也存在于作者一而再再而三的重新叙事之中，而且作为叙事文本的终端显现形式并不是一个叙事文本，甚至可能是诸多叙事文本的叠加。如福克纳明确指出："我先从一个白痴孩子的角度来讲这个故事，因为我觉得这个故事由一个只知其然，而不知其所以然的人说出，可以更加动人。可是写完以后，我觉得我还是没有把故事讲清楚。我于是又写了一遍，从另外一个兄弟的角度来讲，讲的还是同一个故事。还是不能满意。我就再写第三遍，从第三个兄弟的角度来写。还是不理想。我就把这三部分串在一起，还有什么欠缺之处就索性用我自己的口吻来加以补充。然而总还觉得不够完美。一直到书出版了十五年以后，我还把这个故事最后写了一遍，作为附录在另一本书的后边，这样才算了却一件心事，不再搁在心上，我对这本书最有感情。总是撇不开、忘不了，尽管用足了功夫写，总是写不好。我很想重新再来写一遍，不过恐怕也还是写不好。"① 应该说，福克纳对这一叙事心象的多次修改乃至叠加是没有普遍性的。这并不仅仅体现为作者对叙事心象的多次修改，甚至可能体现为对逐渐清晰的叙事心象的不断完善和重新叙事，而且这一重新叙事不是使叙事心象仅存在于一次叙事之前，甚至伴随着整个叙事过程，而且可能一而再再而三地存在于每次叙事之前乃至叙事过程之中。所以作为先验地存在于叙事之前的叙事心象还是贯穿于整个叙事过程的，且并不与叙事过程有截然分明的区别。

有些作者虽然不像福克纳那样出于不大满意的缘故对叙事心象进行多次重新叙事，但几乎没有作者对自己叙事心象呈现真正十分满意，或者说叙事本身就是一个永远不可能令人心满意足的旅行，缺憾伴随其一生将极为正常。如西蒙指出："对我来说，小说不是时间概念上的故事，而是从某一点，

① ［美］福克纳：《创作源泉与作家的生命》，何太宰编：《现代艺术札记》（文学大师卷），外国文学出版社 2001 年版，第 97—98 页。

从一个图像出发，由这个图像引起的插曲所构成的无主题故事。我从这一点出发，从这一点返回，再往前走去。作家举步向前，却又是原地踏步。他永远无法达到追求的理想形式——小说。我的作品《盲人奥里翁》就是如此。奥里翁摸索着，迎着朝阳前进，但是奥里翁是一个星座，当太阳升起时，它就黯淡无光，消失在空中，奥里翁自己将不复存在。因此他永远无法达到他要奔去的理想境界。”① 西蒙的陈述呈现了叙事心象永远不可能获得令人满意结果的缺憾，也从另一个侧面印证了叙事心象作为图像乃至画面而不是作为故事情节存在的基本事实。

人们不免自以为是地寄希望于故事情节，以为它可能是不可替代的叙事心象，这主要因为他们往往低估了诸如画面等视觉形象作为叙事心象的价值和意义。许多人以为作为叙事心象的视觉形象可能仅仅是单纯视觉感官发生作用的产物。其实所有视觉形象都是人们诸多感官甚或眼耳鼻舌身意等综合作用的必然结果。阿恩海姆指出：“人的各种心理能力中差不多都有心灵在发挥作用，因为人的诸心理能力在任何时候都是作为一个整体活动着，一切知觉中都包含着思维，一切推理中都包含着直觉，一切观测中都包含着创造。”② 许多作者的叙事心象以无可辩驳的力量证明了这一点。如川端康成对整齐地摆放在卡哈拉·希尔顿饭店伸向海滨的阳台餐厅角落的一张长条桌上的玻璃杯有深刻印象，而且毫不掩饰地指出正是这些玻璃杯成了他终生铭刻在心灵深处的叙事心象。他这样写道：“有多少个早晨，我坐在伸向海滩的阳台的餐厅里，望着角落长台上的一堆玻璃杯，在朝阳下熠熠生辉的美丽景象啊！玻璃杯居然这样光耀照人，这是我在别的地方未曾看见过的。”这还仅仅是作者的一种判断，虽然基于独特的感觉，但在此主要还是彰显了思维的判断力量，接着又道：“卡哈拉·赫尔登饭店的玻璃杯的闪光，将作为一个鲜明的象征，终生铭刻在我的心里，使我永远记住被称为常夏的乐园的夏

---

① ［法］西蒙：《小说：无主题故事》，何太宰编：《现代艺术札记》（文学大师卷），外国文学出版社 2001 年版，第 135 页。

② ［美］阿恩海姆：《艺术与视知觉》，朱立元编：《二十世纪西方美学经典文本》（第 1 卷），复旦大学出版社 2000 年版，第 735 页。

威夷或檀香山光辉的太阴，明朗的天空，艳丽的海色，碧绿的树林。”这是将思维的判断提高到一个无以复加的地步，乃至明确确定了其作为终身叙事心象的价值意义。这虽然有着思维介入的特征，但主要还是诉诸视觉感官的作用。至于下午有谓：“这一堆玻璃杯，虽然像出征的队伍一般整齐地排列着，但都是底朝天倒扣在那儿，有的叠放了两层，大大小小，挤挤碰碰地聚集在一起。这些杯子并未整体都能映到朝阳，只是那倒扣着的杯底的圆弧，发出闪闪的白光，像宝石一般耀目生辉。杯子的数量不知有多少，恐怕足有两三百只，这些杯子也并非都在杯底的圆弧的同一地方发出同样的光芒。不过，这相当多的杯子在底边的圆弧上都有一个明亮的光点，像星星一般。这一排排杯子散射着一列列光亮，看上去着实动人。”① 这更进一步凸显了各种感官综合作用的特征：虽然仍然以视觉感官乃至思维判断为基础，但见诸生活经验以及各种感官综合作用的特征明显有所凸显。

川端康成这段叙事心象很大程度上得力于视觉感官，也融入了其他相应感官乃至思维的作用，如果没有思维以及赖以存在的感官基础，所有这些看似直觉的叙事心象便可能荡然无存。至于其后所谓：“我在阳台餐厅里却发现了朝阳映射玻璃杯的美景。确确实实地看到了。这美景是我的初遇。以往，我不曾记得在哪里看见过。然而，不正是这样的邂逅反映着文学，反映着人生吗？这样说或许过于抽象过于夸张了吧？似乎有这一点，但也不见得。我至今走了七十年的人生历程，才在这里初次发现阳台玻璃杯上的这种闪光，并且有所感受。”② 这段文字显然基于他对七十年人生的清算和对文学的长期思考，没有思维判断和生活经验的深度介入不可能有如此深刻体悟。只是其叙事心象相对于普鲁斯特的体验还是略显单纯。如普鲁斯特所云：“一幅生活的画面带来各种各样的感觉。比如说，看到一本已经读过的书的封面，从书名的字体中可能会旋转出一个遥远夏夜的月光。品尝早晨的

① ［日］川端康成：《美丽的存在与发现》，何太宰编：《现代艺术札记》（文学大师卷），外国文学出版社 2001 年版，第 113 页。

② ［日］川端康成：《美丽的存在与发现》，何太宰编：《现代艺术札记》（文学大师卷），外国文学出版社 2001 年版，第 114 页。

咖啡，会使我们微微地希望新的一天是美好的，这种美好的日子以前往往在微微的黎明时就从带凹槽花饰的碗里或像凝结的牛奶般的瓷器里对着我们微笑了。一小时不仅仅是一小时，它是一只装满了芳香、音响、打算、气氛的花瓶。”① 普鲁斯特的这段叙事心象显然更大程度上彰显了各种感官至少是视觉、听觉、味觉、嗅觉、触觉乃至思维综合发生作用的特征。

人们不能低估画面作为叙事心象的价值和意义。它看似静止不动，是平面化静态化的叙事心象，但这一叙事心象实则区别于一般所谓作为二维空间绘画的特征，有着运动变化发展的特点，甚至还是多种乃至所有感官共同发生作用的结果。作者叙事心象的表达得益于其主观感官的高度介入，因为事实上从来没有一个绝对意义的纯然客观的物象，即使看似纯然客观的物象，作为已经存在于作者大脑中的形象理所当然已经是经过诸如视觉感官在内的一切感官综合作用的结果，甚至也是思维作用的终端显现形式。除此而外任何作者叙事心象的最终表达，也理所当然得益于选择最恰当的富于各种感觉色彩感的词语。人们任何时候都不能忘记，作为叙事心象的终端显现形式最终还得依赖表象语言的高度介入，否则便无法形成真正意义的叙事文本。诸如福克纳、西蒙等对其叙事的不满意其实也包括对叙事词语乃至方式选择的不满意。如西蒙指出：“描写的事物并非‘实在的’事物，而是由词汇组成的书面的事物。同样的道理，一幅画上的事物完全是由薄薄一层油彩组成。没有什么‘客观的’事物。如果您把一件东西交给几个摄影师，其中一个可能把它拍成平面的，另一个拍成反差，第三个拍成灰暗的……即使是一张照片也不是客观的，它取决于灯光、角度，您每次看见的都不会是同样的东西。”② 对富有感觉色彩的词语的选择根本上依赖于各种感官，以及由此形成的主观感官色彩。也正是凭借这一点使不同作者其叙事心象也显得各有不同。

---

① ［法］普鲁斯特：《复得的时间》，伍蠡甫编：《现代西方文论选》，上海译文出版社 1983 年版，第 131 页。

② ［法］西蒙：《小说：无主题故事》，何太宰编：《现代艺术札记》（文学大师卷），外国文学出版社 2001 年版，第 135 页。

也许普鲁斯特表述得更明确："我们所说的现实，就是同时存在于我们周围的那些感觉和记忆之间的一种关系。"在普鲁斯特看来，也许只有词语特别是借助比喻形式的字句才是将感觉与记忆两种不同感受有机捆绑在一起的纽带。他说："这是一种独特的关系，作家只有发现它，才有可能用语言把两种不同的存在连接在一起。在描写客观事物时，你可以使那些在某一特定地方居显要地位的事物无限地互相接替；真实性只有在这种时刻才开始出现：作家选取了两个不同的东西，确定它们之间的关系，——这种关系是艺术世界中类似科学世界中的唯一因果法则——并把它保存在优美的文体里。这样，就像在实际生活中一样，他把两种不同感受共有的品质融合在一起，抽取它们的实质，用比喻的形式把它们连在一起，以便它们能摆脱时间条件。这样，它们就被字句牢固地拴在一起了，而字句真可说是一条难以给予的定义的纽带。"① 所以作者选择词语乃至字句以比喻形式将感觉与记忆连接起来的过程，也就是将其叙事心象呈现于叙事文本使其获得终端显现的过程。长期以来，人们总是将注意力集中于构思，事实上许多时候所谓构思只对那些搜肠刮肚、江郎才尽的作者才有价值，对于那些灵感迭出、文思泉涌的作者来说未免有些多此一举。对于大多数作者，即使并不怎么富有才气也不可能经常文思泉涌的作者来说，至少在其进入高峰体验状态时，最关键的仍然是将一定的叙事心象借助词语方式获得最终显现而已。

人们不能狭义地理解欲望，以为所谓欲望便是作者的某一生存欲望，其实基于叙事心象以至于借助词语乃至字句使叙事冲动和意愿获得终端显现同样是一种欲望。而且这种叙事欲望才是作者成其为作者的根本保证，也是叙事得以最终实现的主要保证。所以人们不能将叙事心象神秘化，试图将作者平时耳闻目睹的几个人物诉诸一定词语乃至字句使之成为叙事文本人物形象的努力同样是叙事心象得以获得最终显现的基本动因。如曹雪芹所谓：

① ［法］普鲁斯特：《复得的时间》，伍蠡甫编：《现代西方文论选》，上海译文出版社 1983 年版，第 131 页。

“今风尘碌碌，一事无成，忽念及当日所有之女子，一一细推了去，觉其行止、见识皆出于我之上，何堂堂之须眉，诚不若彼一干裙钗！实愧则有馀、悔则无益之大无可奈何之日也。当此时，则自欲将已往所赖：上赖天恩，下承祖德，锦衣纨绔之时，饫甘餍美之日，背父母教育之恩，负师兄规训之德，以致今日一事无成、半生潦倒之罪，编述一记，以告普天下人。”① 虽然有些作者并不能明确无误地表达这一点，但这种将日常生活所见所闻作为叙事心象，将记述日常所见所闻作为叙事欲望的现象还是十分普遍的。或者说绝大多数作者将不免于此。至少按照曹雪芹的这一段阐述，可以看出所谓“当日所有女子”等叙事心象在催生叙事行为、促成叙事文本方面的价值和意义。

第二节　作者抒情心象的典型案例和基本形态

抒情心象作为存在于作者创作之前催生作者抒情动机并促成作者抒情文本的内在形象，可能较之叙事心象更为模糊，更为飘忽不定。虽然不排除诸如人物、情节、画面、场景、器物等内在形象，但更凸显出诸如情感、情绪的重要性，且往往以其为核心内容。无论哪一种内在形象都必然地潜藏于作者创作动机之中并主宰作者的情感乃至创作活动。能够将抒情的创作冲动和动机形诸抒情文本，往往使作者较之他人多了一条经常而稳定的排遣情感乃至情绪的通道。这并非说作者的抒情欲望并不重要，而是说其抒情欲望往往被情感乃至情绪所牵动，以至成为抒情欲望的核心内容，使人们往往将情感乃至情绪直接地作为作者抒情的主导因素。

作者构思的过程，实际上就是驱遣和调动心象的过程，如刘禹锡所说“坐驰可以役万景”②。这个景严格来说并非实景，而是贮藏于作者头脑中的

① （清）曹雪芹：《红楼梦》（凡例）上，中华书局 2009 年版，第 1 页。

② （唐）刘禹锡：《董氏武陵集纪》，郭绍虞编：《中国历代文论选》（第 2 册），上海古籍出版社 1979 年版，第 89 页。

诸多抒情心象。如艾青所谓“无数的鲜活的形体和它们的静止和活动；无数的光与色彩的变化；无数的坚硬与柔软；无数的温暖与寒冷；无数的愉快与不愉快的感觉”等都是作者付诸抒情行动前的心理准备。艾青说：“只有贮藏丰富了之后，所产生出来的形象才是自然的、生动的。”① 当然，作者的抒情行动相当复杂：作为抒情心象可能并非十分清晰且阶段分明地存在于抒情行动发生之前的某一特定时期或阶段，并非如同一个人先准备好了许多食材才开始做饭，做好饭后才进餐，经常可能出现的情形是随抒情活动发生乃至发展随时产生新的抒情心象，以致原有抒情心象稍纵即逝，而新抒情心象的应运而生又猝不及防且异彩纷呈，最常见的现象是多种抒情心象交错重叠、变幻莫测、忽隐忽现。瓦雷里明确肯定了这一点，他说：“诗的状态是毫无规则、反复无常、无意识并且是脆弱的，它的得失都只是出于偶然。”② 抒情心象的这一特点决定了它常常如此恍惚不定、莫名其妙乃至不可掌控，相形之下倒使叙事心象显得更理智而清晰、稳定而可控。按照这一特点，借此可阐释叙事特别是长篇叙事何以常常有一定长度、厚度、密度乃至深度，抒情却往往显得短小、精粹、空透和富于感染力。

许多抒情诗人的创作实践也确实印证了抒情心象的这一特点。叶芝这样呈现了他的抒情心象：“有一次，我正在写一首异常抽象的、象征性的诗，不料手中的钢笔掉到地上。当我俯身去拾时，我想起了一件既虚幻又不像是幻觉的奇遇，接着又是一件。我暗自寻思，这是什么时候发生的事情呢？我发现原来是好几个晚上做过的梦。我尝试着回忆前一天我干了些什么，随后又回忆起当天上午我干了些什么；可是，一切现实生活都从我的脑海里消失了，经过一番努力之后，我才再度记了起来，但这时那更为强烈和惊人的事情却又消失了。若非钢笔掉落到地上，使我从正在织进诗句的物象中抽身出来，我就永远不会知道沉思已经变为精神恍惚。因为我像一个只顾低头走

① 艾青：《我怎样写诗的》，王钟陵编：《二十世纪中国文学史文论精华》（新诗卷），河北教育出版社 2000 年版，第 236 页。

② ［法］瓦雷里：《诗，语言和思想》，袁可嘉编：《现代主义文学研究》（下），中国社会科学出版社 1989 年版，第 841 页。

路，不知身在林中的人一样。”[①] 按照叶芝的这段心象呈现，所谓抒情心象往往不是在抒情行动之前存在，而恰恰在抒情行动间歇由于偶然原因而发生，且飘忽不定、稍纵即逝，以至于无法掌控其发生、发展乃至结束，甚至作者连自身也无法把控，以致陷入被动而非主动、精神恍惚而非清楚理智的状态。类似的情况无论发生在其他作者还是叶芝身上，都可能有超乎语言极限的呈现难度。叶芝指出："尽管你能阐明一个见解，或用不很贴切的词句描绘一件物品，但你却无法赋予超出感官之外的某物以躯体，除非你的词句像一朵花或一个女人的身体那样微妙，那样复杂，那样充满了神秘性。”[②]

虽然抒情心象可能显得头绪复杂乃至无法掌控，但其核心仍然是情感。这一点毋庸置疑。叶芝指出："一切声音，一切颜色，一切形状，或因其固有的力量，或因其久已形成的联系，都能引起各种难以确切表述却又明白无误的感情。或者，像我喜欢想象的那样，给我们唤来某些飘忽不定的神灵，它们踩在我们心上的脚步，我们便称之为感情。当声、色、形构成美妙的音乐关系时，它们就成为一个声音，一种颜色，一个形体了，它们所唤起的感情虽由三者各自独特的唤醒力所构成，但却是一种感情。”情感永远是将各种形形色色的声音、颜色和现状联结起来的中枢神经，而且诸如此类的情感虽然主要呈现于抒情文本，但也不限于抒情文本，甚至可能存在于叙事文本和表象文本之中。叶芝继续阐述道："同样的关系存在于每一件艺术品的各个组成部分之间，无论这件艺术品是一部史诗，还是一部歌曲。艺术品越完美，注入其完美性的成分越是五光十色，为数繁多，它在我们身上激起的感情，给我们唤来的神灵，力量就越为强大。”可以这样说，抒情心象在各种文本中得以呈现的普遍性似乎远远超过了其他心象。这不是说抒情心象较之其他如叙事心象、表象心象更重要，而是说几乎所有叙事心象和表象心象都可能不同程度上与抒情心象有剪不断理还乱的关系，或者说无论叙事心象，

① ［爱尔兰］威·叶芝：《诗歌中的象征主义》，袁可嘉编：《现代主义文学研究》（下），中国社会科学出版社 1989 年版，第 799—800 页。

② ［爱尔兰］威·叶芝：《诗歌中的象征主义》，袁可嘉编：《现代主义文学研究》（下），中国社会科学出版社 1989 年版，第 802 页。

还是表象心象其实都可能被抒情心象作为“药引子”。这实际上是说，可能存在没有叙事心象和表象心象的抒情行动，但很难存在没有抒情心象的叙事表象行动。不仅如此，在有些抒情作者那里可能出现较为极端甚或近乎狂热的现象，如郭沫若呈现他写作《地球，我的母亲》时便出现过“现在看起来，觉得有点发狂”的现象：“赤着脚踱来踱去，时而又率性倒在马路上睡着，想真切地和‘地球母亲’亲昵，去感触她的皮肤，受她的拥抱”，“在那样的状态中受着诗的推荡、鼓舞，终于见到她的完成，便连忙跑回寓所把她写在纸上，自己觉得就好像新生了的一样。”①

有些作者虽然不可能达到郭沫若的狂热程度，但其灵感如潮的现象也确实也有些类似。洛夫曾较详尽陈述过他的抒情行动及过程。他说他写诗绝大部分是在夜阑人静的时候进行，常常是意象一个接着一个涌现，大多能做到意到笔随，但也有苦思冥想的时候，他偶然从袅袅烟圈中发现一闪灵感的火光，随即便捕捉住这一灵感铺染成篇。也有猝不及防之作，如其所云：“最令人不解的是，有时我会在极偶然的情况下，任意挥洒出一些‘无心插柳’的作品。”“这些诗通常是未经苦思，遽尔成篇，好像它们早就隐伏在一不自觉的暗处，呼之即出。”② 情感的激动乃至狂热可能并不需要大脑特别清晰，但灵感状态特别是猝不及防却每每有意想不到的收获的创作高峰体验状态，却常常需要大脑的充足睡眠和休息，以达到思维超常清晰、敏锐和空灵的境界。虽然抒情行动有超乎寻常的复杂性，但可以肯定一个大脑疲惫不堪乃至心力交瘁的人往往很难达到创作的高峰体验状态。

抒情心象的复杂性还在于看似与抒情行动同步，以至于好像并不是发生在抒情行动之前，而是存在于抒情行动之中，其实仍可能发生于抒情行动之前，只是不为人所觉察；当然也不排除真正与抒情行动同步的情形。叶芝指出：“由于感情在找到表现之前，即在色，或声，或形，或三者相结合中

① 郭沫若：《我的作诗的经过》，王钟陵编：《二十世纪中国文学史文论精华》（新诗卷），河北教育出版社 2000 年版，第 236 页。

② 洛夫：《我的诗观与诗法》，王钟陵编：《二十世纪中国文学史文论精华》（新诗卷），河北教育出版社 2000 年版，第 394—395 页。

找到表现之前，它在我们身上是不存在，或不被觉察和不活动的，又由于色、声、形的不同排列组合不会唤起同一感情，因此，诗人、画家、音乐家，以及因其作用短暂而较为次要的。”[①] 也确实如叶芝所说，诸如声音、颜色、形状等看似无用或软弱的东西才往往具有举足轻重的作用，不仅决定其抒情心象的终端显现，而且因不同排列组合导致形成不同情感及其基调。有些事物如白昼、黑夜、云彩、阴影等看似可有可无，无足轻重，但恰恰是这看似可有可无乃至无足轻重的事物才真正有着保障和改变人类命运的能量。人们往往夸大了发明过电灯的爱迪生之类发明家的重要性，却忽视了百姓日用而不知的太阳及其价值。冷静思考，人们可以离开电灯而生活，但不可能离开太阳而存在，但很少有人真正在意太阳的伟大。这正是人类的短视之处。对抒情行动而言也存在类似情况，人们视为极其重要甚或缺一不可的东西恰恰是最可能忽略的，而其视为可有可无的东西却可能是至关重要的。在作者的抒情行动中，虽然情感往往是诸如声音、色彩和形状的黏合剂，正因为情感的黏合才使声音、色彩和形状三者得以有效联合成为一个整体，但这个情感往往并不单纯地存在于声音、色彩和形状的某一方面，也可能并不存在于其中的任何一个方面，也可能存在于其一切的方面。甚至也可能既不存在于客观世界的声音、色彩和形状之中，也不存在于作者的内心世界之中。这种既可能并不存在于声音、色彩和现状的任何一个方面，但确实有着超乎寻常的黏合剂作用的情感确实是抒情心象乃至抒情行动不可或缺的核心元素。

抒情心象作为抒情行动的引子和内容，可能源自日常生活的方方面面。这里没有丰富与贫乏的根本区别。看似丰富的日常生活，对大多数人而言可能并未成其为抒情心象，也并未最终显现于抒情文本之中；而看似极其贫乏的日常生活，甚至身处深闺乃至身陷牢笼的人也可能创作出脍炙人口的抒情诗。如此看来，更为重要的不是日常生活，而是善于捕捉生活感受和情感情

---

① ［爱尔兰］威·叶芝：《诗歌中的象征主义》，袁可嘉编：《现代主义文学研究》（下），中国社会科学出版社 1989 年版，第 797 页。

绪的敏锐心灵。莱·里尔克指出："你要躲开那些普遍的题材，而归依于你自己的日常生活呈现给你的事物；你描写你的悲哀与愿望、流动的思想与对于每一种美的信念——用深幽、寂静、谦虚的真诚描写这一切，用你周围的事物、梦中的图影、回忆中的对象表现自己。如果能觉得你的日常生活很贫乏，你不要抱怨它；还是怨你自己吧，怨你还不够作一个诗人来呼唤生活的宝藏；因为对于创造者是没有贫乏、也没有不关痛痒的地方的。即使你是在一座监狱里，狱墙使人世间的喧嚣和你的官感隔离——你不还永远据有你的童年，这贵重的、富丽的宝藏？你往那方面多多用心吧！试行拾捡起过去久已消沉了的动人的往事；你的个性将渐渐固定，你的寂寞将渐渐扩大，成为一所朦胧的住室，别人的喧扰只远远地从旁走过。"① 有时候人们往往会夸大条件和环境的重要性，事实上即使在最恶劣的条件和环境中也可能有人走向成功，但拥有最优越条件和环境的人们却并不一定能全部成功。许多情况下，常常没有人能确定哪一种条件和环境确定无疑是优越的、有利的，而另外的条件和环境便必定是恶劣的、有害的。对能积极适应环境，特别是能将不利因素转变为有利因素的人来说，任何条件和环境都将是有利的，而对于不会利用条件和环境的人来说，即使最优裕的条件和环境也对他不起作用，甚至只会为他提供消沉堕落的温床或陷阱。条件和环境本来没有优越与恶劣、有利与有害的区别。对积极进取者而言，可能会化恶劣为优越、有害为有利，但对不思进取者而言则恰恰相反，不仅不会化恶劣为优越、化有害为有利，反而会将优越化为恶劣、有利化为有害。当一个人能将优越和有利的因素发挥到极致，以至将恶劣和有害的条件和环境也转化为优越和有利的条件和环境，环境和条件便无恶劣和有害可言；相反，一个人可能让恶劣和有害的因素任其发展以致达到极致，甚至使原本优越和有利的因素也转变为恶劣和有害的因素。所以自强不息的精英们从来不怨天尤人，倒是不思进取的懦夫才把自己的一切不幸归咎于环境的不公。

① ［奥］莱·里尔克：《给青年诗人卡普斯的信》，袁可嘉编：《现代主义文学研究》（下），中国社会科学出版社 1989 年版，第 830 页。

真正使一个作者成为杰出作者的根本原因，往往不在于外界条件，而在于自身因素。外界条件与自身因素的珠联璧合常常是抒情心象得以形成的根本原因，而且这种珠联璧合可能是作者本人始料不及的。如瓦雷里所说："日常生活中一切可能的事物，无论是外在的还是内在的，是生物、事件、感情，还是行动，正当他们保持着自己的日常面目时会突然被置于一种与我们的一般感受方式相联的关系中，这种关系难以界定然而又是奇妙地和谐融洽。"① 虽然这种珠联璧合看起来似乎水到渠成、瓜熟蒂落，无须作者主观努力，实际上作者自身的努力还是有意无意地发生着作用。虽然连莱·里尔克所谓建立在童年记忆基础上的回忆和憧憬有时候都显得有些多余，但自身存在的不可预料的极偶然原因生发的某一情感乃至情绪作为抒情心象却可以直接纳入抒情行动，成为抒情行动的内在动因和情感源泉。这一切虽然看似极其偶然，甚或原因不明，似乎与作者的主观努力无关，但事实上仍然是作者有意无意关注自身存在的某些诗歌情绪的必然结果。如瓦雷里指出："我在自己身上注意到了某些我可称为诗的情绪，因为它们中的一部分最后都成为诗篇。它们的产生没有什么明显的原因，只是由于这种或那种偶然因素而引起的；它们按照各自的性质发展着，结果我发现自己竟一时摆脱了理智的常态。"② 虽然在灵感来临的高峰体验状态，作者的主观努力似乎显得无足轻重乃至多此一举，但这并不意味作者真正无所作为。事实上即使特别强调淡泊虚静的作者也不可能真正无所作为。

尽管有些作者夸大超自然精神世界或因偶然因素突然介入的感官世界，但也有作者更看好无所执著的本心。如洛夫既不倾向于超自然乃至形而上的精神世界，也不专注于由想象所创造的感官世界，更看好无住之心。他认为："前者过分强调内倾，后者过分侧重外向，二者都是一种执拗。经过多年的追索，我的抉择近乎《金刚经》所谓'应无所住而生其心'。我们的

① ［法］瓦雷里：《诗，语言和思想》，袁可嘉编：《现代主义文学研究》（下），中国社会科学出版社 1989 年版，第 840 页。

② ［法］瓦雷里：《诗，语言和思想》，袁可嘉编：《现代主义文学研究》（下），中国社会科学出版社 1989 年版，第 839 页。

'心'本来就是一处活泼而无所不在的生命，自不能锁于一根柱子的任何一端。一个人如何找到'真我'？如何求得全然无碍的自由！又如何在还原为灰尘之前顿然醒悟？对于一个诗人而言，他最好的答案是化为一只鸟、一片云，随风翱翔。"[①] 洛夫对"真我"的理解较为透彻。所谓"真我"其实就是"无住生心"，就是于念无念、于相无相、于住无住，就是无所执著。这也许才是灵感乃至高峰体验状态的真正精神实质。在这一点上，洛夫虽然能够做到无所执著，但并不意味着他在任何方面都能达到这一境界。他后来的阐述便有些背离于无住生心。如其所谓："'真我'，或许就是一个诗人终生孜孜矻矻，在意象的经营中，在跟语言的搏斗中唯一追求的目标。在此一探索过程中，语言既是诗人的敌人，也是诗人凭借的武器，因为诗人最大的企图是要将语言降服，而使其化为一切事物和人类经验的本身。要想达到此一企图，诗人首先必须把自身割成碎片，而后糅入一切事物之中，使个人的生命与天地的生命融为一体。"[②] 不过，虽然洛夫的阐述倾向于降服语言和割碎自我，不可避免有着执著的嫌疑，但其最终消解语言与情感、自身与天地隔阂的努力又有着化解人类及其语言的"执著"成分，似乎又有无住生心的内核。也许在这一点上，倒是《庄子·寓言》所谓"言无言"[③]，《庄子·则阳》所谓"非言非默"，陶渊明"此中有真意，欲辨已忘言"等，才真正达到了有我与无我、有心与无心、有言与无言的无可执著，乃至非言非默、非我非无我。这不是所有作者都能达到的境界。当然人们也不能一概否定这种执著，也许一切随意而为，乃至笔随意迁，同样是一种无所执著。

人们可能只是狭义上理解了抒情心象，其实作者的抒情心象往往有极其丰富的内容和表现形式。它可能主要是一种情感乃至情绪，但作为情感乃

① 洛夫：《我的诗观与诗法》，王钟陵编：《二十世纪中国文学史文论精华》（新诗卷），河北教育出版社2000年版，第393—394页。

② 洛夫：《我的诗观与诗法》，王钟陵编：《二十世纪中国文学史文论精华》（新诗卷），河北教育出版社2000年版，第394—395页。

③ （晋）郭象注，（唐）成玄英疏：《南华真经注疏》（下），中华书局1998年版，第540页。

至情绪诱因的却并不仅仅是情感乃至情绪，甚至也可能是意想不到的人物、事件、场景，甚或偶然的一个图像、一个画面、一张面孔、一个符号、一种声音、一样颜色、一种想法等都可能成为情感乃至情绪诱因，成为抒情心象的主要内容和表现形式。唯其如此，作者抒情心象的构成往往不仅仅是一种内容，更可能是一种形式、一种表达方式。如瓦雷里所谓："一个意外的事件、一个外界的或内心发生的小事：一棵树、一张脸、一个'题目'、一种情感、一个字就能触发人的诗情。有时诗这种游戏始于一种表达的欲望、一种把自己的感受再现出来的要求；而有时则恰恰相反，始于一种形式的因素、一种表达方式的轮廓。它在我头脑的空间里寻找根源和意义。……注意，在开始的方法上可能有二重性：要么是想表达某个东西，要么是想使用某种表现形式。我的一首诗《海滨墓园》就是起于一种节奏感，一种十音节（分成前四、后六）的语法诗行的节奏而在我心中开始的。然而究竟该用什么来充实这种形式，我心里却没有一点谱。逐渐地有几个闪动跳跃的字进入这种形式之中，接着主题慢慢形成了，我的劳动（一种长期的劳动）就在前面。"① 正因为如此，有许多抒情诗也常常以其诗歌格式乃至造型著称，如所谓格律诗、十四行诗、阶梯诗等。有些虽然未能有如此固定乃至千篇一律的格式，甚至呈现较为丰富的变化形式如词曲等，但其所谓词牌名、曲牌名实际上已固定了其相应格式。更有甚者，还有以十字架、纪念碑等命名其诗且也真正以其造型作为诗歌形式的。虽然诸如此类的诗歌格式可能造型或表象方面的意义远远大于表现情感乃至抒情的意义，但似乎也没有几个人能真正排除其中蕴含的情感成分，因而说它们仍属于抒情心象范畴也不过分。

---

① ［法］瓦雷里：《诗，语言和思想》，袁可嘉编：《现代主义文学研究》（下），中国社会科学出版社 1989 年版，第 854—855 页。

第三节　作者表象心象的典型案例和基本形态

表象心象是存在于作者创作之前催生作者表象动机并促成作者表象文本的内在形象。虽然不是所有创作都以诸如人物、情节、场景、情感、情绪、欲望等内在形象方式获得显现，有些甚至仅仅是一种画面、图像等，但无论哪一种形式的内在形象都夹杂甚或依赖画面、图像而得以显现。作者表象肯定存在一定内在心理动机，但这些内在心理动机也往往借助某一画面、图像等文学形象方式获得显现。这可能是作者连同画家所共有的借以曲折宣泄其欲望、情绪和情感的手段和方式之一。

表象心象可能是最直接最方便彰显文学本质的一种手段和载体。这是因为虽然不同文学文本起因可能千差万别，其心象也可能千差万别，但几乎所有文学文本最终都得转换为形象并以形象获得终端显现。形象在文学文本中常常表现出极其重要甚至无与伦比的价值和意义。如谢尔盖·叶赛宁所说："艺术的唯一规律、唯一的无与伦比的方法就是通过形象和形象的节律性来显示生活。""形象，也只有形象。形象要靠一步步离开类比、排偶、比较和对照，那些简洁的和扩展的修饰语，多主题多层结构的同位语，这才是艺术大师的生产工具。""诗人是靠只在形象意义上使用的词来进行工作的。"① 既然形象有如此重要的价值和意义，那么形成于表象行动之前的表象心象便具有了一以贯之乃至最接地气最无须变化的意义。

作者的一次偶然巧遇，特别是他目睹的一个形象，即更具体地说是表象心象，往往能直接成为其叙事、抒情和表象的原型或诱因。马尔克斯在谈到具备什么条件才能动手写作时明确强调了这一点。他说："别的作家有了一个想法，一种观念，就能写出一本书来。我总是先得有一个形象。《礼拜

① ［俄］谢尔盖·叶赛宁：《意象主义宣言》，高建平、丁国旗编：《西方文论经典》（第 4 卷），安徽文艺出版社 2014 年版，第 190—191 页。

二午睡时刻》我认为是我最好的短篇小说，它是我在一个荒凉的镇子上看到一个身穿丧服、手打黑伞的女人领着一个也穿着丧服的小姑娘在火辣辣的骄阳下奔走之后写成的。《枯枝败叶》是一个老头儿带着孙子去参加葬礼。《没有人给他写信的上校》的成书原因是基于一个人在巴兰基利亚闹市码头等候渡船的形象。那人沉默不语，心急如焚。几年之后，我在巴黎等一封来信，也许是一张汇票，也是那么焦急不安，跟我在记忆中的那个人一模一样。"① 诸如此类的表象心象往往得力于平时的视觉观察。伯尔指出："凡事只要留心察看，就能看清！在我们动听的母语里，'看'这个字有一种单用光学上的范畴无法穷尽的释义：一个人只要留心察看，他就能看穿事物。看穿事物，这对一个人来说应该是可能的；他还可以借助语言来看穿事物，洞察事物。"② 伯尔这里强调了一个极其重要的问题：留心察看，直至看透事物及其本性至关重要，往往决定一个作者表象心象的纵深度，也决定这一作者呈现表象心象、形成文学形象的深邃度。这是形成文本表象乃至形象的前提条件。

这还只是一个理论意义的假想，虽然表象心象无须改变就具有了以形象作为终端显现的价值和意义，但这并不意味着表象心象从头到尾可以一成不变。必要的变形甚或大尺寸改头换面都极有可能也极为必要，这主要视具体情况而定。司汤达声称其《红与黑》是真实的："这部小说并非小说。作者所叙述的故事是 1826 年在兰纳附近确实发生了的事情。男主人公当过他第一个情妇孩子们的家庭教师，她所写的一封信阻碍了他和第二个情妇——一个非常有钱的小姐——结婚。他对他第一个情妇开了两枪之后，在兰纳城判处死刑。司［汤达］先生一点也没有臆造。"③ 人们有理由相信司汤达的这

① ［哥伦比亚］马尔克斯：《番石榴飘香》，何太宰编：《现代艺术札记》（文学大师卷），外国文学出版社 2001 年版，第 216—217 页。

② ［德］伯尔：《我眼中的废墟文学》，何太宰编：《现代艺术札记》（文学大师卷），外国文学出版社 2001 年版，第 167 页。

③ ［法］司汤达：《司汤达论〈红与黑〉》，《古典文艺理论译丛》（卷二），知识产权出版社 2010 年版，第 786 页。

一阐述是真实的，它至少揭示了《红与黑》大体故事情节源于生活真实。虽然他声称没有一点臆造，但这也可能仅限于大体故事情节，并不能代表其中栩栩如生的细节。因为一个作者要真正将所有生活细节无所遗漏地全部呈现于文本几乎不可能，也没有必要。应该说，莫泊桑的阐述才令人信服。因为绝对意义的事无巨细真实呈现既然不可能，就必然要对其进行选择，一旦有选择，便不可能事无巨细全部真实，且可能因为有所选择而在某种意义上凸显作者的倾向性。莫泊桑这样写道："一个现实主义者，如果他是个艺术家的话，就不会把生活的平凡的照相表现给我们，而会把比现实更完全、更动人、更确切的图景表现给我们。把一切都叙述出来是不可能的，因为那样做，每天就至少需要一本书来列举我们生活中那些无数没有意义的琐事。所以势必选择，——这就是对'全部真实'的理论的第一个打击。"①

类似的观点也见于《红楼梦》第四十二回，黛玉见惜春物无巨细一并纳入画中，打趣道："论理一年也不多。这园子盖才盖了一年，如今要画自然得二年工夫呢。"宝钗相对温和，倒也点明要害："藕丫头虽会画，不过是几笔写意。如今画这园子，非离了肚子里头有几幅丘壑的才能成画。这园子却是像画儿一般，山石树木，楼阁房屋，远近疏密，也不多，也不少，恰恰的是这样。你就照样儿往纸上一画，是必不能讨好的。这要看纸的地步远近，该多该少，分主分宾，该添的要添，该减的要减，该藏的要藏，该露的要露。这一起了稿子，再端详斟酌，方成一幅图样。第二件，这些楼台房舍，是必要用界划的。一点不留神，栏杆也歪了，柱子也塌了，门窗也倒竖过来，阶矶也离了缝，甚至于桌子挤到墙里去，花盆放在帘子上来，岂不倒成了一张笑'话儿'了。第三，要插人物，也要有疏密，有高低。衣褶裙带，手指足步，最是要紧；一笔不细，不是肿了手就是跏了腿，染脸撕髪倒是小事。依我看来竟难的很。如今一年的假也太多，一月的假也太少，竟给他半年的假，再派了宝兄弟帮着他。并不是为宝兄弟知道教着他画——那就

① ［法］莫泊桑：《"小说"》，中国社会科学院文学研究所编：《文艺理论译丛》（下），知识产权出版社2010年版，第642页。

更误了事；为的是有不知道的，或难安插的，宝兄弟好拿出去问问那会画的相公，就容易了。"① 曹雪芹这里虽是借黛玉、宝钗之口阐发绘画理论，但也适合于作者对表象心象的终端显现。莫泊桑十分自信地认为："艺术家选定了主题以后，就只能在这充满了偶然的、琐碎的事件的生活里，采取对他的题材有用的、具有特征的细节，而把其余的都抛在一边。"② 虽然莫泊桑主张的这种围绕主题的选择可能更有利于突出主旨，但并不一定能十分全面地呈现生活真实，而且可能在很大程度上因为作者选择及其倾向性的介入导致偏执偏失，但对于选择的选择却是作者无可选择的。庄禅强调大道平等，但对不可避免有所选择的作者而言，任何绝对平等似乎都不可能，而且由于有所选择必然不可避免地导致疏漏和偏失，既然有所疏漏和偏失，便谈不上周遍无碍。这便是文学赋予作者的最大悖论：只有不取不舍，才可能周遍无碍；只要有所取舍，便必然有所偏执偏失。既然选择不可避免，那么作者便不可避免地陷入偏执偏失。

除了选择可能导致作者不可避免的偏执偏失，还有许多作者颇为得意的归纳概括与典型化。如契诃夫指出："以前我的周围都是人，他们全部生活都在我眼前流过去；我熟悉农民，熟悉小学教师，熟悉县医官。如果有时候我在短篇小说里写乡村教师——在整个帝国里最不幸的人，那我是根据我说熟悉的几十个这种人的生活写成的。"③ 福楼拜对莫泊桑讲的下面一段话也印证了表象心象叠加重合乃至归纳概括与典型化手法运用的普遍性。如其所云："当你走过一位坐在他门口的杂货商的面前，一位吸着烟斗的守门人的面前，一个马车站的面前的时候，请你给我画出这杂货商和这守门人的姿态，用形象化的手法描绘出他们的包藏着道德本性的身体外貌，要使得我不会把他们和其他杂货商其他守门人混同起来，还请你只用一句话就让我知道

---

① （清）曹雪芹：《红楼梦》（上），中华书局 2009 年版，第 292—293 页。

② ［法］莫泊桑：《"小说"》，中国社会科学院文学研究所编：《文艺理论译丛》（下），知识产权出版社 2010 年版，第 642 页。

③ ［俄］契诃夫：《契诃夫文学语录》，中国社会科学院文学研究所编：《文艺理论译丛》（上），知识产权出版社 2010 年版，第 438 页。

马车站有一匹马和它前前后后五十来匹是不一样的。”① 这种归纳概括与典型化在现实主义流行的时代常常受到人们无节制的赞美，甚至作为典型化的基本原则，但这一典型化原则却颇有几分值得怀疑之处：一是人们能不能通过三言两语揭示出某一人物与其他人有所不同的独特性，如果这个独特性是相对于有限人群，必然有一定可信性，却最终影响了其更大范围的独特性。二是从哲学高度看来，生活中的所有人都是绝无仅有的“这一个”，而且正因为是绝无仅有的“这一个”，便无须作者挖空心思即可使其成为典型，甚至因此彰显所有人的共同特点。或者说生活中的每一个人其实都是典型，并非只有作者创作的典型人物才是典型，但事实是许多作者创作的人物并不典型，至少没有能让人留下深刻印象的独特个性。三是既然生活中的每一个人都是典型，作者只需选取一个人进行深入发掘并完整呈现这个人便能创造出典型，更无须多此一举甚至南辕北辙地试图从更多人身上提取其区别于他人的独特性，还要煞费苦心地保留其身上所具有的所有人的共性。许多作者从形形色色的人群中提取其独特个性，并借以彰显其独特个性所蕴含的共性，甚至不惜破坏所谓生活真实大胆臆造其所认为的更普遍有效的真实性作为典型化原则。

按照所谓普遍逻辑大胆创造典型是表象心象呈现的一个主要方法，也是一个基本原则。人们大概不会怀疑这一方法和原则的合理性。莫泊桑认为：“写真实就要根据事物的普遍逻辑给人关于‘真实’的完整的臆想，而不是把层出不穷的混杂的事实拘泥地照写下来。所以我认为有才能的现实主义者倒是应该叫作臆想制造者才是。”② 但这一方法和原则的根本问题是将独特个性与普遍共性全然对立起来，事实情况是所谓独特个性本身必然深刻地蕴含着普遍共性，而普遍共性必然呈现于诸如此类的独特个性之中。也就是所谓普遍逻辑作为普遍共性，即事物的天性，其实就存在于每个事物之

① ［法］莫泊桑：《“小说”》，中国社会科学院文学研究所编：《文艺理论译丛》（下），知识产权出版社 2010 年版，第 647 页。

② ［法］莫泊桑：《“小说”》，中国社会科学院文学研究所编：《文艺理论译丛》（下），知识产权出版社 2010 年版，第 643 页。

中，既不存在没有独特个性的普遍共性，也不存在没有普遍共性的独特个性。任何作者只需深刻地发掘某一人和事物便可轻而易举地同时彰显这一人和事物的普遍共性和独特个性。遗憾的是很少有人真正在意这一点。这一典型化方法和原则的更大悖论是将生活真实与艺术真实完全对立了起来：似乎日常生活中随处可见的生活真实可能是虚假的，而按照所谓普遍逻辑大胆臆造的艺术真实才是真实的。或者说所谓日常生活中的普通人物是虚假的，反倒文学文本中的典型人物才是真实的。也就是真实的便是虚假的，臆造的便是真实的。这一逻辑必定有着令人费解的成分。虽然真实的便是虚假的，虚假的才是真实的这一逻辑令人费解，但也在一定程度上彰显了世界上任何事物无论生活还是艺术本无所谓真实和虚假，亦无所谓臆造和呈现的分别。

在这一点上，中国人从来不将独特个性与普遍共性刻板地对立起来。在中国人看来，所谓天性同时包括独特个性而非仅有普遍共性，或所谓独特个性就是普遍共性，所谓普遍共性便是独特个性。中国人向来强调举一反三、触类旁通，认为只要能穷尽人心，便能知晓其本性，能知晓其本性，便能通晓天地万物的本性。如孟子曰："尽其心者，知其性也。知其性，则知天矣。"① 如果人们能将其与老子"以身观身，以家观家，以乡观乡，以邦观邦，以天下观天下"② 有机联系起来，可以综合地理解为，一个人如果能穷尽自己的本心，便能推知自己的本性；如果能知晓自己的本性，便能推知所有人的本性；如果能知晓所有人的本性，便能推知天下一切事物的本性。这就是中国人不大关注所谓典型，倒十分重视"圣人有以见天下之赜，而拟诸其形容，象其物宜，是故谓之象"③ 的原因。在中国人看来，所谓"拟诸形容，象其物宜"才是将表象心象形诸文学文本的基本原则。只要能模拟事物的表象，便能彰显事物的本性。这个本性是没有独特性与普遍性、个性与共性的分别的。《周易·系辞传》所谓"古者包牺氏之王天下也，仰则观象于

① （南宋）朱熹：《四书章句集注》，中华书局 1983 年版，第 349 页。

② 《老子奚侗集解》，上海古籍出版社 2007 年版，第 137 页。

③ （清）李道平：《周易集解纂疏》，中华书局 1994 年版，第 566—567 页。

天，俯则观法于地，观鸟兽之文与地之宜，近取诸身，远取诸物，于是始作八卦，以通神明之德，以类万物之情”[①]，其实为人们真正确立了表象心象形诸表象文本的基本法则。这便是“近取诸身，远取诸物”，“以通神明之德，以类万物之情”，也就是只要近则着眼于自身表象，原则取法于事物表象，便可以通达事物的德性乃至本性，彰显事物的情状乃至表象。挚虞《文章流别论》有云：“文章者，所以宣上下之象，明人伦之叙，穷理尽性，以穷万物之宜者也。”[②]比较而言，叶燮的阐述更细致，有云：“彼其山水云霞、人士男女、忧离欢乐等类而外，更有雷鸣风动、鸟啼虫吟、歌哭言笑，凡触于目、入于耳、会于心、宣之于口而为言，惟诗则然，其笼万有，析毫末，而为有情者所不能遁。”[③]这不是说有些作者不懂得诸如此类的道理，而是说他们在将表象心象形诸文学文本的时候未能触类旁通、以小见大，以独特个性彰显普遍共性而已。

一个作者要获得关于某一事物的最原始、最持久、最稳定、最深刻、最本真的本性，从最基本的方面来讲，也许无须人为地举一反三、触类旁通，便可以通晓天地间一切事物的本性。这是因为世界上一切事物就其最原始最本真的本性而言没有差别，甚至息息相通，无一例外，这便是佛教所谓“一即一切，一切即一”[④]。伯尔特别强调人们观察事物不能戴有色眼镜，应该用最人道最廉洁的眼睛察看，以免使事物失真。他指出：“作家的眼睛必须是人道的、廉洁的：人们不一定需要玩捉迷藏的游戏，因为世上还有玫瑰红、蓝色和黑色的眼镜——他们总是恰好按照人们需要的颜色来掩饰真实。”他更进一步强调，应该用人的眼睛看到事物本来的样子。他写道：“我看待这些东西应该看到它们原来的样子，应该用人的眼睛去看；这双眼睛既不完

① （清）李道平：《周易集解纂疏》，中华书局1994年版，第621—623页。

② 挚虞：《文章流别论》，胡经之编：《中国古典文艺学丛编》（二），北京大学出版社2001年版，第76页。

③ 叶燮：《赤霞楼诗集序》，胡经之编：《中国古典文艺学丛编》（二），北京大学出版社2001年版，第93页。

④ 《坛经》，《佛教十三经》，中华书局2010年版，第100页。

全干枯，也不完全潮湿，而是湿润——我们应该记得，湿润这个字用拉丁语来说就是幽默——但是也不能忘记，我们的眼睛也会变得干枯或潮湿，而还有一些事物，它们根本就不存在引起幽默的可能。”① 但事实上，即使人们如伯尔所说用最人道最廉洁的眼睛察看事物，即使人们将事物本来样子作为其察看的目标，也不一定能够如愿以偿。他所谓用最人道最廉洁的眼睛看到事物原来的样子，似乎还是隔了一层，至少只强调了人的眼睛，而未强调人们的本心。因为事物本来的样子往往不以人们眼睛观察作为条件。无论人们的视觉感官是否介入，它都犹如瓜熟蒂落、水到渠成、自生自灭，并不依赖于人们察看才得以存在。作者要获得事物本来的样子，最起码得保持婴儿之心、赤子之心、清净之心，如老子所云“百姓皆注其耳目，圣人皆孩之”②。这即是说一般人往往执著于耳目及其分别之心，唯独圣人主张复归于婴儿之心，保持其未分善恶、是非、美丑的无所执著之心，以至于善者吾善之，不善者吾亦善之。能参透彻真义的慧眼往往没有善恶是非美丑之类分别，没有执著，心体无滞。

这即是说，诉诸视觉感官的事物往往有着诸如大小、多少、高低，甚或善恶、是非、美丑之类分别；但如果用婴儿之心、赤子之心、清净之心感知，则可能使诸如此类差别荡然无存。或者说视觉等感官所能感知的往往是其表象，只有心灵特别是无所执著的婴儿之心、赤子之心和清净之心所感知的事物才呈现其最原始最本真的特性。泰戈尔对此有所体悟：“当美感只借助于我们的感官时，我们认为美的东西，是很清楚的，一眼就看见了。在这种情形下，我们面前美和不美，两者的对立非常清晰。之后，心智也成为美感的助手时，美和不美的差别就远遁了。这时，吸引我们心灵的东西，也许一睁开眼，可能不觉得它适合进入视野。一旦看到初始和终了，主要和次要，一部分和另一部分之间的内在和谐，我们获得了乐趣，就不会再接受充当迷醉双眼的‘美’的家丁的契约。之后，对善德的感悟也加进来，我们心

---

① ［德］伯尔：《我眼中的废墟文学》，何太宰编：《现代艺术札记》（文学大师卷），外国文学出版社 2001 年版，第 167—168 页。

② 《老子奚侗集解》，上海古籍出版社 2007 年版，第 126 页。

灵的权力就越扩大，美和不美的对立消失得无影无踪。”① 泰戈尔这里是从由浅入深的感知路径来描述对事物认识的逐渐深入，其真实情况可能比此简单得多。就是只要用有所执著和分别的世俗眼光看事物，必然会看到其分别和差异，但如果用智慧的眼光乃至心灵感知事物，便自然会看到事物之间并无差别的原始本性。所以泰戈尔也认为：“撇开人的好恶去观察，世界本性并不复杂，很容易窥见其中的美和神灵。将察看局部发现的矛盾和形变，掺入整体之中，就不难看到一种恢弘的和谐。”②

当然，要将表象心象形诸文本，就不可避免地需要用到一些使表象生动起来的动词和使表象形象鲜明起来的形容词。这是不言而喻的。更重要的是如高尔基所说：“要找到确切的词句并把它们排列得能用很少的话表现出很多的意思，‘言简意深’，使语言能表现出一幅生动的图画，简洁地描绘出人物的主要特点，让读者一下子就牢牢地记住被描写的人物的动作、步态和语气，这是极其困难的。用词句来给人和事物‘着色’，这是一回事，而要把他们描绘得那样‘婀娜多姿’和生动，以致使人不禁想伸出手去抚摸所描写的人和物，就像我们常常想去抚摸托尔斯泰《战争与和平》中的人物那样，这却是另一回事了。”③ 值得一提的是，也不是所有将表象心象形诸文学文本都得完全倚重动词和形容词，也有尽可能消除动词和形容词对表象的干扰，以最大可能借助名词及其所指称的表象叠加合成图画的。如施蛰存《银鱼》虽然不及马致远《天净沙・秋思》那么明显，但其尽可能消解动词、形容词而凸显名词及其表象的特点还是极其鲜明的，有谓：“横陈在菜市里的银鱼，土耳其风的女浴场。银鱼，堆成了柔白的床巾，魅人的小眼睛从四面八方投过 / 来。银鱼，初恋的少女，连心都要袒露出来了。”虽然在施蛰存的这首诗中仍然不可避免地用到了一些动词形容词如“横陈”、“堆成”、“魅人”、“投”、“袒露”等，但作者并没有用主谓句，而是大量用了偏正型短语

① ［印］泰戈尔：《美感》，《泰戈尔谈文学》，白开元编译，商务印书馆 2011 年版，第 44 页。
② ［印］泰戈尔：《泰戈尔谈文学》，白开元编译，商务印书馆 2011 年版，第 51 页。
③ ［俄］高尔基：《谈谈我怎样学习写作》，宇清、信德编：《外国名作家谈写作》，北京出版社 1980 年版，第 284—285 页。

句，其目的是为了尽可能削弱动词和形容词的干扰以呈现较为客观乃至直观的画面。这是值得深思的。类似的例子也见于胡安·拉斯《春》："最末一场飞雪飘落在你肩头，噢，素装的情人！最后一道彩虹 / 化作你手中的羽扇。看：手摇扇柄的男子 / 在教雏雀啼唱。春是一首诗，出自我们的兄弟——园丁之手。"也尽可能采用诸如"素装的情人"，特别是"手摇扇柄的男子"、"园丁之手"等偏正型短语句而非主谓短语句，或尽可能恰到好处地借用诗歌分行优势，断除完整主谓句不可避免地存在的凸显动词乃至形容词的特点，使其如"最后一道彩虹 / 化作你手中的羽扇"、"手摇扇柄的男子 / 在教雏雀啼唱"等明显起到了有效弱化动词形容词而强化名词及其表象的作用。诸如此类的诗句虽然没有马致远《天净沙·秋思》的平仄对仗和节奏分明，但由于使用了长短不齐、错落有致的偏正型短语句，以及尽最大可能斩断主谓短语句形成的偏正型短语句，使其拥有了马致远散曲所没有的错杂而不失深沉、变化而不失蕴藉的独特韵味。

第五章 作为文本的兴象

所谓兴象是作者以其心象统摄所接物象，进而形成的心象与物象混化无迹，并赋予物象以心象的个性情性乃至生命意蕴，以物象作为终端显现形式的文本形象。这一文本形象存在于文学文本之中作为文学文本终端显现形式，是作者赋予物象以心象的特征且以物象作为终端显现形式的形象，是由作者创造的蕴含其审美兴趣且足以激发读者兴会的形象。兴象作为叙事、抒情和表象的特征和模式有所不同。

第一节 文本叙事兴象的基本策略和典型模式

叙事兴象是存在于文本叙事语言中的形象，是作为形象呈现的事件本身。这个事件中有人物，有情节，有情绪，有其他事物。甚至有神魔鬼怪，有男女老少，有风花雪月，有虫鱼鸟兽，但作为叙事兴象最具特征的还是人物和情节。文本叙事兴象通常是作者叙事心象与读者叙事意象的中介环节，是作者叙事心象的语言物态化，是读者叙事意象的意蕴潜在化形态。文本叙事兴象常常借助分身有术的自我分裂法、隐身有术的非我体验法，超身有术的机缘偶成法等基本策略获得语言物态化。

就人物构成的叙述世界而言，如鲁迅将其分析为男女老少组成的人情世界，以及神魔鬼怪构成的神魔世界。什克洛夫斯基将其分别概括为凡人的世界和童话的世界，他这样写道："中国童话的幻想肯定两种可能的存在和生活：凡人的世界和童话的世界。在两个世界里都有许多征战，有解甲归田的将帅，有失败的战役和落第的书生。他们与童话中的动物交谈。”[1] 其实叙述世界除了凡人的人情世界，童话的神魔世界，应该还有介于二者之间的亦凡亦魔、亦人情亦神魔的世界。在这个世界里，不仅人物保持着原生态的生活状态，有喜怒哀乐、生老病死，而且神灵亦保持着人们所向往的生活状态，虽然他们可能没有感冒发烧、生老病死的困扰，但还是有着喜怒哀乐的情绪，虽然有些如佛陀、太上老君等没有了衣食住行、生老病死的痛苦，有着虚室生白、淡然无极甚或不生不灭、四大皆空的境界，但他们还是作为一种生活理想存在于男女老少的人情世界。在这个世界中，仍然有为非作歹、鱼肉百姓的妖魔鬼怪为所欲为，正是这些妖魔鬼怪却也混迹于人情世界，祸国殃民，作为神灵的反面叙事兴象彰显出绝无仅有的价值。中国虽然没有人十分明确主张人性的三元论，但神灵、凡人和鬼怪这些叙事兴象恰恰分别代表了弗洛伊德所说的人性的超我、自我和本我。弗洛伊德指出：“心理小说的特殊性质无疑是由当代作家用自我观察的方法把他的自我分裂成许多部分自我的倾向而造成，结果就把他自己精神生活的互相冲突的趋势体现在几个主角身上。”[2] 按照弗洛伊德的说法，作者将人性的超我、自我和本我分解为几个叙事兴象似乎只发生在心理小说这一领域，其实在除此之外的许多小说乃至非小说中都较普遍存在。鲁迅乃至什克洛夫斯基只认识到了神魔与人情乃至童话与凡人二元对立的分别世界，还有介于二者之间且明显具有神、人、怪三者合二为一的世界，而且这个世界正是以其特有的全面和完整充分彰显着人类特别是作者完整的人格结构，分别作为超我、自我和本我而具有心理学乃至哲学意义。

在中国叙述世界中，作为超我代表的神灵，作为自我代表的凡人，作为本我代表的鬼怪其实生活在同一个叙述世界之中，且保持着各自的天性和

---

① ［俄］什克洛夫斯基：《散文理论》（上），刘宗次译，百花洲文艺出版社 2010 年版，第 170 页。

② ［奥］弗洛伊德：《作家与白日梦》，高建平、丁国旗编：《西方文论经典》（第 5 卷），安徽文艺出版社 2014 年版，第 9 页。

限度。如什克洛夫斯基指出："中国小说里的怪物不改换自己的存在形式。它们始终是那个世界的居民。"① 他们之间虽然存在或多或少的矛盾冲突，特别是鬼怪可能与凡人发生的矛盾冲突，这些矛盾冲突甚至可能发展到你死我活的地步，但不至于如莎士比亚戏剧那样必须发展到同归于尽的程度，最终也会由于神灵的出面调停而不了了之。如《西游记》中作恶多端的鬼怪许多并不是被孙悟空乃至其他神灵处死，恰恰是被曾经的主人打回原形收归回天了。其间的矛盾冲突许多时候并不具有你死我活的性质，最常见的结局只能是不了了之，虽然相互间不免存在矛盾摩擦，有时会发展到不可调和的地步，但最终还是能相安无事地同处一个叙述世界。这便使中国叙事兴象最具包容性特征。什克洛夫斯基指出："中国小说似乎有一种包容一切的特性：凡人可生活在非现实世界，鬼怪亦可在凡人中安居乐业。"② 人情与神魔、凡人与鬼怪互通共存不仅是其包容性的体现，更是天人合一思想的终端显现。也许中国这种人情与神魔、凡人与鬼怪互通共存叙述世界恰是人类远古时期混沌未分记忆的残留体验的体现，至少在这一远古时代凡人与童话、人情与神魔之间不存在天壤之别的界限和不可逾越的鸿沟，凡人可通过一定方式进入神魔世界，神魔也可通过一定通道下凡到人间。这种人神共处、鬼魔共存的世界恰是一种极端民主的世界，每个人不仅可以掌控自身命运，且能凭借自己努力达到目的。倒是西方民间信仰存在人不能成为神、神也不可能为人的不可逾越的鸿沟，才真正限制乃至否定了人通过自身努力决定自己命运超凡入圣的能力。

基于自我分裂形成不同角色，乃至有代表本我、自我、超我不同角色的叙事兴象，作为依附于叙事语言及其事件而存在的文本形象，常常在某些大故事套小故事特别是小故事中有典型的体现形式，较之长篇小说有更易于阐释的优势：因为更复杂的大小故事重叠包含于其中反而不便于阐释，

---

① ［俄］什克洛夫斯基：《散文理论》（上），刘宗次译，百花洲文艺出版社 2010 年版，第 171 页。

② ［俄］什克洛夫斯基：《散文理论》（上），刘宗次译，百花洲文艺出版社 2010 年版，第 176 页。

倒是作为大故事中的小故事由于情节简单便于作为叙事兴象最典型最精粹形式易于阐释。如《西游记》第三十七至三十九回所叙之唐僧师徒救乌鸡国国王之事，恰与《哈姆雷特》之丹麦王子哈姆雷特替父王复仇之事有十分相似的情节结构。其故事的相同之处是国王遭人陷害后，凶手篡夺王位并娶王后为妻。有所不同的是，乌鸡国国王的鬼魂夜谒唐僧求其救助，最后获得成功，乌鸡国国王得以起死回生与王后破镜重圆，逼得仇敌全真道人现了青毛狮子原形；丹麦国王老哈姆雷特的鬼魂则现身嘱托王子替父复仇，导致其妻不仅丢失了贞操且丧失了生命，落得儿子与仇敌克劳狄斯同归于尽。这两则故事，行动元及其角色略有不同，其行动的发出者、帮助者与接收者和反对者也表现出全然不同的力量对比态势：《西游记》中唐僧为主体，与作为客体的乌鸡国国王没有血缘关系，只有道义关系；《哈姆雷特》中哈姆雷特为主体，与被害国王老哈姆雷特为父子血缘关系，而非道义关系。无论《西游记》还是《哈姆雷特》其任务发出者均为被害国王，只是前者为乌鸡国国王，后者为丹麦国王。作为任务的最终接收者也是被害国王，只是乌鸡国国王以起死回生作为结局，丹麦国王充其量只是除掉其弟，却不可能起死回生。作为复仇这一行动的帮助者，唐僧获得了孙悟空、猪八戒诸徒弟的全力以赴，且也赢得了诸如太上老君等仙界神灵的支持，丹麦王子哈姆雷特却只得到了霍拉旭诸人的帮助。唐僧所得到的帮助是有效的、成功的，且在乌鸡国国王起死回生方面起了举足轻重的作用，丹麦王子哈姆雷特只得到了霍拉旭诸人的帮助，且显得并不十分有力也不十分有效，充其量只起了亡羊补牢作用。至于复仇这一行动的反对者，唐僧师徒所面对的主要是全真道人，哈姆雷特所面对的则是波洛涅斯一家甚或整个官僚体制。在《西游记》中王后也是较得力的复仇行动帮助者，在《哈姆雷特》中王后则一定程度上成了复仇行动的反对者。更值得一提的是，《西游记》中唐僧师徒救助乌鸡国国王的故事情节归根结底是一则因果报应故事，是乌鸡国国王虽然好善斋僧，却将受佛差遣前来度化他的文殊菩萨捆绑后置于御水河浸泡三天三夜的果报；《哈姆雷特》中老哈姆雷特则是一个有原罪的人。更重要的是，《西游记》并没有改变诸如孙悟空、猪八戒等原始的猴子或猪的动物性特征，也偶尔引起人们的惊诧，但并没有影响他们与凡人的和谐相处，且每每有救百姓于水火的英雄精神，甚至对杀人越货、夺妻篡权的全真道人也给予正义的惩罚，但不以置其于死地作为结局；《哈姆雷特》则给哈姆雷特、克劳狄斯、母后、奥菲利亚、波洛涅斯等无一例外地安排了死亡结局。《西游记》的包容精神乃是《哈姆雷特》所望尘莫及的。

艾瑞克·齐奥科斯基《世界文学史的轴心时刻?》倾向于“故事套故事”以及《西游记》的经书中的经书、《哈姆雷特》的戏中戏[①]，却忽略了这大故事套小故事模式特别是大故事中的小故事所蕴含的文化精神的差异。《西游记》强调人情世界特别是神魔世界的合理性，看似小范围的不合理性恰是大范围合理性的集中体现，无论乌鸡国国王的被害以及被救其实都有定数，都是乌鸡国国王自作孽的结果；《哈姆雷特》则更强调人情世界的不合理性，以至将此类不合理性归结为某些邪恶人物的肆意妄为和胡作非为，只是莎士比亚没有像某些浅陋戏剧家那样执著于非此即彼的简单二元论思维模式，以致于不能用简单的社会悲剧、性格悲剧、命运悲剧之类标签来简单概括，但他还是在某种程度上存在将悲剧缘由归咎于某些邪恶人物作祟的嫌疑。人们可以肯定地认为，并不是外界、超我和原始本能三个暴君的任何单一方面力量扼杀了哈姆雷特，而是三方面力量共同毁灭了他。基于血缘的复仇本能、不让克劳狄斯有任何灵魂得到救赎机会的自我理想，以及老谋深算的克劳狄斯的精心算计共同毁灭了哈姆雷特；对唐僧而言，则是其乐善好施的本能、自度度他的自我理想，以及孙悟空、猪八戒和太上老君等外界力量的共同作用，成就了他救人危难目标的圆满实现。人们不能武断地认为此类行动元及其角色都是作者自我分裂的结果，但其作为本我、自我和超我的角色还是比较清晰的。

仅仅采用弗洛伊德所谓用自我观察法将自我分裂成许多不同自我，并将其分散于不同人物身上，借不同自我人格之间的矛盾来映射社会上不同性

---

① ［美］艾瑞克·齐奥科斯基：《世界文学史的轴心时刻?》，《复旦学报》2017年第2期。

格的人们之间矛盾冲突的方法，还是较为有限的。相形之下，还有一种方法，可以将自我置身于特定环境的特定人物，设身处地推测该人物在不同情境中的具体表现以完成人物形象塑造。如莫泊桑指出："无论在一个国王、一个凶手、一个小偷或者一个正直的人的身上，在一个娼妓、一个女修士、一个少女或者一个菜市女商人的身上，我们说表现的，终究是我们自己，因为我们不得不向自己这样提问题：'如果我是国王，凶手，小偷，娼妓，女修士，少女或菜市女商人，我会干些什么，我会想些什么，我会怎样地行动?'我们要使人物各各不同，就只有改变他们的年龄，性别，社会地位和我们'自我'的生活情况，这'自我'是大自然用不可越逾的器官的限制所形成的。要使得读者在我们用来隐藏'自我'的各种面具下不能把这'自我'辨认出来，这才是巧妙的手法。"① 相对来说似乎莫泊桑这一隐藏自我真实性的巧妙手法可能在叙事兴象创造方面有更大普遍性，而弗洛伊德分身有术的叙事兴象创造方法反而显得较为有限。这种在莫泊桑看来隐藏自我真实性的手法因为真正能弥补人们自我感官的有限性及其缺憾而具有非同寻常的价值和意义，可以说许多看似浪漫甚或有着浓厚虚构色彩的叙事兴象大体得力于这一手法。或者说弗洛伊德分身有术的自我分裂法更多建立在自我感觉所及的领域，而莫泊桑隐身有术的非我体验法则更有利于在人类自我感觉有限的情况下发挥作用。

在人类知觉相对有限的领域，莫泊桑所谓隐身有术的非我体验法将会产生极为有效的作用。人们可以认定陶渊明可能在某个真正偏远的地方亲历过世外桃源，也可以认为笛福确实听到了有关船长将背叛的船员遗弃于安非南德岛的报道，但作为其身临其境的体验更有可能得力于隐身有术的非我体验法并由此创造了别具一格的叙事兴象。人们基本上可以视陶渊明之《桃花源记》和笛福之《鲁滨逊漂流记》大体为基于隐身有术的非我体验法创造的叙事兴象。因为陶渊明或笛福其实很难真正深入世外桃源甚或荒无人烟的海

① ［法］莫泊桑：《"小说"》，中国社会科学院文学研究所编：《文艺理论译丛》（下），知识产权出版社 2010 年版，第 645 页。

岛来体验不食人间烟火的生活或险象环生乃至绝处逢生的挣扎和抗争历程，其描述的世外桃源或荒无人烟海岛生活极有可能是进行设身处地非我体验的结果。这两篇文章都营造了主人公落入一个陌生环境的情境。所不同的是，《桃花源记》之武陵人落入的环境是一个鸡犬之声相闻、老死不相往来的理想的乌托邦社会，《鲁滨逊漂流记》之鲁滨逊落入的环境却是一个荒无人烟的荒岛。前者无须努力和挣扎，便可安居乐业，后者只有尽最大努力与大自然抗争，才能生存下来。于是便形成了两种截然不同的叙述世界：《桃花源记》里是一个安全闲适、恬然自得的世界，主要表彰了人与自然的和谐相处；《鲁滨逊漂流记》里则是一个危机重重、充满挑战的世界，主要再现了人与自然的矛盾斗争。这种看似由生存环境所构建的叙述世界其实折射的并不仅仅是人与自然和谐相处或矛盾斗争的主题，更体现出一种宽容大度的襟怀和唯我独尊的精神。类似的现象体现于中国远古神话和古希腊神话中，我们可以发现，中国远古神话中虽然有诸如逐日之夸父、填海之精卫这类悲剧式英雄，但未必有英雄末路的终生遗憾，而古希腊神话中的英雄则绝大多数抱着英雄末路的遗恨而告终。

人们虽然不能夸大所谓大故事套小故事，乃至所谓戏中戏、记中记、梦中梦的重要性，但戏中戏、记中记、梦中梦却常常是连接人情世界与神魔世界、凡人世界与童话世界的桥梁和纽带，更是叙事兴象乃至文本叙事语言的画龙点睛之关键所在。如果说乌鸡国国王从被害至获救这一记中记是命由己造乃至罪有应得主旨的体现，那么哈姆雷特巧设机关的戏中戏则是其毅然复仇但绝不至于让其仇敌灵魂得救的内心纠结乃至复仇情结的心理症结之所在。至于作为《红楼梦》梦中梦的梦游太虚幻境不仅是大观园人物命运的总展示和大预言，特别是警幻仙子一句“快休前进，作速回头要紧”，与其说是对贾宝玉执迷不悟的当头棒喝，不如说更像是对世人指点迷津的警策之语。只可惜没有几个人能时时处处真正明白其中的真谛。即使因为偶然机缘有所醒悟，但不一定能落实于行动以致成为一种习惯和生活方式。有些人在遭遇亲人丧命等重大变故的片刻可能会幡然醒悟，若一旦离开这一情境便恢复往日生活习惯，以致忘乎所以，不知所终。这也就是许多人的醒悟仅限于意识层面而无法切入无意识层面，在遭遇重大变故的情况下可能会猛然醒悟，产生悬崖勒马的理性意识，但在其他更多情况下，则更有可能自然而然过上浑浑噩噩的生活，以至于不知不觉将死生有命、悬崖勒马忘得一干二净，乃至不知所以。对任何生命体验而言，如果仅仅是一种生命意识和经验可能是肤浅的，甚至是靠不住的，往往在触及自身利益的情况下便会忘得干干净净；只有当这种生命体验变成一种日用而不知的生活习惯乃至无意识本能的时候，才能真正深刻而持久地作用于一个人的日常行为，才会由一种体验和经验升华为一种本能和智慧。可见所谓戏中戏、记中记、梦中梦的价值和意义正在于借助非常手段醍醐灌顶，使人们化意识为无意识，化经验为本能。也只有在这种情境之中，所谓戏中戏、记中记、梦中梦的画龙点睛作用才能真正发挥实效。这也正是作为典型的终端显现形式的叙事兴象其价值和意义之所在。

虽然所谓戏中戏、记中记、梦中梦常常有画龙点睛的作用，但这并不意味着在任何叙事语言特别是叙事兴象中神魔与人情、童话与凡人的世界平分秋色，事实是许多情况下往往略有侧重。如中国叙事兴象所包含的神魔与人情、童话与凡人的世界往往相辅相成，充其量也不过是或以神魔世界为主而兼有人情世界，如《西游记》、《封神演义》，或以人情世界为主而兼有神魔世界如《金瓶梅》、《红楼梦》等，无论哪一种交融互通，都是天人合一思想的终端显现，但这一传统相应地在西方叙述世界乃至中国现代叙述世界中则多以人情世界或神魔世界为主，二者并不经常交融互通，甚或各自独立，以至诸如《白鹿原》、《废都》之类虽有此方面的努力，最终因不及《西游记》、《红楼梦》之一主一副“二元补衬”结构显得有些力不从心。因为中国叙事兴象的根本在于彰显“色”与“空”的相辅相成，以帮助人们认识“色即是空，空即是色”① 的智慧。这种“色”与“空”一主一副“二元补衬”结构的精神实质是告诫人们无须执著于“色”与“空”的任何一个方面。中国叙事兴象乃至叙述世界虽然有诸如此类的“色”与“空”的分别，但这一

① 《心经》,《佛教十三经》，中华书局2010年版，第3页。

分别的精神实质仍在于同时否定乃至一无所执。有人借此否定西方叙事文本神魔与人情、童话与凡人交融互通的叙事兴象，其实至少在莎士比亚《哈姆雷特》中父魂之叮嘱本身便具有神魔和童话色彩，只是其相对于《西游记》略显逊色，而是以人情乃至凡人世界为主；同样的例子也见于《红楼梦》，《红楼梦》梦中梦之梦游太虚幻境特别是红楼梦曲子词有统领全文的功能，《哈姆雷特》戏中戏也有着辐射全剧的特点。所以将人情与神魔、凡人与童话世界对立起来，将二者不能交融互通作为中国叙事兴象区别于西方叙事兴象，以及中国古代叙事兴象区别于现代叙事兴象的观点有一定偏颇之处。

特别是诸如马尔克斯等所谓魔幻现实主义的叙事在这一点上更显得突出。虽号称魔幻现实主义，但并非一切都是毫无逻辑的任意臆造和凭空想象。马尔克斯明确指出："我发现一个人不能任意臆造或凭空想象，因为这很危险，会谎言连篇，而文学作品中的谎言更加后患无穷。事物无论多么荒谬悖理，总有一定之规。"① 正由于马尔克斯有这一叙事底线，所以他虽然主观上想要让雷梅苔丝肉体和精神都升上天堂，可怎么也"飞不上天"。他说："我当时实在想不出办法打发她飞上天空，心中很着急。有一天，我一面苦苦思索，一面走进我们家的院子里去。当时风很大。一个来我们家洗衣服的高大而漂亮的黑女人在绳子上晾床单，她怎么也晾不成，床单让风给刮跑了。当时，我茅塞顿开，受到了启发。'有了，'我想道。俏姑娘雷梅苔丝有了床单就可以飞上天空了。在这种情况下，床单便是现实提供的一个因素。当我回到打字机前的时候，俏姑娘雷梅苔丝就一个劲儿地飞呀，飞呀，连上帝也拦她不住了。"② 马尔克斯的这一表白其实为人们提供了有别于弗洛伊德、莫泊桑的另一种叙事兴象创造手法。这种手法并不推崇弗洛伊德分身有术的自我分裂法，也不看重莫泊桑隐身有术的非我体验法，而仅仅凭借现实生活中可能发生的某些因素便使苦思冥想而不得其解的叙事兴象油然而生，

① ［哥伦比亚］马尔克斯：《番石榴飘香》，何太宰编：《现代艺术札记》（文学大师卷），外国文学出版社 2001 年版，第 222 页。

② ［哥伦比亚］马尔克斯：《番石榴飘香》，何太宰编：《现代艺术札记》（文学大师卷），外国文学出版社 2001 年版，第 229 页。

这一叙事兴象往往在人类自我身体感觉的范畴之内，而非自我身体感觉的范畴之外，常常只是由于缺乏某种必要机缘以致无法使其成为现实，但只要这一现实不经意出现便可不费吹灰之力使苦思冥想不得其解的死结迎刃而解。马尔克斯这种随时而动、随缘而至的叙事兴象创造手法可以称之为超身有术的机缘偶成法。相对来说，马尔克斯机缘偶成法可能有更为广泛的用途，可不受自我身体感觉限度的限制与超越，仅需某种现实机缘不期而遇便可成形。类似情形可能广泛存在于不少作者的叙事兴象创造之中。正是在这苦思冥想而不得其解的关键时刻，一个不经意的回眸一笑、一个司空见惯的风吹幡动、一个平淡无奇的雁过留声、一个子虚乌有的黄粱美梦都可以使作者因获始料不及的灵感而茅塞顿开，以致创造出非同寻常的叙事兴象。

文本叙事兴象作为作者叙事心象与读者叙事意象的中介环节，作为作者叙事心象的语言物态化和读者叙事意象的意蕴潜在化，是附着于文本语言并以事件作为本体的文本形象。无论作者叙事心象的语言物态化，还是读者叙事意象的意蕴潜在化，其实都可能存在与其文本叙事兴象不大一致的情形。这是因为作者叙事心象虽然可能在一定程度上依赖于语言，但同时存在很大程度上并不依赖于语言的特点，而这一很大程度上不依赖于语言的特点在语言物态化进程中势必有所漏失和变形。人们总是相信语言不能穷尽事物意蕴，可以通过建立形象来穷尽意蕴的观点，但事实是文本叙事兴象偏偏建立在语言物态化的基础之上，对此语言之最大功能只在于很大程度上穷尽能用形象显现的部分，并不能显现不能用形象显现的部分。这一有赖于语言的文本叙事兴象，同时还得接受读者阅读对其意蕴的发现、发掘和发明，无论如何也不可能完全忠实于文本叙事兴象，甚至会溢出或漏失文本叙事兴象的一些意蕴。读者作为文学活动最终决定因素也有责任和义务完成这种溢出甚至漏失。文本叙事兴象的根本特征是既不能脱离文本语言，也不能离开读者阅读，因为脱离了文本语言，叙事兴象便可能丧失存在的可能；离开了读者将潜在意蕴外在化乃至显性化，文本叙事兴象便丧失了存在的理由。这并不意味着文本叙事兴象完全不能独立于作者叙事心象与读者叙事意象而存在。事实是文本叙事兴象不能离开作者叙事心象和读者叙事意象仅是相对于完整文学活动而言，抛开这一点，文本叙事兴象其实还是可以独立存在，无论作者的叙事心象如何微妙复杂，文本叙事兴象漏失和变异程度如何，一旦作为语言物态化结果呈现出来，便必然有相对固定甚至完全确定的语言外化形式，有除了着意修订否则无法变异的特点和优势；而且无论读者阅读还原或变异的程度如何，其叙事意象注入或缺失意蕴的多少，文本叙事兴象都会作为一种依附于文本语言的形象独立存在，即使它事实上可能成为读者任意篡释的文本形象甚至任人宰割的牺牲品，都会作为独立存在物，以不以读者意志为转移的特点独立存在。文本叙事兴象至少在理论意义上必然有不同于读者叙事意象的特点。

第二节　文本抒情兴象的基本策略和典型模式

抒情兴象作为存在于文本抒情语言中的形象，往往是依托于事物形象甚至事件获得呈现的抒情形象，当然也有最为典型的情感自我呈现。作为抒情兴象最具特征的往往是景物，通常是作者抒情心象与读者抒情意象的中介环节，是作者抒情心象的语言物态化，是读者抒情意象的意蕴潜在化形态。人们不能将文本叙事兴象的自我分裂法、非我体验法、机缘偶成法明确地与公开兴象、隐蔽兴象和缺席兴象紧密联系起来，但文本抒情兴象的现身抒情法、替身抒情法和隐身抒情法等基本策略却往往与此有某种必然联系。

所谓现身抒情法作为文本抒情兴象物态化之最典型方法，是作者以他本人身份直接向人们讲话，有些类似于华兹华斯所谓“诗人是以一个人的身份向人们讲话”[①]。这种现身抒情法常常在抒情诗和抒情散文中较为多见。如华兹华斯《露伊莎》所谓：“在阴凉的树荫下，我遇见可爱的露伊莎；那少女像山林水泽中的女神，为什么？我见了她不敢说话。她敏捷而有力地跳过

① ［英］华兹华斯：《〈抒情歌谣集〉序言》，高建平、丁国旗主编：《西方文论经典》（第3卷），安徽文艺出版社2014年版，第165页。

岩石，就像五月间的小溪飞出山崖！她爱她的炉火、茅舍的家，也爱来回奔跑在沼泽山洼，不管是冒着萧瑟悲凉的天气，还是在狂风暴雨中挣扎。看那闪耀在她面颊上的雨珠，啊！我要是能把它亲吻一下！当她沿着小溪迂回而行，去寻觅那瀑布流霞；我想，如果能在古老的山洞里，或者在长满绿苔的角落坐下，我愿意抛弃世上的一切，只求片刻，依偎着她！”作者以“我”的身份直接登台亮相，似乎没有半点的隐饰和含混：他分明便是作者本人，绝对不是除作者之外其他任何人。这一现身抒情法在中国抒情诗中相对较为少见，但这并不意味着全然没有。连坦率直露的北朝民歌也可能因抒情兴象本身含混，不便清晰判定其抒情作者，但这并不表明中国抒情诗便没有以作者身份直接呈现的抒情兴象，如《陇头歌》之“陇头流水，流离山下。念吾一身，飘然旷野”。李白的许多抒情诗其作者自我抒情色彩十分清晰，而且很大程度上凸显了与其他诗人不同的风格。如李白之“仰天大笑出门去，我辈岂是蓬蒿人”明显以“我”的第一人称身份直接抒情。有时候即使作者能用“我”的身份直接抒情，仍然可能面临被普泛化阐释的现象，于是作者不顾一切将自己姓名和盘托出，如“夜台无李白，沽酒与何人”。这种直接以自己姓名抒情的方法，既可能是作者强烈情感的自然流露，更可能是作者凸显其自我抒情身份，以及强化抒情作者自我身份直至无可替代的一种手段。人们往往简单地将以作者自我身份的现身抒情法与直接抒情法联系起来，事实上并不是所有现身抒情法都完全依赖于直接抒情，同样可能存在或多或少的间接抒情特别是借助状物、写景、叙事等方式抒情的成分。华兹华斯描写露伊莎也还用了诸如比喻、动作神情和环境描写等手法，使其抒情不可能是完全纯粹意义的直接抒情。值得注意的是，有些可能更多倚重写景状物，以致某种程度上有表象兴象的痕迹。现身抒情法往往在散文里更为多见。如林觉民《与妻书》之所谓：“意映卿卿如晤：吾今以此书与汝永别矣！吾作此书时，尚是世中一人；汝看此书时，吾已成为阴间一鬼。吾作此书，泪珠和笔墨齐下，不能竟书而欲搁笔，又恐汝不察吾衷，谓吾忍舍汝而死，谓吾不知汝之不欲吾死也，故遂忍悲为汝言之。”其情真意切虽可用人之将死其言也善来阐释，更重要的是基于临死前的终极体验。也许这一切并不十分重要，重要的是其抒情作者“我”的不可替代性，以及作为书信受众的不可替代性。正是这种基于言说双方的无可替代性，以及临死前终极体验的无可替代性，使这篇散文显得情真意切而无可替代。这应该是现身抒情法的极致，类似的情况还有司马迁《报任安书》等，其抒情作者的身份异常清晰且无可代替。

大多数中国抒情诗虽然没有明晰的自我抒情身份，至少没有诸如第一人称代词甚或姓名之类明确标识出来，但无论陶渊明“采菊东篱下，悠然见南山”，还是欧阳修“泪眼问花花不语，乱红飞过秋千去”，分明仍然是作者自我现身抒情法。因为诸如此类的抒情句可以轻而易举加上抒情作者乃至抒情主人公的人称代词，通常情况下只能是第一人称代词“我”，因而仍属于作者自我现身抒情兴象。有些如杜甫《曲江二首》其一：“一片花飞减却春，风飘万点正愁人。且看欲尽花经眼，莫厌伤多酒入唇。江上小堂巢翡翠，苑边高冢卧麒麟。细推物理须行乐，何用浮名绊此身。”其二：“朝回日日典春衣，每日江头尽醉归。酒债寻常行处有，人生七十古来稀。穿花蛱蝶深深见，点水蜻蜓款款飞。传语风光共流转，暂时相赏莫相违。”看似没有一个明确的人称代词说明其抒情主人公便是作者自我，但几乎没有人会怀疑其抒情主人公自我身份的存在。

比较而言，许多中国抒情诗作者自我现身抒情色彩并不十分鲜明，即使以直率坦白著称的中国北朝民歌，如《地驱乐歌》之所谓“驱羊入谷，白羊在前。老女不嫁，塌地呼天”也是如此，抒情作者是否为主人公本人或假托的其他人并不十分清楚：如果是主人公本人，理所当然应该属于现身抒情兴象，但如果是假托待嫁的女主人公，则完全可能属于替身抒情兴象。相形之下，后起文人诗歌明显有更清晰的替身抒情兴象倾向。这种抒情作者身份并不十分鲜明的抒情方法便可能是替身抒情法。这种抒情方法在后代抒情诗特别是惜春悲秋之类闺怨诗、宫怨诗中较为多见。所谓替身抒情法，如李渔所谓“欲代此一人立言，必宜先代此一人立心”①。但这一说法并不十分准

---

① （清）李渔：《闲情偶寄·词曲》，张法编：《中国美学经典》（清代卷），北京师范大学出版社 2017 年版，第 425 页。

确，更准确地说，与其称之为代替某人发言，还不如说是假托某人身份抒情。中国人之所以擅长闺怨诗和宫怨诗之类，主要还是基于自古以来所谓“中冓之言，不可道也”的古训。虽然这种中冓之言当初可能主要指淫乱之语，但也应该包含一切难以启齿的话。中国人尤其是文人正是由于对试图得到上司赏识的意图难以启齿，才想方设法用独守空房的少妇思念戍边或外出经商的丈夫，以及宫女渴望获得君王宠爱来替代。人们虽然不能将试图得到上司赏识与少妇试图打破生活寂寞或宫女试图得到君王宠爱简单相提并论，但囿于古训的文人对职位的渴望与少妇和宫女对宠爱的奢求，同样有着难以启齿的特点。这才是替身抒情法存在的精神和心理基础。如看似洒脱自如的李白，也不是永远能坦率直露，他同样有着相对隐秘乃至用少妇替代其抒情的替身抒情兴象，如《春思》之所谓：“燕草如碧丝，秦桑低绿枝。当君怀归日，是妾断肠时。春风不相识，何事入罗帏？”这显然是假托一个女子对男子的思念来抒发其祈求获得赏识的愿望。相对来说，孟浩然《望洞庭湖赠张丞相》之所谓“欲济无舟楫，端居耻圣明”更为直露些，但他还是用试图渡河却没有舟楫来比喻做官却没有人推荐和提携来曲折抒情，并非将其愿望不加任何修饰地赤裸裸呈现出来。即使西方特别是一些推崇竞选制的民主国家，也不是都对未经伪装的赤裸裸权力比较看好。如福柯便认为未经伪装的权力是赤裸裸的，也是不道德的。他这样写道：“权力只有将自己主要的部分伪装起来，才能让人容忍它，这个一般的和战术的理由似乎是自然而然的。权力的成功与它是否能够成功地掩盖自己的手段成正比。”① 许多文人更习惯于采用闺怨诗、宫怨诗的替身抒情兴象来相对模糊作者自我抒情身份，以起到一定程度的文饰甚至伪装作用。

诸如闺怨诗、宫怨诗之类的替身抒情法，虽然作者自我抒情身份相对模糊，但其抒情主人公的身份通常较为清晰，几乎无一例外地存在女性化倾向。如刘长卿《长门怨》属于宫怨诗：“何事长门闭，珠帘只自垂。月移深殿早，春向后宫迟。蕙草生闲地，梨花发旧枝。芳菲自恩幸，看着被风吹。”

---

① ［法］福柯：《福柯集》，上海远东出版社 2003 年版，第 341 页。

王昌龄《闺怨》从题目便可看出其闺怨诗的特点："闺中少妇不知愁，春日凝妆上翠楼。忽见陌头杨柳色，悔教夫婿觅封侯。"这两首诗都基本没有明确描摹其抒情主人公的美貌，但人们大抵很少会将其与相貌平平的女子联系在一起。有些人试图用西方女性主义来诠释中国宫怨诗、闺怨诗和思妇诗，试图以中国男性文人对女性的强权和暴力，特别是视觉暴力甚或话语权暴力来阐释这一点。如果说作者的文本抒情语言确实存在某种程度的话语暴力倾向，那么也应该包括衣食无忧特别是饭饱酒足之后的陶渊明和王维写的山水田园诗对中国乡村的话语暴力。马克思明确指出："他们不能以自己的名义来保护自己的阶级利益"，"他们不能代表自己，一定要别人来代表他们。他们的代表一定要同时是他们的主宰，是高高站在他们上面的权威，是不受限制的政府权力，这种权力保护他们不受其他阶级侵犯，并从上面赐给他们雨水和阳光。"① 马克思这里并没有阐述男性对女性的话语暴力，倒是论述了上层统治阶级对下层劳动人民的话语暴力。所以移用马克思的观点来阐述陶渊明和王维对中国乡村的话语暴力反而比用闺怨诗、宫怨诗、思妇诗之类阐述男性作者对女性抒情主人公的话语暴力更切合事实。事实上陶渊明、王维并没有贬抑乡村，虽然不可能如诺瓦利斯那样将哲学看成乡愁乃至处处为家的欲求，但他们确实是将乡村作为其理想的根基来讴歌的；同样的道理，中国男性文人也没有将女性作为其视觉施暴的工具，更多情况是将其作为理想的化身甚至真善美来赞扬，在这一点上丝毫不亚于雨果对艾丝美拉达倾注的热情。

但话语权力总是存在两面性。如福柯指出："言说既是权力的工具和效力，也是它的障碍和阻力，是它的反抗点及对立的战略形成的出发点。言说负载并生产和加强权力，但它也削弱、暴露权力，使权力变得脆弱并使权力的实施受阻。同样，沉默与秘密掩蔽权力、固定权力的禁忌，同时也放松权力的控制，调整出或多或少为权力所承认的宽容。"② 许多人并没有清醒关注

---

① ［德］马克思：《路易·波拿巴的雾月十八日》，《马克思恩格斯选集》（第 1 卷），人民出版社 2012 年版，第 762—763 页。

② ［法］福柯：《福柯集》，上海远东出版社 2003 年版，第 341 页。

话语消解和放松权力的特点。人们对抒情主人公的无意识美化本身便从心理上显示出中国人并不擅长也不看好对女子视觉乃至话语施暴的行为，有些甚至明显存在消解这种施暴的倾向。冯延巳《忆江南》明显刻画了一个天生丽质的女子因相思而消瘦的抒情兴象："去岁迎春楼上月，正是西窗，夜凉时节。玉人贪睡坠钗云，粉消香薄见天真。人非风月长依旧，破镜尘筝，一梦经年瘦。今宵帘幕扬花阴，空余枕泪独伤心。"虽然这首词也没有详细勾勒其美貌，而是点到为止，用诸如"玉人"、"天真"之类点出其美貌。也有人会说这只是中国文人抒情诗惯用的提法，并不见得有什么特别的地方，但至少没有流露出任何鄙视乃至侮辱女性的思想倾向。有些文人抒情诗并不直接描写女性之美，但并不忘记通过景色衬托其美貌，虽然景色美并不能替代相貌美，但人们还是喜欢用美景来衬托美人，而且也愿意用美景来烘托美貌，以激发读者对抒情主人公浮想联翩。冯延巳《归自谣》曰："春艳艳，江上晚山三四点，柳丝如剪花如染。香闺寂寂门半掩。愁眉敛，泪珠滴破燕脂脸。"写"柳丝如剪花如染"也暗示柳眉花貌，最后一句"泪珠滴破燕脂脸"写抒情主人公不顾形骸的落魄和狼狈，也活脱脱呈现出主人公痴情可爱的憨态。当然这并不意味着所有文人抒情诗都对金榜题名羞于开口，如唐代孟郊《登科后》所谓："昔日龌龊不足夸，今朝放荡思无涯。春风得意马蹄疾，一日看尽长安花。"不过这也应该是一种替身抒情法，因为没有一个确切字眼可以表明其抒情主人公便是抒情作者自我或抒情作者以自我身份抒情。

还有另一些抒情诗其抒情主人公仍然是作者本人，但其抒情兴象却更为模糊，没有在文本抒情语言中直接露面，甚至抒情主人公身份也十分隐秘，以至于无法真正辨认其性别年龄和身份地位。人们可以将这种隐身抒情法表述为不以任何人身份向读者讲话的抒情法。这种隐身抒情法，抒情作者既不以自我身份说话，也不以其他人特别是少妇宫女身份说话。最常见的现象是连同抒情主人公一并显得模糊不清。如王维《相思》所谓："红豆生南国，春来发几枝。劝君多采撷，此物最相思。"人们虽然不能否定王维作为抒情作者的身份，但其抒情主人公是否为男性，以及年龄、地位等基本情况都并不十分确定，至于姓甚名谁更是一无所知。另如王维《山居秋暝》仍是作者以自我身份抒情，虽然抒情主人公较之《相思》似也明确，但其自我身份同样极为模糊，且有情境自然呈现的特点。如："空山新雨后，天气晚来秋。明月松间照，清泉石上流。竹喧归浣女，莲动下渔舟。随意春芳歇，王孙自可留。"好像是明月自行照耀松树间，清泉自行流淌于石头上，浣女自行归来，渔舟自行下来，以呈现出这一切与王维没有丝毫关系的画面；更关键的是连王维自我抒情身份也相当隐秘，以致看不出自我抒情身份的任何蛛丝马迹，至少没有诸如视看、猜想之类痕迹，连最具有人文气息的"王孙"也只是"随意春芳歇"，没有任何人为强制或做作的痕迹。

替身抒情法并不十分明晰呈现抒情主人公身份，但抒情主人公一般为女性则较为明晰确定，在王维此类诗歌中却连抒情主人公男女性别也不甚了了。西方抒情诗由于语言表述规范甚或语法规则限制往往可能直接呈现人称，至少作者抒情身份会显得较为清晰可辨，当然也不乏作者抒情身份与抒情主人公形象都较为模糊的情形。类似诗歌往往在寓言诗、哲理诗乃至状物诗中更为多见。如苏利·蒲吕多姆《眼睛》之所谓："蓝色的或黑色的，都可爱，都美丽，无数眼睛看见了晨曦；它们在坟墓的深处睡去，太阳又向上冉冉升起。""蓝色的或黑色的，都可爱，都美丽，睁向无边的晨曦；从坟墓的那一边，从那里，闭合的眼睛要再启视。"这里呈现的抒情兴象几乎均为眼睛的共性特征，无论其颜色蓝与黑，还是看到晨曦及在坟墓里睡去，接着又看到晨曦。这其实揭示了眼睛乃至人类生命的共性，及生而复死、死而复生的循环逻辑，并不一定特指一人一事一物，仍具有隐身抒情兴象特点。与此不同的是，顾城《一代人》之所谓"黑夜给了我黑色的眼睛/我却用它寻找光明"，明确冠以"我"这一鲜明的第一人称代词，又以题目《一代人》打破了作为独特个人的身份限制，扩展至一代人而不是一个人的抒情主人公身份，较之苏利·蒲吕多姆《眼睛》，其抒情主人公的普泛性仍显得有些薄弱。

人们从理论上可以认定，以作者自我抒情身份呈现他人，并不比以他人抒情身份呈现作者自我更具有特别之处。在以他人抒情身份凸显作者自我的抒情法中，除了替身抒情法，最特别的应该是隐身抒情法及其隐身抒情兴象。实际情况可能更为复杂：有些虽然以抒情自我身份出现，但其故意变换抒情视角，由我及人，或由人及我，借此模糊视角以达到隐身抒情目的，形成隐身抒情兴象。所谓隐身抒情法之根本特点是很多情况下作者抒情身份与抒情主人公身份均相对模糊，以致无法清晰而确切地判定作者自我抒情身份乃至抒情主人公身份，特别是隐身抒情作者与抒情主人公内外抒情视角交替使用且无法弄清内外视角时，这一隐身而无法确定的情形将更加突出。这一特点不仅仅存在于中国抒情诗，更存在于西方抒情诗。如罗厄尔《独乐》之所谓："当黑夜顺着城市的街道漂流 / 在参差不齐的屋顶之间漏下，我的心开始东张西望。它在中国神奇的蓝色花园里玩球，在希腊神殿白柱子破碎的凹槽里 / 它摇着精致的签筒。它舞着，头上簪着紫色黄色的花，脚在潮湿的草地上跳动，闪着光。我的心多么轻松，笑语盈盈，当规矩人家灭了卧室的烛光 / 当这城市已阒无人声。"这一首诗看似以作者自我抒情身份抒情，有"我的心开始东张西望"，但紧接着又似乎是借某一个不明身份的他者来抒情，致使远距离客观审视"我的心"在"蓝色花园里玩球"，在凹槽里"摇着精致的签筒"。这还不算最具特征的他者视角。更奇特的是看得见"我的心"舞着，且"头上簪着紫色黄色的花，脚在潮湿的草地上跳动"，甚至还能听见"我的心""笑语盈盈"。类似例子也见于王维的抒情诗，如《九月九日忆山东兄弟》："独在异乡为异客，每逢佳节倍思亲。遥知兄弟登高处，遍插茱萸少一人。"该诗不及罗厄尔《独乐》句式多变而情感细腻，但仍然在某种程度上显现出抒情视角变换的特点：前两句本是作者自我抒情身份，"遍插茱萸少一人"句却突变为兄弟的抒情视角。这种变换仍以作者自我抒情身份为基础，未从根本上改变自我抒情身份，人们按照这一点可以顺理成章摸索到替身抒情法存在的由它及我或由我及它的抒情视角变化。李煜《菩萨蛮》不能视为一首借宫女期待君王宠幸来暗示祈求获得政治职位的抒情诗，但由于是李煜揣测或转而以小周后身份抒情，仍具替身抒情兴象特征，且由于他对小周后心理的细腻揣摩和动作的精细描画，使这一替身抒情兴象别有一番细腻动人且不失情趣的鲜活韵味："花明月暗笼轻雾，今朝好向郎边去。刬袜步香阶，手提金缕鞋。画堂南畔见，一向偎人颤。奴为出来难，教君恣意怜。”很少有人认为这是李煜借以曲折抒情的一种手法，他不必如小周后一样偷偷摸摸，但他对小周后行为的揣摩乃至同情显然胜过他自己，或者说他对小周后心理的揣摩和体验有可能胜过了小周后自己的心理体验。大多数西方人可以无须过分拘泥礼数，不必为偷情躲躲闪闪，也不必为竞选官职闪烁其词，中国却不同，无论是婚外恋还是期待做官都可能得承受更大煎熬。这也可能是中国抒情诗形成曲折含蓄抒情兴象及其妙处的根源之一。黑格尔在许多方面对中国文学艺术存在隔膜，但对中国抒情诗的评价却毫不含糊。他明确指出：“在对东方抒情诗方面有卓越成就的个别民族之中，首先应该提到中国人。”① 人们不必深究黑格尔意有何指，中国抒情诗变幻多端的隐身抒情法显然为其增添了曲折婉转的魅力。从标题来看，刘长卿《逢雪宿芙蓉山主人》是作者自我抒情身份，但其诗多有让人迷惑之处：看第一二句之“日暮苍山远，天寒白屋贫”，应该为作者投宿时所见远景，为投宿的自然环境；后两句“柴门闻犬吠，风雪夜归人”实写投宿的人文环境。问题是犬所吠者应为陌生人而非芙蓉山主人。所有这些环境描写都显得极为客观，以致没有作者的任何主观情感渗入，好似诗歌中所有自然和人文景观都只是自我呈现。一切仍然建立在作者自我抒情身份特别是其视角观照基础之上的抒情，仍可视为隐身抒情法，只要仔细推测便会发现不可能没有抒情主体存在。张继《枫桥夜泊》有类似情形，如：“月落乌啼霜满天，江枫渔火对愁眠。姑苏城外寒山寺，夜半钟声到客船。”若不是一个“愁”字安插其中，简直难以知晓其情何在，其人何在。虽然人们可以武断地认定抒情作者必定是作者本人，但未能以抒情兴象加以明确呈现也往往最为常见，这便使抒情主人公身份相当模糊的情形也较为多见。

文本抒情兴象作为作者抒情心象与读者抒情意象的中介环节，作为作者抒情心象的语言物态化和读者抒情意象的意蕴潜在化，是附着于文本语言且以物象作为终端显现的文本形象。这一文本抒情兴象同时得接受读者阅读对其意蕴的发现、发掘和发明，而且也不一定完全忠实于文本抒情兴象，甚至

① ［德］黑格尔：《美学》（第3卷）下，朱光潜译，商务印书馆1981年版，第231页。

可能会一定程度上有所溢出甚或漏失。读者作为文学活动最终决定因素也确实有完成这种溢出甚或漏失的责任和义务。文本抒情兴象的根本特征是，既不能脱离文本语言，也不能离开读者阅读。因为脱离了文本语言，抒情兴象便丧失存在的可能；离开了读者将潜在意蕴外在化乃至显性化，文本抒情兴象也就丧失了存在的理由。这并不意味着文本抒情兴象不能完全独立于作者抒情心象与读者抒情意象而存在。所谓文本抒情兴象不能离开作者抒情心象和读者抒情意象，仅相对于完整文学活动而言。如果抛开这一点，文本抒情兴象其实可以独立存在。无论作者抒情心象多么微妙复杂，一旦作为语言物态化结果呈现出来，便有相对固定的语言外化形式，有除非着意修订否则无法变异的特点；而且无论读者阅读还原、变异和漏失的程度如何，其抒情意象注入或缺失的意蕴有多少，文本抒情兴象都会作为一种依附于文本语言的形象而独立存在，至少在理论上有着不同于读者抒情意象的特点。

第三节　文本表象兴象的基本策略和典型模式

表象兴象作为存在于文本表象语言中的形象，极端来说往往是作为形象呈现的事物本身。这个事物中往往有人物和景物等。文本表象兴象通常是作者表象心象与读者表象意象的中介环节，是作者表象心象的语言物态化，是读者表象意象的意蕴潜在化形态。虽然所有的文本表象兴象实则都是作者表象兴象，但就文本形态而言，还存在一定差异：一种表象兴象是直接以作者“我”或其他较为鲜明的我的色彩来观察和表象的。这种表象兴象其实就是作者表象兴象；还有一种表象兴象可能既有作者表象兴象的性质，某种程度上又有相对模糊物自行观察和表象的性质，是为混合表象兴象；还有一种极力模糊作者表象兴象的明确标识，很大程度上有物象自行观察和表象的性质，是为物自表象兴象。唯其如此，文本表象兴象常常采用诸如作者表象法、混合表象法，物自表象法等基本策略。

所谓作者表象法就是作者通常以自我一个人的身份直接呈现表象兴象，

有鲜明的自我观察和表象特点。较为常见的是借助具有确指性的第一人称代词得以呈现。如埃略多罗·普切《贺婚诗》严格来说仍是抒情兴象，但由于这种抒情很大程度上依赖于表象，也可视为表象兴象。如其所谓："即便你能开口 / 也不要对我诉说你的心曲 / 你的心 / 隔着 / 肉体。从你赤裸的躯体 / 我的声音得到应答。从东方我取来太阳 / 作为新娘戒指。一旦愿望成为现实，玫瑰淌出鲜血。"这一表象兴象，不仅作者作为观察和表象者，其作者自我身份极其鲜明，而且表象对象乃至受众也应该具有一定确指性，虽然诗人并未明确冠名，仍存在被读者张冠李戴乃至泛化的广阔空间，但这至少对作为观察和表象者的作者而言，其预想读者还是比较确定甚或是唯一的。相对来说，中国诗歌由于表述的特点，除了如李白等少数作者可能采用第一人称，更多作者则用并无明确标识自我的第一人称代词的无主句，特别是明显基于作者五官感觉的相关动词来标识作者自我作为观察者和表象者的存在，以致读者虽然不能看到明确的具有确指性的第一人称代词，但还是分明感觉到有一个较为强烈乃至鲜明的作者作为观察和表象者存在。如无尽藏所谓"终日寻春不见春，芒鞋踏破岭头云；归来偶把梅花嗅，春在枝头已十分"，看似没有明确的第一人称代词"我"，但没有人会怀疑其表象者必定为作者自我，而且诸如寻、踏、嗅等动作的发出者必然是作者自我而非自我之外的其他人。如李白《静夜思》不仅不会让人怀疑其举头望、低头思的动作发出者是李白本人之外的其他人，而且更为全面呈现了事物之作为物理兴象"明月光"，心理兴象"地上霜"、主题兴象"思故乡"的特点，完整呈现了事物可能存在的三种表象兴象。

作者表象兴象的最大特点是往往采用内聚焦，多侧重于作者自我内心世界的表象，有些虽然并不以自我内心世界自我表象兴象的主体，但也有作者自我身份的明确而强烈介入，以致在很大程度上彰显"我"在表象的特点。这一特点在类似散文中呈现得尤为充分。如鲁迅《腊叶》之所谓："灯下看《雁门集》，忽然翻出一片压干的枫叶来。这使我记起去年的深秋。繁霜夜降，木叶多半凋零，庭前的一株小小的枫树也变成红色了。我曾绕树徘徊，细看叶片的颜色，当他青葱的时候是从没有这么注意的。他也并非全树通红，最多的是浅绛，有几片则在绯红地上，还带着几团浓绿。一片独有一点蛀孔，镶着乌黑的花边，在红、黄和绿的斑驳中，明眸似的向人凝视。我自念：这是病叶呵！便将他摘了下来，夹在刚才买到的《雁门集》里。大概是愿使这将坠的被蚀而斑斓的颜色，暂得保存，不即与群叶一同飘散罢。但今夜他却黄蜡似的躺在我的眼前，那眸子也不复似去年一般灼灼。假使再过几年，旧时的颜色在我记忆中消去，怕连我也不知道他何以夹在书里面的原因了。将坠的病叶的斑斓，似乎也只能在极短时中相对，更何况是葱郁的呢。看看窗外，很能耐寒的树木也早经秃尽了；枫树更何消说得。当深秋时，想来也许有和这去年的模样相似的病叶的罢，但可惜我今年竟没有赏玩秋树的余闲。”鲁迅这里所呈现的主要是作者“我”眼中的物理表象、心理表象、主题表象，同时蕴含着郑板桥所谓眼中之竹、胸中之竹、手中之竹。人们虽然可以将所谓眼中之竹、胸中之竹、手中之竹分别与物理表象、心理表象、主题表象对应起来，但也不能太过刻意，因为所谓眼中之竹其实已经是心理表象而非物理表象，至于胸中之竹虽然较之眼中之竹，很大程度上已经有着构思和创造的色彩，但仍属于心理表象的范畴，倒是主题表象与手中之竹还基本对应。借助各种手段使作者“我”的表象身份得以强化，给读者造成一种所有表象兴象都是因作者自我观照和表象而形成的印象。

与这种时时处处强化作者自我身份表象兴象不同的是，有一种表象法往往尽可能抹去作者自我作为观察和表象者身份，刻意追求一种似乎以所有人身份观察和表象的效果。这便是物自表象兴象。如王维《鸟鸣涧》所谓“人闲桂花落，夜静春山空。月出惊山鸟，时鸣春涧中”诸句，极力营造一种好像如同桂花自行脱落、春山自行空旷、月亮自行出来、山鸟自行惊鸣的事物均自行呈现和裸露的效果。类似的表象兴象往往采用宏大视域外聚焦表象法，尽可能造成一种极其客观乃至看不到作者自我身份痕迹的效果。但无论作者如何抹去自我的观察者和表象者痕迹，其实都有一个作为观察者和表象者无处不在的影子，如柳宗元《江雪》，至少理性的读者能不假思索地想到这一层。因为几乎所有表象兴象实际上仍然是作为观察者和表象者的作者自我在表象，只是类似表象兴象往往有宏大视域外聚焦的特点。

当然也不是所有物自表象兴象都有宏大视域外聚焦的特点，有些可能极力将自我退缩至一个极其隐秘乃至让人难以识别的境地，以并不怎么醒目的宏大视域乃至外聚焦以造成一种物自行呈现的效果。与王维《鸟鸣涧》、柳宗元《江雪》有所不同的是，帕斯《浮雕》的物自呈现特点更为突出，似乎赋予了事物更多自主呈现的主动性乃至主体性。虽然题曰浮雕，但其“雨，舞着，披着长发 / 足踝被闪电切开 / 随着鼓声降下来 / 玉米睁开眼睛，然后生长”的诗句，却为人们呈现了一个夹着闪电的雨自行舞蹈和变化，及玉米自行开裂和生长的情景。这一切好似与浮雕无关，但雨的自行被闪电切开、玉米自行开裂生长都彰显出事物自行呈现和裸露的特点。至于如洛尔迦《风景》之所谓：“田野，长满了橄榄，一开一合，像一把叠扇。橄榄林上面 / 一片深沉的天，那寒冷的晨星 / 就像淡黑的雨点。灯心草在摇动，河岸上覆着薄薄一层阴暗。灰色的空气起了皱纹，那些橄榄树 / 充满了 / 一声声的叫喊。一群 / 被迷住了的鸟儿，摇着大尾巴，四周罩上一片黑暗。”虽则一个个比喻实际上暴露出作者表象兴象的特点，但整个诗作仍以不露声色的姿态表彰着事物自行呈现的特点，而且使得所有这一切看似显得合理而真实，以至于让人们只要忘记对比喻句的执著和纠结，倒可由此产生事物自行呈现乃至裸露的印象。物自表象法的最大妙用在于将相对抽象乃至并不见诸物象的感觉具象化，且显得更为逼真。如袁勇《失眠之夜》之所谓“时间 / 如沉重的石头 / 堆满了夜 / 实在搬不动了 / 就把夜戳一个小孔 / 窥视黎明”，基本上分为两节，前一节主要呈现失眠之夜的沉重绵长，后一节主要呈现对黎明的期待，但全诗没有一句直接点染失眠，恰恰借助物自表象法获得呈现。类似的例子也见于吕文秀《思念》之所谓“由两个人抬起 / 从不知道累　甚至 / 连梦里也不休息”诸句，其表象兴象的特点略显晦涩，至少有些不大具象，但其二人共负思念之累而不知其累的体验，则大体还是较为明晰形象的。

并不是所有例子都能如王维、帕斯、洛尔迦诸人相关诗歌那样总是以藏而不露的姿态彰显其物自表象法的优势和特点，如韦应物《滁州西涧》之所谓“独怜幽草涧边生，上有黄鹂深树鸣。春潮带雨晚来急，野渡无人舟自横”等诗句，往往有意或无意地通过“独怜”之“怜”等，在一定程度上暴露某些作者表象的蛛丝马迹，不过整个诗作基本上还是以事物自行表象和呈现为特征，如果不经意辨认，还有可能被粗心大意的人所忽略。如苏雪林《溪水》有这样一段文字：“现在，水恢复从前活泼和快乐了，一面疾忙地向前走着，一面还要沿途和遇见的落叶、枯枝淘气。一张小小的红叶儿，听了狡狯的西风劝告，私下离开母校出来顽玩，直到半路上，风儿偷偷儿地溜走了，他便一跤跌在溪水里。水是怎样的开心呵，好将那可怜的失路的小红叶儿，推推挤挤地推到一个漩涡里，使他滴滴溜溜地打圆转儿；那叶向前不得，向后不能，急得几乎哭出来；水笑嘻嘻地将手一松，他才一溜烟地逃走了。水是这样欢喜捉弄人的，但流到坝塘边，她自己的磨难也来了。你记得么？坝下边不是有许多大石头，阻住水的去路？”不仅彰显了溪水自行呈现的习性，而且借助拟人手法使其更加自然形象，倒好像所有这些似乎与作为观赏者乃至表象者的人无关似的，但其开头所谓“我们俩携着手走进林子”，以及结尾处“我们还听见她断续的喘息着”等，还是明白无误地呈现了作者表象兴象的实质，但这一切似乎并不影响作为文本表象语言的主体部分。

郭沫若《石榴》虽然极力呈现一种石榴自行呈现的感觉，如所谓：“石榴有梅树的枝干，有杨柳的叶片，奇崛而不枯瘠，清新而不柔媚，这风度实兼备了梅柳之长，而舍去了梅柳之短。”似乎仅仅是石榴自身属性的自我展示和裸露，而且还用“你”来强化石榴自行呈现的客观性特点，如所谓：“单那小茄形的骨朵已经就是一种奇迹了。你看，它逐渐翻红，逐渐从顶端整裂为四瓣，任你用怎样犀利的劈刀也都劈不出那样的匀称，可是谁用红玛瑙琢成了那样多的花瓶儿，而且还精巧地插上了花？”任何一个读者都可能在作者看似无可争议的表象中看到更为客观的特点，作者还利用读者可能产生的错觉来强化石榴自行呈现：“你以为它真是盛酒的金盅吗？它会笑你呢。秋天来了，它对于自己的戏法好像忍俊不禁地破口大笑起来，露出一口皓齿，那样透明光嫩的皓齿，你在别的地方还看见过吗？”但正是在这看似极尽客观呈现的表述中，却暗里强化着作者作为观察和表象者的身份：如果说开头所谓："五月过了，太阳增加了它的威力，树木都把各自的伞盖伸张了起来，不想再争妍斗艳的时候，有少数的树木却在这时开起了花来。石榴树便是这少数树木中的最可爱的一种。"可能更像是一种客观呈现，但其所谓"石榴树便是这少数树木中的最可爱的一种"一句其实已潜伏着作者自行观察和表象的身份，因为认为石榴树是少数树木中最可爱的一种的判断本身显然是一种主观态度。到了其后一段："最可爱的是它的花，那对于炎阳的直射毫不避易的深红色的花。单瓣的已够陆离，双瓣的更为华贵，那可不是夏季的心脏吗？"在最可爱的石榴树基础上更进一步主观化，乃至称石榴树"最可爱的是它的花"，其作者表象的身份更加展露出来。至于所谓："单瓣的花虽没有双瓣的豪华，但它却更有一段妙幻的演艺，红玛瑙的花瓶儿由希腊式的安普剌变为中国式的金罍，殷、周时代古味盎然的一种青铜器。博古家所命名的各种锈彩，它都是具备着的。"至此已经不是石榴树、石榴花能够自我呈现的了，即使一般读者乃至作者也可能力不从心，也许只有类似作者的历史学家和博物学家才能略知一二。到最后一段所谓："我本来就喜欢夏天。夏天是整个宇宙向上的一个阶段，在这时使人的身心解脱尽重重的束缚。因而我更喜欢这夏天的心脏。"作者表象的特点才真正显山露水，乃至和盘托出，因为能认定夏天是宇宙的心脏、石榴是夏天的心脏的只能是作者本人而不可能其他所有人。这种逐级强化的事物自行呈现与隐喻的作者自行呈现一明一暗交相呼应，最终以作者认定夏天是宇宙的心脏、石榴是夏天的心脏作结，以彰显作者表象兴象的真实身份。这实际上可视为混合表象兴象的一种形态。

有些诗歌其自我表象身份以及他者表象身份都相对模糊，致使人们觉得好像是事物自行表象乃至呈现，但实际上只是使用作者自我与事物自身交替呈现的一种表象法。表象法往往通过将作为自我的抒情主人公故意他者化，以营造他者身份表象，或将自我抒情主人公作为他者来表象的效果。如马致远《天净沙·秋思》似乎所谓"断肠人"作为抒情主人公，倒像自我之外的其他人，而非作者本人。似乎不是将断肠人作为作者自我的隐喻，而是作为作者观察和表象的他者得以呈现。类似例子也见于柳宗元《江雪》里的蓑笠翁。这可能是混合表象法最常见表象形态。但人们也不能低估这种看似没有作者自我寄寓物特别是自我隐喻的文本表象语言。如哈里·马丁松《风景》中孩子是自我之外的其他人，虽然也可能不可避免地具有自我情感生命的寄寓物乃至隐喻的性质，但其性质却往往难以清晰辨识。如所谓："苍翠的野地上一座石桥。一个孩子站着。他望着流水。远处：一匹马，背拖一抹夕阳。它静静地饮水，鬃毛散落在河中，好似印第安人的头发。"对于这一首诗，人们虽然可以将这孩子视为作者自我情感生命的一种寄寓物，但也可以看成自然界一个极其普通的事物甚或景物的一部分，但谁也不能否认其作为作者情感生命寄寓物乃至隐喻的可能。另外也许由于翻译的缘故，使这首诗多少带有些散文体表象兴象的特点；相形之下马致远《天净沙·秋思》无疑具有韵文体表象兴象的特点。更重要的是，人们可能不会怀疑《天净沙·秋思》中的"断肠人"是作者本人，但会怀疑哈里·马丁松笔下的孩子可能只是一个他者，并非是作者情感生命的寄寓物和象征体。哈里·马丁松《风景》在幽静中透出安谧、恬淡、祥和的田园乡土气息，马致远《天净沙·秋思》虽然没有人怀疑其幽静，但更多透露出的是凉飕飕的凄凉、孤独和寂寞情绪；虽然也没有人否认存在于其中的乡村田园，但很少有人会与安谧、恬淡和祥和的乡村气息联系起来。这便是混合表象兴象的妙处：看似极为相似的表象，可能呈现出不大相同甚至截然相反的情绪、情调和氛围。其实任何看似极其客观的表象兴象，表面看来属于典型的物自呈现特点甚至明显有着他者表象兴象的性质，但其实质仍然可能且只是作者自我表象法，因为即使类似极其普通的自然景物都可能是作者精心构思和创作的必然结果。刘长卿《送灵澈上人》"苍苍竹林寺，杳杳钟声晚。荷笠带夕阳，青山独归远"诸句，显然具有物自表象法的特点，但其标题仍然明白无误地标识了作为观察表象者乃至抒情主人公的自我身份。

也正是在这一极端的意义上，可以阐明所有建立在作者创造基础上的表象兴象其实都只能是作者表象兴象。虽然博尔赫斯极端主义主张："一、浓缩诗句，只留下最基本的要素——比喻。二、舍弃无用的承启句、连接词和形容词。三、摒除一切浮艳矫饰、剖白心曲、状写环境、训诫说教和晦涩冷僻的文字。四、将两个或更多的形象合二为一，以扩大其启发性驰骋联想的功能。每一篇极端主义的诗作都运用一连串的比喻。每个比喻都给人独特的启示，道出前人未曾发见的点滴生活体验。流行诗和我们的诗之间本质的区别在于：前者将在生活中发掘的素材美化、拔高、加以生发；而后者只是扼要地记录它们。”① 但事实是，基于作者创造的一切诗句乃至文本表象语言只能是作者自我的创造物。维·维多夫罗更为透彻地指出：“创造派的诗歌是由创造出来的形象、创造出来的环境和创造出来的概念组成的。创造派的诗歌绝不使用传统诗歌的成分，除非这些成分经过彻底的创新；也根本不顾及诗歌产生前的现实情况和真实情况。比如，当我写道：‘渔夫呼哨着掀起大风 / 把海洋吹得无影无踪。’这种描写是我创造出来的。当我说‘暴风雨的铸块’，这纯粹是我创造出来的形象。当我说‘她美丽得无法开口说话’或者‘黑夜戴着帽子’，这都是我创造出来的概念。”② 至如赫拉尔多·迭多《神秘的玫瑰》：“是她，却无人觉察。然而当她走过，树儿跪伏 / 秀发上 / 梳理出喃喃的祷祝。是她，是她。她那纤细的双手，侍奉星辰进食。我昏倒在她的掌心 / 仿佛一片枯叶。无声的浪漫曲 / 缭绕空间，在她步履的绣枕上 / 我安然入梦。”不仅以第一人称直接标识了自我，而且也确实属于自我表象的范畴。

文本表象兴象作为作者表象心象与读者表象意象的中介环节，作为作者表象心象的语言物态化和读者表象意象的意蕴潜在化，是附着于文本语言并以事物作为本体文本形象获得呈现的。既然语言不能穷尽事物意蕴，人们便可以借助建立形象以穷尽意蕴，赋予事物的表象兴象以非同寻常的价值和意义，以至于使文本表象兴象可能有丰富多彩的意蕴，甚至可能由此呈现出一定层级性。如什克洛夫斯基有云：“中国诗学是物象的，建筑在种种事物的相互关系和引用无数历史典故唤起的遥远联想的基础上。这些联想使短短

① ［阿根廷］路·博尔赫斯：《极端主义》，袁可嘉等编选：《现代主义文学研究》（下），中国社会科学出版社 1989 年版，第 859 页。

② ［智利］维·维多夫罗：《论创造主义》，袁可嘉等编选：《现代主义文学研究》（下），中国社会科学出版社 1989 年版，第 866—867 页。

的诗句产生第二层和第三层的意境。”① 虽然什克洛夫斯基并没有明白地揭示这一表象兴象所具有的多层意境内涵，但宗白华的阐述似乎更清晰地揭示了这一多层创构的意蕴。他这样阐述道：“中国艺术家何以不满于纯客观的机械式的模写？因为艺术意境不是一个单层的平面的自然的再现，而是一个境界层深的创构。从直观感相的模写，活跃生命的传达，到最高灵境的启示，可以有三层次。”② 虽然不能说所有的表象兴象都具有这三种层次的意蕴，但人们不能否认最圆满的意境创构必然同时蕴含以上三个层次意蕴的典型模式。这便是物尽其象，求其生命的本性；情尽其趣，求其性命的气韵；意尽其理，求其慧命的禅意。在第一层次上，往往有着强烈而鲜明的作者自我身份存在，在第二层次上则无论作者自我身份还是事物自行呈现身份都相对模糊但二者兼有，至于第三层次则很大程度上退去了作者自我身份的明显乃至微弱痕迹，而有更鲜明的物自呈现性质。最理想最圆满的表象兴象应该三者兼有，但限于作者所能达到的层次，只能是高层次可包容低层次，但低层次不可能都上升到高层次。文本表象兴象既不能脱离文本语言，也不能离开读者阅读，因为脱离了文本语言，文本表象兴象便可能丧失存在的可能；离开了读者将潜在意蕴外在化乃至显性化，便丧失了存在的理由。但这并不意味着文本表象兴象不能完全独立于作者表象心象与读者表象意象而存在。事实是文本表象兴象不能离开作者表象心象和读者表象意象，仅相对于完整的文学活动而言，如果抛开这一点，文本表象兴象其实还可以独立存在。文本表象兴象一旦作为语言物态化结果呈现出来，便必然有相对固定甚至完全确定的语言外化形式，即使可能作为读者任意篡释的文本形象而存在，也必定有着不以读者意志为转移的最基本特征。

---

① ［俄］什克洛夫斯基：《散文理论》（上），刘宗次译，百花洲文艺出版社 2010 年版，第 184 页。

② 宗白华：《中国艺术意境之诞生》，载《宗白华全集》（第 2 卷），安徽教育出版社 1994 年版，第 263 页。

第六章　作为读者的意象

有赖于语言的文本表象兴象很大程度上得益于读者阅读对其意蕴的发现、发掘和发明，作为其发现、发掘和发明的意蕴无论如何也不可能完全忠实于文本表象兴象，甚至可能会漏失、溢出甚至变异文本表象兴象意蕴。这实际上便形成了读者阅读意象。事实上文学活动也确实赋予了读者作为文学活动最终决定因素“寻言以观象”[①]的使命，而且也决定了他们有责任和义务完成这种漏失、溢出甚至变异。这便使读者阅读意象通常因为叙事、抒情和表象而形成不同的叙事意象、抒情意象和表象意象。

第一节　读者叙事意象的核心要素和基本路径

读者对基于文本叙事语言的叙事兴象的重构所形成的文学形象即是叙事意象。叙事意象很大程度上彰显读者作为文学活动最终决定因素的价值和意义之所在，是读者采用多重手段对基于文本叙事语言的叙事兴象进行重构的结果。叙事意象是读者依托文本叙事兴象对基于文本叙事语言的叙事兴象进行意蕴发现、发掘和发明所形成的具有形象特征的阅读体验。这种阅读体验往往具有高度的兴象关注，以及鲜明的意蕴发现、发掘和发明等功能，是

① （三国）王弼：《周易略例·明象》，张法编：《中国美学经典》（魏晋南北朝卷上），北京师范大学出版社 2017 年版，第 31 页。

形象重构与意蕴获得的必经阶段。

惯常的基于文本叙事语言的阅读体验一般主要以人物为核心，以人物为核心的阅读体验免不了围绕情节、情境和情性三个基本要素。其中情节作为构成叙事文本的基本要素，是人物存在和发展的脉络所在，也是读者阅读体验必须首先面对的要素。基于情节的阅读体验虽然可能有多种方法，但围绕人物及其身世的训诂考证法往往显得尤为重要。因为没有对人物的知人论世功夫便不可能真正了解一个人物形象。至于情境则为人物生存于其间并赖以存在和发展的环境，没有设身处地的推测便不可能有对人物形象的深切了解，更不可能了解其在特定情境中的所思所说所做。既然要了解人物生存于其间的环境乃至情境，便不可避免地运用到情境推论法。至于情性乃是一个人性情的根本标识，是其一切欲望、语言和行为发生的动因。没有对于一个人物情性的深入发掘和高度概括便不可能形成对这一人物内在精神的深入了解和深刻把握。唯其如此，对人物性情及其所处时代精神内核的概述法便显得至为重要。

惯常的叙事意象往往基于对文本叙事兴象的训诂阐释与形象重现。这一阅读体验方法往往得益于对文本叙事语言的训诂考证阐释，但这一阐释法并不限于单纯的形象重构或意蕴获得的任何一个方面，往往将形象重构与意蕴获得作为同等重要的阅读体验内容。也就是说在这一阅读体验中仍然免不了对形象重构与意蕴获得的双重呈现。这实际上是一种更富于中国特色的阅读体验。对《古诗十九首》之所谓："青青河畔草，郁郁园中柳。盈盈楼上女，皎皎当窗牖。娥娥红粉妆，纤纤出素手。昔为倡家女，今为荡子妇。荡子行不归，空床难独守。"朱自清做了逐字逐句的解读。首先认为这是一首思妇诗，且在此基础上进行了合理推测和想象，在很大程度上有着细化乃至重现其情境的努力。如其所谓："这显然是思妇的诗；主人公便是那'荡子妇'。'青青河畔草，郁郁园中柳'是春光盛的时节，是那荡子妇楼上所见。楼上开窗远望，望的是远人，是那'行不归'的'荡子'。她却只见远处一片草，近处一片柳。那草沿着河畔一直青下去，似乎没有尽头——也许会一直青青到荡子的所在罢。……汉人既有折柳赠别的风俗，这荡子妇见了又‘郁郁’起来的‘园中柳’，想到当年分别时依依留恋的情景，也是自然而然的。再说，河畔的草青了，园中的柳茂盛了，正是行乐的时节，更是少年夫妇行乐的时节。可是‘荡子行不归’，辜负了青春年少；及时而不能行乐，那是什么日子呢！况且草青，柳茂盛，也许不止一回了，年年这般等闲的度过春光，那又是什么日子呢！”朱自清的阐释并未就此打住，而是在很大程度上立足“盈盈楼上女”四句对抒情女主人公形象进行了重现，甚至不惜调用了训诂考证阐释的手法，以求得关于女主人公形象的最切近叙事表象语言的释读。他首先指出这四句是“描画那荡子妇的容态姿首”。有所谓：“这是一个艳妆的少妇。‘盈’通‘嬴’。《广雅》：‘嬴，容也。’就是多仪态的意思。‘皎’，《说文》：‘月之白也。’说妇人肤色白皙。吴淇《选诗定论》说这是‘以窗之光明，女之丰采并而为一’，是不错的。这两句不但写人，还夹带叙事；上句登楼，下句开窗，都是为了远望。‘娥’，方言，‘秦晋之间，美貌谓之娥。’……‘纤纤女手，可以缝裳’，是《韩诗·葛屦》篇的句子（《毛诗》作‘掺掺女手’）。《说文》，‘纤，细也’；‘掺，好手貌’；‘好手貌’就是‘细’，而‘细’说的是手指。《诗经》原是叹惜女人的劳苦，这里‘纤纤出素手’，却只见凭窗的姿态——‘素’也是白皙的意思。这两句专写窗前少妇的脸和手；脸和手是一个人最显著的部分。”朱自清对美貌少妇相貌的呈现应该是严谨的，而且建立在训诂考证的基础之上，尽其所能呈现其白皙姣好的容貌。他认为：“‘昔为倡家女，今为荡子妇’，叙出主人公的身份和身世。《说文》：倡，乐也。”就是歌舞伎。‘荡子’就是‘游子’跟后世所谓‘荡子’略有不同。《列子》里说，‘有人去乡土游于四方而不归者，世谓之为狂荡之人也。’可以为证。”从这里可以看出，如果不是引经据典的训诂考证，便可能因为望文生义而得出错误至少是不甚准确的阐释。他接着阐述道：“这两句诗有两层意思：一是昔既作了倡家女，今又作了荡子妇，真是命不由人。二是作倡家女热闹惯了，作荡子妇却只有冷清清的，今昔相形，更不禁身世之感。况且又是少年美貌，又是春光盛时。荡子只是游行不归，独守空床自然是‘难’的。”朱自清并不拘泥于已有成见，每每能对女主人公进行设身处的推测和呈现，不同于一般人对荡子妇的种种责难，做了似乎更合乎事实的辩解和还原。朱自清明确指出："乐府多歌咏民间风俗，本诗便是一例。世间是有'昔为倡家女，今为荡子妇'的女人，她有她的想头，有她的行径。这些和《伯兮》里的女人满不一样，但别恨离愁却一样。只要真能表达出来这种女人的别恨离愁，恰到好处，歌咏是值得的……两诗的作意只是怨。不过《伯兮》篇的怨浑含些，本诗的怨刻露些罢了。艳妆登楼是少年爱好，'空床难独守'是不甘岑寂，其实也都是人之常情；不过说'空床'也许显得亲热些。'昔为倡家女'的荡子妇，自然没有《伯兮》篇那贵族的女子节制那样多。妖冶、野，是有点儿卖弄；淫，放滥无耻，便未免是捕风捉影的苛论。"朱自清甚至引证王昌龄《春闺》和潘岳《悼亡》诗佐证作了这样的解释："可见艳妆登楼跟'空床难独守'并不算是卖弄，淫，放滥无耻。"继而进一步推断："那荡子妇会不会有那些坏想头，我们不得而知，但就诗论诗，却只说到'难独守'就戛然而止，还只是怨，怨而不至于怒。这并不违背温柔敦厚的诗教。至于将不相干的成见读进诗里去，那是最足以妨碍了解的。"① 朱自清联系诸如《伯兮》、《春闺》、《悼亡》之类诗歌的比较所得出的结论是颇为谨慎而且也合乎事实的，不至于因为其"昔为倡家女，今为荡子妇"的身世，便想当然地推测甚至强加于女主人公以不甘寂寞，甚或放荡不羁乃至淫邪不检点之类品性的指责。

朱自清这一基于训诂考证式阅读体验的形象重构与意蕴获得显然是审慎的、严谨的、合乎事实依据的。人们可以将朱自清这种训诂考证法称为身世考证法。这并不意味着不基于训诂考证的阐释法便一定完全不切实际乃至随意附会。如宇文所安关于李商隐《花下醉》之所谓"寻芳不觉醉流霞，倚树沉眠日已斜。客散酒醒深夜后，更持红烛赏残花"的阅读体验，虽然也一定程度上采用了比较阅读法，但更多带有感性呈现与理性提升的双重意味，且顺理成章地完成了形象重构与意蕴获得的双重建构。有谓："'残花'的'残'可以大致解释为'最后'，这个词不为人觉察地把这些对于断片的沉思

---

① 朱自清：《经典常谈》，山西古籍出版社 2001 年版，第 103—105 页。

统一起来了。‘残’把‘毁灭’和‘消逝’的意义同‘存留’的意义结合在一起：因此，在最后一行诗里我们不能肯定‘残花’究竟是指撒落在地上的开败的花，还是指花枝上仅存的花。然而，不管他看到的断片是处在哪一种状态，他都不是就花而看花的，他所看到的是它同先前花团锦簇时的一种联系。”宇文所安虽然不敢肯定，这残花到底是残留在树枝上还是撒落在地上，但最终还是近乎武断地倾向于残留树枝上的残花，于是便有了诸如此类的形象重构，有云：“这是一个经过选择的角色：只剩一个人，别人都散了，只剩他还在徘徊，他在这里徘徊，是为了再看一眼最后剩下的花朵，别的花朵都已经开败了，撒落在地上。”并进而在此基础上作了相对于朱自清更有美学建树的理性阐释，以致获得了以下意蕴：“李商隐宁愿要断片而不是整体。‘残花’作为花，并没有什么与生俱来的更美的东西；它们的价值就在于它们是‘最后的’，在于它们同另一段时间的一种联系。不过，黑夜里烛光照亮只有稀稀落落花朵的花丛，这幅残破不全的景象比起大白天盛开的花簇来，更有它的魅力。在这种特殊的美里，孤寂感是必不可少的；参加酒宴的其他人都已经回家了。然而，通过诗来告诉别人美就美在只有他一个人，同样也是必不可少的。”如果说宇文所安的这一阐释仍然很大程度上有着感性呈现的意味，但无疑较之朱自清的训诂考证更多了几分基于美学意义的而不是一般生活意义的阐释。这还只是一种初步阐释，更具理性阐释的美学结论在于认为：“断片的美学同一种独一无二的感受力是密不可分的：一种通过诗歌展现在公众面前的、最为优秀的个人的能力。在这样的诗歌里，诗人植入了他自己的形象，他希望别人能看得见他。”① 当然，人们还能看到较之偏于理性思辨以求彰显生命智慧的美学阐释来说仍有些失之单薄和浅显，但较之明显偏于直觉感悟以求表彰审美趣味的美学重构来说，还是有一定理性思辨色彩的。这倒不是说宇文所安的阅读体验偏于介于二者之间不失直觉感悟与理性思辨，而是说他所进行的某种程度的介于二者之间兼备直觉感悟与理

① ［美］宇文所安：《追忆：中国古典文学中的往事再现》，郑学勤译，生活·读书·新知三联书店 2014 年版，第 95—97 页。

性思辨的阅读体验同时具备了形象重构与意蕴获得双重建构的价值和意义。

事实上正由于宇文所安在理性思辨与直觉感悟之间更倾向或更擅长于直觉感悟，才使其真正拥有了类似叙事意象的阐述，而且在直觉感悟方面所达到的层次常常为中国人所望尘莫及，至少能在很大程度上颠覆人们的阅读体验习惯。人们可以将这种阅读体验法称之为情境推论法。宇文所安情境推论法的最大特点是借助情境的形象重构以获得更富于美学意味的意蕴，从而完成自己的阅读体验乃至叙事意象建构。如他对陆游《除夜雪》之所谓“只怪重衾不御寒，起看急雪玉花乾。迟明欲谒虚皇殿，厩马蒙毡立夜阑”诗句有这样一段阐释。先是总写陆游，以呈现他所重构和获得的叙事意象：“来看陆游某一年新年的早晨。那夜如此寒冷，以致陆游无法入眠，当天刚亮，他起身奔至门或窗去看外面的雪景。他对这件简单的事从事一种炼金术。官员习惯在新年的早晨上朝，拜谒皇上；这个新年的祝福在想象的雪中虚皇殿送出。”他的这一叙事意象，首先涉及象，进而触及意。象是基于文本叙事语言的基本事件，意是基于这一基本事件的“炼金术”定性，而且可能是独一无二的定性。他这样写道：“有一种不舒适，即诗人在冷得重衾不御寒的拂晓前的最后、最寒冷的时刻被迫起床。这种不舒适可能是一种不平，正如韩愈所说，不平则‘鸣’。这是一个新年即将来临的特殊的早晨，要求这个哆嗦的诗人在数世纪的新年诗陪伴下进行创作。陆游利用这一时机，为传统和寒冷所激发，他将眼前恶劣的环境转化为某些惊人之物；雪花成为玉片或玉花，远景化为一座宽广的建筑，一座由虚皇主持的宫殿。结尾给我们以停顿：厩马蒙毡立夜阑。当陆游在凌晨的寒冷中站立，向外张望他的庭院，他就清楚地知道是有一匹马还是很多马，‘马厩’是在屋檐下还是在外面的畜场里，这个毡子是真的织物还是雪做的奇妙的‘织物’。这一切陆游都知道，却只为他的诗写了一个结尾——可参考的答案在他眼睛里。但我们给这首诗很多结尾，太多，它们的过量提醒我们被遗漏的环境。我们的每一个结尾都很好；每个结尾都很奇妙；都是反讽。”宇文所安的这一情境的形象重构已经有为中国人所难以想象的细腻和逼真，但这还远远没有达到其完成叙事意象的极致。他继续论述道：“这位宋代诗人喜欢隐喻和小虚构；但它们常常是反讽的、似是而非的，表现为这位历史的诗人的幻想。幻想是危险的；隐喻似乎有它们自己的生命，发展为一种自负，除非我们牢牢将它们拉紧。我们寒冷而困倦的诗人似乎缺乏力量来控制他的隐喻：'玉花'建造了一个宫殿，在那儿诗人如一个恭敬的官员，向虚皇送上新年的祝福。假设他看到许多马：它们站在那儿，身着长袍排列成行，官员们在最后一夜对待黎明的朝谒。镶满珠宝的宫殿的神圣与禽兽官员的差距令我们发笑。这个隐喻是空的，正如皇帝一样虚空。"宇文所安所完成的叙事意象显然便是这种隐喻，但隐喻还不是其根本，根本是反讽。他继续论述道："但假设，在一个敞开的马厩或一个院子里，马暴露在雪中，它们的'毡子'不比它们站立的宫殿更少奇幻性。诗人真正的毯子令他受冻；它不能御寒。但幻想又重造了一件新毯取代那条被扔掉的毯子——一个想象的皇帝被披着想象的长袍的、真实的马的祝福。这一开放的场景和最后一行的措辞暴露了幻想行为的欺骗性；陆游用犀利的反讽拴住隐喻：披在真实的马身上的想象的毡子出现了可怕的错误。我们几乎被隐喻的'雪毡'吸引，但我们穿透这一幻觉看到的是'马立夜阑'必然经受的真实的寒冷；这是最冷的时刻，迫使诗人起床创作聪明的新年诗。揭穿可爱的假象，宫殿消解了。诗人看见群畜，承受着比诗歌运作更加凄厉的寒冷。这一伪造的毡子成为对诗歌想象以及对它的残忍和麻木的反讽象征。"① 宇文所安的叙事意象特别是其对于隐喻和反讽的推论明显建立在情境重构的基础上，但由此而推论出来的意蕴则往往为中国人所难以想象。但人们既不能轻易地判断其是牵强附会的，更不能说是匪夷所思的。他显然以独特的情境重构获得了最为透彻且似乎有些合乎情理的意蕴阐释。这便是宇文所安的难能可贵之处。虽然宇文所安所获得的意蕴是透彻而合理的，但不能极端地认定其完成了意义重构，因为一切都是在看似合理的推论的基础上最终完成了情境的形象重构乃至意蕴获得，而意蕴的获得建立在情境的形象重构的基础之上。虽然意蕴是其精神的内涵，但作为其外在显现形

① ［美］宇文所安：《中国传统诗歌与诗学》，陈小亮译，中国社会科学出版社 2013 年版，第 159—161 页。

式的仍然是情境乃至形象重构，至少其意蕴的获得并未很大程度上摆脱情境的形象重构这一基础，甚至还以情境的形象重构作为其载体。人们虽然不能将叙事泛化，认为所有的人生都是一种叙事，但宇文所安对陆游早朝事件的情境重构和意蕴获得显然合乎叙事意象的性质，并在终极意义上完成甚至凸显了叙事意象的根本精神。

与宇文所安关于陆游《除夜雪》的情境重构和意蕴获得相比，歌德对哈姆雷特的叙事意象有几乎相似的特点，更强调了情境的形象重构的价值和意义。如其所云："你们生动地想一想这个青年，这个王子，你们设想一下他的处境，当他听说他父亲的形体出现时，你们仔细观察他；在恐怖的夜里当那尊贵的鬼魂在他的面前登场时，你们要站在他的身边。他感到一种非常的恐惧；他向这奇异的形体谈话，看见他招手，他随着它，他听——他耳中听到那最可怕的对于他叔父的控诉、报仇的要求和迫切的一再重复的请求：'你要记着我！'"歌德关于情境的形象重构的呼吁和提醒是更明目张胆的，而且是对急于阐释的意蕴的一种绝好铺垫。没有诸如此类的情境的形象重构，要直接获得意蕴是困难的，而且不易于为人们所理解。也正是在这一呼吁和提醒的基础上，歌德进而更逼近关乎意蕴的特殊情境，以致有这样的情境重构："鬼魂消逝了，我们看见什么样的一个人在我们面前呢？是一个迫切要报仇雪恨的青年英雄呢？还是一个天生的王子，他为了要和篡取他的王冠的叔父决斗而感到幸福呢？都不是！惊愕和忧郁袭击了这个寂寞的人；他痛恨那些微笑的坏蛋，立誓不忘记死者，最后说出这样意味深长的慨叹的话：'时代整个儿脱节了；啊，真糟，天生我偏要我把它重新整好！'"但情境的形象重构永远不是目的，而仅仅是一个过程或手段。所以歌德还是走到要画龙点睛言明意蕴的境地。他这样写道："我以为这句话是哈姆雷特全部行动的关键，我觉得这很明显，莎士比亚要描写：一件伟大的事业担负在一个不能胜任的人的身上。这出戏完全是在这个意义里写成的。"① 应该说，歌

① ［德］歌德：《〈威廉·麦斯特的学习时代〉中关于哈姆雷特的分析》，《古典文艺理论译丛》（卷一），知识产权出版社 2010 年版，第 536 页。

德关于《哈姆雷特》情境的形象重构乃至意蕴获得与宇文所安没有什么两样，只是歌德更加开宗明义，强烈呼吁读者阅读体验必须建立在情境的形象重构的基础上，但是也并不以此作为终极目的，而是同样将意蕴的获得作为终极目的，以致最终落到“一件伟大的事业担负在一个不能胜任的人的身上”的意蕴获得上面。应该说，满足于情境的重构，只是阅读体验的初级阶段，而意蕴的获得才是阅读体验的高级阶段，如果说在情境的重构之前还可以添加一个最初级阶段作为基础，那么这个最初级阶段应该是情节的愉悦阶段。

当然也不是所有读者的阅读体验都必须循序渐进，但至少得从其阅读感悟所形成的文字中做出相应的判断，至少有些阅读体验常常在文字叙述中跨越相应情节愉悦阶段，直接达到了情境重构阶段和层次，而且这一情境重构常常与意蕴获得融为一体，或说意蕴获得同时蕴含着情境重构。这种阅读体验法往往更倾向于概述而非描述，不津津乐道于情节愉悦和情境重构。如昆德拉有这样的阅读体验，也借助情境的形象重构而达到意蕴的获得阶段，但这种情境不仅是其中主人公所处的环境，甚至是主人公乃至作者共同所处的环境的形象重构，如其所云：“当上帝慢慢地离开它的那个领导宇宙及其价值秩序，分离善恶并赋予万物以意义的地位时，堂吉诃德走出他的家，他再也认不出世界了。世界没有了最高法国，突然显现出一种可怕的模糊：唯一的神的真理解体了，变成了数百个被人们共同分享的相对真理。就这样，诞生了现代的世界和小说，以及与同时的它的形象与模式。”昆德拉关于《堂吉诃德》的阅读体验虽然对西方世界的人们来说可以视为现代世界的开始，对中国乃至东方世界的人们来说却只是一种古老传统的回归，因为无论道家还是佛教从一开始便摒弃了善恶分明乃至凡事一分为二的思维模式，主张善恶同名乃至无所分别。虽然昆德拉所代表的西方世界在思维模式方面明显落后于东方，但这并不影响其以情境的形象重构为基础进而达到意蕴获得境界的阅读体验层级攀缘而上的路径，使得昆德拉能够在此基础上获得关于意蕴的概述，即“塞万提斯使我们把世界理解为一种模糊，人面临的不是一个绝对真理，而是一堆相对的互为对立的真理”①。人们可以将昆德拉的阅读体验法直接命名为精神概述法，而且昆德拉的这一精神概述常常并不仅仅指主人公乃至作者的精神内核，很大程度上甚至包含着整个时代乃至西方世界在特定阶段的精神世界的基本内核。

当然也不是所有读者阅读体验都能达到如此广阔的精神境界，许多时候常受限于作者及其主人公的精神境界，才能达到对其人物形象及其性格精神内核的概述。如夏志清对《阿Q正传》的阅读体验乃至叙事意象建构更为概括，只关涉人物形象及其性格的精神内核，并不是在情节愉悦感的描述及情境重构的铺垫的基础上逐步进行相应的意蕴获得阐述，而是舍弃情节愉悦，跨越情境重构甚至直达意蕴获得阶段。所以仍属于阅读体验乃至叙事意象的精神内核概述法范畴。夏志清有云：“《阿Q正传》轰动中国文坛，主要因为中国读者在阿Q身上发现了中华民族的病态。阿Quei（这个名字被缩写为阿Q，因为作者故弄玄虚，自称决定不了用哪一个作Quei音的中国字）是清末时中国乡下最低贱的一个地痞。从他屡次受辱的经验里，他学到了一个法则：被欺侮的时候感到‘精神胜利法’，而遇到比他身体更弱小的人，他就欺凌对方。但是因为大部分的村人都比他健壮，经济情况比他好，阿Q就只好生活在自我欺骗的世界里，任人侮辱，每遇到不如意的事，他就自己打气，在失败面前装作一副自命不凡的样子。”②应该说中国人特别是五四以后向来较为习惯于精神内核概述法这一叙事意象建构方法。只是大多数时候会为庸俗社会学所干扰，以至于对任何人物性格及其精神内核的阐述都基本偏执于社会学分析，好像离开这一分析便不会有第二个更切实可行的概述法及更接地气的研究方法似的。人们虽然不能说这一方法一无是处，但至少不能视其为包揽一切、至高无上的唯一研究方法。夏志清的这一概述更多涉及意蕴而非情境，但这并不意味着读者的阅读体验常常跨越情境的形象重构而直达意蕴的获得，而是意蕴常常附着于情境的形象重构且以形象作为

---

① ［捷克］米兰·昆德拉：《小说的艺术》，董强译，生活·读书·新知三联书店1995年版，第4—5页。

② ［美］夏志清：《中国现代小说史》，复旦大学出版社2005年版，第29页。

意蕴终端显现形式则是显而易见的。

读者叙事意象的建构往往围绕情节、情境和情性三个基本要素，依次呈现为情节愉悦、情境重构、情性获得三个阶段和层次。如果说第一阶段的读者阅读体验仅限于获得情节的愉悦感，那么到了第二阶段所获得的阅读体验便不仅仅在于情节的愉悦感，更在于情境的审美感，到了第三阶段，往往获得意蕴的领悟甚至觉悟感。正是由于基于文本叙事语言的读者阅读体验不外乎情节愉悦、情境重构和情性获得三个层次，而第一层次主要基于愉悦感，第二层次主要基于审美感，第三层次主要基于觉悟感。这三个层次中显然愈至后者愈臻达最高层次。而所谓身世考证法、情境推论法和精神概述法，虽则并不囊括所有基于文本叙事语言的叙事意象建构，但常常能够与以上相应阶段相对应，于是便可顺理成章地视其为读者基于文本叙事语言的三种阅读体验和叙事意象建构方法。无论哪一种方法根本上都不可能完全脱离形象重构和意蕴获得两个最基本层次，至于情节愉悦作为更基本层次常常不言而喻，甚至是可以忽略不计的，至少对于臻达较高层次的读者是如此。或更具体地说，前两阶段大抵处于情节的情绪感染阶段，及情境的形象重构阶段，基本上未能从根本上脱离不同程度的形象重构，只有到了第三阶段才能在一定程度上达到意蕴的领悟乃至觉悟。一般来说，前一阶段往往为后一阶段奠定基础，后一阶段常常是前一阶段的提升，并且包含前一阶段。唯其如此，将基于愉悦感的情节的情绪感染、基于审美感的情境的形象重构一并纳入形象层次显然有一定道理。也正由于这一基础作用，才使意蕴的领悟乃至觉悟得以获得，并由此最终完成叙事意象的全面建构。

第二节　读者抒情意象的核心要素和基本路径

读者对基于文本抒情语言的抒情兴象的重构所形成的文学形象即是抒情意象。抒情意象很大程度上彰显读者作为文学活动最终决定因素对抒情意象进行创造性建构的价值和意义，是读者采用多重手法对基于文本抒情语言的抒情兴象进行重构最终形成抒情意象的结果。抒情意象根本上是读者依托文本抒情兴象对基于文本抒情语言的抒情兴象进行意蕴发现、发掘和发明所形成的具有形象特征的阅读体验。这种阅读体验往往具有高度的抒情兴象关注和鲜明的意蕴发现、发掘和发明功能，是形象重构与情味获得的必经阶段。

刘勰《文心雕龙·知音》虽然强调“夫缀文者情动而辞发，观文者披文以入情，沿波讨源，虽幽必显”①，但并不是所有人都能明白所谓“披文以入情”的路径和方法，而宇文所安对杜牧《赠别》“多情却似总无情，唯觉樽前笑不成。蜡烛有心还惜别，替人垂泪到天明”的抒情意象建构显然为人们提供了“披文以入情”的典范方法路径和原则。宇文所安先是作了基于情趣的意象建构。这个抒情意象建构虽然有较为突出的情境复现性质，但正是这个情境复现才是最为真实而有效的情趣呈现手段和途径。他这样写道：“他们坐了一整夜，茫然的脸与茫然的脸相对凝望，蜡烛越烧越短。两个人都盯着对方没有表情的脸，试图从中读出一点什么。他们既不能通过交换表情团聚在一起，也不能打破这种充满张力的对视，各走各的路。”应该说宇文所安的这一情境复现乃至基于情趣的抒情意象建构已经在某种程度上加入了自己的推测和想象，只是基本上没有大幅度地离开文本抒情语言的基本构架，还算是一个较忠实于文本抒情语言的抒情意象建构。事实上，诗歌特别是抒情诗作为想象的艺术不可能离开想象：诗人离开了想象，其诗歌不成其为诗歌，诗人也不成其为诗人；读者离开了想象，诗歌也不能成为真正意义的诗歌，至少由于没有想象而丧失了强烈的张力，以致萎缩乃至枯竭为简单的甚至毫无诗意、兴味索然的短句排。所谓诗歌特别是抒情诗的阅读体验就是依赖读者设身处地的推测和想象才成其为诗歌特别是抒情诗的。如果没有这种推测和想象，诗歌特别是抒情诗必然会枯竭成散文化的短句排，使人兴味索然。

宇文所安在此基础上进行了设身处地的情趣推测与想象复现，以致很

① 范文澜：《文心雕龙注》（下），人民文学出版社 1958 年版，第 715 页。

大程度上达到了情致乃至情调的想象复现甚或意蕴追索的阶段和层次。他这样写道：“在表面上，这首诗是一个对于隐喻的寓言。人的情感，当受到一定强度的压抑，就会退缩到一些掩盖内在真实的表面现象之后——或者表现为其反面，或者表现为漠不关心，或者表现为一些虚假的行迹。但是这些掩盖了内在真实的表面现象从来不是一片虚无空白；它们带来了某些含蓄的证据，表明哪些东西被抑制住了，这些证据或许是说得太响亮的欢乐，或者是说得过于大声的对于激情的表白，或者，就像在这首诗里一样，是微微颤动的嘴唇，本想挤出让对方宽慰的笑容，但随即又收敛起来，变回那种缺乏表情的木然。”应该说，宇文所安的这一情致推测、想象和复现，已经很大程度上加入了他作为读者的自身经验，而且使本来有些单调的文本抒情语言及其张力得以最大限度彰显，特别是许多富于细节性的推测、想象和复现更是给相对简单枯燥的词语平添了情境乃至情调的生动与生活、生命的活力。但这并不属于阅读体验的深刻层次，或者说还未涉及更深层次的真正意义的意蕴层次。他继续写道：“并不是我们的姿态和表面不说真话；而只是它们用以说真话的那种语言比我们通常所认为的要精致微妙得多。它把各种情感的精确度、动态性及其强烈程度，通过它所特有的那些带有隐藏性的行为，一一做成密码。我们都知道如何解读这些密码，我们还在我们的报告中做一些相应的隐藏，并声称我们只读其表面文章，以此向人表明我们能够掌控这类双重姿态。一种旨在隐藏的语言，一旦与人共享，就再也不能隐藏什么了，但它仍然和表里一致、里外透明、没有潜台词的伊甸园式语言迥然不同。诚然，我们躲避的是谁呢？”宇文所安的上述阐述还是没有能切入意蕴的深层，或充其量只在意蕴的门外，虽然已经关涉被隐藏的意蕴，但尚未真正揭示这一意蕴，或仅仅模糊地指涉被隐藏的意蕴而已。

下面的阐述似乎更进了一步，他这样写道：“压力导致了隐藏，同时也产生了反压力。被抑制下去的东西，在声称表里一致的那个物的世界里，看来又重新露面了。蜡烛就是这样一个东西，它承担了被隐藏的情感的形象。在具有双重含义的语言之中，失落于面孔这堵墙壁之后的人类情感，会挣扎着浮到表面。蜡烛有一根芯，也就是一颗‘心’，从包藏着它的蜡里冒出来，在燃烧中展示自己。它熔化了包藏它的东西，而自身也同时被销蚀了。它取代了躲藏在自己的面孔背后的那些人，它还对他们表示同情。(这是同情他们即将离别的痛苦呢，还是同情他们不能表达自己的痛苦这件事呢?) 蜡烛替他们软化了，消融了，垂泪到天明。”如果不假思索，人们可能会觉得宇文所安的这一阐述似乎有牵强附会乃至强制阐释之嫌，但如果重新关注文本抒情语言则会认为这一阐述又不无道理，甚至有某种程度的合情合理性。因为抒情诗确实有着“蜡烛有心还惜别，替人垂泪到天明”的说法，但关于蜡烛燃烧、消融乃至使烛心之“心”得以展露这一点则似乎多少有点过度阐释之嫌。不过杜牧确实是将蜡烛特别是烛芯作为情感的“替代物”来呈现的，以致有着“心”的意味。接着宇文所安这样写道：“如果我们按照这首诗自身的隐藏原则来阅读它，我们就会透过它的坦诚的表面，识别出躲躲闪闪拐弯抹角的蛛丝马迹。试图解读对方那张茫然无表情的脸时，我们不免将信将疑；对于对方怎样解读诗人自己那茫然无表情的脸，我们也是有焦虑的。由于需要对所存在的一段深深隐藏的感情彼此都感到放心，这种将信将疑被压制下去了。从这个层面来看，蜡烛也同样受得了隐藏的情感的压力，不是表现为它那哭泣的脸，而是表现在作为被锁闭的欲望以及两人之相互猜疑的僵持状态的暧昧证据：燃烧的蜡烛使他们相互凝视‘到天明’。如果真情是通过他们的脸或嘴唇来交流，抑或，如果他们发现彼此间居然没有一点感情，于是各走各的路，蜡烛就有可能熄灭，但是，蜡烛继续燃烧着，继续销蚀着自己，因为他们正被一种强烈的牵挂所驱使，正费尽心机去解读对方面孔的另一面。”①

基于文本抒情语言的阅读体验一般主要以情感为灵魂，而以情感为灵魂的阅读体验离不开情趣、情调和情味三个基本要素。其中情趣作为构成抒情文本的基本要素，是决定作者抒情品位所能达到的不同层次的标志，同时也是读者揣摩和体验情感必须首先面对的要素。虽然基于情趣的阅读体验可

---

① ［美］宇文所安：《迷楼：诗与欲望的迷宫》，程章灿译，生活·读书·新知三联书店 2014 年版，第 257—259 页。

能有多种方法，但围绕情感及其形态的情境复现乃至情趣的心理溯源法是必不可少的。所以基于文本抒情语言的阅读体验势必关注情趣。如对王维《杂诗》其二之“君自故乡来，应知故乡事。来日绮窗前，寒梅著花未”，陈世骧看似对《杂诗》诗歌情境所做的阐述实则关涉作者乃至抒情主人公的情趣追索。因为没有相应的情境复现，便不可能获得作者乃至抒情主人公情趣的最逼真也最合乎情理的追索。这种追索很大程度上还得有熟悉并突破他人旧说的勇气和胆识。陈世骧充分认识现有诸说的缺憾和不足，且能在此基础上不受旧说束缚在情境复现中追索更真切更合情理的阐述。他首先陈述了人们关于这首抒情诗误读的现状，有这样阐述：“一般注本解释这首诗，怕都是太冲淡了。看见乡人远来，不问别的，只问寒梅。于是有人说别事漠不关心，可称逸致；或爱花成癖，堪为高雅。”他不满于此而做了进一步的情境复现和情趣追索，可谓仔细入微、设身处地，有谓：“若只就字中意思讲，确也只是问了寒梅，照此硬解，也无法辩驳，但是我们若也顾到音节律度，听听他问寒梅是怎么问的，用什么口气，表什么心情，不在文字的意义，而在律度的示意，我们就得到全不同的结论。”正由于陈世骧有如此细心备至的考量，才有可能突破他人的阐述，获得更为切合实际的阐述的可能。他这样阐述了其观点和理由：“我们觉得它因节奏特别重复，而语气加快，并且用字多重复，更显情急，决不是万事不挂心的样子。”这实际上已经否定了人们所谓“逸致”情趣的定性。他继续阐述道：“情景倒是像这样或更近实些：人从故乡来了，诗人一片乡情，千思万绪从何问起呢？乡人之来把家乡景色都唤起在记忆中了，觉得一腔子热，什么地点、事物、季节，都鲜明的闪现于脑际，所问的虽只是寒梅吧，实在故乡情景，家园状况，一万件事都想一句问出。于是心中急切之至，这是只在字面的意义表示不出来的。但一万句话要并成一句说，所以节奏极快，而这情急语快的‘示意’作用，就其变格律度之极快中表现了。这律度之快就在于上下联高低平仄完全不变，诗虽二联，话如一句。而且全诗只二十字便重复了六个字，只听见‘故乡，故乡，来……来……’虽只问了梅花，而‘自故乡来……故乡事……来日……’急遽连言，则诗之基调还是乡情之切。”这实际上否定了所谓“高雅”情趣的阐释，同时也点出了“乡情之切”的观点。这种解读表面看来似乎降低了作者情趣及其格调，也就是情调，但显然得出了更切合实际的结论：“如果真如一般所谓这诗完全是闲情逸致，则该音调悠闲；像这样急切连絮缠绵，这是情感浓挚而不是冲淡。”这虽然使作者王维少了惯有的逸致高雅乃至冲淡的情趣，但同时发掘了其浓挚情趣乃至情调，使其情趣乃情调的阐释更趋于合乎情理。于是陈世骧作了进一步评价，得出另一更高境界的情趣之自然天成：“所以摩诘此诗，虽不为最伟大篇章，若论单纯技巧之用，使情景语气，活灵活现，也可谓艺术天成。”[①] 而自然天成才是中国人所崇尚的最高境界的情趣，所谓大象无形、大音希声、素白无华都是此理。陈世骧的阐述虽然主要处于情趣乃至情调层次，但他还是切入了意味的内涵，暗示乃至点明了其意味之根本在于情感浓郁真挚的结论。可见建立在情境复现基础上的情趣现场追索法，作为基于文本抒情语言的阅读体验法还是有其最基本价值和意义的，而且往往是进一步攀缘而上完成抒情意象建构的基础台阶。

虽然无论情趣还是情调实则依托于情境的复现，但情趣与情调之间还是有一定区别，情趣主要涉及趣味，而情调主要关涉格调。趣味常常是形成格调的基础，或者说趣味由于所达到的层次不同而有格调上的差异，甚至可以说所谓格调便是趣味的品位，所谓情调就是情趣所能达到的品位。虽然陈世骧的阐述包含情趣和情调，但主要还是关涉情趣。与此有所不同，蔡英俊对《诗经·蒹葭》的阐述，则二者兼有但主要偏于情调。他开宗明义指出《蒹葭》的基本情调及凸显这一基本情调的手段和策略：“《蒹葭》是流传于秦地（今陕西、甘肃一带）的民谣作品，从这一首作品当中，我们可以领受到弥漫于秦地的苍莽情调，也可以体悟到纯美而带有几许凄清的恋情；这种纯美、略带凄清的情调，便是透过外在景物的烘衬而凸显出来的。”在有了关于情调的定性的前提下，才开始了关于凸显这一情调的烘衬手法以及情境的复现，他这样写道：“秋冬之际，草木零落，剩下的只是那丛聚于河畔的

① 陈世骧：《中国文学的抒情传统》，生活·读书·新知三联书店 2015 年版，第 266 页。

苍苍芦苇；而天气严寒，点点清露凝戾成霜，更为大地添上一份萧条凄清的气氛，面对着这种衰飒的景色，人能无所思、无所感?”可见蔡英俊复现情境的根本还在于阐述情调，为其阐述情调寻找合理依据，至少是基于情境的心理依据。但仅限于情境的复现以及情调的阐述，仍不足以达到抒情意象建构的目的。所以蔡英俊做进一步推论是在所难免的。他这样归结道：“‘所谓伊人，在水一方’便是在这种情境下出现于作者的意识，至此，这首诗的主题才豁然明朗：思念情人，然而，一己所思慕的对象却又是那么遥远不可企及。这种难喻相思情怀，正对应着那一片绵延在秋冬霜既降时节里的苍苍芦苇：自然世界的递嬗变换直指心灵深处的震颤，蒹葭与白露都不过是引发内心所思所感的触媒而已。”蔡英俊虽然在此揭示了这首诗的情味在于思念情人，但他并没有就此打住，而是做了进一步的合理性论证，乃至更大程度上表彰了相关情境在催生情感意味方面的可能性。但情调的凸显确实是借助于相应手段而形成的，所以相关艺术手法的阐述往往是情调得以凸显的根本。所以关注情调的读者阅读体验便不可能不关注美学上的考量。他继续论述道：“睹物兴怀，整首作品的重点还是在于描述作者对伊人的相思恋慕；而‘宛’字更是整首作品中值得再三品味的关键，它更进一步描绘出这一份似愁非愁、迷离恍惚的相思情怀，类似于此的创作方式就是古来诗评家所一再指称的‘兴’。”蔡英俊并不满足于兴的手法的阐述，他还阐述了重章叠句即所谓“反复回增”的手法。他指出：“章节的复沓、叠覆、反复回增，是歌谣的重心，它决定了作品的表情因素与形式，而《蒹葭》这一首作品就在这种重复回增中带给欣赏者一份低回不能已的怅然情思。”① 虽然蔡英俊关于起兴和反复回增手法的阐述并无新意，但其立足艺术手法而凸显情感意味特别是关于意味的阐述则明显展示乃至揭示了对基于文本抒情语言的抒情意象建构的基本方法和思路。可见情调的凸显很大程度上有赖于一定艺术手法的美学考量。没有见诸此类情调美学考量法的阅读体验便不可能形成关于情调的

① 蔡英俊：《抒情精神与抒情传统》，陈国球、王德威编：《抒情之现代性》，生活·读书·新知三联书店 2014 年版，第 382—383 页。

全面呈现，也不可能完成关于抒情意象的全面建构。

类似基于艺术手法的美学考量也见于其他读者的阅读体验之中，但这种美学考量并非其终极目的，其终极目的仍然是对基于文本抒情语言的抒情意象的全面建构。叶芝用这样一段文字阐述了他关于伤感情调以及借以凸显这一情调的隐喻和象征手法的阅读体验："没有别的诗句比彭斯的这两行更富于伤感美的了：'白色的月亮流落在白色的波涛后面，岁月偕我同尽，啊！'这两句诗纯粹是象征主义的。抽去其中月亮和波涛的白色——它们与时间同尽的关系深奥非理性所能认识——我们便抽去了它们的美。当这些东西：月亮、波涛、白色、逝去的岁月以及最后那一声伤感的叹息结合在一起，它们便唤起了色、声、形的任何其他排列组合所无法唤起的感情。这种写法可以称作隐喻性的，但不如称之为象征主义写法更为恰当。因为隐喻若不是象征，就不足以产生感染力；隐喻若为象征，其完美性就无可比拟了。除了纯声音之外，它们最为微妙，通过它们最能说明什么是象征。"① 在这段文字中叶芝虽然特别强调了西方人习以为常的隐喻和象征的手法，并进行了相应的美学考量，但其核心却是所谓隐喻乃至象征的抒情意味。因为抒情意象全面建构的核心是抒情意味，而非抒情的情趣乃至情调。情趣乃至情调充其量只是借以寄寓和彰显抒情意味的依据和基础，绝对不是抒情意味本身。抒情意象特别是抒情意味常常是基于一定情趣，并达到相应情调及其品位的情感所产生的意味。对抒情意味的关注和阐述往往是读者阅读体验和完成抒情意象建构的重点所在。相对来说，叶维廉对王羲之《兰亭诗》"仰视碧天际，俯瞰渌水滨。寥阒无涯观，寓目理自陈。大矣造化功，万殊莫不均。群籁虽参差，适我无非新"抒情意味的哲学阐述显得更明确。他有这样的阐释："这首诗可以说是郭象'天籁'和'吹万不同'的转述。山水自然之值得浏览，可以直观，是因为'目击而道存'（'寓目理自陈'），是因为'万殊莫不均'，因为山水自然即天理，即完整。"② 虽然叶维廉所概述的所谓目击

① ［爱尔兰］威·叶芝：《诗歌中的象征主义》，袁可嘉编：《现代主义文学研究》（下），中国社会科学出版社 1989 年版，第 796 页。

② ［美］叶维廉：《中国诗学》，人民文学出版社 2006 年版，第 89 页。

道存、天地一指、万物一马的思想并不在中国思想史上占据独创性地位，但他较为明确地揭示了王羲之对中国儒释道传统的传承和发挥，以致使其抒情意味有了更明确的历史渊源和更广泛的启迪意义。如果没有诸如此类情味的哲学阐述，无论具有原创性还是没有原创性的抒情意味都将因隐藏于相应抒情兴象而不能引起读者的关注并对其产生积极的启发意义。可见情味的哲学阐述法才是读者阅读体验能达到最高境界的基本方法，而且也是读者能很好地完成抒情意象全面建构的根本保证。

相对来说，吕正惠对王维《鸟鸣涧》抒情意味特别是抒情意象的建构更具代表性，且真正有了哲学阐述的性质。他指出："这首五绝，写的只是夜晚寂静的春山中'月出惊山鸟'这样一个简短事件。可是这样简单的事件，在诗人灵敏的感性下，却具有极端耐人寻味的特质。这特质来自诗人所深切体会到的宇宙之中静与动的对比。'人闲桂花落，夜静春山空'，整个画面所强调的是'闲'与'静'，是寂寂无声息的山；似乎在暗示，一切生命活动都已暂时止息——人也要休息，鸟也要休息。然而，就在这一切生物都感受到'生命在休息'而沉入静寂之中的时候，突然在最令人意想不到的一角，一个奇特的'动态生命'闯了进来，那突然出现在天边的月，像一个没有人知道他存在的生命，'莽撞'地闯入已在休息的生命群中，使那栖息在树枝上的山鸟'大吃一惊'，飞了起来，而'时鸣春涧中'。"吕正惠的这段阐述已经明确地关涉抒情意味，但主要还停留在情境和情调的复现层次，他接下来的论述，才真正触及抒情意味的核心。他这样阐述道："这首诗告诉我们，我们以为没有生命的所在，正有一个永恒的生命在那里流动。那'月'，正如宇宙生命的化身，在一切生命暂时停止活动的时刻，还在慢慢地，却不停地动着。这首诗展现了宇宙的'本质'，那是永不停息的生生之流，这生生之流化作山月惊动了山鸟，使得静观一旁的诗人'当下彻悟'。"① 至此，吕正惠才真正完成了关于王维《鸟鸣涧》抒情意象的全面建构。虽然王维的"闲"

① 吕正惠：《中国文学形式与抒情传统》，陈国球、王德威编：《抒情之现代性》，生活·读书·新知三联书店2014年版，第417—418页。

与“静”仍然可能建立在分别的基础上，难免有所取舍，但其在借以凸显生命淡泊寂静方面还是做出了一定努力，而且也明显超于其他诗人之上，这是有目共睹的。同样的例证也见于高友工、梅祖麟关于李商隐《嫦娥》之所谓“云母屏风烛影深，长河渐落晓星沉。嫦娥应悔偷灵药，碧海青天夜夜心”诸句的解读：“诗的头两句写一个人（也许是诗人的化身）独坐在云母屏风之后，望着沉沉黑夜即将破晓。他为何如此孤独？嫦娥奔月的典故做出了回答：嫦娥偷了丈夫的不死之药，被发现后便逃往月宫，她的越轨行为超出了界限。”这些也可以看成读者对诗歌情境乃至情趣和情调的简单阐述。也正是在此基础上，高友工、梅祖麟对其抒情意味做了更为清楚明白的阐述：“在这个意义上，嫦娥的故事说明了所有浪漫者的命运：虽然逃上了月宫——不管是为了爱、为了真还是为了美——浪漫者终将发现自己同这个世界隔离了。这种命运被诗的最后一句点明——‘碧海青天夜夜心’。在最后一句中，时空是被当作特征看待的。在一般情况下，特征是由形容词表现的，这些形容词具有两个语法特征：一是位于名词之前，如‘好心’、‘寒夜’；二是有比较级和高级的形式，并可以用副词修饰，如‘较冷’、‘最冷’、‘非常冷’。按照这两个标准，‘夜夜’的表现与形容词非常相似，它位于名词之前，充当它的修饰，它表现了时间上的无限延伸，或者说是对最高级的进一步强化。实际上，‘夜夜’的这些特征，也同样表现在‘心’前的整个修饰成分‘碧海青天夜夜’。最后，‘碧海’、‘青天’、‘夜夜’三个名词都具有广袤和空廓的特征，它们互为隐喻，共同表现了嫦娥的心境。很有反讽意味的是，嫦娥虽然因偷服灵药而长生不死，但她也因此而成为永恒的囚徒。”①虽然高友工、梅祖麟对抒情意味的阐述似乎不及叶维廉对《兰亭诗》和吕正惠对《鸟鸣涧》的阐述更富有哲学意味，但同样折射一定的哲理性，揭示了人们在追求且实现某一目标的同时，却可能不可避免地丧失原有的某些便利和优势，如果二者比较，甚至有些得不偿失。虽然高友工、梅祖麟并没有如此清楚地阐述这一哲学意味，但类似“甚爱必大费，多藏必厚亡”，

① ［美］高友工、梅祖麟：《唐诗三论》，商务印书馆 2013 年版，第 201—202 页。

以及“围在城里的人想逃出来，城外的人想冲进去”的哲理，还是有的。而且这一哲学阐述也不乏心理溯源、美学考量等方法的运用，且分明以其为基础。

虽然以情感为灵魂，以情趣、情调和情味为基本要素的阅读体验方法可能有多种，但关于情趣的心理溯源法、关于情调的美学考量法、关于情味的哲学阐述法显然有较重要的价值和意义。没有对抒情主人公的心理溯源，便不可能真正了解抒情主人公及其情趣；没有对文本抒情语言的美学考量，便不可能把握作者乃至抒情主人公情调及其表现手法和呈现方式；没有对作者以及抒情主人公抒情意味的哲学阐述，便不可能获得具有永恒启发性和影响力的情味，便不可能完成抒情意象的全面建构。

第三节　读者表象意象的核心要素和基本路径

读者对基于文本表象语言的表象兴象的重构所形成的文学形象即是表象意象。表象意象很大程度上彰显读者作为文学活动最终决定因素的价值和意义，是读者采用多重手段对基于文本表象语言的表象兴象进行重构的结果，根本上是读者依托文本表象兴象对基于文本表象语言的表象兴象进行意蕴发现、发掘和发明所形成的仍很大程度上具有形象特征的阅读体验。这种阅读体验往往具有高度的兴象关注及鲜明的情韵发现、发掘和发明功能，是形象重构与情韵获得的必经阶段。

表象兴象不同于叙事兴象的一个根本特征是，叙事兴象往往按照事件序列，而表象兴象则依据空间序列。对李白《玉阶怨》“玉阶生白露，夜久侵罗袜。却下水晶帘，玲珑望秋月”，人们习惯于作为叙事兴象来解读，如高友工、梅祖麟首先指出：“这首容易使人误以为简单的小诗首先是按照时间连续的原则组织的：一个女子在玉阶伫立遥望，夜深人静，白露渐生，浸湿了她的罗袜，她步入闺房，落下水晶窗帷，但仍在凝望着秋空上的一轮明月。”指出这一误读主要凸显了事件序列，完成了作为叙事意象的建构。事实上这首诗按照空间序列组合表象兴象的特征加以解读才算得其要领。高友工、梅祖麟不仅揭示了作为基于空间序列的表象意象的自身独特性，还特别彰显了按照多样统一原则将表象兴象统一起来作为整体呈现的表象意象的整体结构及其结构原则。他们指出：“另一个起作用的原则就是对等：玉阶和白露都是白色的、冷的和半透明的，同样，罗袜、水晶帘、秋月也是如此。可以说，诗中所有的名词都用相同的特征，而且，所有的名词和充当修饰的形容词都把人们的注意力引向这些特征。如果有一个词能囊括这些特征——白、冷、半透明——那就是‘玲珑’。据《说文解字》解释，玲珑是玉的声音，另一常见意义是‘雕镂的样子’。但同时也用‘玲珑’来描绘姑娘的美貌，像‘小巧玲珑’。在本诗的语境中，‘玲珑’是描绘透过水晶帘所看见的月亮，还是指望月的女主人公似乎难以确定；但毫无疑问，‘玲珑’一词使那些弥漫全诗的特征得到强调。”① 这是他们将其作为表象兴象完成表象意象建构的体现，并富有创建地揭示了表象意象的构成规律。

读者的阅读体验首先集中于表象意象构成方式的呈现，其主要使命在于揭示表象意象按空间邻近性结构构成其情态的呈现方式和原则。这种以空间邻近性作为主要呈现方式和原则的阅读体验法就是表象意象的情态构成法。作为读者阅读体验最基本方法和原则的情态构成法主要体现了空间邻近性作为表象兴象结构之最具特征的环节，也表现了表象意象建构的最基本规律。当然，对表象兴象的组合构成并不仅仅限于空间邻近性，甚至还有以空间邻近性为基础的其他变体。叶维廉指出：“戏剧化、近乎电影的视觉性的呈露方式是抵消枯燥而跛扈的说理性重要的策略。艾青的《雪落在中国的土地上》是最好的例子。诗一开始是如电影镜头般打开的属于自然的冬天的全景：雪落在中国的土地上 / 寒冷在封锁着中国啊……‘寒冷封锁着中国’是自然（外在）风暴的迹写。然后变更焦距突入万物中的一个形象，一个鲜明复旨多义的意象：风，像一个太悲哀了的老妇，紧紧跟随着 / 伸出寒冷的指爪 / 拉扯着行人的衣襟，用这土地一样古老的话 / 一刻不停地絮聒着……风

① ［美］高友工、梅祖麟：《唐诗三论》，商务印书馆 2013 年版，第 177—178 页。

的形象比况的老妇是复指的，不只是战时中国贫穷的形象，也是三千年的贫穷的形象，‘用这土地一样古老的话 / 一刻不停地絮聒着……’请注意：诗中所描写的活动，无一不是同时切合自然的活动和老妇的形象。风当然也是‘最古老的话’，尤其是在北方。风‘拉扯着行人的衣襟’，乞丐的老妇也‘拉扯着行人的衣襟’，一个戏剧场景的应用，总比诗人说明‘贫穷’或为‘贫穷’而作口号的呼喊来得直接而具体。再换一个镜头：那丛林间出现的 / 赶着马车的 / 你中国的农夫 / 戴着皮帽 / 冒着大雪 / 你要到哪里去呢 / 告诉你……所有的陈述，教唆都发生在读者在戏剧场景的气氛和演出中浸染感动之后。”① 这些变体甚至可以不同程度接受其他艺术特别是现代艺术的启迪，使表象意象的构成具有某些现代艺术的组合和构成特征。

当然，这种基于表象兴象空间邻近性的表象意象的情态构成法，作为表象意象的情态呈现法，只是解决了表象意象作为情态的构成规律，也仅仅是一种基于表面形态的情态组合乃至构成规律的体现形式，并不能揭示和彰显其更深层的规律。情态虽然是读者阅读体验必须首先把握的核心要素，但其作为事物存在的基本形态，有时候甚至贯穿于看似基于叙事或抒情的表象兴象之中，正是这种表面看来似乎只是叙事乃至抒情兴象的表象兴象，才可能暗含着有待人们进一步发掘、发现和发明的情理。如关于周邦彦《少年游》之所谓：“并刀如水，吴盐胜雪，纤指破新橙。锦幄初温，兽香不断，相对坐调笙。低声问，向谁行宿？城上已三更。马滑霜浓，不如休去，直是少人行。”表面看来，这明显属于叙事兴象的范畴。宇文所安对此也有作为叙事意象构成之解读：“这里向我们提出了一种可能性：相对而坐，充满欲望地望着另一双充满欲望的眼睛。不管对这个男人还是对女人而言，欲望都是克制、有掩盖的，并对表露欲望感到惴惴不安。两人都不大会发展到说出这种欲望，但欲望却泄露出来，渗透进各种事物、各种关注的力势、诸种行动以及诸多含糊暧昧的言词之中。”宇文所安解读的这种叙事兴象及其情境蕴含一定情理。

① ［美］叶维廉：《中国诗学》，人民文学出版社 2006 年版，第 89 页。

但情理并非情态构成法能剖析得出来。情理关涉事物的习性，是事物存在发展的根据，没有对事物情理乃至习性的把握，不可能对事物有深切了解，更不可能因此获得关于事物情韵的高超把握。所以宇文所安有了进一步的推演："我们知道这首曲子是为一个男人演奏的，即使仅仅是因为要摆脱相对而坐时的那种紧张的沉默局面，这个女人也要首先打破僵局，开口说话。她的话是有掩盖的，但只盖了一层薄纱，低低的声音表明了她的踌躇迟疑。她披露了隐藏在对他的关切背后的她自己的欲望——现在回去很不方便，也很冷，路很滑。她的关切有着里尔克对上帝的关切的那种透明度。她做了诗歌所做的事：勾画一个外部世界，以展示一个内部世界，同样，词中这幕'室内的'场景正是人的内心的外在表现。"宇文所安对男女主人公内心世界的剖析实际上已经触及一定成分的情理，但这不是其情态所暗示情理的全部内容。类似的内心世界还有待于进一步剖析。他继续写道："他们的心一直在慢慢融化，朝着这个时刻，朝着这个遮遮掩掩的留宿的邀请。他们就这样相对而坐，房间似乎变得暖和起来，香氛越来越浓，笙的乐声更令人陶醉。欲望虽然被激了起来，却总是难以启齿。问题往往在于对方是否在回望，以欲望回应欲望，两对目光是否能够相互呼应。他发现回应的目光正穿过表示现实关切的经过掩盖的语言向他凝视。证据就是他发现有另外一个人：不仅有表面，而且是既有表面又有深度。"宇文所安像剥葱皮一样逐层深入，不断触及掩盖在叙事兴象乃至抒情兴象及其情态下面的情理。正是这种对看似叙事或抒情兴象的逐层剖析法才逐渐剥落笼罩在叙事或抒情兴象上的情态而逐步进入更深邃的情理内核。

宇文所安对存在于叙事、抒情之中的看似并不起眼的表象兴象所作的剖析，实际上揭示了其情理世界的深层内涵。他以吃橙子为例，说："水果启动了整个过程。尽管我们吃橙子的时候不用盐，尽管中国根本没有把吃水果这一行为神圣化的伊甸园传说，但是这一行为并没有在翻译中失落。在这里，历史是无关紧要的。词中写到冷冷的并刀，水和雪的形象，手指和嘴唇上沾的橙汁，这一切在屋里浓郁的香气和暖气的烘托之下，散发着对人的招引。并刀随着眼光闪烁，刀光如水，就像汉语中用'眼波'一词形容女人的欲望神情一样。外面天黑了；屋里正笼罩着浓重的香雾；在屋子中央，有一道白光闪过，那是白色的盐。这里有撕开，有剥皮，混合着香味以及对甜美滋味的期待，还有笙的乐声。每种主要的感官都被依次调动起来，只有触觉被延滞，一直拖延到诗歌完结之后的静默之中。”宇文所安这里对表象兴象精神内核的剖析，其所逐层剥落的并不仅仅是情理，更有情韵延长的性质。他接着剖析道：“橙子绝不是一个审美对象，不管它多么像一个审美对象那样凝聚并限制了人们的注意力。欲望，无论是浓缩的还是抑制的，渗透到肢体动作之中；它通过圈住并且框住这个‘东西’的那双手疏漏出来。这个东西就是水果，它长得丰满结实，正等着被人剖开。它的硬壳被划出一道口子，刀子剖开它，露出里面的形状，就像雕塑家从大理石块中发现了裸露的人体一样。隐藏的形状渐渐地被各种感官所发现，它既是欲望的结果，又是欲望的置换：它是皮格马利翁的雕像，本来就是供人消受的。”至此还不能说宇文所安的剖析已经完全切入橙子这一表象意象精神内核的实质，但至少在逐层剥落橙子皮层而逐步切入其精神内核的同时，确实在很大程度上延长了表象意象情理之韵味，而使其在步步跟进、逐层深入的剖析中延长了人们的情思和冥想，以至于接下来的剖析更能见出作为两人情感沟通障碍物的某些象征和隐喻意义：“这里有一个东西和一个将其剖开的行为——一次切割和对一个坚硬壳面的明显毁损。它要求打破障碍，打破那牢靠的遮盖物。这个东西和她放在上面的那双纤手隔在他们中间，吸引他们的注意，延宕他们的身体相遇。但也许，这就是他们能够相遇的唯一地点——在水果与诗的语言里。这是一个独立的、界限分明的空间，心灵虽然被等量的吸引与畏惧维持在一种静止不动的状态，却可以跨越这个空间。”① 这实际上已经具有了读者阅读体验的表象兴象情韵延长法的性质。

正是这一逐步深入直至使其情理得以循序渐进得到解剖的方法和过程很大程度上延续了表象意象的情韵，且使其情韵在很大程度上得以延长。当

① ［美］宇文所安：《迷楼：诗与欲望的迷宫》，程章灿译，生活·读书·新知三联书店 2014 年版，第 319—321 页。

然作为情韵延长的最高境界不仅仅是一种情韵，更可能是一种哲理的启迪乃至感悟。如高友工对洪昇《长生殿》有这样的阅读体验。他认为《絮阄》、《惊变》、《弹词》三出折子戏正好体现了读者阅读体验之“快感”、“美感”和“悟感”三个层次，也在某种程度上体现了情态构成、情理剖析和情韵延长三个阶段和层次的特征。如对《惊变》一出，他有这样的剖析：“作为一场戏来看，除了它掌握了整个《长生殿》的枢纽，而它本身的起承转合又是非常自然地铺排开。全出由欢愉到惊惶，一方面把前文的种种铺叙，做一个很富有诗情画意的总结，一方面展开下文马嵬埋玉的伏笔，以迄最终的仙圆。再从全出的结构来看，也是能承先启后十全十美的，前面几场的大小冲突到此已全化解。也可以说是皇帝及其爱妃能偷得浮生半日闲来真正的以二人自身为主的享乐。因此结构上，他们二人的‘独乐’是层层剥入，这在折子戏中能传唱至今，恐怕与其结构是不多见的。……但是《小宴》、《惊变》美则美矣，似乎仍未于至善，这善、美（甚至于真）能融为一体是我以为可以说是艺术的最高境界，但也是最难解释的一个层次。我们都知道‘悟感’并非一个恰当的名词，而有时我则直称为‘慧’或‘慧感’。有人称之为‘洞见’或‘人生价值’，但二者似乎都更接近一种通过理性或推理所得的结论，并不能反映此一悟感，应必须从感性的路子开始。”① 虽然在高友工看来，《长生殿》之《小宴》、《惊变》其所以能使人获得悟感的哲理，也就是情韵得以获得延长的程度和深度较为有限，但这正好证明了哲理性内核作为使人获得人生启迪的情韵延长之重要性。

虽然《长生殿》之《小宴》、《惊变》其哲理性启迪较为有限，但这并不表明所有戏曲甚至诗歌都缺乏借助哲理性使其情韵得以延长的优势和特点。如今道友信对芭蕉俳句的哲理性颇有研究。他写道：“这里想就‘今秋何为添双鬓，飞鸟入流云’一句来探索芭蕉美学思想最后所达到的境地。此句作于元禄七年秋，时五十一岁，意思说今年也与往常一样出去旅行了，每

① ［美］高友工：《美典：中国文学研究论集》，生活·读书·新知三联书店 2008 年版，第 349 页。

每仰望天空，什么缘故，今年秋天总有点忧心上了年纪的身体之衰，常增寂寞之思。因想眺遥远处，一直望去，高高的秋空，可见爽爽流去的云和拂动流云的风吹送去的鸟儿的影子，现在我的状况，就像那云和鸟，要随命运之风消去了吧？多么眷恋的、寂寞的、而且轻轻的淡淡的趣！作品中言‘何为添双鬓’，说来连可诉说的人也没有，只是一种无可奈何地自问的调子，体现了与主张俳偕应该竞相使用古典或古语的壮年的芭蕉完全不同的无作为的深沉，用远去的‘飞鸟入流云’来表现放旷的美和寂寞，正是出于作者的天才。这里我们看到了作为象征诗的完成。咏叹的意象风景纯为一体，应该说是芭蕉晚年的绝唱之一。那是昼间预感到回绕在荒野的黑夜之梦即死亡的意识。”①

应该说，无论写景状物的诗歌还是戏曲人物台词，其实都仅仅是外在世界形态的模拟，充其量只是表象兴象的情态、情理乃至情韵的呈现和裸露，但作为情态、情理和情韵的世界往往并非只有外在世界，同时还有内在世界，而且内在世界情态、情理、情韵的呈现甚至裸露常常有更为重要的价值和意义。只是这种表象兴象已经不同于着力外在世界的表象兴象，而是一种内在世界的表象兴象。大·盖洛威在评述尤内斯库《犀牛》中贝朗热这一人物时指出：“尤内斯库笔下的贝朗热看见他周围的一切人屈服于时髦的犀牛病这种‘瘟疫’，他们全部乐于具有动物性的迟钝性、好战性和残忍性，然而他本人却紧紧抱住他的人性不放，甚至在他所爱的女人苔西小姐本人也变成了犀牛而只剩下他一个人时也仍然如此。除了在一转念间他曾对这种被众人抛弃的状态感到懊悔外，他一直以他的人性而感到强烈而带有挑战性的自豪：‘现在可是太晚了！天啊，我成了一个怪物，我成了一个怪物。开始现在我再也不会变成一只犀牛了，永远永远不会了！我倒愿意这样，我真的该这样，但是我作不到了。看到自己的样子我真受不了。我太可耻了！（他背向镜子）我真丑呀！那些总想保住自己个性的人真该倒运才是！（他突然

① ［日］今道友信：《东方的美学》，蒋寅等译，生活·读书·新知三联书店 1991 年版，第 239—240 页。

振作起来）唔，真倒霉！我得对付它们这一大群！我的枪，我的枪呢。（他再次面朝后墙，墙上的犀牛脑袋一动不动，同时却大声叫着）要保卫我自己就得对付它们全体；我就得与它们一大群进行战斗！我是剩下的最后一个人了，而我将坚持到底。我将永不投降！'在一个野兽的世界里，做人就是'荒诞'——格格不入、孤独及甚至'不合逻辑'；要使这种荒诞性变成一种生存的真理，要牢牢保住它并对这些野兽表示蔑视，一个人就得成为一个荒诞的英雄才行。"① 大·盖洛威对尤内斯库《犀牛》中贝朗热的评论分明已经触及情态、情理，特别是情韵的层面，至少揭示了其作为表象意象的哲理性启迪。特别是他所谓"要牢牢保住它并对这些野兽表示蔑视，一个人就得成为一个荒诞的英雄才行"的结论显然具有普遍意义。应该看到，戏剧特别是话剧人物的对白往往并不只是情景融合，以致具有外在世界表象兴象的性质，同时还有诸如人物心理之类内在世界表象兴象的敞开和裸露的性质，而且内在世界表象兴象一般可能具有更为地道且深刻的意蕴和情韵。而注入读者阅读和理解的表象兴象实则便是表象意象而非真正意义的表象兴象了。

如江弱水有这样一段文字："王安石的绝句《南浦》中有两句诗是修辞精绝的名句：含风鸭绿鳞鳞起，弄日鹅黄袅袅垂。一幅春景图，只见'鳞鳞'水纹自下而上，'袅袅'柳姿自上而下，而且'鹅黄''鸭绿'的明媚中，又隐含着'鳞鳞'的鱼字旁和'袅袅'的鸟字头。"这其实是呈现表象意象的情态。值得一提的是，关于表象意象情态的呈现最圆满的往往诉诸视觉、听觉、嗅觉、味觉和触觉，是读者身体感官的全部介入。这当然很大程度上受制于作者呈现这一情态所投入的身体感官的全面程度。像王安石这两句主要还是视觉。接着江弱水有了进一步阐述，他下面的阐述已经触及情理。这个情理并不完全属于哲理层面的推论，有时候也仅仅是一种感知乃至认知逻辑的推演，甚至也可能仅仅是一种生活情理的呈现。江弱水指出："两句诗其实不写鹅鸭鱼鸟而鹅鸭鱼鸟宛然在焉，我们内在的视觉也定然有鱼在泼

① ［美］大·盖洛威：《荒诞的艺术，荒诞的人，荒诞的主人公》，《现代主义文学研究》（下），中国社会科学出版社1989年版，第663页。

刺，鸟在翻飞。”这便是他关于生活情理的推演和呈现。紧接着便是对情韵的品味，如其所云：“两句诗的声律本来已经有平平仄仄仄仄平平的和谐了，‘鳞鳞’和‘袅袅’两个连绵词又演漾着撩人春困般的意绪，听觉上一片娇软。就触觉而言，‘含’字温润，‘弄’字亵昵，水纹密致，柳条纤柔，轻抚上去真是细腻软滑之至。这晚唐风味的婉丽诗句，沁人心脾，味觉上竟有点甜丝丝的。”①江弱水的阐释应该说是细腻的，而且在品味其情韵时，还发现了其他人难以发现的听觉和触觉。这当然有着某种程度的读者想象嵌入的成分，但这一成分恰恰彰显了表象意象作为读者二度创造物存在的事实。

类似的例子也见于白先勇解读《红楼梦》诗词之中。如他对《红楼梦》第三回赞林黛玉的那一段文字便有这样的阐述：“宝玉眼中的林黛玉：‘两弯似蹙非蹙笼烟眉，一双似喜非喜含露目。态生两靥之愁，娇袭一身之病。’病美人啰！这个林黛玉，‘泪光点点，娇喘微微。闲静时如姣花照水，行动处似弱柳扶风’。不同寻常的漂亮！‘弱柳扶风’，好像柳树随着那个风，飘飘像个仙子一样。‘姣花照水’，她是绛珠仙草嘛！倒影在那个水里面。‘心较比干多一窍，病如西子胜三分。’纣王的那个比干，心有七个窍，林姑娘是很多心的，一点点事就敏感，小心眼。”至此，是白先勇关于林黛玉这一表象意象的情态描述，虽然受制于贾宝玉的独特视觉和观感，也彰显出贾宝玉眼中的林黛玉之与众不同，如体弱多病、楚楚动人，且也透露出某种谨小慎微、细致入微的心理，可谓入木三分，更丝毫不见也不在意其衣裙妆饰之类宝玉眼中的不屑之物，但宝玉眼中看、心中评处处所见林黛玉品貌之不凡，也同样是白先勇不可能忽略的。至于接下来的阐述显然有了表象意象情理分析的性质，如其所云：“我前面讲过，黛玉的敏感有道理，她的身世，还有她对宝玉的感情，非常没有安全感。那么多女孩子在宝玉旁边，个个都美，她对宝玉的这种情讲不出来，又怕宝玉给人家抢走，使得她非常地不安。”白先勇的这一段情理分析虽然有着未卜先知的超前性，因为在贾宝玉刚见林黛玉这一片刻，这种担心和忧虑似乎还有些为时尚早。于是他便转

① 江弱水：《诗的八堂课》，商务印书馆 2017 年版，第 34—35 页。

而做了如下分析："不过这两个人互相一看，都觉得是前世见过的，他们两人的缘分是'仙缘'，老早在三生石畔灵河旁边已经定了的，这一世用眼泪还债。"这实际上仍然属于情理分析的范畴。不同之处是前者属于现世层面的情理分析，后者属于前世层面的情理分析。但显然都基于文本。接下来便有了基于情理但更多属于情韵的推测和想象。他这样写道："仙缘不可能成为夫妻，用现在的话说，是灵魂伴侣，有心灵上的交流，肉体的结合是不可能的。所以到最后不能结婚，也有道理，宝玉跟林黛玉结婚生了一堆儿女，简直是不能想象的事情。建筑在仙缘的情感是动人的，他们互为知己，他了解她，她了解他，他就是我，我就是她，那种契合很难教人家懂的。这是他们情之所'根'。"如果说白先勇的这一阐释多少还有些情理的成分存在，那么接下来的阐述则完全有着情韵的性质，甚至很大程度上不是一种基于现实情理的推断，而是一种纯粹心灵的体悟。他这样阐释道："宝玉看到宝钗露了个膀子，白白嫩嫩的，他也想去摸一下，他跟林黛玉从小同床而眠，却从来没有动过邪念。完全是一种灵的结合。但婚姻一定要有肉体结合的，世俗婚姻第一要件，就是肉体的结合，所以他们注定在尘世婚姻制度下，是个悲剧。"① 白先勇的阐释入情入理，而且意味深长，分明建立在《红楼梦》文本解读的基础之上，但显然不受其所限，且触及《红楼梦》蕴含但并未明白表达出来的成分，很大程度上属于情理的进一步推测和想象，更是一种情韵的延长甚至绵延。

总之，基于文本表象语言的阅读体验一般主要以事物为核心，而以事物为核心的阅读体验免不了围绕情态、情理和情韵三个基本要素，分别采用诸如情态呈现法、情理剖析法、情韵延长法，循序渐进，逐步发现、发掘和发明所建构的表象兴象并以其作为真正意义的表象意象。表象意象的最大特征是虽具有形象特征，但实际上已经在不同程度上注入了读者的阅读理解和阐释。注入这种阅读理解和阐释的必然结果是，使表象兴象并不单纯是兴

① 白先勇：《细说红楼梦诗词解语》，《红楼梦程乙本校注版》（别册），广西师范大学出版社2017年版，第10—11页。

象，更是意象，且可能很大程度上摆脱作者对表象兴象的限制，以致具有不同程度的读者属性。这种读者属性依次呈现于作为表象意象的不同结构层次之中：这里虽然并不排除作为表层形态的情态，但主要已不是作为表层形态的情态，也不是更深层次的情理，而是最深层次的情韵。虽然作为情态、情理和情韵的表象意象分别类似于人们的肌肤、骨骼和精神，但对表象意象来说，最根本上还是其精神而非骨骼和肌肤。且这一精神乃至骨骼和肌肤很大程度上并不仅仅体现为表象兴象的文本特征，而是读者属性。或更极端地说，不再仅仅是基于文本表象语言的表象兴象，而更多是读者基于文本表象语言的阅读体验，乃至读者自身的肌肤、骨骼和精神。虽然这种肌肤、骨骼和精神貌似以文本表象兴象作为呈现方式，但事实上已经不是纯粹表象兴象，而是基于读者阅读理解和阐释的表象意象，甚至读者自身肌肤、骨骼和精神的呈现方式。不过这种表象意象还没有最终摆脱表象兴象的呈现方式，或没有完全彻底摆脱表象兴象作为表象的特征，还没有成为真正的意义。

下编　文学核心层：意

文学核心层是以意蕴为基质形成的核心层面，是构成文学文本深刻内涵的主要核心元素，也是作家、文本和读者，以及叙事、抒情和表象可能介入的最深刻透彻的层面。

第七章 作为作者的寓意

寓意是作者拟赋予文本的主观意愿，或称创作意图。这种创作意图常常以意愿方式存在，也可能以作者创作谈的方式被陈述出来，但作者寓意通常最终只能以诉诸文本的文本意义作为权威语本，而并不总以作者在诸如创作谈中的陈述作为核心依据，因为除了专家之外的许多普通读者通常并不关注其创作谈，而仅在意文学文本，这一作者寓意一旦见诸文本语言主要呈现为文本形象。这种文本形象一般不由读者建构，也不单纯由文本语言建构，常常是作者以特定方式赋予一定寓意作为精神内核的文本形象。也许只有这种精神内核才是文本形象乃至文学文本，特别是作者寓意即创作意图的灵魂。

第一节 作者叙事寓意的基本策略和典型经验

叙事寓意作为作者叙事时给予文本叙事语言的一种主观意愿，这种主观愿望可能更多表现为创作意图乃至主观寄寓。这种主观寄寓可能是事理、情感和印象，但主要应该是事理，因为情感和印象也得寄寓于事件融入事理之中。这种事理虽然存在于文本叙事语言之中，但不一定与叙事文本语言意义完全一致，甚至可能与作者构思的原始意义的叙事意图存在一定距离。其中自然有作者叙事力不从心的缘故，更可能是事理与事件之间存在一定距离。事理可能不言而喻，至少就理论层面意义而言，可能是唯一的或具体的，对部分作为叙事者的作者而言是如此，但事件一经叙述出来，就不一定完全符合作为叙事者的作者之创作意图的原始意义，可能变形走样，以致连作者也无法掌控。即使作者有无与伦比的掌控能力，也无法得心应手地掌控读者，使其感其所感、想其所想。实际存在于作者头脑中的原始意义的创作意图本身或清晰或模糊；或始终未改或者有所改变；或叙事前清晰却叙事后模糊，或叙事前模糊却叙事后清晰等，往往有复杂的情形。

作者有意识或无意识层面的叙事意图不可避免存在多种寓意，有些作者还有意识地苦心经营多层次叙事寓意。如《红楼梦》第十二回跛足道人叮嘱贾瑞只能照“风月宝鉴”的背面、千万不可照正面，已暗示《红楼梦》至少存在正反双重寓意：正面为红楼掩面人，为色，为空；背面为青冢骷髅骨，为真，为实。这是提醒人们正面所见只是虚妄不实的暂时假象，背面所见才是真实不虚的永恒真相。也就是潜藏着“好知青冢骷髅骨，就是红楼掩面人”的叙事寓意。应该说，这是作者苦心经营的双重叙事寓意的集中揭示。有些作者有意识寄寓的叙事寓意可能不止两个，如但丁认为其《神曲·天堂篇》的叙事寓意并不简单，“可以说它具有多种意义，因为我们通过文字得到的是一种意义。而通过文字所表示的事物本身所得到的则是另一种意义。头一种意义可以叫做字面的意义，而第二种意义则可称为比喻的、或者神秘的意义”①。

无论作者是否自觉，几乎所有叙事都是倾向性叙事。因为作为叙事者的作者必定是有血有肉的人。有血有肉且依靠身体知觉介入世界、感知世界、标识生命存在的人不可能完全杜绝身体知觉对人认知和叙事的深刻影响。唯其如此，作为其叙事也自然而然带有依靠自身身体知觉感知和叙述世界的特点。格里叶指出：“在我写的小说中，描述事物的不仅是一个人，而且这还是所有的人当中最不中立、最不不偏不倚的人；不仅如此，他还永远是一个卷入无休止的热烈探索中的人，他的视像甚至常常变形，他的想象甚

① ［意］但丁：《致斯加拉大亲王书》，伍蠡甫编：《西方文艺理论名著选编》（上），北京大学出版社 1985 年版，第 153 页。

至进入接近疯狂的境地。"[①] 这表明即使是最客观理性的作者也不可能完全禁绝身体知觉的深刻影响，不可能是一个完全客观乃至不偏不倚，以致没有任何感情倾向的人。事实上许多作为叙事者的作者并不刻意打消身体知觉的影响，还致力于借助叙事体验作者作为叙事者的上帝般造物主和主宰者权力，并借此实现其生命价值。如福克纳指出："打从写《沙多里斯》开始，我发现我家乡的那块邮票般小小的地方倒也值得一写，只怕我一辈子也写不完它，我只要化实为虚，就可以放手充分发挥我那点小小的才华。这块地虽然打开的是别人的财源，我自己至少可以创造一个自己的天地吧。我可以像上帝一样，把这些人调来遣去，不受空间的限制，也不受时间的限制。我抛开时间的限制，随意调度书中的人物，结果非常成功，至少在我看来效果极好。我觉得这就证明了我的理论，即时间乃是一种流动状态，除在个人身上有短暂的体现外，再无其他形式的存在。所谓'本来'，其实是没有的——只有'眼前'。如果真有所谓'本来'的话，那也就没有什么伤心、没有什么悲哀了。"[②] 可见，作者作为叙述者从来都不是被动的，他作为艺术世界实际的有意识创造者，不仅在不同程度上按照自己意愿来建构艺术世界，甚至借此体验其作为造物主和主宰者的权威身份特点。

不是所有作者作为叙事者都有类似上帝般创造和驱遣事物的至高无上的权利，或在主观上追求这一至高无上的权利，而且并不意味着他能心满意足地实现这一愿望。西蒙提倡小说的无主题故事特征，但并不认为作者作为叙事者能够真正做到这一点。他不得不承认，"任何画家和作家永远不应提供'现实主义'的复制品"，至少"不应提供符合事物'实际'的复制品"[③]。不能说作者叙事所形成的文学文本不一定能达到现实复制品的程度，

① ［法］格里叶：《新小说》，何太宰编：《现代艺术札记》（文学大师卷），外国文学出版社2001年版，第193—194页。

② ［美］福克纳：《创作源泉与作家的生命》，何太宰编：《现代艺术札记》（文学大师卷），外国文学出版社2001年版，第111页。

③ ［法］西蒙：《小说：无主题故事》，何太宰编：《现代艺术札记》（文学大师卷），外国文学出版社2001年版，第136页。

便一定有作者作为叙事者的主观寄寓，文学文本与现实的差异都可能或明显或含混地蕴含着作者有意识或无意识的主观寄寓。正是基于这一点，格里叶特别强调："只有上帝可以自认为是客观的。至于在我们的作品中，相反，只是'一个人'，是这个人在看、在感觉、在想象，而且是一个置身于一定的空间和时间之中的人。书本只是在叙述他的有限的、不确定的经验。"① 可见绝大多数作者作为叙事者可能有所寄寓，但并不是所有作为叙事者的作者都知晓这一点，有些可能处于无意识状态，作者并不知晓，或作者并不有意为之，以此为荣。但无论他是否有意识或以此为荣都不能从根本上改变其有所寄寓的性质和特点。

如果人们只是将寄寓理解为有意识、有目的、有计划的寄寓，也确实应该看到有些作者并不十分在意或执著于寄寓，也不以此为荣，但这也仅限于意识层面，在无意识层面仍可能有所寄寓。退一万步讲，任何作者作为叙事者都不可能从根本上否定他作为叙事者依靠身体知觉感知并存在于世界的事实，也不可能从根本上否定他作为叙事者可能对他所叙述的世界有着不同程度建构的事实。许多情况下，作者作为叙事者可能不可避免地存在以先入为主的概念，乃至有意识或无意识观念选择和处理现实素材并重新建构的事实。加缪指出："艺术的瞬间完形，其更新的必然性，唯一透过一种先入为主的概念，它们才是真实的。因为艺术作品也是一种建构，每个人都知道伟大的创作家是何等地单调。和思想家的理由一样，艺术家囿于作品之中，在作品中变成自我。那种渗透性提出了最重要的美学问题。"② 加缪的说法其实揭示了艺术家先入为主的概念乃至自我的渗透是叙事的一个基本美学事实，也印证了主观寄寓在叙事中的存在。而且这种存在不以作者主观意志为转移，是无论作者承认与否、追求与否，是否以此为荣都无法改变的基本事实。

---

① ［法］格里叶：《新小说》，何太宰编：《现代艺术札记》（文学大师卷），外国文学出版社2001年版，第194页。

② ［法］加缪：《荒诞的创作》，何太宰编：《现代艺术札记》（文学大师卷），外国文学出版社2001年版，第129页。

人们往往将主观寄寓理解为叙事主题，其实作者作为叙事者的主观寄寓可能有极其复杂的内涵，且不限于主题，或以各种不同成分和内涵充实主题并构成主题的基本内涵。刘熙载对叙事主观寄寓有这样的阐述，他写道："叙事有寓理，有寓情，有寓气，有寓识。无寓，则如偶人矣。"① 按照刘熙载的这一阐述，所谓主观寓意可能呈现为事理、情感、气度、见识等方方面面。事理作为叙述事件的核心内容，是任何人也不能否认的。无论《红楼梦》寄寓佛教"万境皆空"和《围城》标榜法国围城谚语其实都将其作为叙述事件寄寓的事理的核心内容来彰显。这一核心内容常常是整个叙事文本的总纲，甚至对其中任何一个叙述事件的细节都有无可辩驳的辐射性和统领性。绝大多数读者阅读的首要目的便是领悟叙述事件所蕴含的事理，以此对其人生构成启迪和影响。事理是衡量叙事最终是否具有深刻启示的关键因素，常常决定其叙事启迪的深度。情感主要体现作者作为叙事者的主观态度及其倾向性，是作者借以增强叙事感染力的关键因素，常常决定叙事感染的力度。气度常常体现作者作为叙事者的叙事襟怀和视野，是决定其叙事有无宏大视域和襟怀的基本保障，当然也在很大程度上决定叙事襟怀和视野的广度。见识主要体现作者作为叙事者认识的创见性，常常决定其叙事创造的高度。可见无论刘熙载阐述的是哪一种主观寄寓，其实都有举足轻重的价值和意义，都直接决定着作者作为叙事者的叙事品质。

然而刘熙载的阐述并未囊括作者作为叙事者的所有主观寓意，涉及具体作者，情况可能复杂得多。由于作者叙事胸襟和视野不同，其叙事的主观寄寓及其广度可能有所不同。有些总是热衷于人类普遍命运，更多基于人类普遍命运的人性考量。如沈从文在陈述《边城》时指出："我要表现的本是一种'人生的形式'，一种'优美，健康，自然，而又不悖乎人性的人生形式'，我主意不在领导读者去桃源旅行，却想借重桃源上行七百里路酉水流域一个小城市中几个愚夫俗子，被一件人事牵连在一处时，各人应有的一分

① （清）刘熙载：《艺概·文概》，徐中玉编：《中国古代文艺理论专题丛刊》（第3册），中国社会科学出版社2013年版，第682页。

哀乐，为人类‘爱’字作一度恰如其分的说明。”[①] 虽然不能说沈从文这一基于对人类广博之爱的主观寄寓便有宏大叙事视野，乃至有博大叙事胸襟，但其试图寄寓一种基于“爱”的博大情感态度的动机还是明显的，且确实在很大程度上成就了其富于诗情画意和人性底蕴的叙事品质。他的叙述世界似乎没有尔虞我诈的钩心斗角，更没有你死我活的阶级矛盾和人性冲突，有的只是看似平淡却意味深长的人性底蕴。

类似情况也见于福克纳《喧哗与骚动》。至少福克纳对开场人物班吉的寄寓便体现了其与众不同的独特性。班吉本人没有感情，但不意味着作者福克纳对这一人物没有感情，至少可以说他对这一人物乃至以这一人物为代表的人类还是有着较普遍同情乃至悲怜之情的。他这样叙述道：“塑造班吉这个人物时，我只能对人类感到悲哀，感到可怜。对班吉那是谈不上有什么感情的，因为这个人本身并没有感情。对于人物本身我只有一个想法，就是有些担心，不知我把他塑造得是否可信。他不过是个作开场白的演员，好比伊丽莎白时代戏剧里的掘墓人一样。他完成了任务就下场了。班吉谈不上好也谈不上歹，因为他根本就不懂得好歹。”[②] 福克纳没有赋予班吉好与坏的性格乃至人性的优劣，也没有赋予其人物性格乃至情感态度，而他的作用也仅仅类似于伊丽莎白时代戏剧里的掘墓人只是一个开场人物，充其量也只是有着统领乃至引起叙事的作用。这并不意味着作为叙事者的作者福克纳对人物没有最基本的情感态度，以致没有任何的主观寄寓，其实他正是借助没有情感的班吉来寄寓其对人类感到悲哀和怜悯之情。

类似的情况也见于《红楼梦》作者曹雪芹对冷子兴的态度。冷子兴作为《红楼梦》的开场人物，同样有着班吉那样的对小说中人物极其客观冷静近乎没有任何情感倾向性的特点，以至于让人们认为冷子兴没有多少情感倾向，至少对《红楼梦》中人物及其命运的评价显得极为客观理性冷静，俨然

---

① 沈从文：《习作选集代序》，陈思和编：《中国现代文论选》，上海教育出版社 2010 年版，第 384 页。

② ［美］福克纳：《创作源泉与作家的生命》，何太宰编：《现代艺术札记》（文学大师卷），外国文学出版社 2001 年版，第 98—99 页。

是一个游离于红楼世界、洞若观火的主观评判者。但人们无论如何也不能借此推断，作为作者的曹雪芹对冷子兴这一人物以及整个红楼人物乃至人类没有情感。因为曹雪芹恰恰出于对红楼人物乃至整个人类悲剧命运的同情和怜悯才塑造了形形色色的人物，并借助其悲剧类型来寄寓对以红楼人物为代表的人类命运的整体思考和同情怜悯。虽然有些读者可能出于理解和认知的限制，认为《红楼梦》少了与社会乃至命运抗争的积极性，但很少有人对曹雪芹醍醐灌顶般万境皆空的生命达观有深刻体验和认知。如果消极处世是最没有积极性，那么积极抗争则处于较高层次，顺任自然、豁达自如、心体无滞，才是积极性达到最高境界的标志。因为没有任何积极努力的人生态度只能是自暴自弃，而一味抗争的人生态度看似积极却总免不了遭遇各种挫折和不幸，只有顺然自然、豁达自如、心体无滞的人生态度才可能真正达到无往不胜的境界。曹雪芹的苦心正在于借此告诫人们无论抗争与否都不可能避免人生的悲剧，都不可能达到无往而不胜的生命境界；只有深刻领悟佛道之顺任自然、豁达自如、心体无滞的人，才可能无往而不胜，乃至无所谓成败得失。这是曹雪芹对小说人物及其所代表的不同类型人们悲剧命运的终极关怀及无所选择的普遍同情和怜悯的主观寄寓的集中体现。

这并不意味着所有作者的寄寓都指向所有人物乃至整个人类，有着如此广阔无垠乃至无所分别和取舍的叙事襟怀和视域，有些作者的寓意可能更多集中于某一类人甚或一个阶层、阶级乃至民族，有着较鲜明的阶级乃至民族倾向性。如鲁迅作为叙事者其同情怜悯的对象则主要集中于国民，他在《〈呐喊〉自序》中明确指出："我们的第一要著，是在改变他们的精神，而善于改变精神的是，我那时以为当然要推文艺，于是想提倡文艺运动了。"鲁迅对国民劣根性的揭露可能是充满善意的讽刺，其中不乏哀其不幸、怒其不争的愤慨，但这一切无疑彰显着他对国民的同情和怜悯，有着鲜明的阶级和民族倾向性，于是他宁可凭空添加一些想象也绝对不使这一阶级和民族真正陷入绝望。即使不满于中国式"大团圆"结局的鲁迅仍然不免俗套，出于这一考量不惜凭空安排大团圆结局。他特别强调："我往往不恤用了曲笔，在《药》的瑜儿的坟上平空添上一个花环，在《明天》里也不叙单四嫂子竟没有做到看见儿子的梦，因为那时的主将是不主张消极的。至于自己，却也并不愿意将自以为苦的寂寞，再来传染给也如我那年青时候似的正做着好梦的青年。”①鲁迅的同情和怜悯主要集中于特定阶级和民族，并不一定有诸如沈从文所声称的普遍同情和怜悯，所以其叙事往往有着格外冷峻的环境氛围和赤裸裸的人性恶暴露，也少了沈从文那淡泊宁静的环境氛围和恬淡温情的人性善描绘，但很少有人能借此认定鲁迅叙事襟怀和视野便不及沈从文开阔豁达。正如好多人总是习惯上将作者简单划分为现实主义与浪漫主义两大类，其实现实主义虽然致力于现实的批判，也不忘记理想的寄寓；浪漫主义虽然着力于理想的寄寓，也不放弃现实的批判。或者说现实的批判本身即是理想的寄寓，理想的寄寓本身也是现实的批判。至少可以说，现实的批判蕴含着理想的寄寓，理想的寄寓蕴含着现实的批判。其实现实与理想本身同样不可分割。

作者作为叙事者，对其创作活动难免存在当时无法说清的现象。如安德烈·别雷有这样的说明：“1905 年至 1906 年间，我碰巧做了一些事，它们的意义后来我才明白，例如：与莫斯科省和图拉省农民的特殊交谈，这些交谈的话题（政治，道德，宗教），对语言、表情的特殊敏感，不抱明显目的地问长问短，走访彼得堡通宵开张的茶馆、小酒馆，跟邮递员、士兵、马车夫、小官吏的交谈等等。碰上我感到吃惊的特点，便去追寻这一特点的持有者，好看个明白。为什么我要看个明白的是那个，而不是这个——这我回答不出来，一如回答不出为什么我常逛茶馆、乡村小木屋，却没有理会《天秤座》的读者当时让我谈谈维尔兰和波德莱尔这个要求。但是作为‘作家’，我却离我观察研究的主题非常遥远，因为当时我正在写第四交响曲，这是我的作品中最为‘颓废的’。我积攒原材料，这些收藏品与我的‘文学创作’从狭义上看似乎并没有直接的关系。我把时间的精力用在别处，避开了我在其中工作的编辑部向我明确提出的‘定货’。”②作者作为叙

---

① 鲁迅：《〈呐喊〉自序》，陈思和编：《中国现代文论选》，上海教育出版社 2010 年版，第 374—376 页。

② ［俄］安德烈·别雷：《我们怎样写作》，吕同六编：《20 世纪世界小说理论经典》（上），华夏出版社 1995 年版，第 197 页。

事者对其创作活动无法说清，并不代表其创作完全处于无意识状态，也不代表其主观寄寓完全处于无意识状态。存在作者叙事当时无法说清的创作冲动和主观寄寓，是较为普遍的。在这种情况下，作者作为叙事者，其创作活动乃至主观寄寓处于一定程度的无意识状态也是极其正常的。人们不能简单粗暴地将作者作为叙事者的所有创作活动，以致所有微不足道的细节都看成其煞费苦心的象征和隐喻。但许多读者在阅读过程中进行不同程度的臆测和想象，并自以为是地将其强加于作者，以为获得了关于作者的最接近潜意识乃至无意识的阐释。当然读者也应该有类似臆测和想象的阐释权利。如川端康成特别尊重并认可读者的这一权利，指出："一般鉴赏的方法是，不拘于作者的意图、作品的原意或学者和评论家的研究与评论，毋宁说，是摆脱这些，不管这些。鉴赏古典作品也是如此。只要作者一搁下笔，作品就以作品自身的生命力走到读者中间去。作品如何起作用，如何被埋没，就任由邂逅的读者去检验了。作者对此是无能为力的。"① 只是读者不能将很大程度上带有主观臆测和想象的阐释美其名曰作者的创作愿望和主观寄寓。

也不是所有作者都如川端康成那样对自己的创作意图和主观寄寓给予十分达观的态度，有些作者对其叙事乃至创作意图和主观寄寓有明白无误的阐释。如雨果这样写道："只要因法律和习俗所造成的社会压迫还存在一天，在文明鼎盛时期人为地把人间变成地狱并且使人类与生俱来的幸运遭受不可避免的灾祸；只要本世纪的三个问题——贫困使男子潦倒，饥饿使妇女堕落，黑暗使儿童羸弱——还得不到解决；只要在某些地区还可能发生社会的毒害，换句话说，同时也是从更广的意义来说，只要这世界上还有愚昧和困苦，那么，和本书同一性质的作品都不会是无用。"② 雨果的这一说明其实明白无误地阐述了其主题意蕴乃至主观寄寓。类似的阐释还见于科塔萨尔所谓

---

① ［日］川端康成：《美的存在与发现》，吕同六编：《20 世纪世界小说理论经典》（下），华夏出版社 1995 年版，第 159 页。

② ［法］雨果：《〈悲惨世界〉作者序》，宇清、信德编：《外国名作家谈写作》，北京出版社 1980 年版，第 76—77 页。

"我的小说中多次出现的主题是流亡、孤独、青少年时代"①。茅盾所谓《子夜》是出于回答托派散播的中国已是资本主义社会的主张也证明了这一点。对于诸如此类在叙事起始阶段乃至叙事完成后能对其创作意图和主观寄寓有清晰而系统阐述的作者来说，无疑很大程度上彰显了其叙事意图和主观寄寓往往是自觉的，有意识、有目的、有计划的。这与不能准确阐释其创作意图乃至主观寄寓的作者形成了鲜明对比。这并不证明人终其一生的所有生命活动都有意识、有目的、有计划，其实即使能够明白无误说出自己创作意图和主观寄寓的作者，其创作活动乃至其中每一个细节也并不都是经过充分考量的，有意识、有目的、有计划的，偶尔存在些并不十分清楚明白，并非都有意识、有目的、有计划的创作意图和主观寄寓也很正常。

不能说所有说不清自己创作意图和主观寄寓的作者的叙事都是无意识的，也不能说所有说得清自己创作意图和主观寄寓的作者的叙事便都是有意识的。其实说不清自己创作意图和主观寄寓的作者的叙事也可能存在有意识的情形，说得清自己创作意图和主观寄寓的作者的叙事也可能存在无意识的现象。既然作者作为叙事者在事发当时甚或终其一生对其创作意图乃至主观寄寓不可知晓甚或一无所知，与对自己的创作意图乃至主观寄寓头头是道，都极其正常，那么在任何叙事中都可能不同程度存在有意识和无意识的创作意图和主观寄寓也十分正常。所以关于作为叙事者的作者其创作意图和主观寄寓无法说清与说得清、无意识与有意识的可能都是存在的。相对来说，叙事寓意较之抒情寓意与表象寓意，还要更为明晰些。

第二节 作者抒情寓意的基本策略和典型经验

抒情从来不是一种简单的情感流露，更不是一种类似于婴儿情不自禁

① ［阿根廷］科塔萨尔：《体验与想象》，何太宰编：《现代艺术札记》（文学大师卷），外国文学出版社 2001 年版，第 157 页。

的哭泣和微笑，特别是当抒情成为作者的一种职业习惯乃至创作方式的时候。作为职业习惯和创作方式的抒情，往往有所寓意。抒情寓意是作者作为抒情者赋予文本抒情语言的一种主观意图。这种主观意图可能关涉种种因素，但最重要的仍然是情感。人们总是说世界上没有无缘无故的爱也没有无缘无故的恨，情感本身并不总是与事理一样有明晰唯一的特点，虽然事理也可能由于人们认知不同，存在千差万别的阐释，但情感本身更是有着莫名其妙的特征，且愈复杂愈可能显得莫名其妙。

这并不意味着作为抒情者的作者的主观寄寓也就是抒情寓意常常莫衷一是，以致不可阐释。就存在于作者构思乃至头脑中的原始意义的抒情寓意而言，可能存在或清晰或模糊，或始终未改或有所改变，或抒情前清晰而抒情后模糊、或抒情前模糊而抒情后清晰等情形。有相当部分作者作为抒情者能对其抒情寓意具体内涵阐释得清楚，但并非所有作者都能如此。中国20世纪80年代兴起的朦胧诗，大多数作者未必能对其抒情寓意进行阐释；即使进行了阐释的顾城，也未必能真正阐释得清楚，可能在很大程度上仍然有些含混朦胧。如他认为朦胧诗的主要特征是真实，即“由客体的真实，趋向主体的真实，由被动的反映，倾向主动的创造”，而且特别指出“从根本上说，它不是朦胧，而是一种审美意识的觉醒”。他对这种审美意识的阐释是：“美将不再是囚犯或奴隶，它将像日月一样富有光辉；它将升上高空，去驱逐罪恶的阴影；它将通过艺术、诗的窗扇，去照亮苏醒或沉睡的人们的心灵。”① 他仍未能清楚阐释作为朦胧诗真实性特征的审美意识其确切内涵。虽然顾城的阐释并不一定清楚，但作为朦胧诗必定有所寄寓则是确定无疑的。也许看似模糊朦胧的审美意识本身便是一种抒情寓意。

作为抒情者的作者可以较为明确地将抒情寓意呈现于其抒情文本的语言之中，但不是所有作者都必须加以明确无误的呈现，大多数作为抒情者的作者可能选择诸如暗示等较为隐秘的方式呈现或寄寓。如穆木天指出：“诗

① 顾城：《“朦胧诗”问答》，王钟陵编：《二十世纪中国文学史文论精华》（新诗卷），河北教育出版社2000年版，第460—462页。

的世界是潜在意识的世界。诗是要有大的暗示能。诗的世界固在平常的生活中，但在平常生活的深处。诗是要暗示出人的内生命的深秘。”① 所谓抒情寓意，可能表现为明确呈现，也可能更多只是一种暗示，甚或内在生命的暗示，而且这种内在生命的暗示往往以虚静淡泊为特征。这应该是作为抒情者的作者对生命的体验达到相当高度的体现。当然也不是所有作为抒情者的作者都能达到这一境界，但这并不影响其对宁静生命的追求。如海子有这样的阐述：“诗歌不是视觉，甚至不是语言，她是精神的安静而神秘的中心，她不在修辞中做窝。她只是一个安静的本质，不需要那些俗人来扰乱她。她是单纯的，有自己的领土和王座；她是安静的，有她自己的呼吸。”②

当然，也不是所有作为抒情者的作者都非得体验到宁静、淡泊、虚静的内在生命，有些可能体现为炽热乃至狂热的情感向往。如郭沫若所说：“我想诗人的心境譬如一湾清澄的海水，没有风的时候，便静止着如像一张明镜，宇宙万汇的印象都涵映在里面；一有风的时候，便要翻波涌浪起来，宇宙万类的印象都活动在里面。这风便是所谓直觉，灵感，这起了的波浪便是高涨着的情调。这活动着的印象便是徂徕着的想象。这些东西，我想来便是诗的本体，只要把它写了出来，它就体相兼备。”③ 郭沫若的这种观点清晰阐发了直觉、灵感、情调和想象作为抒情寓意核心内容的基本特征，但他并没有否定理智的价值和意义，接着这样写道：“诗人虽是感情的宠儿，他也有他的理智，也有他的宇宙观和人生观的。”④ 郭沫若的阐述详细描述了抒情寓意的核心内容。作为抒情者的作者在其文本抒情语言中必定有所寄寓，寄寓的核心当然是情感，但也不排除与情感有关的某些思想、感觉等。王昌龄

---

① 穆木天：《谈诗》，王钟陵编：《二十世纪中国文学史文论精华》（新诗卷），河北教育出版社 2000 年版，第 94 页。

② 海子：《我热爱的诗人——荷尔德林》，王钟陵编：《二十世纪中国文学史文论精华》（新诗卷），河北教育出版社 2000 年版，第 482 页。

③ 郭沫若：《论诗三札》，王钟陵编：《二十世纪中国文学史文论精华》（新诗卷），河北教育出版社 2000 年版，第 27 页。

④ 郭沫若：《论诗三札》，王钟陵编：《二十世纪中国文学史文论精华》（新诗卷），河北教育出版社 2000 年版，第 28 页。

有云："诗本志也，在心为志，发言为诗，情动于中而形于言，然后书之于纸也。"①

或者说，作为抒情者的作者其最基本的主观寄寓可能是情感，但较普遍的主观寄寓却并不仅仅是情感和感觉，至少绝大部分主观寄寓往往渗透着理智和思想的因素。华兹华斯指出："这本集子里的每一首诗都有一个有价值的目的。这不是说，我通常作诗开始就正式地有一个清楚目的在脑子里。可是我相信，这是沉思的习惯加强了和调和了我的情感，因而当我描写那些强烈地激起我的情感的东西的时候，作品本身自然就带有一个目的。"② 人们习惯上将主观寄寓划分为单纯出于情感的抒情寄寓和糅合着理智的抒情寄寓两大类，如叶芝将象征划分为情绪性象征和理智性象征两种一样，但较普遍甚或较有内涵的寄寓常常不止于情绪性象征，很大程度上是思想掺杂着感情的理智性象征，且因为基于思想的力量更有价值和意义。叶芝指出："除了情绪性象征，即单纯引起感情的象征之外——在这个意义上一切魅人的或可憎的东西都是象征，尽管除却韵律和图案，它们相互之间的关系过于隐藏，难以充分愉悦我们——尚有理智性象征，即纯粹激发思想的象征，或思想渗杂着感情的象征。"③ 叶芝在此将象征分析为两大类，且分明倾向于后者，他继续阐述道："这些象征若仅为感情上的，读者便置身于人间的悲欢离合之中凝神观看；这些象征若同时也是理智性的，读者本人便也成为完美才智的一部分，他本人便同那一长列的象征混合在一起了。"④

不仅叶芝有如此鲜明的倾向性。单纯出于情感的抒情寄寓，除非情感特别真挚、强烈和浓郁，一般情况下可能不会耐人寻味；真正耐人寻味的恰

---

① （唐）王昌龄：《诗格·论文意》，张法编：《中国美学经典》（唐五代卷），北京师范大学出版社2017年版，第56页。

② ［英］华兹华斯：《〈抒情歌谣集〉序言》，高建平、丁国旗主编：《西方文论经典》（第3卷），安徽文艺出版社2014年版，第159页。

③ ［爱尔兰］威·叶芝：《诗歌中的象征主义》，袁可嘉编：《现代主义文学研究》（下），中国社会科学出版社1989年版，第800页。

④ ［爱尔兰］威·叶芝：《诗歌中的象征主义》，袁可嘉编：《现代主义文学研究》（下），中国社会科学出版社1989年版，第800—801页。

恰不是单纯的真挚、强烈、浓郁的情感，可能是寄寓于情感之中的思想乃至理智。所以即使特别强调“一切好诗都是强烈情感的自然流露”的华兹华斯实际上也主张：“凡有价值的诗，不论题材如何不同，都是由于作者具有非常的感受性，而且又深思了很久。因为我们的思想改变着和指导着我们的情感的不断流注，我们的思想事实上是我们以往一切情感的代表。”① 虽然许多情况下真正具有感染力的是情感，但能够让这种情感耐人寻味的却是思想。作为抒情者的作者的抒情寄寓通常不能仅限于单纯情感，还应该追求更耐人寻味的思想。这在表面上有些偏离抒情寄寓的目的，但实际上不是弱化了抒情寄寓的意义，而是很大程度上强化了抒情寄寓的意义及其价值。当然，也不是所有作为抒情者的作者都倾向于以情感和思想作为抒情寓意的核心。如于坚明确主张，诗不是言志也不是抒情，而只是隐喻的后退，乃至对隐喻的彻底破坏。他这样写道：“诗是从既成的意义，隐喻系统的自觉地后退”，“诗是一种消灭隐喻的语言游戏，对隐喻破坏得越彻底，诗越显出自身”，“它同时也取消语言的既往价值的游戏，从所指的深处出发，返回能指的表面的游戏”。他甚至指出“诗是方法，是纯粹理性的操作。诗不言志，也不抒情”②。于坚似乎阐述了一种不同于以往观念的看法，但无论多么反对诗歌的言志和抒情，以及由此构成的抒情寓意的核心内容，其主张破坏隐喻乃至使隐喻后退的观念其实仍然是一种主观寄寓乃至抒情寓意，特别是当他将这种观念付诸其“取消语言的既往价值的游戏”这一“纯粹理性的操作”的时候，他的抒情寓意便不可避免地呈现在其“消灭隐喻的语言游戏”的实践之中。

作为抒情者的作者的抒情寄寓通常借助一定媒介乃至方式获得显现，作为其显现媒介和方式的主要内容应该是情感甚至感觉。情感往往是抒情寄寓的诱因，感觉常常是抒情寄寓的载体，而且是最重要的甚至超过情感的载

---

① ［英］华兹华斯：《〈抒情歌谣集〉序言》，高建平、丁国旗主编：《西方文论经典》（第3卷），安徽文艺出版社2014年版，第159页。

② 于坚：《从隐喻后退》，王钟陵编：《二十世纪中国文学史文论精华》（新诗卷），河北教育出版社2000年版，第519—522页。

体。虽然所有这些情感可能是单一情感，也可能是多种情感的复合物，但这种单一情感乃至复合情感都借助一定媒介或方式才得以显现。即使所谓直接抒情的纯抒情诗也必须在一定程度上借助媒介乃至感觉等获得显现。换句话说，绝对不依赖于一定媒介乃至感觉的纯抒情诗其实不存在。艾略特指出："一件艺术作品对于欣赏者的效力是一种特殊的经验，和任何非艺术的经验根本不同，它可以由一种感情所造成，或者几种感情的结合；因作者特别的词汇、语句，或意象而产生的各种感觉，也可以加上去造成最后的结果。还有，伟大的诗可以无须直接用任何情感作成的：尽可以纯用感觉。""诗人的心灵实在是一种贮藏器，收藏着无数种感觉、词句、意象，搁在那儿，直等到能组合新化合物的各分子到原子。"① 相对感觉而言，思想才是抒情寄寓的精神和灵魂。没有以思想作为精神和灵魂的抒情寄寓往往肤浅，没有深刻意蕴。雪莱指出："诗以不断使人感到新鲜乐趣的思想来充实想象，因而扩大想象的范围；而此等思想却有能力去吸收并且同化所有其他思想于自己的性质中，同时就形成了新的间断或间隙，所以不断要求新的资料以填补这空虚。"② 即使一向主张"艺术除了表现它自身之外，不表现任何东西"的王尔德，也承认"除了我们的世纪之外，任何一个世纪都是一个合适的主题。唯一美的事物，是与我们无关的事物"③。王尔德的论述虽然极力反对一切在艺术之外有所表现，以及将其作为生活和自然理想化结果的艺术，但他所谓自身之外无所表现乃至以与人们无关的事物作为唯一美的事物的主张，作为一种主题同样有着抒情寄寓的性质。虽然这一主题并不一定给予人们最深刻的生命启迪，但至少以其新颖的思想和观点具有不可替代的价值和意义。

当然抒情寄寓的基本策略可能因人而异，并非整齐划一。它常常受制

① ［英］艾略特：《传统与个人才华》，何太宰编：《现代艺术札记》（文学大师卷），外国文学出版社 2001 年版，第 63—64 页。

② ［英］雪莱：《为诗辩护》，高建平、丁国旗主编：《西方文论经典》（第 3 卷），安徽文艺出版社 2014 年版，第 217 页。

③ ［英］王尔德：《谎言的衰朽》，高建平、丁国旗主编：《西方文论经典》（第 4 卷），安徽文艺出版社 2014 年版，第 47 页。

于作为抒情者的作者本人对其抒情寓意的基本认识的根本差异。于坚反对诗言志或诗缘情的基本观点，认为“诗是语言的‘在场’澄明”，主张：“拒绝隐喻，就是对母语隐喻霸权的拒绝，对总体话语的拒绝。拒绝它强迫你接受的隐喻系统，诗人应当在对母语的天赋权力的怀疑和反抗中写作。写作是对隐喻垃圾的处理清除。”甚至认为：“拒绝隐喻是一种专业写作，诗人必须对汉语的能指和所指有着语言学意义上的认识，他才会创造出避免落入隐喻无所不知的陷阱的方法。拒绝隐喻，从而改变汉语世界既成的结构，使其重新能指。”① 他在此基础上提出拒绝人们习以为常的直觉、灵感、激情等，有所谓：“拒绝垂直性，拒绝价值，拒绝深度，拒绝获得深度的所谓‘直觉’、‘灵感’、‘激情’等等，拒绝‘自我’，拒绝‘我们’。”② 于坚所阐述的抒情寓意及其策略较为别致和与众不同。他由此否定乃至颠覆了人们司空见惯的基本经验和认知。但这一切并不重要，重要的是抒情寄寓本身没有千篇一律乃至按部就班的套路，愈具有创造性的作者其抒情所能达到最高境界愈是法无定法，无法即法。

抒情寓意的形成可能因作为抒情者的作者不同而不同。这种不同可能因具体作者的描述和理论家的研究显得更加复杂。大体来说，一般经过感物、起兴和比兴三个阶段。先是有感于物而产生抒情冲动，在抒情冲动引导下形成抒情意愿，在抒情意愿指导下打比方或托意于物。如王昌龄所详述：“夫置意作诗，即须凝心，目击其物，便以心击之，深穿其境。如登高山绝顶，下临万象，如在掌中。以此见象，心中了见，当此即用。如无有不似，仍以律调之定，然后书之于纸。会其题目，山林、日月、风景为真，以歌咏之。犹如水中见日月，文章是景，物色是本，照之须了见其象也。”③ 作为抒

---

① 于坚：《从隐喻后退》，王钟陵编：《二十世纪中国文学史文论精华》（新诗卷），河北教育出版社 2000 年版，第 519—520 页。

② 于坚：《从隐喻后退》，王钟陵编：《二十世纪中国文学史文论精华》（新诗卷），河北教育出版社 2000 年版，第 519—522 页。

③ （唐）王昌龄：《诗格·论文意》，张法编：《中国美学经典》（隋唐五代卷），北京师范大学出版社 2017 年版，第 56—57 页。

情者的作者先有了创作意图乃至抒情意愿，然后认真观察和体验外在事物，将其作为情感的客观对应物乃至寄寓物，在对诸如此类客观对应物乃至情感寄寓物了然于心、了如指掌的基础上，使之形诸纸笔，成为情感的客观对应物乃至寄寓物的内涵。王昌龄的阐述较为完整彰显了抒情寓意的生成路径及过程。在这里作为感情终端显现形式的是客观对应物乃至情感寄寓物，但其精神和灵魂则是创作意图乃至抒情寄寓。蕴含在客观对应物乃至抒情寄寓物中的意义实则是真正意义的抒情寓意。

一般理论家往往将抒情寓意的形成过程复杂化，实际的创作可能跨越诸多阶段直达抒情的最高境界。当然，抒情寓意的最高境界实则基于作为抒情者的作者对情感寄寓物的认知，以及作为抒情者的作者其自我心灵的活跃、自由和敞开的程度。梁宗岱有这样的阐述：“洞观心体后，万象自然都展示一副充满意义的面孔，有水到渠成之妙；对外界的认识愈准确，愈真切，心灵也愈开朗，愈活跃，愈丰富，愈自由。”① 在梁宗岱看来，作者抒情意愿的昭然澄明似乎先于客观对应物乃至情感寄寓物的昭然澄明，这仅仅是一种理论构想，实际情况可能难以分清时间先后，存在很大程度的同时性或并发性。但是否存在时间的先后或并发性都不重要，重要的是在其最高境界往往能达到作为抒情者的作者心灵与作为客观对应物乃至情感寄寓物的事物本真状态的共同澄明，且二者相得益彰，全部达到抒情的最自由最完满的境界。这也许才是抒情寓意核心价值之意义所在。

作者作为抒情者自我与客观对应物乃至情感寄寓物的高度融合和共同澄明有一定普遍性，往往呈现出抒情寓意所能达到的最高境界的基本特征。洛夫将主体与客体的融合看成抒情寓意的核心内容和最高境界。有所不同的是，洛夫能够超越西方二元论思维局限，用最具东方美学智慧的观念加以透彻阐释。用他自己的话说便是：“诗人不但要走向内心，探入生命的底层，同时也须敞开心窗，使触觉探向外界的现实，而求得主体与客体的融合。”②

① 梁宗岱：《谈诗》，陈思和编：《中国现代文论选》，上海教育出版社 2010 年版，第 275 页。

② 洛夫：《我的诗观与诗法》，王钟陵编：《二十世纪中国文学史文论精华》（新诗卷），河北教育出版社 2000 年版，第 393 页。

很显然，洛夫所谓主体与客体的融合并不是一般意义上的基于非此即彼的二元论阐述，而是“个人的生命与天地的生命融为一体”，也就是“真我”即“我心”与“万物之心”的融为一体。他这样阐述道：“近年来我诗中经常出现的意象，也是我心的寄托。在诗中，这颗心就是万物之心，所谓‘真我’，就是把自身化为一切存在的我。”① 洛夫没有忽略这种高度融合与共同澄明其实便是“真我”化为一切存在，达到“全然无碍的自由”② 境界的精神实质。

作为抒情者的作者的抒情寓意可能有不尽相同的内容及呈现方式，但其最高境界几乎无一例外地体现为生命的自由解放。只是人们对这种自由解放的理解认识并不完全相同：或着眼于情感的宣泄，或倾向于感觉的呈现，或关注于思想的渗透等。但无论着眼于哪一方面，无疑都以作为抒情者的作者自我本心最大程度的敞开和澄明，以及与作为情感寄寓物的事物真如的最大程度敞开和澄明浑然一体，使自我之心即是万物之心、万物之心即是自我之心。这是作为抒情者的作者自我与作为情感寄寓物的万物共同达到全然无碍和澄明无蔽状态的基本特征的体现。

第三节　作者表象寓意的基本策略和典型经验

表象作为事物特征的自然呈现，并非事物的自我呈现，而是作为表象者的作者的主观呈现。这个主观呈现的特征是基于表象者视角和手段的呈现，是蕴含着作为表象者的作者的主观意图乃至表象寄寓的主观呈现。所谓表象寓意便是作者作为表象者赋予文本表象语言以主观意图的表象呈现。这种主观意图可能关涉种种因素，但主要的无疑是事物的特性尤其与这种特性息息相关的思想情感倾向。文本表象语言作为表象终端显现形式，其表象寓

① 洛夫：《我的诗观与诗法》，王钟陵编：《二十世纪中国文学史文论精华》（新诗卷），河北教育出版社 2000 年版，第 395 页。

② 洛夫：《我的诗观与诗法》，王钟陵编：《二十世纪中国文学史文论精华》（新诗卷），河北教育出版社 2000 年版，第 394 页。

意可能并不具有不言自明的特征，表象寓意至少在作为表象者的作者那里有着自觉或不自觉的属性。事物特性与表象寓意之间的相似性常常是作为表象者的作者必须面对的主要课题。

表象作为见诸文本语言的终端显现形式，必然在最直接的表象层面表现为形象。形象往往有特别重要的价值和意义。许多意象主义者也强调形象的重要性。如谢·叶赛宁等指出："艺术的唯一规律，唯一的无与伦比的方法就是通过形象和形象的节律性来显示生活"①，"艺术作品的任何内容都是愚蠢和无意义的"②。叶赛宁的这一阐述容易使人产生误解，以为叶赛宁等主张形象也只有形象才是文学的根本属性，除此之外的其他内容可能显得无足轻重或多此一举。叶赛宁真正的主张并非如此，他有这样的论述："形象要靠一步步离开类比、排偶、比较和对照，那些简洁的和扩展的修饰语，多主题多层结构的同位语，这才是艺术大师的生产工具。"③ 也就是说，虽然意象主义者不刻意追求任何内容，很大程度上脱离了类比、排偶、比较和对照等修辞方法，却并没有完全彻底排除相关修饰语和同位语所带来的意义附着作用。即使主张"不要沾上抽象的边"，"不要'充满观点'"的庞德也承认："一个'意象'是在一刹那间呈现一种理智和情绪的复合物的东西"，"正是这样一种复合物的同时的呈现，给人那种突然解放的感觉，那种摆脱了时间和空间的限制的自由感觉，那种我们面对着最伟大的艺术品时经历的突然成长的感觉。"④ 他所谓突然解放的自由感觉，可能不是一种抽象观点，但有着某种程度的意义性质，至少这种解放和自由并非只是一种没有意义的感觉。可见，即使庞德等人很大程度上试图摆脱抽象观点，只是借助语言自身的修

① ［俄］谢·叶赛宁：《意象主义宣言》，袁可嘉编：《现代主义文学研究》（上），中国社会科学出版社 1989 年版，第 407 页。

② ［俄］谢·叶赛宁：《意象主义宣言》，袁可嘉编：《现代主义文学研究》（上），中国社会科学出版社 1989 年版，第 407 页。

③ ［俄］谢·叶赛宁：《意象主义宣言》，袁可嘉编：《现代主义文学研究》（上），中国社会科学出版社 1989 年版，第 407 页。

④ ［美］埃·庞德：《回顾》，袁可嘉编：《现代主义文学研究》（上），中国社会科学出版社 1989 年版，第 390—392 页。

饰语和同位语作用的努力，仍然在很大程度上附着意蕴乃至意义的价值。所有这些看似尽可能避开抽象观点和内容的形象很大程度上蕴含着意义的性质和成分，所有这些意义的性质和成分便是表象寓意的体现形式。

许多作为表象者的作者不反对致力于表象寓意的寄寓，而且很大程度上使这种表象寓意成为一个民族集体文化意识的基本象征。许多中国人不仅用梅、兰、竹、菊分别寄寓君子高洁傲骨、幽雅清高、谦逊洒脱、隐逸淡泊等品格，且将其作为傲骨君子、高雅君子、谦谦君子、隐逸君子的基本象征，使其在诸如绘画乃至文学作品中成为一种约定俗成的文化常识。几乎所有的文学作品都关涉表象，相对来说最终端、最彻底、最圆满的表象形式当属戏剧电影之类，在此类艺术形式之中演员活灵活现、惟妙惟肖的表演是表象寓意最直接最直观也最便捷的显现形式，在此基础上形成的特定象征体系和表演程式常常有非同寻常的民族共同性。如中国古典戏曲往往通过诸多为人们所普遍接受的习以为常或喜闻乐见的道具、脸谱和动作程式寄寓一定约定俗成的表象寓意。布莱希特指出："人们知道，中国古典戏曲大量使用象征手法。一位将军在肩膀上插着几面小旗，小旗至少象征着他率领多少军队。穷人的服装也是绸缎做的，但它却由各种不同颜色的大小绸块缝制而成，这些不规则的布块意味着补丁。各种性格通过一定的脸谱简单地勾画出来。双手的一定动作表演用力打开一扇门等。舞台在表演过程保持原样不变，但在表演的同时却把道具搬了进来。"① 布莱希特所谓中国古典戏曲的象征手法便是中国古典戏曲赋予一定表象寓意以形象的典型手段。在这里，不仅诸如将军佩戴的小旗，还有手执的鞭子，都分别具有军队及数量规模、马匹及毛色的象征意义，三两只椅子和桌子、手执胯部的旗子也可能分别有着山峰城楼、轿子车辆的象征意义，而且诸如黑色、红色、白色的脸谱也分别有着公正、忠烈和奸诈的象征意义，高脚跨步、手执鞭子绕戏台几圈分别有跨过门槛或河流、骑马疾行数十万里的象征意义。诸如此类仅仅是一般道

---

① ［德］贝托尔特·布莱希特：《陌生化与中国戏剧》，张黎、丁扬忠译，北京师范大学出版社 2015 年版，第 6—7 页。

具、脸谱、动作程式所具有的表象寓意。

更复杂更见个性的表象寓意策略当属人物性格品行的典型化塑造。作为表象者的作者往往不惜采用移花接木、添枝加叶式虚构手法。如李渔所说："传奇无实，大半皆寓言耳。欲劝人为孝，则举一孝子出名，但有一行可纪，则不必尽有其事，凡属孝亲所应有者，悉取而加之，亦犹如纣之不善，不如是之甚也，一居下流，天下之恶皆归焉。其余表忠表节，与种种劝人为善之剧，率同于此。"① 这仅仅体现的是人物事件的移植组合，更重要的是替这些人物立心立言，最突出的表象寓意策略当属设身处地立心立言法。李渔有谓："言者，心之声也。欲代此一人立言，先宜代此一人立心。若非梦往神游，何谓设身处地？无论立心端正者，我当设身处地，代生端正之想；即遇立心邪辟者，我亦当舍经从权，暂为邪辟之想。务使心曲隐微，随口唾出，说一人，肖一人，勿使雷同，弗使浮泛。若《水浒传》之叙事，吴道子之写生，斯称此道中之绝技。"② 李渔所阐述还仅仅是传统戏曲表象寓意的基本策略，体现的仍然是以人物乃至情节为中心的戏剧结构和体系。

除了中国古典戏曲乃至演员的程式化表演之外，一切作为表象者的作者的文本表象语言特别是演员的表演常常是表象寓意得以终端显现的感性形式和典型手段。或者说演员的表演往往是作为表象者的作者其表象寓意的最典型、最直观、最圆满的终端显现形式。在这一点上作为表象者的作者的文本表象语言倒是退回到一个相对次要的位置，还得借助演员的表演来获得终端显现。演员的动作表演往往有着最终端的价值和意义，其表演的成功与否直接影响着作为表象者的作者表象寓意的能否圆满呈现。莎士比亚借哈姆雷特的口吻阐述了这一道理："自有戏剧以来，它的目的始终是反映人生，显示善恶的本来面目，给它的时代看一看它自己演变发展的模型。要是表演得过分了或者太懈怠了，虽然可以博得外行观众的一笑，明眼之士却要因此而

① （清）李渔：《闲情偶寄》，张法编：《中国美学经典》（清代卷），北京师范大学出版社2017年版，第422—423页。

② （清）李渔：《闲情偶寄》，张法编：《中国美学经典》（清代卷），北京师范大学出版社2017年版，第422—423页。

皱眉；你必须看重这样一个卓识者的批评甚于满场观众盲目的毁誉。啊！我曾经看见有几个伶人演戏，而且也听见有人向他们极口捧场，说一句并不过分的话，他们既不会说基督徒的语言，又不会学着人的样子走路，瞧他们在台上大摇大摆、使劲叫喊的样子，我心里就想：一定是什么造化的雇工把他们造了下来，造得这样拙劣，以至于全然失去了人类的面目。”① 正因为演员的表演直接决定人物本来性格，以及借这些性格充分彰显人性本来面目等表象寓意的最终能否真正实现，因此布莱希特对演员的表演有更明晰要求，他这样写道：“人们相互间采取的态度的范围，我们称之为动作的范围。身姿、声韵和面部表情，是由一种社会性的‘动作’决定的：人们互相谩骂、恭维、教诲等。人与人之间采取的态度，显然是完全私人性的态度，如关于病中身体痛苦的表示，或者宗教的表白。这些动作性的表演大都是非常复杂的，充满矛盾的，用一个单词无论如何也没法表明它的真谛；而演员必须当心，在必然要加强的反映中不能有所损失，而且要加强这个整体。”② 在戏剧表演中，无论唱词、对白，还是表演提示等都得借助演员的表演动作获得最终显现，这意味着演员的动作表演有着举足轻重的价值和意义，但相对于作为表象者的作者来说，充其量只是一个二度表象者，其最原初表象者仍然是作为剧作家的作者本人。

值得注意的是，并不是所有作为表象者的作者寄寓基本相同的表象寓意，有些或更多的真正具有现代意义的戏剧往往一反传统戏剧基于反映或表现的基本意蕴，而以颠覆传统戏剧表象寓意为特征甚至目的。如象征主义戏剧并不关注诸如背信弃义、凶杀流血等尖锐激烈矛盾冲突并以其为主题，而是将那些默无声息、稍纵即逝的最司空见惯的日常生活作为表象寓意的核心内容和主题，或者说以他们所认为的最接近现实生活的方式而不是高于现实生活，比现实生活矛盾更尖锐、更复杂、更集中的方式来呈现现实生活本来具有的

① ［英］莎士比亚：《哈姆雷特》，高建平、丁国旗编：《西方文论经典》（第2卷），安徽文艺出版社2014年版，第291—292页。

② ［德］贝托尔特·布莱希特：《戏剧小工具篇》，张黎、丁扬忠译，北京师范大学出版社2015年版，第53—54页。

较为普通寻常的生活意识作为其表象寓意。梅特林克指出："真正的艺术家在寻找合适的艺术主题时，不再选择马利乌斯战胜辛巴利人或基思公爵的被谋杀，因为他明确地意识到，胜利或谋杀的心理只不过是低等的和例外的，而人和事物的庄严声音，那种欲言又止、怯声怯气的声音，在暴力行为毫无意义的喧嚣之中是无法听到的。因此他会去画在穷山僻塌、人迹罕至地方的一座小屋，走廊尽头一扇开着的门，休憩中的一张脸或一双手，他会用这些简单的形象来丰富我们对生活的意识，这种生活意识是不能再失去的了。"① 许多人可能并不习惯于梅特林克的表象寓意，但这种看似平淡无奇的普通生活所蕴含的深刻哲理，较之传统戏剧经常依靠的凶杀猎奇等近乎极端暴力的主题更具最普遍性，或者说传统戏剧在某种程度上是用看似尖锐复杂的矛盾冲突乃至表象寓意来掩饰作为表象者的作者对普通日常生活的麻木不仁和熟视无睹，也是有一定道理的。

按照这一创作理念，作为表象者的作者更关注平淡无奇的人物事件及表象，且常常将耐人寻味的普遍主题和深刻意蕴作为表象寓意的核心内容。这可能是诸如象征主义戏剧表象寓意的一个基本特征。梅特林克写道："我越来越相信的是这样一种老人，尽管他安详地静坐在那里，实际上他的生活却要比勒死情妇的情夫，比常胜将军，比'为名誉而复仇的丈夫'更深刻、更富于人性、更有普遍意义。他可以是长夜坐在扶手椅中，在烛光里耐心地等候着；他可以是不在意地倾听着支配外在一切的永恒规律，思忖着但又不理解何以门窗是如此寂静，何以光似乎在发出颤抖的声音，俯首听命于灵魂和命运的摆布。他是这样一种老人，从不去想这个世界上所有的力量像许多小心伺候的仆人一样都会聚在一起，在他的房间里守夜。他从未觉察是太阳的力量使他倚身其上的小桌子得以安然不动。他也从不知道天空的星辰和灵魂的任何一根纤维对眼皮的每一闭合或思想的每一迸发都有作用。"② 梅特林

---

① ［比利时］梅特林克：《卑微者的财富》，高建平、丁国旗编：《西方文论经典》（第 4 卷），安徽文艺出版社 2014 年版，第 139 页。

② ［比利时］梅特林克：《卑微者的财富》，高建平、丁国旗编：《西方文论经典》（第 4 卷），安徽文艺出版社 2014 年版，第 140—141 页。

克所呈现的这一种老人并非具有典型性格的人物角色，可能仅是生活中最普通不过乃至司空见惯的人物角色，但正是这样的人物角色却蕴含着为普通人百思不得其解的深刻主题和人生寓意，在很大程度上有着更深刻、更富于人性、更普遍的意义。象征主义戏剧确实为人们提供了作为表象者的作者可能寄寓的表象寓意的一个典型案例。

相对于象征主义并不十分关注人物性格品行和情节完整曲折，更关注对普通生活乃至普遍主题的不可思议乃至百思不得其解的表象寓意加以呈现的特点，荒诞派戏剧则往往以较为明晰的整体形象来凸显其创作意图乃至表象寓意。虽然这些形象仍可能只是些并不引人注目的情节元素和人物符号，但这些情节元素和人物符号却往往寄寓较普遍深刻而且明确的表象寓意。荒诞派戏剧并不关注人物性格及冲突，也不关注基于性格冲突的激情，仅关注普通人的基本生活境遇，并借这些表面看来似乎毫无诗意的形象乃至形象系统来蕴含其对更真实更接近纯自然状态的生活画面所寄寓的更本质、更理想形式来呈现其表象寓意。他们所呈现的生活画面看似极其寻常以致近乎荒诞，但至少在他们主观上看来更接近于人类生活状况的终极现实，以及诸如生与死、孤立与交流等为数不多的生命根本问题。艾斯林指出："它只能以焦虑或嘲弄呈现出一个个体的人体验终极现实时他对这种现实的直觉，呈现出一个人深入到个性深处，深入到梦境、幻想和梦魇中去而得到的结果。"① 荒诞派戏剧的表象寓意看似缺乏必要的典型化、集中化策略的运用，但事实上同样没有仅仅拘泥于对现实生活表象的意识层面的呈现，而且很大程度上切入人们的梦境、幻想和梦魇等更深邃的无意识层面，于是在看似荒诞不经的剧情中寄寓着真正深刻的无意识层面的表象寓意。荒诞派戏剧并不像现实主义戏剧那样热衷于借助人物命运叙述来寄寓一定的具有社会政治意识形态性质的表象寓意，而是试图借助文本表象语言本身来塑造人物基本形象，来呈现人们的基本生活境遇乃至存在意识。这才是荒诞派戏剧的表象寓意的核心内容之所在。艾斯林

---

① ［英］马丁·艾斯林：《荒诞的意义》，高建平、丁国旗编：《西方文论经典》（第 4 卷），安徽文艺出版社 2014 年版，第 378 页。

这样概述道："荒诞派戏剧不关心信息的传递，或者表现存在于作者内心世界之外的人物的问题或命运，它不详细阐述一个主题或者讨论意识形态的命题。它也不重视事件的描绘、人物命运和冒险经历的叙述，但它却关心一个人基本境遇的呈现。它是一种境遇剧，而不是情节剧，因此它运用的语言立足于各种形式的具体形象，而不是立足于论据和推论。由于荒诞派戏剧试图呈现出一种存在意识，所以它既不研究也不解决行为或道德问题。"①

唯其如此，荒诞派戏剧往往有着呈现表象寓意的独特策略，这个独特策略便是作为表象者的作者常常借助所谓"诗意形象"的方式来呈现其表象寓意。艾斯林有这样的论述："荒诞派戏剧中的情节不是为了讲故事，而是为了传达出一种形式的诗意形象。仅举一个例子：在《等待戈多》中所发生的事并不组成一个情节或故事，它们是贝克特的直觉的形象，即在人类存在中并不真的发生过什么。整个剧作就是由附属的形象和主题的复杂模式构成的深奥难懂的诗意形象，其附属形象和主题就像音乐主题的组成部分一样错综交织。其目的不是像在大多数出色的剧作中那样，要呈现一条发展线索，而是要在观众心目中形成一种全面而复杂的印象，使他们了解基本的静止的境遇。在这点上，荒诞派戏剧与象征主义诗歌和意象派诗歌类似，它们也表现了在一个彼此互相依存的结构中的一种形象与联想的模式。"② 艾斯林显然特别强调了由附属的形象和主题复杂模式所构成的错综交织、深奥难懂的诗意形象的重要性，但所谓诗意形象是有附属的形象和主题复杂模式所构成的诗意形象系统，所以肯定是一种有所寄寓的表象。

人们可能过多地关注了荒诞派戏剧对"一个看似失去统一原则、意义和目的的正在瓦解的世界的图像"即"一个荒诞的世界"③ 的呈现，事实上

---

① ［英］马丁·艾斯林：《荒诞的意义》，高建平、丁国旗编：《西方文论经典》（第 4 卷），安徽文艺出版社 2014 年版，第 378 页。

② ［英］马丁·艾斯林：《荒诞的意义》，高建平、丁国旗编：《西方文论经典》（第 4 卷），安徽文艺出版社 2014 年版，第 378—379 页。

③ ［英］马丁·艾斯林：《荒诞的意义》，高建平、丁国旗编：《西方文论经典》（第 4 卷），安徽文艺出版社 2014 年版，第 384 页。

荒诞派戏剧从来并不仅仅停留于这一看似失去意义的荒诞世界的呈现层面，往往借助看似无意义的、破碎化行为使其获得意义，通过充满冷酷和绝望，以致丧失了恐惧和焦虑的现实境遇，因得到系统阐述而被克服并形成了获得解放的效果，且切入人们的恐惧、梦幻和梦魇，及人格内在冲突的深刻心理现实等无意识深处，以达到对表象寓意的尽可能深邃寄寓和呈现。艾斯林这样论述道："就现实而言，荒诞派关心的是意象里表现出的心理现实：意象是心灵状态的外在投射，是恐惧、梦幻和梦魇，是作者人格的内在冲突。这种类型的戏剧产生的戏剧性紧张感不同于那种主要通过叙述性情节的展开来揭示客观人物的戏剧产生的悬念。从情节的展开到冲突出现再到最终的矛盾解决这个模式反映了一种世界观，即认为矛盾的解决是可能的，这是建立在一种客观现实可以认识并被普遍接受的形式基础上的一种观点，人们可以理解这种客观现实，以至人类的生存目的及其需要的行为法则都可以从中推断出来。"① 人们可能习惯着眼于荒诞派戏剧看似散乱和碎片化剧情的认知，却忽略了对看似荒诞不经、毫无意义的剧情所蕴含的无意识层面深刻的意义和启示的阐释，正是这些无意识层面意义和启示才真正构成了荒诞派戏剧表象寓意的深刻意蕴和内涵。其实正是这种看似无意义的意义，看似冷酷、焦虑和绝望的解放，才真正体现了作为表象者的作者其表象寓意的最深刻、最终极的目的和意义。

表象寓意是作为表象者的作者在其文本表象语言中所寄寓的创作意图。这种创作意图和表象寄寓可能有着意识层面的寄寓与无意识层面的寄寓两种类型。虽然两种创作意图和表象寄寓均可能呈现于其文本表象语言之中，但意识层面的寄寓主要呈现作者作为表象者的一般认识，而无意识层面的寄寓则体现为作为表象者的作者更深刻认识。或者说意识层面的表象寓意主要体现为大多数人所习以为常的表象寄寓，而无意识层面的表象寓意主要是为大多数所忽略的体现着作为抒情者的作者个体创造的独特表象寄寓和象征系

① ［英］马丁·艾斯林：《荒诞的意义》，高建平、丁国旗编：《西方文论经典》（第 4 卷），安徽文艺出版社 2014 年版，第 387 页。

统。更有可能存在的现象是，作为意识层面的表象寓意和无意识层面的表象寓意均可能处于作为表象者的作者的意识层面，但无意识层面的表象寓意可能更多关涉作为表象者的作者自身所无法自觉的无意识层面认识。当然这并不是说作为意识层面的表象寓意全然不可能存在于作为表象者的作者无意识层面，只是这种可能的无意识常常有待于他人而非作者本人来发现和破译。这也不是说作为表象者的作者可以轻而易举地发现和破译处于他本人无意识层面的表象寓意，实际情况较之发现和破译前者更为困难。

第八章　作为文本的表意

表意是文本语言自身呈现的意义系统。作为文本语言的感性显现形式主要为文本形象，但文本意义系统却并不仅仅依赖文本形象获得显现。文本形象也确实属于文本的主体，但使意义获得显现的方式还有非形象的语言和以语言作为载体的意义。文本表意无论呈现为文本形象，还是非形象的语言乃至意义，都是文本语言自身呈现的意义，既可能与作者和读者有关，也可能与作者的创作意图和读者的理解建构无关。许多人将作者寓意、文本表意混为一谈，甚至视包括读者会意在内的一切意义为作者寓意，其实这三者并不完全趋于一致，无论文本表意与作者寓意和读者会意有无关系甚或完全一致，均可视为文本语言乃至形象的精神内核，甚至是文本形象乃至语言及其意义的精神和灵魂，正是这一意义真正建立了作者寓意和读者会意有机联系的桥梁和纽带。

第一节　文本叙事表意的基本策略和典型案例

文本叙事表意是文本叙事语言自身呈现的意义及意义系统。这个意义可能直接呈现于文本叙事语言及其意义之中，也可能间接地呈现于文本叙事语言所塑造的文本形象乃至事件叙述之中。一般来说，得以呈现和显现叙事表意的方式，主要有直接的语言意义和间接的形象意义两种。不过，即使直接的文本语言意义也可能在很大程度上有着形象的元素或成分，最起码常常借助人物身份得以呈现，不同之处是间接的形象意义更多暗含于形象塑造和事件叙述之中，有相对的含蓄性和模糊性，且往往是文本叙事语言的主体部分；直接的语言意义相对比较明晰，不占据主体地位，却往往有着画龙点睛、一语破的的作用。

叙事表意可以有多种基本策略。作为文本叙事语言主体，主要借助人物事件叙述得以显现的叙事表意一般是间接叙事表意。间接显现的叙事表意往往遍布文本叙事语言特别是长篇小说的方方面面，或者说除了直接显现叙事表意之外的其他诸多人物及事件的具体叙述部分都程度不同地属于间接显现叙事表意的范畴。由于间接显现叙事表意往往直接呈现为形象，或者说以形象作为终端显现形式，所以并不十分清晰或集中。相对来说，较为集中且明晰得以呈现的是直接显现叙事表意，直接显现叙事表意往往并不占据文本叙事语言特别是长篇小说的主体部分，却常常是文本叙事语言的灵魂和核心之所在，至少在很大程度上集中体现为文本叙事语言的主题意蕴，且往往集中显现于诸如楔子、绪论、凡例及前几章回之中，有画龙点睛作用。直接显现叙事表意最常见手段和策略是借助格言谚语、名言警句等获得呈现。如《红楼梦》等长篇小说虽然间接显现叙事表意的方式和策略多种多样，且因版本文字不同而更为复杂多样，但比较来说还是以第一回僧道劝慰石头之语为最，可以说是整个文本叙事语言叙事表意的总纲，如其所谓：“那红尘中却有些乐事，但不能永远依恃。况又有‘美中不足，好事多磨’八个字紧相连属。瞬息间则又乐极悲生，人非物换，究竟是到头一梦，万境归空。”《红楼梦》这一句话显然是整部长篇小说的第一层级直接显现叙事表意，其中“万境归空”四字更可谓核心中的核心，灵魂中的灵魂。以极其简明扼要、内涵丰富的格言谚语、名言警句方式作为直接显现叙事表意的基本策略有极其广泛的普遍性，但这并不能说明存在于文本叙事语言之中的所有格言语言、名言警句都有这一功能和意义，通常情况或极端情况下真正关涉核心表意的往往只此一句，非及其他。如巴尔扎克等作者的文本叙事语言常常有较多格言谚语、名言警句，遍布文本叙事语言的各个章节。也由于见仁见智的原因，不排除不同的人可能以不同格言谚语、名言警句作为核心表意的现象，但这并不表明所有格言谚语、名言警句都能成为核心表意。

次一层级即第二层级的直接显现叙事表意，在《红楼梦》中表现为跛足道人所谓《好了歌》之所谓“世人都晓神仙好，惟有功名忘不了！古今将相在何方？荒冢一堆草没了。世人都晓神仙好，只有金银忘不了！终朝只恨聚无多，及到多时眼闭了。世人都晓神仙好，只有娇妻忘不了！君生日日说恩情，君死又随人去了。世人都晓神仙好，只有儿孙忘不了！痴心父母古来多，孝顺儿孙谁见了？”这第二层级的叙事表意仍比较抽象概括，但较之第一层级的“万境皆空”显然更为具体，有一定的铺陈性质，毕竟将诸如“万境皆空”等更加具体化为功名、金银、娇妻、儿孙等方面欲望对生命本源的诱惑和干扰。也不是所有呈现于文本叙事语言中的诗词曲赋之类都关涉直接显现叙事表意。中国古代章回小说往往以楔子或第一回开门见山的开卷诗作为核心叙事表意，而且贯穿于文本叙事语言其他部分的诗词曲赋虽然也有画龙点睛之功能，但只是关乎其中某一章回，并非辐射整部小说的全部文本叙事语言。《红楼梦》的特殊恰在于并不以开门见山的开卷诗作为叙事表意，而以存在于第一卷中间甚或接近末尾的诗歌作为核心叙事表意。与这一层级核心表意较为接近甚或大体相同的直接显现叙事表意当为甄士隐《好了歌》注。如其所谓：“陋室空堂，当年笏满床；衰草枯杨，曾为歌舞场。蛛丝儿结满雕梁，绿纱今又糊在蓬窗上。说什么脂正浓、粉正香，如何两鬓又成霜？昨日黄土陇头送白骨，今宵红灯帐底卧鸳鸯。金满箱，银满箱，展眼乞丐人皆谤。正叹他人命不长，那知自己归来丧！训有方，保不定日后作强梁。择膏粱，谁承望流落在烟花巷！因嫌纱帽小，致使锁枷杠；昨怜破袄寒，今嫌紫蟒长。乱哄哄你方唱罢我登场，反认他乡是故乡。甚荒唐，到头来都是为他人作嫁衣裳！”这一注解较之《好了歌》叙事表意更为具体丰富、鲜活生动，且暗合贾宝玉、林黛玉、王熙凤、薛宝钗、史湘云、晴雯、贾雨村、贾兰，乃至宁国府、荣国府的悲剧命运，实际上既是对《好了歌》的具体化、形象化，而且也是对贾府及主要人物命运的一种暗示和隐射。人们虽然不能将这一注解的每一个句子与相关人物一一对应，但大部分还是可以找到隐射乃至隐喻的。

许多文本叙事语言以开门见山的开卷诗作为核心叙事表意，《红楼梦》却没有因袭传统、按部就班，而且也绝不停留于一次性核心叙事表意，还有意设计了更次一层级的更具体、更形象、更生动的专题词曲作为第三层级叙事表意。如第五回金陵十二钗正副册，特别是《红楼梦》十二支词曲除第一首《引子》“开辟鸿蒙，谁为情种？都只为风月情浓。奈何天，伤怀日，寂寥时，试遣愚衷。因此上演出这悲金悼玉的《红楼梦》”和《收尾》“为官的家业凋零，富贵的金银散尽。有恩的死里逃生，无情的分明报应。欠命的命已还，欠泪的泪已尽：冤冤相报自非轻，分离聚合皆前定。欲知命短问前生，老来富贵也真侥幸，看破的遁入空门，痴迷的枉送了性命。好一似食尽鸟投林，落了片白茫茫大地真干净”两首，分别作为导语和结语，有着统领和总括中间其他十二首词曲的作用之外，中间十二首词曲恰恰代表了各自不同的十二种悲剧命运，而这十二支词曲连同金陵十二钗正副册恰合于十二地支、十二属相、十二个月等。这绝对不是巧合，是作者作为叙事者有意建构的宇宙秩序的隐喻和象征，其更大范围的隐喻和象征表意是不能一言而尽的。基本上都是对相关人物及其悲剧类型的概括和分述。较之《好了歌》及甄士隐注解显然更为具体详尽，其直接显现叙事表意的特征略显模糊含蓄。类似于人物命运卜辞的诗歌在诸如《废都》等小说中也有体现，但很大程度上丧失了关涉核心叙事表意的价值和功能。

值得注意的是，有些文本叙事语言往往不限于以上三个层级的直接显现叙事表意，还可能通过人物对白等直接关涉其创作意图乃至理念的方式来达到显现叙事表意的目的。《红楼梦》还特意设计和安排空空道人与石头的对白来显现其创作意图乃至理念。如：“空空道人遂向石头说道：‘石兄，你这一段故事，据你自己说有些趣味，故编写在此，意欲问世传奇。据我看来，第一件，无朝代年纪可考；第二件，并无大贤大忠理朝廷治风俗的善政，其中只不过几个异样女子，或情或痴，或小才微善，亦无班姑、蔡女之德能。我纵抄去，恐世人不爱看呢。’石头笑答道：‘我师何太痴耶！若云无朝代可考，今我师竟假借汉唐等年纪添缀，又有何难？但我想，历来野史，皆蹈一辙，莫如我这不借此套者，反倒新奇别致，不过只取其事体情理罢了，又何必拘拘于朝代年纪哉！再者，市井俗人喜看理治之书者甚少，爱适趣闲文者特多。历来野史，或讪谤君相，或贬人妻女，奸淫凶恶，不可胜数。更有一种风月笔墨，其淫秽污臭，屠毒笔墨，坏人子弟，又不可胜数。至若佳人才子等书，则又千部共出一套，且其中终不能不涉于淫滥，以致满纸潘安、子建、西子、文君，不过作者要写出自己的那两首情诗艳赋来，故假拟出男女二人名姓，又必旁出一小人其间拨乱，亦如剧中之小丑然。且鬟婢开口即者也之乎，非文即理。故逐一看去，悉皆自相矛盾，大不近情理之话，竟不如我半世亲睹亲闻的这几个女子，虽不敢说强似前代书中所有之人，但事迹原委，亦可以消愁破闷，也有几首歪诗熟话，可以喷饭供酒。至若离合悲欢，兴衰际遇，则又追踪蹑迹，不敢稍加穿凿，徒为供人之目而反失其真传者。今之人，贫者日为衣食所累，富者又怀不足之心，纵然一时稍闲，又有贪淫恋色，好货寻愁之事，那里去有工夫看那理治之书？所以我这一段故事，也不愿世人称奇道妙，也不定要世人喜悦检读，只愿他们当那醉淫饱卧之时，或避世去愁之际，把此一玩，岂不省了些寿命筋力？就比那谋虚逐妄，却也省了口舌是非之害，腿脚奔忙之苦。再者，亦令世人换新眼目，不比那些胡牵乱扯，忽离忽遇，满纸才人淑女，子建文君红娘小玉等通共熟套之旧稿。'”曹雪芹正是借空空道人与石头的对白，特别是石头的自我辩解，较为明确地表明了作者作为叙事者对以往文本叙事语言模式化倾向和缺憾的批评，其中涉及故事背景、主题、题材、人物、情节、功用等多个方面。可谓对传统话本小说和戏曲的整体判析，也是在这一基础上进行有意识自觉革新的创作意图和理念的间接显现。

类似例子也见诸《堂吉诃德》之类长篇小说。不同之处是《堂吉诃德》采用了貌似作者的叙述者与其无名氏朋友的对白。表面看来，似乎《堂吉诃德》所呈现的是作者与其真实现实朋友的对白，但人们也有理由相信其作者可能仅仅是一个貌似作者的叙述者，而其朋友也可能并非真正的朋友，可能是现实作者的一个化身，因为如同石头所表白的其实仍然是作为叙述者的作者的创作意图乃至理念，而且也只有真正的现实作者才可能有如此高的创作站位，以及与文本叙事语言心心相印的才学胆识。不同之处是《堂吉诃德》不是以神似作者的石头辩白而是以神似作者的朋友的劝解答疑来评断当时西班牙文坛骑士文学模式化弊端和缺憾。如其所云："'我只想讲个朴素的故事，不用前言和开卷例有的一大串十四行诗呀、俏皮短诗呀、赞词呀等等装点。我不妨告诉你，我写这部书虽然费心，却不像写目前这篇前言这样吃力。……我这个故事干燥得像芦苇，没一点生发，文笔枯涩，思想贫薄，毫无学识，也不象别的书上那样书页的边上有引证，书尾有注释。我多少年来没没无闻，早已被人遗忘，现在年纪一大把，写了这样一部作品和大家见面；读者从古以来是对作者制定法律的人，想到他们的议论，怎不栗栗畏惧呢？别的书尽管满纸荒唐，却处处引证亚里士多德、柏拉图和大伙的大哲学家，一看就知道作者是个博雅之士，令人肃然起敬。瞧他们引用《圣经》吧，谁不说他们可以跟圣托马斯一类的神学大家媲美呢？他们非常巧妙，上一句写情人如醉如痴，下一句就宣扬基督教的宝训，绝不有伤风化，读来听来津津有味。我书上可什么都没有。书页的边上没有引证，书尾没有注释。人家书上参考了哪些作者，卷首都有一个按字母排列的名表，从亚里士多德起，直到塞诺封，以至索伊洛或塞欧克西斯为止，尽管一个是爱骂人的批评家，一个是画家。我压根儿不知道自己参考了哪几位作者，开不出这种名表。而且卷头也没有十四行诗；至少没有公爵、侯爵、伯爵、主教、贵夫人或著名诗人为我作诗。……'我的朋友听我讲完，在自己脑门上拍了一巴掌，哈哈大笑道：'嗐，老哥啊，我认识你这么久，一直没看清你，今天才开了眼睛。……著名的堂吉诃德是游侠骑士的光辉和榜样，你写了他的故事却顾虑重重，说有许多缺点，竟不敢出版。可是你瞧吧，我一眨眼可以把你那些顾虑一扫而空，把你说的缺陷全补救过来。'我说：'你讲吧，你打算怎样弥补那些缺陷，扫除我的顾虑呢？'他说：'第一，你那部书的开头不是欠些十四行诗、俏皮短诗和赞词吗？作者不又得是达官贵人吗？这事好办。你只需费点儿心自己做几首，随意捏造个作者的名字，假借印度胡安长老也行，假借特拉比松达的皇帝也行；我听说他们都是有名的诗人。就算不是，有些学究或学士背后攻击，说你捣鬼，你可以只当耳边风。他们证明了你写的是谎话，也不能剁掉你写下这句谎话的手呀。至于引文并在书页边上注明出处，那也容易。你总记得些拉丁文的片言只语，反正书上一查就有，费不了多少事，你只要在适当的地方引上就行。……你用了这类零星的拉丁诗文，人家至少也把你看成精通古典的学者。这个年头儿，做个精通古典的学者大可名利双收呢！至于书尾的注释，也有千稳万妥的办法。如果你书上讲到什么巨人，就说他是巨人歌理亚斯。这本来并不费事，可是借此就能有一大篇注解。……你如要卖弄自己精通古典文学和世界地理，可以变着法儿在故事里提到塔霍河，你马上又有了呱呱叫的注解。……反正你只要在故事里提到这些名字，或牵涉到刚才讲的那些事情，注释和引文不妨都归我包办。我向上帝发誓，一定把你书页边上的空白全都填满，书的末尾还要费掉四大张纸为你注释呢。咱们再瞧瞧人家有而你没有的那份作家姓名表吧。弥补这点缺陷很容易。你只要找一份详细的作家姓名表，像你说的那样按字母次序排列的。你就照单全抄。尽管你分明是弄玄虚，因为你无须参考那么多作者，可是你不必顾虑，说不定有人死心眼，真以为你这部朴质无文的故事里繁征博引了所有的作家呢。这一大张姓名表即使没有别的用，至少平白为你的书增添意想不到的声望。况且你究竟是否参考了这些作者，不干别人的事，谁也不会费心去考证。还有一层，你认为自己书上欠缺的种种点缀品，照我看来，全都没有必要。你这部书是攻击骑士小说的；这种小说，亚里士多德没想到，圣巴西琉也没说起，西赛罗也不懂得。你这部奇情异想的故事，不用精确的核实，不用天文学的观测，不用几何学的证明，不用修辞学的辩护，也不准备向谁说教，把文学和神学搅和在一起——一切虔信基督教的人都不该采用这种杂拌儿文体来表达思想。你只需做到一点：描写的时候摹仿真实：摹仿得愈亲切，作品就愈好。你这部作品的宗旨不是要消除骑士小说在社会上、在群众之间的声望和影响吗？那么，你不必借用哲学家的格言、《圣经》的教训、诗人捏造的故事、修辞学的演说、圣人的奇迹等等。你干脆只求一句句话说得响亮，说得有趣，文字要生动，要合适，要连缀得好；尽你的才力，把要讲的话讲出来，把自己的思想表达清楚，不乱不涩。你还须设法叫人家读了你的故事，能解闷开心，快乐的人愈加快乐，愚笨的不觉厌倦，聪明的爱它新奇，正经的不认为无聊，谨小慎微的也不吝称赞。总而言之，你只管抱定宗旨，把骑士小说的那一套扫除干净。那种小说并没有什么基础，可是厌恶的人虽多，喜欢的人更多呢。你如能贯彻自己的宗旨，功劳就不小了。’我悄悄儿听着，他的议论句句中听，我一无争辩，完全赞成，决计照他的话来写前言。”表面看来，《堂吉诃德》所关注的仅仅是诸如前言、开卷诗、页边引注、名词概念注释等，其实也关涉对形式大于内容的浮躁文风的批评和嘲弄，当然也借以表明了作为作者的叙述者决意打破传统模式的决心和意志。

作为叙述者的作者其叙事表意除了创作意图及思想倾向，还有创作理念及思想倾向等，所有这些无疑都是叙事表意的主要内容。不仅如此，包括作为叙述者的作者对主要人物性格及命运的设计及态度也常常关涉叙事表意，甚至也是叙事表意不可分割的主要组成部分。如：“他为自己的马取了这样中意的名字，也要给自己取一个，想了八天，决定自称堂吉诃德。……我们这位绅士因为要充地道的骑士，决定也把自己家乡的地名附加在姓上，自称堂吉诃德·台·拉·曼却。他觉得这样可以标明自己的籍贯，而且以地名为姓，可以替本乡争光。他的盔甲已经收拾干净，已经改成头盔，马已经取了名字，自己也已经定了名称，可是觉得美中不足，他还得找个意中人。因为游侠骑士没有意中人，好比树没有叶子和果子，躯壳没有灵魂。他想：游侠骑士常会碰到巨人，我和他交手，把他打倒或劈做两半，一句话，我把他打败，降伏了他，那么，我可以命令他去拜见个人儿，叫他进门去双膝跪倒在我那可爱的小姐面前，低声下气地说：‘小姐，我是巨人卡拉库良布罗，是马林德拉尼亚岛的大王。有一位赞不盛赞的骑士堂吉诃德·台·拉·曼却和我决斗，把我打败了，命我到您小姐面前来，听您差遣。’那多好啊！啊！我们这位绅士想出了这段道白，尤其是给自己意中人选定了名字之后，真是兴高采烈。原来，据人家说，他曾经爱上了附近村子的一位很漂亮的农村姑娘，不过那姑娘看来对这事毫无所知。她名叫阿尔东沙·罗任索；他认为她可以称为意中人。他要给她起个名字，既要跟原名相仿佛，又要带些公主贵人的意味，最后决定称她为“杜尔西内亚·台尔·托波索”，因为她是托波索村上的人。他觉得这个名字就像他为自己以及自己一切东西所取的名字一样，悦耳、别致，而且很有意思。”在诸如此类的长篇大论中，作者作为叙述者显然直接地采用叙述者叙事语言而非人物叙事语言。这一叙事语言的优势恰在于能够条理化、系统化梳理人物性格，使读者对其性格形成的前因后果和基本特征有近乎全方位的大概了解。这一叙事表意策略多见于西方小说而非中国小说，这也从一个侧面折射出西方小说不同于中国小说的长于整体概述甚至近乎说明的优势，但这一优势对习惯于以故事情节曲折生动吸引人的中国读者则不一定合乎欣赏趣味。

中国读者大多数并不喜欢长篇大论式概括说明和介绍，特别是对一般的喜欢以猎奇和情节取胜的读者来说，很多时候完全可以采用跳读方法敷衍过去。也许正是出于这方面考虑，《红楼梦》用冷子兴这一局外人演说荣国府的手法来加以概述：“子兴叹道：‘再说荣府你听：方才所说异事就出在这里。自荣公死后，长子贾代善袭了官，娶的是金陵世家史侯的小姐为妻。生了两个儿子，长名贾赦，次名贾政。如今代善早已去世，太夫人尚在。长子贾赦袭了官，为人却也中平，也不管理家事；惟有次子贾政，自幼酷喜读书，为人端方正直。祖父钟爱，原要他从科甲出身，不料代善临终遗本一上，皇上怜念先臣，即叫长子袭了官；又问还有几个儿子，立刻引见，又将这政老爷赐了个额外主事职衔，叫他入部习学，如今现已升了员外郎。这政老爷的夫人王氏，头胎生的公子名叫贾珠，十四岁进学，后来娶了妻、生了子，不到二十岁，一病就死了。第二胎生了一位小姐，生在大年初一，就奇了。不想隔了十几年，又生了一位公子，说来更奇：一落胞胎，嘴里便衔下一块五彩晶莹的玉来，还有许多字迹。你道是新闻不是？’雨村笑道：“果然奇异，只怕这人的来历不小。”子兴冷笑道：‘万人都这样说，因而他祖母爱如珍宝。那周岁时，政老爷试他将来的志向，便将世上所有的东西摆了无数叫他抓。谁知他一概不取，伸手只把些脂粉钗环抓来玩弄，那政老爷便不喜欢，说将来不过酒色之徒，因此不甚爱惜。独那太君还是命根子一般。——说来又奇：如今长了十来岁，虽然淘气异常，但聪明乖觉，百个不及他一个；说起孩子话来也奇，他说：女儿是水做的骨肉，男子是泥做的骨肉。我见了女儿便清爽，见了男子便觉浊臭逼人。你道好笑不好笑？将来色鬼无疑了！’雨村罕然厉色道：‘非也！可惜你们不知道这人的来历，大约政老前辈也错以淫魔色鬼看待了。若非多读书识事，加以致知格物之功、悟道参玄之力者，不能知也。’”冷子兴与贾雨村的这段对白，所介绍的不仅是贾府的家世及来龙去脉，还特别提到了主人公贾宝玉聪明淘气的异常性格，甚至借冷子兴与贾雨村对贾宝玉性格截然相反的评价预示了他大爱大恨的性格乃至大起大落的命运，特别是通过他大荣大辱、大得大失的起落沉浮预示他可能具有的大慈大悲、大彻大悟的机缘，且借助贾府上下数百人的命运起落沉浮一并铺陈和演绎了其“万境皆空”乃至跛足道人自解《好了歌》之“可知世上万般，好便是了，了便是好。若不了，便不好；若要好，须是了”的叙事表意。在以上对话中，除了贾雨村在该章回其他部分已经有所叙述，可以称得上是故事人物，而冷子兴严格来说只能是一个概念化的甚至传声筒式人物，但正是冷子兴、贾雨村特别是冷子兴这些实际上并无鲜明丰满性格特征的人物之间的对话却成功实现了对贾府家世及主要人物性格特征的概述和介绍，必定不同于《堂吉诃德》，在很大程度上弥补了单纯叙述者叙述可能存在的单调和武断，在较有限程度上强化了文本叙事语言特别是叙事表意策略的生动性、形象性和多样性，至少为文本叙事语言特别是叙事表意提供了一种不同的策略。

叙事表意作为文本叙事语言的核心内容和灵魂所在，其获得显现的策略和方式可能多种多样，但大体不离间接显现与直接显现两大类。其中直接显现叙事表意作为文本叙事语言最普遍最大量使用的方式和策略，不能被人们忽视，但由于存在很大程度上的间接性，其叙事表意往往并不明朗清晰，且完全有可能存在因人而异的理解和阐释；比较而言，直接显现作为并不占据文本叙事语言的主体，但分明有提纲挈领甚至画龙点睛作用的方式和策略，往往因为存在无可辩驳的明晰度和集中度而有毋庸置疑的价值和意义，或可以说，直接显现叙事表意虽然不是最丰满、最含蕴、最具再造性的叙事表意，但必定最明晰、最集中、最具权威性的，虽然不能说有一言九鼎的功能和价值，但常常是最凝练、最响亮、最具醍醐灌顶功能和价值的叙事表意。

第二节　文本抒情表意的基本策略和核心内容

文本抒情表意是文本抒情语言自身呈现的意义及意义系统。这个意义系统关乎情、志、悟诸方面的核心内容，且可能直接呈现于文本抒情语言及其意义之中，也可能间接地呈现于文本抒情语言所塑造的文本形象乃至事件叙述之中。无论直接语言意义，还是间接形象意义，都离不开另一方面，至少不能完全彻底清除。相对来说，即使直接的文本语言意义也可能在很大程度上有着形象的元素或成分，起码常常借助人物身份得以呈现，不同之处是间接形象意义更多暗含于形象塑造和事件叙述之中，有相对含蓄性和模糊性，且往往构成文本抒情语言的主体部分；直接语言意义则相对明晰，不占主体地位，往往有画龙点睛、一语破的的作用。

直接抒情表意策略较为多样化，且抒情表意多明白无误。作为文本抒情语言，可以直接点出“心”，如《诗经·黍离》所谓“行迈靡靡，中心摇摇。知我者，谓我心忧，不知我者，谓我何求。悠悠苍天，此何人哉”，其中“知我者，谓我心忧，不知我者，谓我何求”有重章叠句、强化抒情表意的功能。也可以直接点出“意”，如欧阳修《醉翁亭记》所谓“醉翁之意不在酒，在乎山水之间也”直接点出其抒情表意在于寄情山水。当然可以不点出心意，直接以表达情感的形容词点出抒情表意。如王维《秋夜独坐》虽似较为含蓄，还是开宗明义点出“独坐悲双鬓，空堂欲二更”。这已经阐明了“悲双鬓”这一抒情表意，接下来出现“雨中山果落，灯下草虫鸣”之类景物描写，好似景物自我呈现而非人为寄寓，但随后所谓“白发终难变，黄金不可成”，特别是“欲知除老病，唯有学无生”等，却明显层层递进，愈益清晰地揭示出与病老有关的人生际遇，回应并充实了“悲双鬓”这一抒情表意的基本内涵。另如李清照《慢慢声·寻寻觅觅》以“愁”作为抒情表意，虽夹杂着些景物描写，无疑有作为观察者乃至抒情者的作者视角，即使景物描写也仅限作者眼中的景物，移情于物的景物，通篇虽然有诸如“寻寻觅觅，冷冷清清，凄凄惨惨戚戚”之类身体知觉乃至心理感觉描写，也有类似“三杯两盏淡酒，怎敌他、晚来风急”等较清晰的行为动作乃至自然现象描写，更有“雁过也，正伤心”这一更明晰的直接抒情表意，且愈至后来愈益清晰地揭示了“这次第，怎一个愁字了得”这一更明晰且更强烈的递进抒情结构。类似例子也见于《临江仙·庭院深深深几许》，如果说所谓“感月吟风多少事，如今老去无成”已有基于老而无成感慨的抒情表意，至最后一句“试灯无意思，踏雪没心情”，更将这一抒情表意复杂化、具体化而臻达极致。

直接抒情表意呈现的递进结构往往体现为由朦胧到清晰、由温和到激进。也有一种则以表面的清晰到朦胧、激进到温和，孕育着更加蕴藉、浓郁、强烈情感的抒情表意。如王昌龄《从军行》其二之“琵琶起舞换新声，总是关山旧别情。撩乱边愁弹不尽，高高秋月照长城”诸句，先是较为明晰的“旧别情”、“边愁”，最后是看似朦胧模糊、温和淡然的“高高秋月照长城”这一景物描写句，其实这最后一句才真正点染诸如不堪闻的边声，不堪入目的边景，且明显呼应了“弹不尽”，以示更加凄绝惨烈的离别情这一抒情表意。类似的例子也见于温庭筠《更漏子》。其词云：“玉炉香，红蜡泪，偏照画堂秋思。眉翠薄，鬓云残，夜长衾枕寒。梧桐树，三更雨，不道离情正苦。一叶叶，一声声，空阶滴到明。”这看似与李清照《慢慢声·寻寻觅觅》正好相反：李清照极力建构在从朦胧到清晰、温和到强烈的抒情结构，最后以更清晰更强烈的“这次第，怎一个愁字了得”作结语点明抒情表意，温庭筠《更漏子》则是在看似清晰的“红蜡泪”、“离情正苦”的抒情结构中，以“一叶叶，一声声，空阶滴到明”的更朦胧且更淡然的文本抒情语言作结，其抒情表意更见蕴藉浓郁沉痛。类似例子也见于冯延巳《鹊踏枝·谁道闲情抛掷久》之所谓：“谁道闲情抛掷久？每到春来，惆怅还依旧。日日花前长病酒，不辞镜里朱颜瘦。河畔青芜堤上柳，为问新愁，何事年年有？独立小桥风满袖，平林新月人归后。”诸如此类的抒情表意往往能在很大程度上彰显沉郁顿挫的艺术风格。

文本抒情语言之曲折抒情表意策略通常有两大类。一类是先不明言其抒情表意是什么，但从后文明言的抒情表意来看，仍然很大程度上受其影响，以至无法排遣其原初抒情表意。如李商隐《登乐游原》有谓："向晚意不适，驱车登古原。夕阳无限好，只是近黄昏。"一开始明言不适之意，但因何而不适则并不十分清楚。受这种抒情表意的影响即使选择了用"驱车登古原"的方式来排遣不适之意，但排遣的结果仍然是"夕阳无限好，只是近黄昏"。这显然是作为抒情者的作者曲折地用有感于光阴易逝以至接近晚年的思绪来转移或回答不适之意的缘由。类似的例子也见于王维《山居秋暝》，人们可能对"随意春芳歇，王孙自可留"之"意"有不同理解，如果作"任意"、"任由"、"任凭"解，同样有顺任自然的抒情表意。如此一来，后句"王孙自可留"才真正有了破解《楚辞·招隐士》"王孙游兮不归，春草生兮萋萋"、"王孙兮归来，山中兮不可以久留"诸句诗意的抒情表意。不同之处是李商隐《登乐游原》开门见山点出抒情表意，紧接着便予以呼应和回答，王维《山居秋暝》"空山新雨后，天气晚来秋。明月松间照，清泉石上流。竹喧归浣女，莲动下渔舟"却有诸多景物描写。另如朱自清《荷塘月色》，一开始用"这几天心里颇不宁静"点染其抒情表意，也未明言其不宁静的缘由，但后文"这时候最热闹的，要数树上的蝉声与水里的蛙声；但热闹是它们的，我什么也没有"和"可见当时嬉游的光景了。这真是有趣的事，可惜我们现在早已无福消受了"诸句，曲折地回答了这一问题。这便是与"热闹"、"风流"相反的孤寂冷清和郁闷憋屈。另一类是虽然没有明确否定抒情表意，且也指出了其本真微妙的特征，但限于文本抒情语言的无能只能用得意忘言之类措辞虚晃一枪，如陶渊明《饮酒》（其五）所谓"此中有真意，欲辨已忘言"。

还有介于二者之间，既有诸如"思"等看似直接却较为含蓄隐晦的曲折抒情表意，也有诸如"怅"等直接显现情感属性的较为直露的直接抒情表意。如王维《寄荆州张丞相》，首联"所思竟何在，怅望深荆门"，开门见山点出"思"，但未直接阐明思的对象和内涵，只用望来暗示思念对象，当与荆门有关，或为寄身或贬官荆门均不可知，似为曲折抒情表意，但一个"怅"字又点明怅然之情的深邃，似又为直接抒情表意。至于颔联所谓"举世无相识，终身思旧恩”，抒情表意更明晰，显然为“旧恩”，这个旧恩是知遇之恩，还是知己之恩，虽然并不十分明朗，但作为抒情者的作者之感恩之心已十分明朗，且这个感恩之心正是基于“举世无相识”的感慨，明显有直接抒情表意的性质，因为思的内涵为旧恩，这已经十分明了。接着而来的颈联“方将与农圃，艺植老丘园”，看似仅为叙事，却寄寓着作者归隐乡村的意愿，貌似曲折抒情表意，实为直接抒情表意，是退隐山水田园果决之心的直接显露，而且“方将”一词正是在点明其时势和时间的紧迫，心情和意愿之急切。至于尾联“目尽南飞雁，何由寄一言”，其欲寄书信于张九龄丞相的意图极其明确，看似为直接抒情表意，但其曲折表达的是欲寄书信于张九龄，却求助无果，因为即使“目尽南飞雁”，也没有一只能遂其所愿，实现鸿雁传书的目的，这更是求助无门而怅然若失的根本原因，似为真正意义的曲折抒情表意，但其恰与“怅望”相呼应，并点明了何以只能怅望的缘由，又似为真正意义的直接抒情表意。

类似的例子也见于其他文本抒情语言。如孟浩然《秋登兰山寄张五》不仅兼有曲折抒情表意和直接抒情表意，且其情感富于变化。如开头“北山白云里，隐者自怡悦”，通过“自怡悦”直接点明抒情表意，这里其实是借典故暗示抒情表意，联系陶弘景有云“山中何所有，岭上多白云。只可自怡悦，不可持寄君”，可知此处所要表达的不是自我怡悦，而是无法持寄张五的无奈。后面接着的诗句“相望始登高，心随雁飞灭”，点明且深化了这一抒情表意：既然不能将北山白云引发的自我怡悦遥寄于张五，那么只能登高相望以寄托情感，但每次只能以希望破灭为结果，正如雁飞灭一般。这是值得仔细玩味的曲折抒情表意。至于“愁因薄暮起，兴是清秋发”显然属于直接抒情表意范畴，不仅情感的属性和内涵明晰，且其诱因也明白无误，正是薄暮引起了愁思，清秋感发了兴致。如果所谓愁思和兴致缘起于其景物其时间，那么后起“时见归村人，沙行渡头歇”则因其景物其事件，因为能够见到村人行走沙滩而歇息于渡头，却见不到张五这一故人，乃触景生情，遇事伤情，有着曲折抒情表意属性。到了“天边树若荠，江畔洲如月”，更将这种曲折抒情表意发挥到极致：貌似仅为纯客观景物描写，极言其举目眺望，目力所能看见的只是如荠菜般细小的天边树木，近看江畔沙洲也如同月亮一般。所有这些看似客观描写目力所及的景物，其实正是以此借助景物的细小来反衬视域所辖范围的辽阔空旷，借以突出作为抒情者的作者的孤寂愁兴。至如结尾“何当载酒来，共醉重阳节”画龙点睛，明言具体时间为重阳节，正应了开头登高的缘由是基于重阳节习俗，也引出另一宴饮以求健康长寿的习俗，虽然不知孟浩然之载酒共醉是否出于这一习俗，但愁思无果之余，只能以载酒共醉聊以自慰是显而易见的。既然张五不在跟前，那么连所谓载酒共醉的愿望也只能是一种凭空想象、遥不可及的奢望，这便使借酒浇愁愁更愁的直接抒情表意更显得强烈明朗，也使起先借北山白云来自我怡悦的念头至此风消云散、荡然无存。可见孟浩然这一抒情诗的文本抒情语言中，虽然深层有不断强化愁思的涌动暗流，但至少从表面来看还是有着从怡悦到愁思到借酒浇愁愁更愁的抒情表意变化。

如果说孟浩然《秋登兰山寄张五》的抒情表意是愈益强化的，那么王昌龄《过华阴》则表达了更为明朗而彻底的情感变化。开头“云起太华山，云山互明灭”，只写云起华山，二者交互明灭。似乎为景物纯然呈现，难以见出抒情者的影子；“东峰始含景，了了见松雪”，从整体景象聚焦于局部景象，仅涉东峰，却逐渐显露出作为抒情者的作者的观察者身份，于是所呈现的并非只是事物的自行呈现，更是作为观察者的作者之我“见”，仍没有流露出其情感的任何蛛丝马迹。到“羁人感幽栖，窅映转奇绝”，也只是客观呈现羁旅他乡之人的感慨，似乎这一羁旅者是作者之外的其他人而非作者本人，所谓“窅映转奇绝”，也只是他人远望而转益奇绝并非作者自感奇绝。仔细想来，这一羁旅他乡之人并非他人而是自己，作为抒情者的作者能够将自我也写得类似于他人，其淡然至极的心态了然可知。作者紧接着才将这种贮藏起来有待发酵的情感和盘托出，有谓：“欣然忘所疲，永望吟不辍。”至此人们才不再怀疑所谓羁旅他乡之人其实就是作为抒情者乃至观察者的作者本人，而且其情感其心态显然是欣然而富有奢望的。只是这一情感和心态似乎仍有所遮掩，以待进一步和盘托出，即是“信宿百馀里，出关玩新月”。是谓作者想望再住百余里地，出关玩赏新月。至此其抒情表意之愉悦才算真正和盘托出，而这愉悦全在一个“玩”字上，回溯开头诸句亦似有愉悦之抒情表意，只是相对含蕴些而已。但这并非抒情表意的核心意蕴，其核心意蕴是“何意昨来心，遇物遂迁别”，即怎料从前的心意，常常遇物随迁，也就是情自物移、心随境迁。至此也只是揭示了一种自然现象，或更准确地说，只是揭示了普通人的识解。这只是为了孕育最后一句所谓“人生屡如此，何以肆愉悦”的慨叹，也就是人生屡屡如此，凭借什么能够张扬愉悦之情呢？文本抒情语言没有彰显的应该是境由心生，只有保持经常的愉悦之情，才能不随人生际遇变化而使情感随之迁移。文本抒情语言在此是表彰愉悦还是凄恻的抒情表意仍不十分清楚。这才是更深沉透彻的抒情表意应有的属性和品质。

相对来说，间接抒情表意往往在散文中体现得更为充分些。如汪曾祺《昆明的雨》，大量篇幅实际上是描写昆明雨季的特点及生长植物，这一切只能认为是间接抒情表意的体现，因为虽然貌似大篇幅写昆明雨季的仙人掌、菌子、果子、花等植物，但所有这些植物均基于作为抒情者的作者视角。如写缅桂花时提到“带着雨珠的缅桂花使我心软软的，不是坏人，不是思乡”等，以表面的间接抒情表意借以直接抒情表意。不仅渗透于其不露声色的描述，且体现于描述过后的直接抒情之中。特别是在分别描写诸如仙人掌、菌子、果子和花等植物之前总括介绍昆明雨季特点的文本抒情语言更能折射出这一特征。先写道：“我以前不知道有所谓雨季。‘雨季’，是到昆明以后才有了具体感受的。”这说明作者到昆明之前压根儿没有雨季的概念，只是到了昆明，才真正领略了何谓雨季的概念。这个概念的核心内涵是：“我不记得昆明的雨季有多长，从几月到几月，好像是相当长的。但是并不使人厌烦。因为是下下停停、停停下下，不是连绵不断，下起来没完。而且并不使人气闷。我觉得昆明雨季气压不低，人很舒服。”这虽然是介绍昆明的雨季绵延时间之长，没完没了，易于使人厌烦气闷，但作者却明确表示既不厌烦气闷，而且感觉很舒服，是直接抒情表意的体现。至于接下来的句子更有直接抒情表意的性质，有所谓：“昆明的雨季是明亮的、丰满的，使人动情的。城春草木深，孟夏草木长。昆明的雨季，是浓绿的。草木的枝叶里的水分都到了饱和状态，显示出过分的、近于夸张的旺盛。”诸如此类的描述所表达的，虽然也可能是所有人的感受，但主要还是作者的独特感受，无论所谓明亮、丰满、动人，还是饱和、旺盛等，其中都无疑孕育着生命的活力和希望。至于以上文字之前和结尾所谓“我想念昆明的雨”，更是前后呼应，着力强化了直接抒情表意的属性，但这并不是作者直接抒情表意的独创之处。其独创之处在于，诺瓦利斯认为哲学就是怀着一种乡愁的冲动到处去寻找精神家园，汪曾祺没有忘记“雨，有时是会引起人一点淡淡的乡愁的”，但他不是身处昆明却将家乡江苏高邮作为乡愁的精神寄托，而是直接将昆明作为自己乡愁的精神寄托乃至精神家园，甚至不惜调用离开昆明四十年想念昆明雨季的诗歌“莲花池外少行人，野店苔痕一寸深。浊酒一杯天过午，木香花湿雨沉沉”结尾，特别是以近期遵嘱以彰显昆明特点的绘画开头，且题了这几行字来强化这一精神寄托：“昆明人家常于门头挂仙人掌一片以辟邪，仙人掌悬空倒挂，尚能存活开花。于此可见仙人掌生命之顽强，亦可见昆明雨季空气之湿润。雨季则有青头菌、牛肝菌，味极鲜腴。”汪曾祺将昆明特别是昆明的雨季作为乡愁的精神寄托乃至精神家园来抒写，且不惜调用诗歌和绘画进入文章来渲染“情味”，这是将曲折抒情表意与直接抒情表意融为一体而达到出神入化境界的体现。在将直接抒情表意与曲折抒情表意有机统一这一点上，朱自清《荷塘月色》也有类似情形。一般来说，曲折抒情表意往往有着蓄势乃至将情味具体化丰满化的功能，直接抒情表意则常常有画龙点睛甚至推波助澜、提升抒情表意高度或发掘抒情表意深度的效果。

刘禹锡《董氏武陵集纪》早就有“片言可以明百意”[①] 的说法。具体来说，抒情表意往往包括情、志、悟三种核心内容。情显然是抒情表意的最普遍内容，而且也是其主体内容。在中国抒情传统中往往以诗词曲为典型文体。相对来说就抒情的强烈与明朗程度而言，似乎诗特别是近体诗由于太过强调格律等缘故，使抒情表意受到一定限制，至少由于讲究格律对仗押韵并

---

① （唐）刘禹锡：《董氏武陵集纪》，郭绍虞编：《中国历代文论选》（第 2 册），上海古籍出版社 1979 年版，第 89 页。

不十分适合于抒发缠绵婉转的情感；词则由于放弃了整齐划一的字数限制，句式长短不齐、错落有致而显得富于变化，以致可以抒发更为缠绵悱恻的情感；但其变化不及散曲自由，仍然不便于抒发更为强烈而缠绵的情感。在基于情感的抒情表意方面曲胜于词，而词胜于诗。如关汉卿【南吕·四块玉】《别情》所谓："自送别，心难舍，一点相思几时绝？凭阑袖拂杨花雪。溪又斜，山又遮，人去也!"仅仅寥寥数语便将难舍难分的离别之情和盘托出，有了诗词难以达到的坦率直露、浓烈缠绵。当然人们可以"自送别，心难舍，一点相思几时绝"来否认缠绵悱恻的情感属性，但接着而来的"凭阑袖拂杨花雪"，则显然借助行动描写蕴含了一定抒情意蕴。至于"溪又斜，山又遮，人去也"诸句，更是将这种缠绵悱恻的情感推至极致，因为这首曲子文本抒情语言所呈现的并不仅仅是溪斜山遮之类的表层意象，而是拐不了弯子、遮不住情思的离愁别恨。

抒写志趣不及基于人们本能的情感有大众化情趣，但同样属于人类本能的一种。只是这种本能在最基本层次往往体现为生存欲望，到较高层次才可能体现为理想抱负。理想抱负并不为所有人特别是文人志士所推崇，也不像七情六欲带有很大普遍性，但由于受到儒家长期倡导，并因儒家在中国思想发展史上的特殊作用和影响显得格外重要。所以借助文本抒情语言抒写志趣，也是一种传统，如许多情况下文人往往羞于明白表达入仕做官的志趣，只能采取更为曲折的手法，借助于感伤时光易逝的少女闺怨诗，或思念戍守边关丈夫的思妇诗等，也有如孟浩然《临洞庭湖赠张丞相》之所谓"欲济无舟楫，端居耻圣明。坐观垂钓者，徒有羡鱼情"之类文本抒情语言一语双关，曲折暗示其出官入仕的抒情表意的。有志于出官入仕，但羞于言谈，只能借助诸如此类曲折抒情表意来抒写类似志趣，基本可视为中国抒情表意的一个传统。中国数千年来上至帝王将相，下到庶民百姓都有根深蒂固的兼济天下的政治抱负和官本位思想，同时又以修身为本、独善其身为基本行为准则，每当二者发生矛盾的时候，一般人特别是对世事较为敏感的知识分子往往选择曲折抒情这一较为明智的权变策略：既想出官入仕又不想点破这一抒情表意。

尽管如此，也不是所有知识分子都能在出官入仕方面如愿以偿，被逼无奈，许多人便走向寄情山水、排遣怀才不遇乃至失意彷徨的道路，其中有些人在特定情境中能达到觉悟的境界。所以“悟”作为一种更深邃且近乎通达的抒情表意，应该属于抒情表意的最高层次，是中国抒情表意最高生命智慧的结晶。如王维《终南别业》先是用“中岁颇好道，晚家南山陲”点明中年爱好道家，晚年置终南别业学佛，一暗一明分别紧扣热衷佛道的思想倾向，基本处于信、解的层面。接着出现的“兴来每独往，胜事空自知”已属于行、证的层次。解决了信解行证方面的问题，便自然达到了来去自由、心体无滞的境界，于是便有“行到水穷处，坐看云起时”，这是说对一切无所执著，遇水流便顺水流而行，遇水流中断，便坐而观看云起。一切随性，不加执著，不加取舍，这是生命至于化境的体现。有如此随性而为、不加执著的生命境界，至于“偶然值林叟，谈笑无还期”便更顺理成章，既不执著于谈话对象和内容的取舍，也不执著于谈话时间的选择和取舍。类似的“悟”也见于其他诗人，如陶渊明《归去来兮辞》“云无心而出岫，鸟倦飞而知还”、杜甫《江亭》“水流心不竞，云在意俱迟”等均似有所悟，只是较之王维还有不大透彻的缺憾。陶渊明所谓“云无心”，虽然放弃了执著和取舍，但“鸟倦飞”亦流露出不得已而为之的无奈。杜甫“心不竞”和“意俱迟”，看似达观随意，大有所悟，但末句“回首一颦眉”还是暴露出忧国忧民以至于难以超凡脱俗的心境。

比较而言，悟的抒情表意多见于王梵志、寒山、拾得等和尚诗人，且多直逼生死极限。有些文人如范成大《重九日行营寿之地》亦有借助和尚诗人惯用“铁门限”、“土馒头”等来抒写抒情表意的例证：“家山随处可行楸，荷锸携壶似醉刘。纵有千年铁门限，终须一个土馒头。三轮世界犹灰劫，四大形骸强首丘。蝼蚁乌鸢何厚薄，临风拊掌菊花秋。”当然也不是所有关涉悟的抒情表意都基于勘破生死极限，也有类似陶渊明、王维、杜甫等关注人情世态，也蕴含对生死的终极体悟，在这一点上元散曲较为多见，且也直白坦然，如关汉卿【南吕·四块玉】《闲适》所谓“南备耕，东山卧，世态人情经历多，闲将往事思量过。贤的是他，愚的是我，争甚么”等。更直白的悟当属禅悟，或关涉人生态度，如无门慧开禅师所谓："春有百花秋有月，夏有凉风冬有雪。若无闲事挂心头，便是人生好时节。"更有关乎禅悟本心的感悟诗，如《鹤林玉露》载某尼悟道诗有云："尽日寻春不见春，芒鞋踏遍岭头云；归来笑拈梅花嗅，春在枝头已十分。"这貌似抒写寻春，实则抒写佛道不在外物，而在本心，也就是所谓即心即佛，是心是佛，非心非佛，乃至无所执著之心即佛道的抒情表意。

抒情表意的情、志、悟三种核心内容，并不彼此孤立且不相包容。在相对饱满的文本抒情语言中可能融为一体，以情为最表层的抒情表意，志为中层的抒情表意，悟为最深层的抒情表意。还有更复杂的情形，如王维《酬张少府》之所谓："晚年惟好静，万事不关心。自顾无长策，空知返旧林。松风吹解带，山月照弹琴。君问穷通理，渔歌入浦深。"从最表层来看，似乎没有任何抒情意味，其实所谓"惟好静"便是其情感态度指向的明证，只是这种"静"更多具有寂静、虚静、宁静的意味，以至于在其表面，有"淡乎其无味"即淡极无味的至味存在；至于"万事不关心"就是其志趣的集中呈现，这一切只是其表层意味和中层意味的相继呈现，并不代表深层意味。深层意味只能是"自顾无长策，空知返旧林"，其中的"空"便是对前两句之"静"和"不关心"的初步回答，既知解了万境皆空的道理，自然便有不关心的理由，也就有了好静的情由。但仅限于"空"仍停留于知解层次，似未真正进入"行"的层次，"松风吹解带，山月照弹琴"才是基于信解基础上的"行"。在这一层次，已经不在乎解衣带的动作发出者和弹琴的行为承受者，甚至也没有了发出者与承受者的分别和取舍。这才是其知解万境皆空之后顺任自然的行为方式，但还是没有能彰显其何以至此境界的更深层原因。更深层原因是作为抒情者的作者对生命本质的"君问穷通理，渔歌入浦深"的觉悟乃至彻悟。这即是说，作者之所以好静乃至悟空，是因为顺任自然、无所执著，才有"松风吹解带，山月照弹琴"的行为方式，但如果太过于执著诸如此类的行为和生活方式，仍可能因为限于以空为空、以不关心为不关心、以静为静的执著而陷入不得要领甚或适得其反的困境，所以较之"松风吹解带，山月照弹琴"更为通达的觉悟乃至彻悟即"君问穷通理，渔歌入浦深”，才是所有这一切形成的根本原因。世界上本来不存在什么至为通达的道理，人们也无须执著于各种语言阐释和应答，只需顺任随闻而听的渔歌入浦愈深而愈归于无。这即是说，对于生命的彻悟如同渔歌，往往入浦愈深而愈归于无。也可以这样进一步归纳，视“晚年惟好静，万事不关心”所呈现的情志为抒情表意的最表层意蕴，“自顾无长策，空知返旧林”的悟为中层意蕴，而“松风吹解带，山月照弹琴”的行为方式是更深层意蕴，至“君问穷通理，渔歌入浦深”才是最深刻最究竟的悟。

第三节　文本表象表意的基本策略和结构层次

文本表象表意往往是文本表象语言自身呈现的意义及意义系统。这个意义体现可能直接呈现于文本表象语言及其意义，也可能间接呈现于文本表象语言所塑造的文本形象乃至事件叙述之中。得以呈现和显现表象表意的方式，主要有直接的语言意义和间接的形象意义两种。不过即使直接的文本语言意义也可能有着形象的元素或成分，最起码常常借助人物身份得以呈现。不同之处是间接形象意义更多暗含于形象塑造和事件叙述，有相对含蓄性和模糊性，且往往是文本表象语言的主体，但直接的语言意义则比较明晰，虽不占据主体地位，但往往有画龙点睛、一语破的的作用。

表象表意的突出特征是往往有十分鲜明的场景乃至现场画面。无论《敕勒歌》之所谓“敕勒川，阴山下。天似穹庐，笼盖四野。天苍苍，野茫茫。风吹草低见牛羊”，还是王维《鹿柴》“空山不见人，但闻人语响。返影入深林，复照青苔上”，范成大《春日田园杂兴》第十二绝之所谓“乌鸟投林过客稀，前山烟暝到柴扉。小童一棹舟如叶，独自编阑鸭阵归”等，都有类似特点。不同的是，《敕勒歌》场面宏大，虽辽阔空旷，但不空寂，倒有一种欣欣向荣的气象和丰腴清新的自然气息；王维《鹿柴》不乏自然的清新气息，但这种清新气息缺少了大自然的丰腴繁复、欣欣向荣，平添了几分放下自我执著后的心理空寂；《春日田园杂兴》第十二绝，仍不乏清新的自然气息，但这种清新已不再是草原的纯然清新，倒有了几分浓郁的人文气息，虽也有类似于《鹿柴》的静谧，但这种静谧或仅仅是一种乡村气息，也仅仅是一种相安无事的和谐和恬静，并不是放下自我执著后的一种空寂。所有这些流露出不同的表象表意内涵，也彰显出现场画面在呈现表象表意方面的重要作用。

与一般诗歌的表象表意不同的是，戏曲唱词或话剧台词往往有更丰满的情态，且这些情态常借助特定的现场画面尤其是鲜明生动的动作性文本表象语言得以全面呈现。汤显祖《牡丹亭·惊梦》【步步娇】所谓："袅晴丝吹来闲庭院，摇漾春如线。停半晌、整花钿。没揣菱花，偷人半面，迤逗的彩雲偏。〔行介〕步香闺怎便把全身现！"这一段【步步娇】杜丽娘唱词首先借庭院春光景色，烘托了女主人公的心情，再是流露出女主人公迟疑乃至精心梳妆打扮，及打扮的效果，后是行走闺房却不能全面展示自己美姿的憋屈心理。所有这些都通过短短文本表象语言特别是观察、梳妆、慌乱、漫步等动作逐一展示出来。所有这些动作又往往将情境，以及呈现在镜中的美貌姿态，还有慌乱、迟疑、不安又觉得有些憋屈的种种心态等一并细腻逼真生动呈现出来。如果这种动作还流露出几分羞涩、胆怯、迟疑的心理活动，那么王实甫《西厢记·长亭送别》【滚绣球】之所谓："恨相见得迟，怨归去得疾。柳丝长玉骢难系，恨不倩疏林挂住斜晖。马儿迍迍的行，车儿快快的随，却告了相思回避，破题儿又早别离。听得道一声去也，松了金钏；遥望见十里长亭，减了玉肌：此恨谁知？"更多借助送别场景特别是崔莺莺所期待的主观化了的场景将其急切、果决，甚至义无反顾的心理态度和盘托出。崔莺莺这一曲【滚绣球】唱词所呈现的不仅是其送别的场景，更是她恨不得让柳丝系住马儿，让疏林挂住斜阳，让张生的马儿迟缓行进，让自己的车子紧紧跟随，只听得一声离别，便六神无主，松了金钏，遥见送别的长亭，便备受煎熬，立见消瘦的情态以及这种情态所折射出来的心理活动。所有这些文本表象语言虽主要关涉送别场景的交代和情境的烘托，所呈现的不仅是其离别的场景，更是崔莺莺所思所见并倾注着她难舍难分的怨恨心理，也充满着她幽怨期待却又怅然若失、无可奈何的心理状态。也正是这些，共同构成了崔莺莺【滚绣球】唱词表象表意的核心内容。如果说杜丽娘【步步娇】主要以唱词标识动作来彰显与其密切相关的情态乃至情境，那么崔莺莺【滚绣球】则主要以唱词标识情态来彰显与其密切相关的动作乃至情境，但无论哪一种都尽可能惟妙惟肖地呈现了人物活动的场景画面和浓郁情境，以及相关情态、动作等，并以此作为呈现表象表意的基础。

表象表意在文本表象语言中的呈现策略，具体来说往往有显山露水式、石破天惊式、云遮雾罩式三种。其中显山露水式表象表意往往在文本表象语言中明晰流露出表象意图，石破天惊式表象表意是在不露声色的文本表象语言后突然一语道破天机，有画龙点睛效果。同是戏曲唱词，如汤显祖《牡丹亭·惊梦》【皂罗袍】所谓："原来姹紫嫣红开遍，似这般都付与断井颓桓。良辰美景奈何天，赏心乐事谁家院?"虽然前两句似乎有些含蓄，但景同虚设、不意错过大好时光的惋惜依稀可见。到了所谓"良辰美景奈何天，赏心乐事谁家院"两句，不仅其"良辰美景"和"赏心乐事"本身便有情感态度及倾向十分明显的修饰语，加上"奈何天"、"谁家院"的感慨和疑问，更使这种情感态度及倾向得到明显强化和突出。至如"朝飞暮卷，云霞翠轩；雨丝风片，烟波画船"诸句，看似仅为景象描写，其实是情感态度的一种蓄势待发或迂回曲折，接着便是脱口而出的"锦屏人忒看的这韶光贱"，使这种惋惜、埋怨和感慨达到极致。与此不同，王实甫《西厢记·长亭送别》【正宫】【端正好】之所谓："碧云天，黄花地，西风紧，北雁南飞。晓来谁染霜林醉，总是离人泪。"虽然前面的景物描写已蕴含着情感及态度倾向，但仍然显得有些含蓄，至如"晓来谁染霜林醉，总是离人泪"才一语道破天机，使前面蓄势待发的情感真正落花有意；且后面所谓"四围山色中，一鞭残照里。遍人间烦恼填胸臆，量这些大小车儿如何载得起。临去秋波那一转，我是个多愁多病身，怎当你倾国倾城貌"，更将这种离人泪连同更细腻的心理感受一并勾起且和盘托出。也不是所有石破天惊式表象表意都先含而不露，最后才一语道破，也有先一语道破，再含而不露的，如《西厢记·长亭送别》【四煞】"这忧愁诉与谁？相思只自知，老天不管人憔悴。泪添九曲黄河溢，恨压三峰华岳低。到晚来闷把西楼倚，见了些夕阳古道，衰柳长堤。"

类似含而不露、蓄势待发，直到最后才和盘托出的石破天惊式表象表意也见于《红楼梦》第三回关于林黛玉相貌的表象表意，所谓："宝玉早已看见多了一个姊妹，便料定是林姑妈之女，忙来作揖。厮见毕归坐，细看形容，与众各别：两弯似蹙非蹙罥烟眉，一双似喜非喜含情目。态生两靥之愁，娇袭一身之病。泪光点点，娇喘微微。闲静时如姣花照水，行动处似弱柳扶风。心较比干多一窍，病如西子胜三分。宝玉看罢，因笑道：'这个妹妹我曾见过的'。"且不说曹雪芹安排贾宝玉并借其视角来观察和呈现林黛玉本身有深刻寓意，仅就其相貌表象而言，已窥一斑而见全豹。贾宝玉首先关注的是林黛玉的眉毛和眼睛，且更关注眉毛和眼睛之与众不同：似蹙非蹙，似喜非喜，可谓眉目传情；至如其他描写则主要集中于林黛玉多愁善感、娴静纯洁、细腻缠绵，但也体弱多病，却不失西施的风韵且有过之无不及。诸如此类不过是关于其相貌、性格、气质和风韵的表象，至多也只是透露出性格娴静而多情善感、心底细腻而善良纯洁、风韵带病而胜过西施，并以此暗示其体弱多病、命运多舛的悲剧性结局。但这并非曹雪芹这一段表象表意的核心意蕴之所在，其核心意蕴在于暗示木石前盟，暗示超越现代科学认知的灵魂轮回乃至万境皆空的宿命。所以贾宝玉所谓"这个妹妹我曾见过的"这一句在贾母诸人看来是胡言乱语的疯话，才是真正点明表象表意核心之所在。不仅集中呈现和印证了作者精心设计和呈现的万境皆空的主题意蕴，也凸显了贾宝玉和林黛玉初次见面的与众不同：不仅心有灵犀一点通，更有超出父母等亲人的前世因缘，乃至息息相关的生命轮回。

表象表意显山露水式与石破天惊式的区别，也见于其他文本表象语言之中。郦道元《水经注》也采用这两种表象表意方式。如："自三峡七百里中，两岸连山，略无阙处。重岩叠嶂，隐天蔽日，自非亭午夜分，不见曦月。至于夏水襄陵，沿溯阻绝，或王命急宣，有时朝发白帝，暮到江陵，其间千二百里，虽乘奔御风，不以疾也。春冬之时，则素湍绿潭，回清倒影，绝巘多生怪柏，悬泉瀑布，飞漱其间，清荣峻茂，良多趣味。每至晴初霜旦，林寒涧肃，常有高猿长啸，属引凄异，空谷传响，哀转久绝。故渔者歌曰：巴东三峡巫峡长，猿鸣三声泪沾裳！"这段文本表象语言基本上属于石破天惊式，因为开始的描写多不露声色，至少未真正流露出思想及情感倾向，至“良多趣味”才初见端倪，到“属引凄异”、“哀转久绝”，特别是“猿鸣三声泪沾裳”才真正画龙点睛，点染出哀伤凄厉的思想及情感倾向。与此不同，如“江水又东迳狼尾滩而历人滩，袁山松曰：二滩相去二里，人滩水至峻峭，南岸有青石，夏没冬出，其石嵚崟，数十步中悉作人面形，或大或小，其分明者，须发皆具，因名曰人滩也”诸句，似无过多表意，仅凸显人滩之石俱如人面而须发明晰及人滩取名之由来而已，当属显山露水式表象表意范畴。至于后文之所谓：“江水又东迳西陵峡，《宜都记》曰：自黄牛滩东入西陵界，至峡口百许里，山水纡曲，而两岸高山重障，非日中夜半，不见日月，绝壁或千许丈，其石彩色，形容多所像类，林木高茂，略尽冬春。猿鸣至清，山谷传响，泠泠不绝。所谓三峡，此其一也。山松言：常闻峡中水疾，书记及口传，悉以临惧相戒，曾无称有山水之美也。及余来践跻此境，既至欣然，始信耳闻之不如亲见矣。其叠嶍秀峰，奇构异形，固难以辞叙。林木萧森，离离蔚蔚，乃在霞气之表，仰瞩俯映，弥习弥佳，流连信宿，不觉忘返，目所履历，未尝有也。既自欣得此奇观，山水有灵，亦当惊知己于千古矣。”在这一段文本表象语言中，虽然开始依然有不少景物描写，但主要还是借以印证山松之所谓耳闻不如亲见的山水之美，而后文所谓“山水有灵，亦当惊知己于千古矣”，更凸显了山水灵动之美的特质。无论该文本表象语言是否均出自山松，还是后文“林木萧森”诸句为郦道元本人体悟，仍呈现出较前一段文本表象语言倾向更为明确的表象表意。这一古老表象传统可以上溯到《山海经》。如《山海经·南山经》之所谓：“南山经之首曰䧿山。其首曰招摇之山，临于西海之上，多桂，多金、玉。有草焉，其状如韭而青华，其名曰祝余，食之不饥。有木焉，其状如谷而黑理，其华四照，其名曰迷谷，佩之不迷。有兽焉，其状如禺而白耳，伏行人走，其名曰狌狌，食之善走。丽麂之水出焉，而西流注于海，其中多育沛，佩之无瘕疾。”虽然有关于草木兽水等事物的表象，但其根本分别落在诸如“食之不饥”、“佩之不迷”、“食之善走”、“佩之无瘕疾”等奇特功效方面。这一表象表意更像石破天惊式表象表意。至于《山海经·北山经》“北山经之首，曰单狐之山，多机木，其上多华草。逢湰水出焉，而西流注于泑水，其中多茈石文石”诸句，仅仅关注表象，并不在意其功效，属于显山露水式还是云遮雾罩式并不十分清晰。

所谓云遮雾罩式表象表意，是指几乎所有文本表象语言仅停留于表象，对其意图乃至寓意讳莫如深，或故意闪烁其词，以至于深藏不露的表象表意策略。诸如此类的表象表意在一定程度上见于显山露水式和石破天惊式表象表意之中，只是较之显山露水式和石破天惊式更多了几分推测和破译的难度。如《红楼梦》第五回中写道：“宝玉便伸手先将‘又副册’橱门开了，拿出一本册来，揭开看时，只见这首页上画的既非人物亦非山水，不过是水墨滃染的满纸乌云浊雾而已。后有几行字迹，写道是：霁月难逢，彩云易散。心比天高，身为下贱。风流灵巧招人怨。寿夭多因诽谤生，多情公子空牵念。”在这一段文本表象语言中，作者显然借用了《推背图》的手法，用图画配诗的手法来暗示未来及其天机。这种独特的文本表象语言所暗示的表象表意显然是身在其中的贾宝玉无法参透的，至于其他读者也只能按照自己的理解加以推测和破译。也有些人认为这段文字及图画隐射晴雯这一人物及其命运，也暗合于前八十回文本表象语言。至于另一段文字及配图则由于关涉后四十回充满争议的章回，似与文本表象语言不合，如：“再去取‘正册’看时，只见头一页上便画着两株枯木，木上悬着一围玉带；又有一堆雪，雪中一股金簪。也有四句词，道是：可叹停机德，堪怜咏絮才。玉带林中挂，金簪雪里埋。宝玉看了仍不解，待要问时，知他必不肯泄漏；待要丢下，又不舍。”按照人物命运似有不合之处，但脂砚斋批评以为“可叹停机德，堪怜咏絮才”两句分别暗示薛宝钗和林黛玉。如此推论，“玉带林中挂，金簪雪里埋”两句，亦可能分别暗示林黛玉和薛宝钗的命运，且与画面表象之木上悬玉带，雪中埋金簪相合，似暗示林黛玉和薛宝钗均不得其果：木石前盟虽高高在上，无人不知、无人不晓，看似有贾母作为后盾，但对寓意林黛玉的木而言，则仅仅是一种悬挂其上的空名分和装饰品；暗示薛宝钗的雪，虽然身怀金簪，含而不露，有着后发制人的能耐，但金簪埋于雪地，毕竟有着待为人见的生不逢时的孤寂潦倒在内。至于林黛玉吊死林中，薛宝钗冻死雪中的推测，仍不失为一种破译，但是否切合其表象表意便不得而知。脂砚斋对“玉带林中挂，金簪雪里埋”的评语是“寓意深远，皆生非其地之意”。所谓云遮雾罩式表象表意并不是其文本表象语言本身深不可测，而是看似浅显易懂的文本表象语言本身所蕴含的深层意蕴往往藏而不露，有待于人们自行解读和破译。这种有待于读者自行解读破译的云遮雾罩式表象表意可能如类似《推背图》及《红楼梦》判词配图，可能有秘而不宣的天机，或故意造成一种讳莫如深的神秘感，以激发读者的解读和破译兴趣及热情。

当然，显山露水式、石破天惊式、云遮雾罩式作为三种表象表意策略，并非互不相容。许多情况下可能更多体现为表象表意的三个不同结构层次，即表层意蕴的显山露水式、中层意蕴的石破天惊式、深层意蕴的云遮雾罩式。如杜甫《春望》之“国破山河在，城春草木深”句，似有春景图意味，只是这个春景图不同于苏轼之春景图，更多彰显了国都沦陷、城池残破、乱草丛生、林木苍苍的景象。这便是其显山露水式表象表意的内涵所在。其中一个“破”字和“深”字，有画龙点睛的作用，既指明了国家破亡的历史背景，也点染出草木丛深的自然景象，明显有石破天惊式表象表意内涵，其深层意蕴即借助“山河在”表明山河之上的其他事物如建筑等被洗劫一空，以致满目疮痍；借助“草木深”，以表明由于无人踩踏、砍伐收割而草木丛生、深无人迹。如此为云遮雾罩式表象表意之内涵所在。苏轼《惠崇春江晚景》之所谓：“竹外桃花三两枝，春江水暖鸭先知。蒌蒿满地芦芽短，正是河豚欲上时。”从文本表象语言来看，无疑呈现了一幅春江图，至于是晚景还是晓景则并不明晰，也许二者均有可能，因为这个画面并无明晰时间特征；相对来说如此清晰的画面，属于晓景的可能更大些。这仅限于显山露水式表象表意的最表层；如果仅是一幅春江图，无论春晓还是春晚，似乎没有多大的意义，倒是“春江水暖鸭先知”一句似有石破天惊式表象表意的性质，有画龙点睛的作用，其寓意的表象表意可能即是身临其境者最敏感，最有发言权。但这似乎仅是“春江水暖鸭先知”的表象表意，而非整首诗表象表意之核心意蕴，可真正的核心意蕴是什么呢？在这幅春江图中，竹林是四季常青的，虽然春季可能更为翠绿些，但不大能清晰而有标志性地点染出春景的信息，倒是竹林外三两枝初放桃花应该是春天的标志，可作者为什么更在意水中的鸭子，以为正是它们才最先察觉了初春江水的回暖？至于河滩上的蒌蒿、开始抽芽的芦笋，以及正要从大海回游到江河的河豚，相比鸭子而言虽然也觉察到了春天的气息，倒似乎成了春天的迟钝感知者。所有这些，明显有待于人们进一步破译和阐释。这才是云遮雾罩式表象表意的深层意蕴之所在。

更有甚者，不是单纯寄寓一种景物乃至哲理，可能是对生命的一种感悟。如傅大士“空手把锄头，步行骑水牛；人从桥上过，桥流水不流”的偈子，看似有着表象表意的性质。从最表层来看，似乎是“空手”与“把锄头”、“步行”与“骑水牛”，“人与桥”、“桥流”与“水流”所构成的风景图，能够让人们清晰看到一幅相对完整的画面，是为显山露水式表象表意；关键词在于“桥流水不流”，似为打破常规逻辑的认知，具有消解二元对立及参照系的习惯绝对性的价值和意义，是为石破天惊式表象表意；至如云遮雾罩式表象表意其内涵则是：“空手”与“把锄头”、“步行”与“骑水牛”看似无法统一，即空手便不可能把锄头，把锄头便不可能空手；同样的道理，步行便不可能骑牛，骑牛便不可能步行。实际上如果打破这种二元对立，二者又似乎是统一的，因为空手才有可能把锄头，步行才有可能骑牛；同样的道理，把锄头才可能解决空手的问题，骑牛才可能解决步行的问题。而且把锄头也可能是空手，骑牛也可能是步行，反过来，空手也可能是把锄头，步行也可能是骑牛。这一切不是取决于表面的行为，而是受制于心灵的有执著与否。至于“人从桥上过，桥流水不流”，则仅仅是调换参照物之后才出现的一种顺理成章的认知：一般人在桥与人之间，总是将人作为动态，将桥作为静态。实际上按照最原始最绝对的意义上来讲，无论人还是桥其实都随地球转动。在这一点上讲，说人从桥上过，与说桥从人处过，其实有几乎相同的道理。如果这一问题得以解决，那么桥与水哪一个动、哪一个静的问题便迎刃而解：如果将桥看成静止的，以桥为参照系，这便有了水流桥不流的普通认知，但如果将水看成静止的，以水作为参照系，则完全有可能形成桥流水不流的认知。打破对惯常二元对立观念及认知的执著，形成看似荒诞实则顺理成章的认知，才是其最深层意蕴。

如此一来，要理解诸如布袋和尚《插秧诗》“手把青秧插满田，低头便见水中天。身心清净方为道，退步原来是向前”等的云遮雾罩式表象表意便不费吹灰之力。人们总以为仅手把青秧是不可能插满田的，诸如仅靠低头是看不见天的，但实际上如同低头可以借助倒映在水中的天看见天一样，同样手把青秧，也能插满田，因为一束青秧也可繁衍出满田秧。唯其如此，只要自心清净，不再执著于诸如满与不满、见与不见、退步与向前、失败与成功之类的分别和取舍，便能悟解满也是不满，见也是不见，退步也是向前，而且退步与向前等其实有分而无分、无分而有分。这才是布袋和尚《插秧诗》的本意。可见显山露水式表层表意、石破天惊式中层表意和云遮雾罩式深层表意等表象表意策略恰恰构成了文本表象语言及其表象表意的基本结构特征和内涵。

第九章　作为读者的会意

会意是读者“寻象以观意”[①]，对作者赋予文本的主观意愿乃至创作意图即所谓寓意、文本语言所呈现的表意的总体理解和破译。这种理解和破译最理想的状态是对作者寓意和文本表意准确回应。许多读者将其阅读会意误认为便是作者寓意或文本表意，其所谓寓意或表意准确来说只能为其会意。且限于各种原因，读者不可能达到对作者寓意、文本表意的准确而全面回应，甚至很可能存在意图误置和意义误释情况。即使不能对作者意图和文本意义准确回应，也是读者最有资格和权利回应，且可能很大程度上滋生文本及作者意义，延长文本语言及作者生命影响力。或一般所谓文本意义，归根结底是作者寓意、文本表意和读者会意共同见证的结果，许多情况下读者特别是权威读者的会意往往有一言九鼎的作用，甚至可能成为人们引经据典的范例。

第一节　读者叙事会意的核心动因和悟解层级

所谓叙事会意指读者阅读文本叙事语言所获得的知解、思考和领悟，或者说是针对文本叙事语言获得的关于文本表意甚至作者寓意的具个人属性

① （三国）王弼：《周易略例·明象》，张法编：《中国美学经典》（魏晋南北朝卷上），北京师范大学出版社2017年版，第31页。

的阅读会意。叙事文本通常是以人物和事件为载体的文本叙事语言。其中的作者寓意、文本表意往往最普遍地蕴含和呈现于诸如此类的人物和事件的叙述之中。除了特别点出来的作者寓意和文本表意之外，绝大多数意义必须借助文本叙事语言得以直接或间接获得。所以读者叙事会意很大程度上取决于读者自己的认知层次和能力，即使同一文本叙事语言也往往因读者认知和破译水平而不同。大体来说，由浅入深可表现为知、思、慧三个层级。这很大程度上取决于读者的认知和破译水平，也与文本叙事语言本身密切相关。既取决于读者，也受制于文本叙事语言本身，因为有些文本叙事语言本身便只具有有限的文本表意，即使读者认知和破译水平再高也无能为力。

一般读者可能仅仅满足或热衷于认知层面的叙事会意。他们往往将文本叙事语言对社会或自然叙述所蕴含和透露的知识信息作为认知的核心内容，并以此来充实和建构自己的知识结构和认知体系。夏志清《中国现代小说史》对《阿 Q 正传》的评述代表了目前为止绝大多数读者的认知现状。他这样写道："从他屡次受辱的经验里，他学到了一个法则：被欺侮的时候感到'精神胜利'，而遇到比他身体更弱小的人，他就欺凌对方。但是因为大部分的村人都比他健壮，经济情况比他好，阿 Q 就只好生活在自我欺骗的世界里，任人侮辱，每遇到不如意的事，他就自己打气，在失败面前装作一副自命不凡的样子。在中国读者心目中，这一种性格是对于国家近百年来屡受列强欺侮惨状的一大讽刺。《阿 Q 正传》对于中国近代史尚有另一层讽刺意义，阿 Q 最后被处死，因为他急于参加革命。在他树敌于村中的首富之后，他流浪到城里，与一群小偷为伍，于是听到了推翻清廷的革命传闻，此后他每次回到村中贩卖他偷来的东西，就大吹大擂地谈到革命，好像他亲自参加过一样。他这样做，一方面为了自我标榜、重振声威，另一方面也想去恐吓那些虐待过他的地方绅士。他自称是革命分子，因为他微微地感觉到革命可以立新权，也可以了旧账。然而，最妙的是当革命党进了村子以后，反而与当地士绅联合，把阿 Q 以抢劫案治罪。这个无辜无助的人物，虽想依靠革命党人，他们却与士绅勾结而把他摒斥于革命行列之外。鲁迅在此把阿 Q 之死与辛亥革命的失败连在一起，认为革命丝毫没有改善穷苦大众的生活。他把小说的读者也斥为同犯，并且暗示将来当世界上所有的阿 Q 苏醒以后，他们所作所为的可能性。由此看来，这个故事的主人公非但代表一种民族的弊病，也代表一种正义感和觉醒，这是近代中国文学作品中最关心的一点。”① 目前国内绝大多数读者对《阿 Q 正传》的认知确实主要集中于这样两点：一是阿 Q 精神胜利法作为被压迫阶级和民族根深蒂固的国民劣根性的集中体现，其精神实质是面对现实世界的失败，总是借助自欺欺人和欺人自欺的精神世界的自我安慰来达到心理抚慰和平衡的目的。虽然这一自我抚慰和平衡的手法是否有着其他的养生层面的功效，或可上溯于古往今来所有人甚至包括习惯于“乐以忘忧”② 的孔子，拓展于中国之外的其他民族，但人们似乎对此并不关心，关心的仍然更多是对国民劣根性的揭露和讽刺。他们将此作为国民劣根性的集中体现，似乎有着无可辩驳的权威性和说服力。二是阿 Q 的被处决无疑代表着辛亥革命的失败，而且这个失败的原因大抵离不开革命党不敢放手发动底层群众，致使最广大的普通民众对革命不理解、不参与甚至参与却遭到拒绝的局限性所造成的。虽然阿 Q 的死，至少在作者鲁迅的陈述中仅仅为了尽早免去经常被催稿的压力，但许多读者故意对此不闻不问，而是进行选择性遗忘，因为他们明白一旦承认了这一处理结果和原因，便不再能够与辛亥革命的失败联系起来了，至少只能体现辛亥革命失败的偶然性。当然，人们对文本叙事语言的阅读会意可能不限于此，甚至可能影响到其他学科领域，成为人们认识和掌握其他学科领域发展现状的必备资料，一些历史学家如翦伯赞《中国史纲要》正是将《诗经》中有些篇章作为了解和描述当时社会历史的可资信息和资料，甚至认为：“《诗·商颂·长发》：‘韦顾既伐，昆吾夏桀’，正是商人歌颂汤灭夏的史诗。”③

虽然不能说限于认知层面的叙事会意是最低层级的，但基于思维层面的阅读会意明显对人们的影响更为全面，因为认知层面的影响往往仅限于知识的积累和认知体系的完善，并不决定人们的思维方法乃至习惯，而思维方

① ［美］夏志清：《中国现代小说史》，复旦大学出版社 2005 年版，第 29—30 页。

② （南宋）朱熹：《四书章句集注》，中华书局 1983 年版，第 98 页。

③ 翦伯赞：《中国史纲要》（上），人民出版社 1983 年版，第 19 页。

法乃至习惯的改变却可能影响这个读者对相关一切事物的认知和看法，也就是说，认知层面的阅读会意对人们的影响可能只是局部的，思维层面的阅读会意其影响则可能是整体的。最典型的事例是，人们往往沉溺于非此即彼的二元对立思维模式，总是在诸如上下、长短、大小、多少、善恶、美丑、是非之间有所分别和取舍，将诸如此类的分别看成世界的本然；但所有这些都是人们主观介入判断和分别的结果，至少在人们的主观分别还没有真正介入的情况下，世界的本然其实没有诸如此类分别。在这一点上，米兰·昆德拉认识到了塞万提斯《堂吉诃德》的价值和意义。他在《被诋毁的塞万提斯的遗产》中明确指出："当上帝慢慢离开它的那个领导宇宙及其价值秩序，分离善恶并赋予万物以意义的地位时，堂吉诃德走出他的家，他再也认不出世界了。世界没有了最高法官，突然显现出一种可怕的模糊；唯一的神的真理解体了，变成数百个被人们共同分享的相对真理。""塞万提斯使我们把世界理解为一种模糊，人面临的不是一个绝对真理，而是一堆相对的互为对立的真理（被并入人们称为人物的想象的自我 ego imaginaires 中），因而唯一具备的把握便是无法把握的智慧（sagesse de i'incertitude），这同样需要一种伟大的力量。""塞万提斯的伟大小说想说什么呢？对于这个题目，有非常丰富的研究资料。有的声称在小说中看到了对堂吉诃德令人晕眩的理想主义所进行的理性主义批判；有的在其中看到了对这一理想主义的歌颂。这两种理解都是错误的，因为它们想在小说的基础上找的不是一个疑问，而是一种道德信念。""小说的精神是复杂性的精神，每部小说都对读者说：'事情比你想象的复杂。'这是小说永恒的真理，但是在先于问题并排除问题的简单迅速而又吵闹的回答声中，这个真理人们听到得越来越少。对于我们时代的精神来说，有理的要么是安娜要么是卡列宁；塞万提斯给我们讲知的困难和真理的难以捕捉这一古老的智慧却被看作讨厌和无用。"①

米兰·昆德拉只是认识到了现实世界并不存在泾渭分明的绝对分别和

① ［捷克］米兰·昆德拉：《小说的艺术》，董强译，生活·读书·新知三联书店 1995 年版，第 4—18 页。

绝对真理，只是存在是非、真假并不绝对分明的模糊性乃至相对真理。其实在人们主观判断和分析尚未介入的情况下，现实世界的存在本来便没有上下、长短、大小、多少、善恶、美丑、是非之类分别，人们也无须执著于诸如此类的分别和取舍。这其实是不二论思维方式，也就是不再执著于孰是孰非乃至非此即彼二元对立，将无是无非、非此非彼、无此无彼作为世界的本然。基于这一思维方式，人们可能经营其文本叙事语言及其结构，并使其成为自己驾驭和设计叙事结构的基本技巧和方法，成为精心设计的寄寓叙事寓意的基本手段和方法。浦安迪《中国叙事学》将这种承认二元对立并且致力于二元对立的消解和融通的结构形式称之为“二元补衬”。他这样论述道：“《红楼梦》在结构上有一个特点，似是寓意创作的标志，即作者浓墨酣畅地以‘二元补衬’的模式展开描写。”这种结构是无不暗合阴阳哲理的结构形式。不仅表现为从“悲中喜”到“喜中悲”，从“离中合”到“合中离”的无休止的替代，“动静”交替，以及内外、出入、真假、虚实，甚至金木、盈虚、情不情，乃至色空的“二元补衬”。浦安迪继续论述道：“‘二元补衬’与其说是一种定义，不如说是一种关联，任何相对的两个因素都能适应这一模式。所以，‘情’‘性’的互补终于雷同于释家‘色’‘空’的共济，《金瓶梅》和《西游记》即有类似的中心寓意。人们也许认为，这几部巨著的作者都是主张‘万事皆空’的，因为宝玉最后识破红尘而遁入空门，玄奘及其弟子也历尽千辛万苦而‘修成正果’。不过，作者们既然都以补衬交替作为叙事原则，那么，抽象的‘情’、‘性’也可能有同样的联系。无论如何，《红楼梦》第一回已将它们的关系扩而大之了：‘因空见色，由色生情，传情入色，自色悟空。’”① 其实浦安迪的认识和阐释仍然在一定程度上受制于他所习惯了的二元对立思维模式，曹雪芹《红楼梦》表面看来所倚重的“二元补衬”结构模式，确实集中蕴含着诸如悲喜、离合、动静、内外、出入、真假、虚实，甚至金木、盈虚、情不情、色空之类的对立与变化，但其深层结构的作者寓意却在于“万境皆空”，以及“太虚幻境”“假作真时真亦假，无

① ［美］浦安迪：《中国叙事学》，北京大学出版社 1995 年版，第 158—166 页。

为有处有还无”。其所暗示和彰显的并非仅仅是二元对立的相对性以及变化和取代，而是诸如此类二元对立仅是一个假象，其真谛是包括悲喜、离合、动静、内外、出入、真假、虚实，甚至金木、盈虚、情不情、色空等在内的一切分别都是太虚幻境，万境皆空，凡所有相皆是虚妄，以至于无真无假、无有无无。遗憾的是，浦安迪虽然承认“阐发‘真假’脉络中的寓意，是一个极其棘手的问题”，但他的认识还是暴露出并不透彻圆满的缺憾。他这样阐述道：“曹雪芹将‘真假’概念插入故事情节——通过刻画甄、贾二氏及‘真假’宝玉，通过整个写实的姿态——而扩大读者的视野，使其看到真与假是人生经验中互相补充、并非辩证对抗的两个方面。‘太虚幻境’的坊联‘假作真时真亦假，无为有处有还无’，毋宁说含蕴着这一意思的；而《好了歌注解》中‘你方唱罢我登场’一句，更可以说暗示着二元取代的关系。这样解释，似乎才符合赖以精心结撰全书的补衬手法，事实上，不少传统评论家也力主此说。”① 浦安迪将曹雪芹所寄寓的万境皆空，也就是无论看似真实的大观园，还是纯属一梦的太虚幻境，其实都虚妄不实。这是借以太虚幻境看似虚妄实则隐喻着主人公真实命运，来暗示大观园看似真实实则虚妄不实，乃至二者没有根本分别，无须执著于真假之辨，更无须执著于二元补衬乃至变化取代之类的道理，告诫人们世界上本来就没有真假之类分别，也无须执著于取舍。但是浦安迪还是未能放弃对真假之类分别的执著，只是较之许多人略显开通而已。

诸如此类的二元分别与无所分别，看似仅仅是一个思维层面的阅读会意，其实已关涉人生智慧，是更具普遍性、更有震慑力的生命智慧。这一生命智慧的核心精神在于无所执著，也就是对诸如是非、成败、真假之类分别和取舍。浦安迪《中国叙事学》对《金瓶梅》的阅读会意似乎达到了类似层次。他这样阐述道：“《金瓶梅》中的因果报应框架并不是直言无隐的小说主题，而却是深具寓意，暗蕴反讽的处心积虑之作。”② “刻意把性与痛苦糅合

① ［美］浦安迪：《中国叙事学》，北京大学出版社 1995 年版，第 160 页。

② ［美］浦安迪：《中国叙事学》，北京大学出版社 1995 年版，第 134 页。

在一起，是小说作者精心设计的重要笔墨。本书花了一定数量的笔墨对小说中的性行为描写进行分析，一再阐明小说触及性问题时，始终用反讽削弱性描写的愉悦感，从而否定了那种认为小说是对人生这方面经验的肯定处理的看法。我认为，把这种地道的反讽写法归之于'因果报应'说，实在是过于简单化了；而应该代之以用'色''空'说来解释，在作者看来，性狂欢之'色'的深处，暗酝着'空'之苦果。'色即是空，空即是色'的观念，换句话说，即是泛指尘世一切虚幻的幻想——尤其是情俗淫乐——的破灭。在《金瓶梅》这部可算是整个中国文学中描写事情最精辟入微的杰作里，去领悟万事皆空之理，是为第一层寓意。与此同时，作者又使我们感到，这种说教实际听起来又十分地空洞乏力，是为第二层寓意。在这一点上，只有深受《金瓶梅》影响的《红楼梦》可以与之并肩。我认为，无论就第一还是第二层寓意而言，作者的用心看来只能用另有寄托来解释。西门庆的世界是有毛病的。人们也许会说，他的性生活混乱是隐射万历时代的社会恶习的实态。然而，问题似乎比这种推测更为深刻。比较严谨的评论都曾注意到这一点。甚至小说中的人物本人也偶尔对自己的行为感到羞耻，并不能对鸡奸、乱伦等行为处之泰然。众所周知的酒、色、财、气四贪，与欧洲传统的四种基本罪行并列，译成外语时可以称为'四大罪'。由此可见，《金瓶梅》里的性描写，并不是为了取悦读者而已，也不仅是作者有意识的宣泄，而是另有一大套有关'存天理、灭人欲'的心学的大道理在。"① 遗憾的是，浦安迪还是由于对佛教文化的隔膜，以致将因果报应与万境皆空有些对立了起来。其实佛教向来主张万境皆空而因果不空，二者互为表里、互为因果；或说万境皆空是表象，因果不空才是实质；甚至可以说，万境皆空是果，因果不空是因。中国章回小说特别是长篇章回小说几乎无一例外地以因果报应和万境皆空为主题。这应该成为读者的共识，只是实际情况可能更为复杂。

类似的生命智慧，也见于对西方叙事的阅读会意。如荣格《〈尤利西斯〉：一段独自》便呈现了他的这一阅读会意。他写道："《尤利西斯》是一

① ［美］浦安迪：《中国叙事学》，北京大学出版社 1995 年版，第 134 页。

部长达 735 页的书，这 735 页就象一条绵延 735 天的时间之流，然则它却又只存在于每个人生活中的一个毫无意义的日子之内，即都柏林 1904 年 6 月 16 日这样一个没有发生任何重要事件的日子。这条时间之流以虚无始，又以虚无终。也许这冗长得惊人、复杂得异样的一切就是一个斯特林堡似的对人类生活本质的宣言？然而这一宣言却使读者沮丧，因为它从来就没有把话说完过。它或许触及到了事物的本质，但更为确切的是，它反映了生活的一万个侧面，以及这一万个侧面的十万层色彩。据我看来，在那 735 页里并没有明显的重复之处，就连那么一个可供读者稍加歇息的孤岛似的立足之地也没有。读者没有地方可以坐下来，沉醉于记忆之中，心满意足地凝想他已走过的路程。可是没有这样的地方，哪怕它只占 100 页甚至更少。这儿有的只是那无情的水流毫不停息地滚滚流去，并且在最后的 40 页中流得越来越快，联结得越来越紧密，直到最后把所有的标点符号都统统地清扫了出去。在这里，那令人窒息的虚无变得如此紧张，到了难以忍耐的地步，几乎马上就要爆发出来。这彻底无望的虚无，便是统领全书的主调。这本书不仅以虚无而始终，它的内容也是虚无。它是彻底的空虚与无用。但是，作为一件技巧性的艺术作品，它一方面是一个地狱般可怕的怪胎，另一方面却又光彩照人。”① 当然彻底无望的绝望本身也许并非智慧，特别是当人们执著于现实世界的虚无，视现实世界的虚无为痛苦，以致由此否定存在的一切价值和意义的时候，实际上便由执著于有这一极端演变为执著于无的另一极端。作为智慧的无所执著，实际上包括对有与无及其分别的无所执著，由此臻达心无挂碍乃至心体无滞的境界。一般人的缺憾在于太过执著于现实世界的有，而叔本华乃至荒诞派戏剧的最大缺憾却是太过执著于痛苦或荒诞，其实佛教所谓烦恼即菩提便说明了这一执著的缺陷。好在荣格还是看到了这种近乎绝望的虚无其实还包括一定成分的无所执著。所以他进一步论述道：“当我第一次读《尤利西斯》的时候，我就想起了这句话。书中的每一个句子都激起一个

① ［瑞士］荣格：《〈尤利西斯〉：一段独白》，冯川编译：《荣格文集》，改革出版社 1997 年版，第 251—252 页。

没有得以实现的期待；等到最后，你就完全放弃了任何期待。但这时，你会感到恐惧，因为你逐渐地明白了，正是由于完全放弃了期待，你才把握住了要紧的东西。事实上没有任何事情发生，但一种秘密的期待与无可奈何的心情抗争着，不断地把读者从一页拖到另一页。”① 正由于放弃了对看似货真价实实则虚无的有的期待，才真正抓住了看似虚妄不实却真实不虚的智慧。所谓色不异空，空不异色，色即是空，空即是色，才是最真实最究竟的生命智慧。

值得注意的是，关于文本叙事语言的阅读会意实际上任何时候都只有进行时，没有完成时。无论对《红楼梦》，还是对《堂吉诃德》的叙事会意都是如此。如布鲁姆明确指出：“似乎没有两位读者读到过同样的《堂吉诃德》，而最杰出的批评家们对小说的一些基本方面也意见不一。”“也许只有《哈姆雷特》能够像《堂吉诃德》那样激发出如此多的不同阐释。”“我自己在读《堂吉诃德》时自然地倾向于乌纳穆诺的看法，因为我认为此书的核心即在于对堂吉诃德和桑丘英勇个性的揭示和颂扬。乌纳穆诺反常地偏好堂吉诃德而不是塞万提斯，我对此无法苟同，因为没有一个作家能像塞万提斯那样和笔下的主人公有着如此紧密的联系。”“堂吉诃德既非疯子又非傻瓜，他只是一位游戏着的侠客。游戏是自发的行为，不同于疯癫和犯傻。”“堂吉诃德把自己提升到理想的时空，忠于自由、忠于非功利性和独善其身、遵从限制，直到最后他被击败，于是就放弃游戏，重新恢复基督徒的‘清醒’，然后死去。乌纳穆诺指出，堂吉诃德要外出寻找真正的故乡，却在流放中找到了它。一如既往，乌纳穆诺懂得这本杰作的内在深刻性是什么。堂吉诃德和犹太人及摩尔人一样，都是流亡者，但他是以改宗的西班牙犹太人或西班牙摩尔人的方式实行国内流亡的。堂吉诃德离开了村庄，在流亡中寻找自己的精神家园，因为他只有在流亡时才是自由的。”② 当然人们也同样有理由相信，布鲁姆的这一叙事会意只能代表他个人的过程性观点，并非人类的终极

① ［瑞士］荣格：《〈尤利西斯〉：一段独白》，冯川编译：《荣格文集》，改革出版社 1997 年版，第 252 页。

② ［美］哈罗德·布鲁姆：《西方正典》，江宁康译，译林出版社 2011 年版，第 108—112 页。

性结论。他将堂吉诃德的行为视为理想的、自由的、非功利性的游戏，以及流亡中寻找到了其精神家园和自由的观点，似乎无法得到所有人的认可和信服。因为所谓游戏必须是自由自觉的，但问题是堂吉诃德的这种游戏是否真正建立在正常思维和自由意识的基础之上？而且所谓的精神家园必须是有处处在家的感觉，但他漂泊乃至没有根基的生活何以体现真正故乡的价值和意义呢？虽然人们不可能获得关于堂吉诃德的唯一正确的终极阅读会意，但这并不证明所有这些阅读会意都是徒劳无益的，事实上正是这一只有进行时没有完成时的旷日持久的阅读，才在很大程度上滋生出丰富多彩的阅读会意，从而充实和丰富了文本叙事语言及其作者寓意和文本表意的内涵。

虽然不能说所有的作者寓意和文本表意都饱含丰富的意义，也不能说所有的读者会意都有丰富而透彻的解读，但人们还是有理由相信，作为读者有创造和滋生无穷的阅读会意的权利和义务。最理想的情形当然是作者寓意、文本表意和读者会意的珠联璧合。如但丁立足其《神曲 · 天堂篇》，以《圣经 · 颂诗》第 114 首第 1 节为例，阐述了他对该颂诗文本叙事语言的阅读会意。他写道："我们通过文字得到的是一种意义，而通过文字所表示的事物本身所得到的则是另一种意义。头一种意义可以叫做字面的意义，而第二种意义则可以成为比喻的或者神秘的意义。为了更好地阐明它的意义，这种处理方式可以就下面这行诗考虑一下：'当以色列逃出埃及，雅各的家族逃出说外国语言的异族时，犹太就变成他的圣域，以色列就变成他的权力。'假如你就字面而论，出现于我们面前的只是以色列的子孙在摩西时代离开埃及这一件事；可是如果作为比喻看，它就表示基督徒替我们所作的赎罪；如果就道德意义论，我们看到的就是灵魂从罪恶的苦难到天恩的圣境的转变；如果作为寓言看，那就是圣灵从腐朽的奴役状态转向永恒的光荣的自由的意思。"① 但丁关于诗有字面义、比喻义、道德义、寓言义四重义的概括和阐释至少证实了作者寓意、文本表意和读者会意都有可能存在多层次意义这一基

① ［意大利］但丁：《致斯加拉大亲王》，伍蠡甫、胡经之编：《西方文艺理论名著选编》（下），北京大学出版社 1985 年版，第 153—154 页。

本事实。

更多情况下，也许有些作者并不一定有如此饱满和丰富的寓意，有些文本也不一定有如此饱满和丰富的表意，但读者完全有责任有义务完成如此饱满和丰富的阅读会意重构。人们可以相信，这虽然在很大程度上取决于读者自身认识和阐释水平，也有赖于作者寓意和文本表意本身的潜在意义的丰富性，但确实得承认，还是有读者能非同寻常地发现许多人难以或无力发现的叙事寓意和表意，甚至可以不受诸如此类叙事寓意、叙事表意的限制，在很大程度上注入其自身创造的成分。这其中虽然作者寓意和文本表意理所当然提供了不可或缺的前提依据和条件，但读者本人的后期创造也不容低估，因为它往往蕴含着大量滋生叙事会意的创造空间和潜力。

第二节　读者抒情会意的核心动因和悟解层级

所谓抒情会意是指读者阅读文本叙事语言所获得的知解、思考和领悟，或者说针对文本抒情语言所获得的关于文本表意甚至作者寓意的具有个人属性的阅读会意。读者除了借助作者有关说明直接把握作者抒情寓意之外，最常见的方式是借助文本抒情语言获得抒情表意，进而曲折地探索和破译其作者的抒情寓意。许多时候读者总是有意无意地将自己的阅读会意与作者寓意和文本表意混为一谈。其实基于读者自身理解所获得的知解、思考和领悟均属于阅读会意的范畴，并非作者创作寓意和文本表意。文本表意是形成阅读会意的前提条件，作者寓意是衡量读者阅读会意是否背离作者意图的依据，也有读者并不在意也无须借助作者创作寓意和文本表意成全自己，借以印证阅读会意的准确性和权威性，有些甚至将读者阅读会意直接视为文学意义的最终决定因素或最权威阐释。

读者抒情会意虽然取决于文本表意乃至作者寓意，但归根结底还是取决于读者自己的认知层次和能力。杨载将抒情会意分为两层：外意即是寄寓一定意义但偏于物象的象，内意即显现为物象却偏于意蕴的意。有所谓：

“诗有内外意，内意欲尽其理，外意欲尽其象。”[①] 不同读者可能存在不尽相同的阅读会意，同一读者也往往因为阅读情境和心态不同而形成不同层级的阅读会意。如蔡小石《拜石山房词序》有云：“夫意以曲而善托，调以杳而弥深。始读之则万萼春深，百色妖露；积雪缟地，余霞绮天。一境也。再读之则烟涛澒洞，霜飙飞摇；骏马下坡，泳鳞出水。又一境也。卒读之而皎皎明月，仙仙白云；鸿雁高翔，坠叶如雨，不知其何以冲然而澹，翛然而远也。”江顺诒评之曰：“始境，情胜也。又境，气胜也。终境，格胜也。”[②] 这实际上告诉人们，即使同一读者也会由于阅读次数不同而导致所获层次和境界不同：初读往往以情感胜，所获多为以我观物的情境；再读往往以气韵胜，所获多为以物观物的物境；终读往往以格调胜，所获多为以道观物的意境。情境未免有以我观物，以致唯我独尊的缺憾；物境则存在以物观物，以致有万物自贵而相贱的缺憾；只有到了意境，以道观物，才有物无贵贱的道悟。唯其如此，可以将阅读会意由浅入深依次分析为情、理、道三个层次，即以我观物的我情、以物观物的物理、以道观物的悟道三个层次。高友工《唐诗三论》认为王昌龄名句“但使龙城飞将在，不教胡马度阴山”，虽然也关涉三个层次的抒情会意，但似乎并不具有如此分明的层次特征。他写道：“这里运用了汉将李广的典故，他曾在龙城赢得了一次对匈奴决定性的胜利，此后匈奴对中国北部周期性的入侵便停止了，汉人称李广为‘飞将军’。这联诗的言外之意是，当今朝廷，因缺少李广那样的将帅，致使边防百孔千疮；更进一层的含义则是，纵使国家的军力不像汉朝那样强盛，只要能在其他方面稍似汉风，也将令人宽慰。”[③] 他的阅读会意实际上依次呈现为限于典故知解的认知本意层次、着眼当前的延伸层次和联想层次而已。

以我观物的我情层级是对文本抒情语言进行阅读的最初级层次的抒情

① （元）杨载：《诗法家数》，胡经之编：《中国古典文艺学丛编》（第 2 册），北京大学出版社 2001 年版，第 86 页。

② （清）江顺诒：《词学集成》，唐圭璋编：《词话丛编》（第 4 册），中华书局 2005 年版，第 3293 页。

③ ［美］高友工、梅祖麟：《唐诗三论》，商务印书馆 2013 年版，第 150 页。

会意。这不仅因为文本抒情语言的第一要务是抒情乃至达到以情感人的目的，而且因为读者对文本抒情语言的最基本期待也只能是基于自我知解的抒情会意，免不了带有读者自身认知经验的特征。而且文本抒情语言在绝大多数作为抒情者的作者的最原始动机层次也确实是为了抒发自我情感，而且可能是他人无法替代的自我情感经验，如彼特拉克《诗集》第十一首之所谓："自从你知道了我最大的希翼，它将我心中其他的心愿一扫而光，我就再也不曾见你，女郎，撤下你的面纱，无论是在阳光下，还是在阴影里。只要我藏起这些亲爱的想法——它们总是让我想到了死亡——我看到你脸上装点着友善；但一旦爱情使你看出我在身旁，你的绺绺金发从此被遮掩，你爱怜的注视也就此撤下。我最期望于你的都被你拿完，你的面纱，无论天气冷暖，遮住了你可爱的眼光，也就带来了我的死亡。"虽然这一情感可能在一定程度上使具有相同情感经历乃至经验的人产生共鸣，而且许多情况下正以此赢得感染力，但就其最初创作动机而已，无疑是以自我抒情为基本内容的。宇文所安对这一首诗的抒情会意即体现了这一点。他写道："彼特拉克诗中之美在于它的那种纯洁，它用这种纯洁来书写欲望最基本的原则。这首诗揭示了这些关于注视和遮掩的法则；假如诗歌中这一类揭示也实实在在地介入人际关系，它就有可能打破平衡，打破情感的僵局。但是，这个诗人充满激情地向他所爱的人诉说，与此同时又从来没有让她读这首诗的意思，由是他维持了这种静态平衡。他不可能跨过那个掩盖面容的纺织物的平面去触及他所爱的人，但是他至少可以想象诗歌介入并改变这种关系的可能性。他想象正在编织一个辞藻的纺织物，这一编织过程将映射出她那煽动欲火的面纱；她会观看并被点燃。如果做到了这一点，他受抑制的欲望的痛苦也就会变成她的痛苦。……一旦她的深情突然之间反映了他自己的激情，我们无法确定在这种时刻会发生什么事情。也许，……也许，最奇怪的是，双方将一直相互注视，却无法接触，只能在共同的受苦中获得一种间接的会合。"① 宇文所安

① ［美］宇文所安：《迷楼：诗与欲望的迷宫》，生活·读书·新知三联书店 2014 年版，第 305—307 页。

的抒情会意显然存在诸多推测和想象的成分，也明显增益了诗歌的情感内涵。他无形之中添加自我理解和认知，使诗歌的情感经验不再仅仅具有作为抒情者的作者的个人性质，但无论如何仍然是以作为抒情者的作者个人身份存在的。

与此不同的是，有些作为抒情者的作者虽然也以诗人个人身份抒情，但他所抒发的情感却并不仅限于他本人，而是将自我定位为某一阶层乃至民族情感的代言人。如叶维廉对以穆旦《我》为例的许多中国抒情文本的这一特点有清晰认知。他这样写道："中国作品，既是'被压迫者'对外来霸权和本土专制政体的双重宰制作出反应而形成的异质争战的共生，所以它们一连串多样多元的语言策略，包括其间袭用西方的技巧，都应视为他们企图抓住眼前的残垣，在支离破碎的文化空间中寻索'生存理由'所引起的种种焦虑。有一点是最显著的，那就是，中国作家的激情里——焦虑、孤绝禁锢感、犹疑、怀乡、期望、放逐、忧伤，几乎找不到西方式的'唯我论'、出自绝缘体的私密空间；它同时是内在的、个人的，也是外在的、历史的激情，个人的命运是刻锲在社会民族的命运上的，因为它们无可避免地是有形殖民和无形殖民活动下文化被迫改观、异化所构成的张力与绞痛的转化。像大部分第三世界的作品一样，它们不得不包含着批判的意识，虽然不一定带有批判的语句。这些作品往往充满了忧患意识，为了抗拒本源文化的错位异化，抗拒人性的殖民化，表面仿佛写的是个人的感受，但绝不是'唯我论'，而是和全民族的心理情境纠缠不分的。现代中国的作品大部分都如此，我曾在别处举穆旦的一首诗《我》为例：'从子宫割裂，失去了温暖，是残缺的部分渴望着救援，永远是自己，锁在荒野里。从静止的梦离开了群体，痛感到时流，没有什么抓住，不断的回忆带不回自己。遇见部分时在一起哭喊，是初恋的狂喜，想冲出樊篱，伸出双手来抱住了自己。幻化的形象，是更深的绝望，永远是自己，锁在荒野里，仇恨着母亲给分出了梦境。'这首诗也许有人会用精神分析的眼光来看，认为写的是人格分裂。但事实上，在现代中国这样独特的文化场域里，个人和民族是不分的，这里写的也是外来霸权所引发的中国文化的分裂，既是个人的也是民族的'既爱犹恨、说恨还爱'

的情结。”①

读者基于自我情感经验和认知的抒情会意当然体现着读者自身的认知层次，也在一定程度上取决于文本抒情语言自身的抒情表意甚至作者的抒情寓意所能达到的层次，特别是对相对严谨的读者而言，如果文本抒情语言自身的抒情表意和作者创作这一抒情文本的抒情寓意本身不能达到更高层次，读者便不能随意发挥；当然也不排除读者自身认知层次的原因，人们也应该看到，确实有一些读者特别是作为大思想家的读者往往存在借文本抒情语言阐释来阐发自己的哲学思想，借以建构其哲学话语体系的情形，如海德格尔关于荷尔德林诗歌的抒情会意是否存在类似现象，就是值得深思。这二者不可同日而语，但作为抒情会意的不同现象则不能不引起人们的注意。虽然基于以我观物的情境，以及基于以我观物的抒情会意均不可避免地存在唯我独尊的缺憾，但这并不意味着一无是处，其实以自我身份抒情及以此认知和彰显我情的抒情会意，至少在理论上还是有感人至深的特点和优势的，而且以情感人无论在任何时候都是抒情寓意、抒情表意乃至抒情会意得以形成的基础。

虽然文本抒情语言不可避免地存在以我观物，万物皆着我之色彩的特点，但这仅仅是最初步的文本抒情语言应该具备的特点。因为这一抒情语言之唯我独尊的缺憾可能使其在很大程度上遵循以我为中心的认知和抒情目的，难免存在对其他人和事物不能一视同仁的压倒式抒情态势，甚至可能很大程度上因为无视其他人和事物而失之偏颇和狭隘。但如果人们认识到了这一抒情的缺憾，尽可能抛弃唯我独尊的狭隘，平等对待自我之外的其他人和事物，不再仅仅用自我的尺度，换位思考用另外的人乃至事物的尺度来抒情或认识抒情，其所达到的便可能是以物观物的物理境界。如白居易《冬夜》之所谓：“家贫亲爱散，身病交游罢。眼前无一人，独掩村斋卧。冷落灯火暗，离披帘幕破。策策窗户前，又闻新雪下。长年渐省睡，夜半起端坐。不学坐忘心，寂莫安可过。兀然身寄世，浩然心委化。如此来四年，一千三百

---

① ［美］叶维廉：《中国诗学》，人民文学出版社 2006 年版，第 262—263 页。

夜。”显然是抒写其自我的孤寂、慵懒、推天度日的生活境遇以及由此引发的情绪。

宇文所安对这首诗的阅读会意，其优势在于不惜一切代价试图在情境还原乃至具体化的进程中实现对抒情寓意的还原、抒情表意的破译，特别是抒情会意的建构。他首先认为这首诗看似是“不悠闲和不满足的一篇”，其实是“处在地狱的临界地带，同样是不作为，不联络，不承担职责”的作品，于是进一步详细呈现了他的阅读会意：“这种虚无、自律的安慰——无知无觉地委身于化，视其身体为了无生气的‘东西’——唤起了这个数了一千三百夜，这个似乎以令他听到新雪落下同样的敏锐，意识到它们中的每一夜的人的内心的空无感。这里所有靠近天堂地带的满足都能找到它们的对立——孤独成为隔离，挣脱别人束缚的自由成为遗弃，懒得动弹成为监禁。灯光变暗；黑且冷得厉害；在寂静中感官集中于雪落的微声。疾病和衰老带来的虚弱没有导致麻木而导致焦虑的警觉——浅薄的睡眠，这令他在半夜浓黑的寂静中不情愿地醒来。他的超脱是从不舒适的感觉的贫乏中攫取，并且重复古训——我的身体只是一件东西，我的意识是自由的。意识的行动，切断了与身体的纽带，是灵魂的飞翔——但此处，不是进入魔域而是进入混沌。夜晚的计算使我们远不能相信他学坐忘心的成功。但没有坐忘的艺术，‘安’，他问，‘可过？’他必须挨过，但显然难以忍受。”人们有理由相信白居易这里在抒写他自己有些百无聊赖的空无感，但这种空无感甚至空心病即使在今天，在年老体衰的老年人甚或涉世未深的青年人之中也普遍存在。虽然对其中的某些人来说，可能只是一时半会儿的虚无，但对另外一些人来说可能是伴随其一生的心理。正是由于这种很大程度的普遍性，才使人们相信。这不是说白居易在真正意义上摆脱了自我尺度，而是说他在很大程度上削弱乃至消解了这一尺度，使其与其他的某些人或事物有了几乎相近甚或相同的生命境遇和体验。因为这种空无感乃至空心病所引发的苦闷、彷徨、焦虑，可能是许多人所共有的心理体验，也可能有着类似于物的生长收藏、生住异灭、成住坏空的必然。这意味着白居易这首诗呈现的抒情寓意，至少在读者抒情会意角度来看，已经有着某些物的因素，至少有着属于人和物共有的生老病死特征。这使其很大程度上有了对其他人和事物的包容性，以至于有了与物相类似的生与死的属性。

特别是当这种抒情会意上升到哲学层次时，更能彰显与物类似的属性，或简称为物似性特点。宇文所安继续写道："纯粹无聊的诗是不可能的。离开人世的体验更完美地体现在，当衰退的感官领会事物，眼耳专注最微弱的运动和声音时发生的变形。在比例的失调中，读者认识到诗人迷失的程度。刚好天堂的边界，这些相对的切换是完美的、哲学的思维能力的一个标志，即向一切事物开放的清晰思维的能力的一个标志，在地狱的行省中同样这些感觉可能是梦魇，是争斗中的群蚁的喧哗。"①人们切莫低估这一物似性，因为它意味着一个人不仅放弃了唯我独尊的狭隘和偏激，同时也可能放弃了人类自身的局限性，以致因为这种与事物共有的生长收藏、生住异灭、成住坏空属性而呈现出难能可贵的对于物的包容性，使其在某种程度上拥有了某些物的尺度。使得人们可以剥去附着在某个人身上的个性特点和属性，还原到最基本的存在物的层次，使得由于具有每一个人，甚至每一个事物都可能面临的生长收藏、生住异灭、成住坏空属性，以致具有某种物的尺度。虽然人的这种空无感乃至空心病能够通过人自身语言达到沟通，对于动物和其他事物而言，无法用人的语言达到沟通和了解的目的。这已经不再是单纯的人性抒写，而是包含着更为广阔的物性张扬。

对物似性乃至物性的张扬，不仅见于抒情的内容，还见于抒情方式。如果作为抒情者的作者能够尽可能消解仅属于作为抒情者的作者的自我因素，换用更具普遍性或随意性的模糊手段，以模糊的和扩大了的抒情主体身份特征，使之具有除作为抒情者的作者之外的其他人和事物的身份，这同样能一定程度上消解因为太过执著"自我"身份所导致的狭隘和偏执。在这一点上，汉语有着西方文字所没有的特点和优势。它可以借助诸如无主句乃至没有限制的时态方式达到模糊抒情主体身份的目的。叶维廉在宏观和微

① ［美］宇文所安：《中国传统诗歌与诗学》，中国社会科学出版社 2013 年版，第 180—181 页。

观层面对此做了较为详尽的阐述。他写道："文字作为一种表义的媒体，真的可以完全做到'不涉理路'吗？完全可以做到不定位、不定时、不定义吗？在许多'机要'的层面上，我们的答案是肯定的。如诗中不必用人称代名词，不说'我''做什么'，而直书'做什么'，像李白这首'玉阶生白露，夜久侵罗袜。却下水晶帘，玲珑望秋月'。是'谁'却下水晶帘？是'谁'望秋月？诗中的环境提供了一个线索：是一个深夜不能眠的宫女。但没有用'她'或'我'这类的字，有一个特色，那便是让读者保持着一种客观与主观同时互对互换的模棱性；一面我们是个观众，看着一个命运情境的演出在我们的眼前，一面又化作宫女本身，扮演她并进入她的境况里，从她的角度去感受这玉阶的怨情。一者是景、一者是情，一时不知何者统领着我们的意识。我们可以说，情景交融的来源之一，便是主客既合且分、既分且合的状态。事件之前不加人称代名词的另一个意义，还可以用西方画的透视做反面的说明。透视的产生是：画家定位定向地看。画家'领'着观者透过他所选择的观点方向去看。加上人称代名词，便是'以我观物'，也是定观点定方向的做法，如'我轻轻地来，我轻轻地去'便是（西洋诗、早期的白话诗这类句法最常见）；不定透视（如中国山水画）、不定人称代名词（如许多中国诗）便是画家、诗人安排好景物以后，站在一旁，让读者（观者）进入遨游，感受。另一个'机要'的层面，便是中文中动词里超脱了时态的变化。这一点，仍然可以用西方语言很重视的时态变化来做反面的说明，像英文中的现在式、过去式、将来式，是刻意的要我们意识到"时态"，I walked——我（过去）走过。这便是定时——昨日'如此'，今日'不同'或者'仍如此？'是激发读者分析性思维，指导、领导读者思维方向的元素。中文没有时态的变化，是因为在诗人的意识中，经验，或应该说所呈示的经验是常新的，是大家都可以参与的。"① 这表面看来可能只是汉语语法规则给予抒情会意的一种特点和优势，其实也在很大程度上寄寓着中国文化的包容性在里面。作为抒情者的作者应该注意到对其他人的包容，理所当然也包括对读者

---

① 叶维廉：《中国诗学》，人民文学出版社 2006 年版，第 28—29 页。

的关注、尊重和包容。这种习惯应该也保留于学术性文体之中，尽可能避免使用诸如“笔者”、“我”之类的自我称谓，因为这种口吻很大程度上强化了作者与读者的身份地位的差异。所以真正懂得这一文化传统的人，即使写学术著作时也尽量忌讳使用诸如此类的自我称谓，一般情况宁可省略作为写作主体的“我”，万不得已也只是用“我们”之类的词汇尽可能包容其他人特别是读者。既然学术用语都比较注意到这一点，那么深受这一传统影响的作为抒情者的作者自然不会熟视无睹。

这种以物观物的物理层次，还不能达到物无贵贱的境界，也不能改变自贵而相贱的缺憾，但毕竟有了对作为抒情者的作者之外的其他人和事物的包容性，也就意味着有了对其他人和事物的应有尊重，有了对自我之外其他尺度的包容或认同，避免了唯我独尊和自以为是。也是这一层次抒情会意往往更能以理服人的原因。文本抒情语言的原初目的或最基本内容是抒情，如果这种抒情会意有更广泛的包容性，以及更大视野和胸襟，作为读者的抒情会意以及作为抒情者的作者的抒情寓意乃至文本抒情表意才能达到更为广阔更为普遍的境界。

要彻底避免唯我独尊和万物自贵而相贱的缺憾，必须具有物无贵贱的平等不二智慧，放弃自我尺度，放弃物所属的种的尺度，采用更为普遍的万物尺度。这便是以道观物的悟道层级。这种尺度的最大优势是排除了不同物所属的种的尺度的差异性和排斥性，拥有了为所有人和事物都具有的周边无碍的包容性，以及物无贵贱的平等性。这才是真正具有道的特点和属性的判断和认知。这种尺度的最普通表象是作为抒情者的作者尽可能抹去自我抒情乃至人类抒情的特点，最大限度地采用万物自行呈现和演出的方式。

叶维廉在阐述他对杜甫《初月》的阅读会意时特别提到了这一点。他写道：“事实上，杜甫有不少诗，是把‘说情’完全含在景物演出之中的，如《初月》：光细弦欲上，影斜轮未安。微升古塞外，已隐暮云端。河汉不改色，关山空自寒。庭前有白露，暗满菊花团。杜甫利用了观察时空间的移动带来经验的飞跃，先看天上的初月（上），由光引至古塞（下），跟着“河汉不改色”（天），转到“关山空自寒”（地）（以上是远景），然后突然一转

'庭前有白露，暗满菊花团'（拉近眼前）。注意：'轮未安'、'古塞'、'关山空自寒'是'实景实写'，但也暗含了边塞寒苦不安之情。在我们读者的经验过程里，完全是感受为先，抽思在后。在这首诗中，读者甚至不愿意做抽思的活动，因为这抽思的活动会破坏和减缩了实际的美感状况。类似'初月'这种空间移动的飞跃，任景物在眼前演出的诗，如李白的《黄鹤楼送孟浩然之广陵》、柳宗元的《江雪》都是利用空间的移动、景物的递次出现来包含物我的关系与意义。"① 杜甫、李白、柳宗元等人都习惯使用自然事物自行呈现和演出的手法，其特点便是最大限度抹去人类自身属性对景物的干扰和干预，使其不受人类思想与观察的视觉暴力的侵扰。为此，人们可能十分欣赏王维《鸟鸣涧》之"人闲桂花落，夜静春山空"，《鹿柴》之"空山不见人，但闻人语响"，《辛夷坞》之"涧户寂无人，纷纷开且落"诸句，似有无我的抒情会意，即便如此，还有不尽彻底和圆满之处。但王维最起码能使诗歌中的事物自行呈现，尽可能抹去作为观察者和抒情者的自我乃至人类属性的努力本身已经十分难能可贵，至少具有了对万物的包容性、平等性甚或无执著性。

陈世骧对杜甫《八阵图》有独特的阅读会意。他认识到，一般五言绝句通常选择最为普通和熟悉的自然景物之类题材，但杜甫《八阵图》却一反常规，没有以人们十分熟悉的自然事物，而是以历史事件为题材；仔细分析，其实这一历史事件同样为人们所熟悉。有所谓："功盖三分国，名成八阵图。江流石不转，遗恨失吞吴。"陈世骧有颇为细致的阅读会意，他写道："五言绝句因为要极其简短，所以需要发生立刻以全体来感动的效果，要在一刹那中给人一个完满丰美的诗的经验。为了要在极短时间以内，产生这样的效果，所以题材至少看着要相当熟悉，景致、人物、动作，要一看就容易认识。事情大概要相当的平常而又能引人兴趣。我想就为了这个缘故，绝句里面才常常是明月、落花一类鲜明的自然景物。所说的多是家人朋友的聚散，旅思乡愁之类。其中的人物常常是极平常的，人所共见的大自然之景物

① ［美］叶维廉：《中国诗学》，人民文学出版社2006年版，第31页。

在绝句里出现得最多，而其中个人则常常隐含在后面。所表现的情感常是日常生活经验以内的，常是平凡的，但却因此是最具有普遍性的。但是现在我们看这首《八阵图》，却完全像是例外，不合这些习惯的。那么可以说杜甫完全违反了五言绝句的文类规律，而走上邪路么？那可又大不然。相反地，他还是把握住了五言绝句的优点和特长，而完成了一个光荣的创作。若说他用了一个特别手法，把这一文类里惯用的大自然背景，换上了一幅人类历史的巨幕，那是不错的；但我们可以立刻觉悟，他所选用的历史之一幕，正是人心目中极熟悉的，和自然中日月风雷几乎一样的动人，也一样的熟悉。"① 他这里所阐述的不仅是五言绝句的特点，而且是杜甫《八阵图》的特点，既关注到了杜甫这首诗与一般五言绝句的不同，也深入阐释了其同于一般五言绝句的特点和属性。

所有这些似乎并不具有包容万物和物无贵贱的道的尺度，充其量也只是彰显了历史事件与自然事物有着基本相同的熟悉度的特点。陈世骧的进一步分析才充分发掘和彰显了成功与失败的巨大反差和强烈对比："功盖三分国，名成八阵图"，前两句显然是表彰人世间难能可贵的甚至是登峰造极的功名，他写道："这头两句的说法语调，好像是人世生活的大胜利口气。我们这时觉到人世间生活的最大可能性已经完全登峰造极，全完尽了。一个可敬可爱的历史大英雄像突兀地、无遮掩地立在面前，在人世间，他生前死后的'人世'光荣是不能再高了。我们对人世的想象到此也高到不能再超过了。"但紧接着的第三句"江流石不转"则突然颠覆了以前形成的基本预期，"忽然转变到大自然，时间无情流动的世界，从大功大名，忽然转到江流残石"，到最末一句"遗恨失吞吴"，实际上告诉人们："长江，这一条长流不断，和时间一样，逝者如斯的长江，虽然永远不断地流啊，可是英雄身后的遗恨余哀，永远像这顽强不动，八阵图的遗迹残石，永不得解散。""而这无穷尽的恨和永远不改的石紧连起来，成为一个意义，无尽的英雄遗恨。"② 该

---

① 陈世骧：《中国文学的抒情传统》，生活·读书·新知三联书店 2015 年版，第 286 页。

② 陈世骧：《中国文学的抒情传统》，生活·读书·新知三联书店 2015 年版，第 291—292 页。

诗最终的抒情寓意乃至抒情会意只能是绝无仅有的伟大功名最终还是战胜不了无穷无尽的时间长河，以至于由大有归于大无，由伟大的成功归于永恒的失败。这才是该诗抒情寓意、抒情表意，以及基于此所形成的抒情会意的真正平等不二的道悟。

陈世骧的小结明显体现了这一点。他写道："全首诗在第三句，我们说过，时间空间都突然改变了，但是到这第四句，像是又从时间洪流的对岸，回声呼喊过来，又回到历史。但是，所喊出的话，恰恰和首二句关于人世的话，完全是相反的呼声！这句的'遗恨'和前两句的'功''名'成了极端的对照，而把整个一首诗全体由对照紧张起来。在这一首短诗里面，当然，不会有像希腊悲剧，那样把人的行动，明显的戏剧式地排演出来。但正因为它的短，它只是扼要地提炼了人世悲剧的一个大感觉，用一刹那的手法表现出来。所有的史实、动作，都已暗示着过去了。只要有一刹那之间，我们经验着一时达到人生功业的最高峰顶，而忽又降到无穷无尽的哀恨的深渊。但是这两重经验不止是深切而且又终于给我们一种超脱感。因为终于是人的世界和自然世界，由反映对照，在无限的时间和空间的流动里结合起来。我们觉得终于不得不对于人生在无限的世界宇宙中的意义，来心诵、沉思、默念。"①

其实将所有成功归于失败，将大有归于大无的抒情会意，其更深刻的意蕴在于表彰成功即失败、大有即大无，没有成功也没有失败，没有大有也没有大无，以致成功与失败、大有与大无平等不二的物无贵贱之道。如果说《红楼梦》万境皆空直至落得白茫茫大地真干净，《尤利西斯》一切皆归于虚无的阅读会意，便是叙事会意可能达到的最高境界，那么与这一叙事会意相似的大有归于大无，乃至无有无无，有无不二，便是抒情会意可能达到的最高境界。虽然这二者表面看来，似有差异，其实本质同一，因为万境皆空与无有无无是同样的道理，都是表彰物无贵贱的道。这才是抒情会意能以智启人的关键点。

① 陈世骧：《中国文学的抒情传统》，生活·读书·新知三联书店 2015 年版，第 293 页。

第三节　读者表象会意的核心动因和悟解层级

所谓表象会意是指读者阅读文本叙事语言所获得的知解、思考和领悟，或者说针对文本表象语言所获得的关于文本表意甚至作者寓意的具有个人属性的阅读会意。读者除了借助作者有关说明直接把握作者表象寓意之外，最常见的方式只能是借助文本表象语言获得表象表意，进而曲折地探索和破译其作者的表象寓意。许多时候读者总是有意无意地将自己的阅读会意与作者寓意和文本表意混为一谈，其实基于读者自身理解所获得的知解、思考和领悟均属于阅读会意的范畴，而非作者创作寓意和文本表意。文本表意常常是形成阅读会意的前提条件，作者寓意常常是衡量读者阅读会意是否背离作者意图的依据，但也有读者并不在意也无须借助作者创作寓意和文本表意成全自己，借以印证阅读会意的准确性和权威性，有些甚至将读者阅读会意直接视为文学意义的最终决定因素或最权威阐释。

读者表象会意取决于基于文本表象意义阐释的文本表意，以及基于作者创作意图阐释的作者寓意，也很大程度上取决于读者自己的认知层次和诠释能力，以及基于这一认知层次和诠释能力的创造性阅读所获得的读者阅读会意。布鲁姆的论述显然有道理。他指出："一得之见既不是字义诠释，也不是寓意诠释，而是诗歌间诠释。每每重读《雅歌》，我便不自觉地在诗行间读出其更伟大的后裔：自卡巴拉教徒的作品至文艺复兴的艳情诗人，及至沃尔特·惠特曼。对于如何博洽西方想象传统的读者来说，吟绎《雅歌》能唤起众多名宿的诗歌和散文，诸如艾萨克·鲁利安、亚维拉的圣德兰、圣十字若望、雷昂的路易修士、埃德蒙·斯宾塞、考文垂·佩特摩尔、沃尔特·惠特曼，等等。"① 其实布鲁姆所列举的一长串名字只不过是各自阅读获得的阅读会意的建构者和呈现者，且所有这些人的阅读会意也难免

① ［美］哈罗德·布鲁姆：《文章家与先知》，翁海贞译，译林出版社2016年版，第6—7页。

存在误读。他继续论述道："如此澎湃夭矫的艳诗，势必伊始便要激发标准的误读，我们看到新郎被解读为上帝，被爱的人被解读为以色列是如何地不可避免。"① 这些读者的阅读会意肯定增加和充实了文本表意乃至作者寓意的内涵，严格来说也补充和增益了读者会意的内涵，只是许多人常常将其与文本表象表意、作者创作寓意混为一谈。对布鲁姆等理论家而言，所谓字义诠释、寓意诠释和诗歌间诠释，即文本表意、作者寓意和读者会意之间的区别还是显而易见的。也正由于这一点，特别是读者自身认知层次和诠释能力的限制，使不同读者乃至同一读者完全可能形成不同层级的阅读会意。

读者对文本表象语言表意的阅读，从最表层而言，主要还是获取最接近于文本表象的会意，也就是艺术层面的表象意义建构，即艺术的建构。读者在其最表层所获取的文本表象语言之最切合形象的意义，常常表现为对文本表象语言的最基本整合和提升，借以获取最接近文本表象语言的意义。因为通过文本表象语言蕴含一定作者寓意往往是作为作者的表象者的最基本手法，也理所当然是读者接触文本表象语言并借以获取表象会意的最明智途径。如威廉·卡洛斯·威廉斯《帕特逊》之所谓："——不用概念，而用事物来表达它——/ 没有别的，只有房屋空白的脸孔 / 和圆柱形的树 / 被偏见和意外压弯了腰，分了叉——/ 撕开了，起了皱，打了摺，斑斑点点，弄脏了——/ 秘密地——进入了光明的躯体！/ 一个男人，像一座城市，一个女人，像朵花 /——他们在相爱。两个女人。三个女人。/ 无数的女人，个个像朵花。/ 但是 / 只有一个男人——像一座城市。"其诗的文本表象语言本身便表达了不用概念只用事物形象来表达的基本创作寓意，作为读者的李普顿的阅读会意也确实很大程度上强调了这一点。他写道："用诗的形象反映对象，这是最主要的。诗人倾诉一切；他只讲述他知道的、他的视觉告诉他的东西，他毫无矫饰地讲述它，但却充满活力，这活力来自一切艺术活动的神秘源泉，他讲述了它——然后便住了口。它可能是一朵花，一片云，一个

---

① ［美］哈罗德·布鲁姆：《文章家与先知》，翁海贞译，译林出版社 2016 年版，第 7 页。

人，或者一座城市。原则是一样的。”① 可见通过文本表象语言特别是表象获取最基本的表象意义是读者获取阅读会意的基本途径和手段，而且也是进一步获取更深层次阅读会意的先决条件。

应该看到，读者借助文本表象语言获取阅读会意的道路也不是一帆风顺的，有时候还会遭遇百思不得其解的境况。因为并不是所有文本表象语言及其表象表意都清晰可见，有些可能即使作者做了特别说明，也不一定能使所有读者都获得相对清楚的阅读会意。如麦·伊斯特曼对伊迪斯·西特威尔一首题名“Aubade”的诗形成了这样的表象会意，他不得不承认：“直到现在为止，我们还是有些糊里糊涂，难道不是这样的吗？我们发现有这么一种想法把作者迷住了，那就是说看见的东西可以和听见的东西相比，听见的东西可以和摸到的东西相比，以此类推。……开始我们从来没有见过，这种想法竟被夸张到这种地步。……直到现在，她的解释使我们知道了她的趣味坏到什么程度，但是她的诗的主题，我们仍然不得而知。”② 可见有些本来晦涩难懂的文本表象语言即使作者如何绞尽脑汁解释，还会让读者百思不得其解。这种情况下，人们便不得不归咎于作者作为表象者自身存在的问题。如麦·伊斯特曼便把读者百思不得其解的原因归咎于伊迪斯·西特威尔的文本表象语言自身的诸多晦涩问题。

有一种情况，虽然作者做了一定注释，且也确实使得某些读者获得了一定的表象会意，甚至可能是寄寓着较为深刻哲理的表象会意，但也并不意味着作者的文本表象语言无懈可击。因为有些作为表象者的作者并未采用最为形象的文本表象语言，却采用了极其晦涩甚或疙里疙瘩的典故注释之类，会使大多数读者不得不望而却步。如卞之琳《距离的组织》之所谓：“想独上高楼读一篇《罗马衰亡史》，/ 忽有罗马灭亡星出现在报纸上。/ 报纸落。地图开，因想起远人的嘱咐。/ 寄来的风景也暮色苍茫了。/（醒来天欲暮，

① ［美］劳·李普顿：《野蛮人已逼近大门：“垮掉的一代”的文学、艺术和音乐》，袁可嘉等编：《现代主义文学研究》（下），中国社会科学出版社 1989 年版，第 693 页。

② ［美］麦·伊斯特曼：《论对晦涩的崇拜》，袁可嘉等编：《现代主义文学研究》（下），中国社会科学出版社 1989 年版，第 932—933 页。

无聊，一访友人吧。）/ 灰色的天。灰色的海。灰色的路。/ 哪儿了？我又不会向灯下验一把土。/ 忽听得一千重门外有自己的名字。/ 好累啊！我的盆舟没有人戏弄吗？/ 友人带来了雪意和五点钟。”作者晚年为此加了七条注释：“1. 1934 年 12 月 26 日，《大公报》国际新闻版伦敦 25 日路透电：‘两个星期前索佛克业余天文学者发现北方大景座中出现一新星，兹据哈华德观象台纪称，近两日内该星异常光明，估计约距地球一千五百光年，故其爆发而致突然灿烂，当远在罗马帝国倾覆之时，直至今日，其光始传至地球云。’这里涉及时空相对的关系。2.‘寄来的风景’当然是指‘寄来的风景片’。这里涉及实体与表象的关系。3. 第五行。这行是来访友人（即末行的‘友人’）将来前的内心独白，语调戏拟我国旧戏的台白。4. 第六行。本行和下一行是本篇说话人（用第一人称的）进入的梦境。5. 1934 年 12 月 28 日《大公报》的‘史地周刊’上《王同春开发河套记》：夜中驰驱旷野，偶然不辨在什么地方，只消抓一把土向灯一瞧就知道到了那里了。6.《聊斋志异》的《白莲教》篇：白莲教某者山西人，忘其姓名，……某一日将他往，堂上置一盆，又一盆覆之，嘱门人坐守，戒勿启视。去后，门人启之，视盆贮清水，水上编草为舟，帆樯具焉。异而拨以指，随手倾侧。急扶如故，仍覆之。俄而师来，怒责‘何违吾命’。门人立白其无。师曰：‘适海中舟覆，何得欺我！’这里从幻想的形象中涉及微观世界与宏观世界的关系。7. 最后一行。这里涉及存在与觉识的关系。但整诗并非讲哲理，也不是表达什么玄秘思想，而是沿袭我国诗词的传统，表现一种心情或意境，采取近似我国一折旧戏的结构方式。”虽然江弱水从中读出了类似于华严宗“六相圆融”、“十玄无碍”之类的哲理①，但这似乎与作者的“整诗并非讲哲理，也不是表达什么玄秘思想”注释并不完全相符。其实无论卞之琳是否有意识地寄寓一定表象寓意，但这确实不及《断章》更富于影响力。多种典故注释的介入无疑破坏了诗境的澄明和纯粹，且因为晦涩增加了读者阅读和诠释的难度。其实，最成功的诗歌往往晶莹剔透、澄明致远，也无须依赖注释和典故。

① 江弱水：《诗的八堂课》，商务印书馆 2017 年版，第 114 页。

所有这些不同程度地体现为作为表象者的作者其文本表象语言的不尽如人意之处。也有些作为表象者的作者故意制造这种可能使读者产生多种意义联想，却没有一种意义有十分有把握或确定权威性，从而使读者只能按照自己暂时的认知尝试做各种各样的推测和破译，以致有了所谓说不尽的表象会意。这当然也是表象表意乃至表象寓意的最成功之处。如对莎士比亚《哈姆雷特》历来有不尽相同甚至截然不同的阅读会意。所有这些阅读会意，无论其提出者是歌德、黑格尔，还是弗洛伊德都只具有有限权威性，没有一种表象会意会是无以复加的终极阅读或绝对真理。这往往是一个作者作为表象者达到表象表意和表象寓意之最高境界的标志。如布鲁姆对《哈姆雷特》便形成了这样的表象会意："出于他国王儿子的身份，哈姆雷特不可能说出这句话来。他做的是质询观众席上的每个人：'你们知道些什么呢？'——心下很清楚我们知道的比他还要少。他在戏的最后向观众直接发话，这段话现在看来尤有深意：'你脸色苍白，在这个机会面前颤抖，你们只是这一幕不做声的观众 / 假如我有时间——死亡是个凶恶的军士 / 不过还是算了。'我们是舞台上默不作声的角色，还是舞台前的观众呢？在这出戏所有有台词的角色中，只有霍拉旭，情绪激动、趾高气扬的福丁勃拉斯和娘娘腔的奥斯里克还活着。其中唯有霍拉旭代表我们，但哈姆雷特也已经准备好让我们代表自己。为了什么呢？他原本可能告诉我们一些什么呢？我曾一度认为他可能会告诉我们一些个人见解，一个关于他自己代表了什么的发现。但是我阅读、讲授和思索《哈姆雷特》的时间越长，这部戏在我看来就越是奇异。"①

对《哈姆雷特》还有其他文本表象语言，人们都应该保持慎之又慎的态度。在终极的意义上来讲，没有一部文学作品及其文本表象语言是人们能真正弄通的。可以说，关于任何文本表象语言，人们能知道些什么，还能说清楚些什么呢？没有一部文学作品的文本表象语言，人们能够真正知道且说得清。较为明智的做法只能是退而求其次，在一个最基本层面得出慎之又慎

① ［美］哈罗德·布鲁姆：《影响的解剖：文学作为生活方式》，金雯译，译林出版社 2016 年版，第 101 页。

或有些模棱两可的看法。如布鲁姆对《哈姆雷特》这一问题的研究，并没有因为其阅读、讲授和思索的推进而有更深更新的进展，他只能在文章结尾做了这样的陈述："我相信莎士比亚不是一个神秘主义者（弗朗西斯·耶茨的观点），也不是信奉俄耳甫斯的洛斯替教徒（A.D. 纳塔尔的观点），而是一个最伟大的诗人，他的认知方式极为独特，是我们绝不可能完全阐释的，唯一能做的是不断地深入细读。将哈姆雷特铭记于心，那么他看上去就不再只是机灵或和我们其他人一样疯狂而已。G. 威尔逊·奈特说过：哈姆雷特是'死亡大使'，来自死亡这个未知领域。D.H. 劳伦斯对哈姆雷特独白的反应和他对惠特曼诗歌的反应类似。哈姆雷特 / 莎士比亚和沃尔特 / 惠特曼既是'淫荡的知者'（劳伦斯语），也是开辟新路的头脑。"① 这可能是明智读者应有的一种最无能也最现实的阅读态度。

当然也不是所有读者在任何时候都只能保持这一模棱两可甚至似是而非的表象会意。有些文本表象语言本身还是有相对清晰表象表意和表象寓意，借助阅读也有可能上升到哲理的高度。这即是哲理和理的层次的阅读会意，而且这种哲理和理的层次的表象会意还往往有着相对确定而清晰的内涵。如朱朱《寄北》之所谓："我梦见一街之隔有家洗衣店，/ 成群的洗衣机发出一阵阵低吼。/ 透过形同潜望镜的玻璃圆孔，/ 能看见不洁的衣物在经受酷刑，/ 它们被吸入机筒腹部的漩涡，/ 被吞噬、缠绕，来回翻滚于急流，/ 然后藻草般软垂，长长的纤维 / 在涌来的清水里漂浮，逐渐透明；/ 有一股异样的温暖从内部烘烤，/ 直到它皱缩如婴儿，在梦中蜷伏。/ 那里，我脱下沾满灰尘的外套后 / 赤裸着，被投放到另一场荡涤，/ 亲吻和欢爱，如同一簇长满 / 现实的尖刺并携带风疹的荨麻 / 跳动在火焰之中；我们消耗着 / 空气，并且只要有空气就足够了。/ 每一次，你就是那洗濯我的火苗，/ 而我就是那件传说中的火浣衫。"这本是一首按照表象相似性通过类比联想连缀而成的诗，其中"那里，我脱下沾满灰尘的外套后"一句显然有着分水岭

① ［美］哈罗德·布鲁姆：《影响的解剖：文学作为生活方式》，金雯译，译林出版社 2016 年版，第 107 页。

的性质和意义。此前的诗句用来呈现滚筒式洗衣机洗涤、漂洗、脱水等环节和过程，充其量只是为下文做些铺垫或留些伏笔，用以暗示和隐喻下文表象寓意之性爱，这一性爱就其外在形态和体验方面明显与滚筒式洗衣机各个环节程序有着表象的相似性。所以这个诗句之后较为明朗地呈现的文本表象及其寓意显然与性爱有关，或就是有关性爱动作的类似滚筒式洗衣机程序步骤的重现和复演，用以回应前文洗衣机的洗涤、漂洗、脱水等程序步骤，从而达到连缀上下文借以凸显表象表意乃至表象寓意的隐喻意义。但全诗并未明目张胆或直言不讳地标榜性爱这一字样和主题。

正因为有着诸如此类的表象寓意寄寓其中，所以作为读者大致还是能够从中获得关于这一主题的表象会意来。如江弱水的分析就较为细致明晰，他获得的表象会意是："诗写性爱主题，却从洗衣机取材。是带烘干的滚筒洗衣机，整个洗涤过程，是'吸入''吞噬''缠绕''翻滚''软垂''漂浮'，一连串动词精准之至。而从'经受酷刑'，到'皱缩''蜷伏'如'婴儿'，这一过程，明写洗涤而暗写性爱，双关之切，也称妙绝。'那里，我脱下沾满灰尘的外套后'，这一行自然绾合了此诗的上下两层，'沾满灰尘的外套'补足上文'不洁的衣物'，'一簇长满 / 现实的尖刺并携带风疹的荨麻'也呼应前面'缠绕''翻滚'的'藻草'，'赤裸'重叠了'婴儿'，'梦'回到'梦'（以'我梦见'开始，以'在梦中'小结）。但是，对立的意象出现了：'水'变成了'火'。不相容的事物有着同样流动的容状，从而强有力地落出最后两行：'每一次，你就是那洗濯我的火苗，/ 而我就是那件传说中的火浣衫。'至此，'洗濯我的火苗'将第一层'涌来的清水'与第二层的'火焰'合二为一，完成了爱的净化，甚至，死的升华。《列子·汤问》云：'火浣之布，浣之必投入火，布则火色，垢则布色。出火而振之，皓然凝乎雪。'从'不洁'到'皓然凝乎雪'，这就是净化与升华。'你'，这首诗所寄的对象，在倒数第二行才终于出现了，语调珍重，兼有感谢，使得整首诗起于性而终于爱，起于愉悦而终于睿智。"① 当然，江弱水的阅读会意，还是有所提

① 江弱水：《诗的八堂课》，商务印书馆 2017 年版，第 100—101 页。

升的，如他所谓“整首诗起于性而终于爱，起于愉悦而终于睿智”的观点，显然有些拔高了该诗表象寓意乃至表象表意的层次和境界。

更高层次的阅读会意，不仅能将文本表象语言的表意乃至寓意提升到哲理高度，而且能不限于认知经验的层次，上升到最周遍无碍的认知或思维层次。这种层次的阅读会意虽然仍属于哲理乃至理的层次，但显然有了更透彻的悟的属性。当然，这一层次的阅读会意的获取往往需要一定的哲学基础和修养。没有相应基础修养，即使阅读最富于哲学意味的文本表象语言，也可能对其哲理层次的表象寓意和表意熟视无睹，当然也不可能获得有关哲理层次的阅读会意。叶维廉这样阐述了他对道家和禅宗哲学方面的有关认知经验，他这样写道：“我在《中国古典诗和英美诗中山水美感意识的演变》一文里，讨论到道家的‘任物自然’的山水观。任万物不受干预地、不受思侵地自然自化地兴现的另一含义是肯定物之为物的本然本样，肯定物自性，也就是由道家思想主导下禅宗公案里所说的‘见山是山，见水是水’，和六朝至宋以来所推崇的‘山水是道’与‘目击道存’。”正由于有道家和禅宗方面的哲学修养，才使他能够比其他人更敏锐更深刻地发现和把握了诸如此类表象表意及其特点：“山水诗的艺术是要把现象中的景物从其表面看似凌乱不相关的存在中释放出来，使它们原真的新鲜感和物自性原原本本地呈现，让它们‘物各自然’地共存于万象中。诗人对物象做凝神的注视，让它们无碍自发地显现。”正是基于道家和禅宗相关哲学的积淀，才使他能够以王维《鸟鸣涧》、《辛夷坞》为例，进一步阐述其相关阅读会意。他写道：“景物自现，几乎完全没有作者主观主宰知性的介入去侵扰眼前景物内在生命的生存与变化。作者仿佛没有介入，或者应该说，作者把场景展开后便隐退，任景物直现读者面前，作者介入分析说明便会丧失其直接性而趋向抽象思维，在上面两首诗里，自然继续演化，‘涧户寂无人，纷纷开且落’，没有人为的迹改。”[①] 叶维廉对以王维《鸟鸣涧》、《辛夷坞》为例的中国山水诗的阅读会意自有其独特性，而这种独特性的根源在于道家和禅宗相关哲学修养的作用。

---

① ［美］叶维廉：《中国诗学》，人民文学出版社 2006 年版，第 160 页。

当然，在哲理或理的层次上提升到关乎人类自身命运的深度思考，甚至带有一定宗教性认知和领悟的程度和层次，便可以进入货真价实的领悟宗教教义的境界，也就是悟的境界。在这一更高境界往往需要更雄厚的哲学和宗教修养，特别是对宗教文献的解读更依赖于这些积淀。如一般读者可能将《雅歌》更多作为爱情诗来阅读，但布鲁姆的阅读会意显然有着哲学和宗教双重领域会通研究的视域，他不仅精通《雅歌》的钦定版译文，还懂得希伯来原文，有一定哲学修养，才使他的表象会意有好多读者难以企及的高度和深度。他这样写道："极端地说，尚无诗人企及《雅歌》的一种特质，这一可怕的感伤力，在西方情色文学上是不可秩越的：'求你将我放在你心上如印记，戴在你臂上如戳记。因为爱情如死之坚强。嫉恨如阴间之残忍。所发的电光，是火焰的电光。'相较于这一卓绝的钦定版译文，希伯来原文更强烈。因为原文号称爱如死或将死一般猛烈或激烈，而伊丽莎白时代的'嫉恨'，其意义更接近'热烈'。在希伯来原文，诗人吟咏'激情似冥府决绝'，复印证爱恋的强度堪比死亡。'电光'，在希伯来原文中是'射光'，也证明性爱进取的强韧力量，《雅歌》如斯近乎死亡冲动，近乎人类存在的超验可能性。"① 布鲁姆能将一般读者所理解的爱情诗阐释上升到性爱的生存本能乃至死亡冲动，甚至人类存在的超验可能性，没有相应的哲学基础是难以完成的。

应该说，布鲁姆这方面的积淀和修养在很大程度上成就了他超乎他人的更敏锐更透彻的阅读感知力和认知力。他对《启示录》的表象会意集中体现了这一点。他指出："圣约翰《启示录》是我们文学传统中永恒的一部分。《启示录》阴森残酷，而其影响是恶性的，又是不可逃避的。弗莱称它为'一个焦虑与胜利的噩梦'，我不禁想要知道，下文所实现的是焦虑还是胜利：'拿着七碗的七位天使中，有一位前来对我说：你到我这里来，我将坐在众水上的大淫妇所要受的刑罚指给你看。地上的君王与她行淫。住在地

① ［美］哈罗德·布鲁姆：《文章家与先知》，翁海贞译，译林出版社 2016 年版，第 10—11 页。

上的人喝醉了她淫乱的酒。我被圣灵感动，天使带我到旷野去。我就看见一个女人骑在朱红色的兽上。那兽有七头八角，遍体有亵渎的名号。那女人穿着紫色和朱红色的衣服，用金子宝石珍珠为装饰。手拿金杯，杯中盛满了可憎之物，就是她淫乱的污秽。在她额上有名写着说：奥秘哉，大巴比伦，作世上的淫妇和一切可憎之物的母。我又看见那女人喝醉了圣徒的血，和为耶稣作见证之人的血。我看见她，就大大地稀奇。'（《启示录》17：1—6）每读这一段话，我不由得想起伟大的新教徒感性作家 D.H. 劳伦斯就这段话所作的评断：'《启示录》不是崇拜权力。这弱者，意欲谋害掌权的，自己夺过权柄来。'尼采笔下颂扬憎恨的面容苍白的苦行僧，其最佳肖像莫过于拔摩岛的约翰。神圣的圣约翰《启示录》所教导的不是爱，而是恨。这部书中没有智慧、良善、仁慈，抑或任何人情味。也许欢庆世界末日就是要又粗鄙又文辞不通的。当文本的实质如是肃杀之时，谁会希望修辞更具说服力，或者未来的境域被描绘得更栩栩如生？”①

也许由于文化传统的缘故，布鲁姆对《启示录》的阅读会意还是有些执著于二元对立思维，总是试图寻求一种非此即彼的确切解读和诠释，以致使其表象会意存在似乎并不十分圆融的缺憾。相形之下，基于中国乃至东方文化传统的读者阅读会意可能显得较为周遍含容，会因很大程度上放弃对二元对立思维模式的执著，而有直击人心的智慧感悟。这显然是在哲理或理的层次上所能达到的更圆满更究竟的道或智慧境界。如圆悟克勤禅师诗偈《无题·金鸭香消锦绣帏》所谓：“金鸭香消锦绣帏，笙歌丛里醉扶归。少年一段风流事，只许佳人独自知。”虽然貌似艳情诗，但作为中国人很少会怀疑其诗的主题便与此有关，因为这不言而喻是借艳情以开示禅理。江弱水《诗的八堂课》顺理成章获取了这样的表象会意，他指出：“这是典型的艳诗，谁想到居然是和尚的手笔，是宋高僧圆悟克勤禅师的诗偈（《五灯会元》卷十九）。以艳情表达玄理，也算奇绝。什么玄理呢？大约是指佛法大意不足

① ［美］哈罗德·布鲁姆：《文章家与先知》，翁海贞译，译林出版社 2016 年版，第 33—34 页。

为外人道，不当从身外求，如鱼饮水，冷暖自知，非个人体悟不能也。万法都在自心，人就不应执著于外境。”① 圆悟克勤禅师这里是借大家习以为常却有些不可思议的类似艳情诗体裁形式来寄寓万法尽在自心的禅理。虽然艳情诗这一体裁为人们所熟悉，其所寄寓或开示的万法尽在自心的禅理也为相当一部分人所熟悉，但用如此习以为常的诗偈借以寄寓乃至开示万法尽在自心这一禅理的方式却为人们意想不到。这正是圆悟克勤禅师的高明之处，用最俗最烂的体裁表达最超凡脱俗、最究竟透彻的禅理，借以宣示真正的般若智慧恰恰不待外求，而尽在自心。这一认知和领悟不同于其他一般意义的知识乃至宗教教义。严格来说，可能既不属于哲学，也不属于宗教。因为凡是哲学可能都基于相应概念范畴和知识谱系，但佛道却在很大程度上颠覆和解构这种概念范畴和知识谱系；凡是宗教可能在很大程度上以某一至高无上的神灵作为其最高的精神寄托，但佛道却将每个人的本心而不是外在神灵作为至高无上的智慧源泉和载体。如果说，人们总是将对自由的追求视为生命的终极目的，许多哲学和宗教往往将自由和智慧看成上帝的恩赐，唯独佛道视其为人类本心的澄明和自觉自悟的必然。

① 江弱水：《诗的八堂课》，商务印书馆 2017 年版，第 111 页。

参 考 文 献

[美] 勒内·韦勒克、奥斯汀·沃伦：《文学理论》，刘象愚、邢培明等译，江苏教育出版社 2005 年版。

[美] 乔纳森·卡勒：《文学理论入门》，李平译，译林出版社 2008 年版。

[法] 安托万·孔帕尼翁：《理论的幽灵——文学与常识》，南京大学出版社 2011 年版。

[法] 茨维坦·托多罗夫：《濒危的文学》，栾栋译，华东师范大学出版社 2016 年版。

[法] 雅克·朗西埃：《沉默的言语：论文学的矛盾》，臧小佳译，华东师范大学出版社 2016 年版。

[美] 艾布拉姆斯：《镜与灯：浪漫主义文论及批评传统》，郦稚牛、张照进、童庆生译，北京大学出版社 2004 年版。

[美] 哈罗德·布鲁姆：《西方正典》，江宁康译，译林出版社 2011 年版。

[美] 哈罗德·布鲁姆：《影响的解剖：文学作为生活方式》，金雯译，译林出版社 2016 年版。

[美] 哈罗德·布鲁姆：《文章家与先知》，翁海贞译，译林出版社 2016 年版。

[美] 戴卫·赫尔曼主编：《新叙事学》，马海良译，北京大学出版社 2002 年版。

张隆溪：《比较文学研究入门》，复旦大学出版社 2009 年版。

[匈] 卢卡奇：《小说理论》，燕宏适等译，商务印书馆 2012 年版。

[美] 刘若愚：《中国文学理论》，江苏教育出版社 2006 年版。

[美] 浦安迪：《中国叙事学》，北京大学出版社 1995 年版。

[美] 宇文所安：《中国传统诗歌与诗学》，中国社会科学出版社 2013 年版。

[美] 宇文所安：《追忆：中国古典文学中的往事再现》，生活 · 读书 · 新知三联书店 2014 年版。

[美] 宇文所安：《迷楼：诗与欲望的迷宫》，生活 · 读书 · 新知三联书店 2014 年版。

[美] 高友工：《美典：中国文学研究论集》，生活 · 读书 · 新知三联书店 2008 年版。

[美] 高友工、梅祖麟：《唐诗三论》，商务印书馆 2013 年版。

[美] 叶维廉：《中国诗学》，人民文学出版社 2006 年版。

陈世骧：《中国文学的抒情传统》，生活 · 读书 · 新知三联书店 2015 年版。

[日] 今道友信：《东方的美学》，蒋寅等译，生活 · 读书 · 新知三联书店 1991 年版。

[美] 夏志清：《中国现代小说史》，复旦大学出版社 2005 年版。

郭绍虞：《中国历代文论选》，上海古籍出版社 1979 年版。

徐中玉：《中国古代文艺理论专题丛刊》，中国社会科学出版社 2013 年版。

胡经之：《中国古典文艺学丛编》，北京大学出版社 2001 年版。

唐圭璋：《词话丛编》，中华书局 2005 年版。

陈平原、夏晓红：《二十世纪中国小说理论资料》，北京大学出版社 1989 年版。

王钟陵编：《二十世纪中国文学史文论精华》（新诗卷），河北教育出版社 2000 年版。

陈思和：《中国现代文论选》，上海教育出版社 2010 年版。

《中国美学史资料选编》，中华书局 1980 年版。

张法编：《中国美学经典》，北京师范大学出版社 2017 年版。

陈国球、王德威：《抒情之现代性》，生活 · 读书 · 新知三联书店 2014 年版。

郁敏、杨倩：《艺术咏叹》，天津人民出版社 1998 年版。

何太宰：《现代艺术札记》（文学大师卷），外国文学出版社 2001 年版。

郭齐勇：《中国古典哲学名著选读》，人民出版社 2005 年版。

范文澜：《文心雕龙注》，人民文学出版社 1958 年版。

王国维：《王国维文学论著三种》，商务印书馆 2001 年版。

方东美：《生生之美》，北京大学出版社 2009 年版。

徐复观：《中国文学精神》，上海书店出版社 2004 年版。

宗白华：《宗白华全集》，安徽教育出版社 1994 年版。

俞陛云：《诗境浅说》，北京出版社 2003 年版。

江弱水：《诗的八堂课》，商务印书馆 2017 年版。

李道平：《周易集解纂疏》，中华书局 1994 年版。

《老子奚侗集解》，上海古籍出版社 2007 年版。

《佛教十三经》，中华书局 2010 年版。

（南宋）朱熹：《四书章句集注》，中华书局 1983 年版。

（晋）郭象注，（唐）成玄英疏：《南华真经注疏》，中华书局 1998 年版。

释道成：《释氏要览校注》，中华书局 2014 年版。

《唐诗三百首》，浙江文艺出版社 1983 年版。

曹雪芹：《红楼梦》（名家点评本），中华书局 2009 年版。

《红楼梦程乙本校注版》（别册），广西师范大学出版社 2017 年版。

莫言：《蛙》，上海文艺出版社 2012 年版。

朱自清：《经典常谈》，山西古籍出版社 2001 年版。

翦伯赞：《中国史纲要》，人民出版社 1983 年版。

中国社会科学院文学研究所编：《文艺理论译丛》，知识产权出版社 2010 年版。

中国社会科学院文学研究所编：《古典文艺理论译丛》，知识产权出版社 2010 年版。

伍蠡甫：《西方文艺理论名著选编》，北京大学出版社 1985 年版。

伍蠡甫：《现代西方文论选》，上海译文出版社 1983 年版。

高建平、丁国旗主编：《西方文论经典》，安徽文艺出版社 2014 年版。

朱立元：《二十世纪西方美学经典文本》，复旦大学出版社 2000 年版。

袁可嘉：《现代主义文学研究》，中国社会科学出版社 1989 年版。

宇清、信德：《外国名作家谈写作》，北京出版社 1980 年版。

吕同六：《20 世纪世界小说理论经典》，华夏出版社 1995 年版。

白轻：《文字即垃圾：危机之后的文学》，重庆大学出版社 2016 年版。

俞吾金等：《当代哲学经典》（美学卷），北京师范大学出版社 2014 年版。

［法］巴尔扎克：《巴尔扎克论文艺》，袁树仁等译，人民文学出版社 2003 年版。

［德］爱克曼辑录：《歌德谈话录》，朱光潜译，人民文学出版社 1978 年版。

［法］奥古斯特·罗丹口述，［法］葛赛尔记录：《罗丹艺术论》，傅雷译，中国社会科学出版社 2001 年版。

［德］黑格尔：《美学》，朱光潜译，商务印书馆 1979 年版。

［英］托·斯·艾略特：《艾略特文学论文集》，李赋宁译注，百花洲文艺出版社 2010 年版。

［印］泰戈尔：《美感》，《泰戈尔谈文学》，白开元编译，人民文学出版社 2011 年版。

［捷克］米兰·昆德拉：《小说的艺术》，董强译，生活·读书·新知三联书店 1995 年版。

［俄］什克洛夫斯基：《散文理论》，刘宗次译，百花洲文艺出版社 2010 年版。

［德］贝托尔特·布莱希特：《陌生化与中国戏剧》，张黎、丁扬忠译，北京师范大学出版社 2015 年版。

［德］布莱希特：《戏剧小工具篇》，张黎、丁扬忠译，北京师范大学出版社 2015 年版。

［法］莫里斯·梅洛－庞蒂：《知觉现象学》，姜志辉译，商务印书馆 2001 年版。

［法］奥利维耶·阿苏利：《审美资本主义》，黄琰译，华东师范大学出版社 2013 年版。

[奥] 弗洛伊德：《释梦》，孙名之译，商务印书馆 1996 年版。
《马克思恩格斯选集》，人民出版社 2012 年版。
[德] 海德格尔：《海德格尔选集》，孙周兴译，上海三联书店 1996 年版。
[瑞士] 荣格：《荣格文集》，冯川、苏克编译，改革出版社 1997 年版。
[法] 福柯著，杜小真编选：《福柯集》，上海远东出版社 2003 年版。

后　记

在距离开学还有两三天的时间，终于可以写后记了。这是我从去年以来一直焦急期待的事情。因为这件事情如果不能在开学前完成，便意味着我酝酿十余年的计划又得拖到未来的某个暑假或寒假，这便不得而知了。不是所有人都能理解没有相对完整时段是多么无可奈何的事情。这意味着下次着手得重新熟悉以前的内容。即使如此，也往往好长时间无法进入正常写作状态，总是阴差阳错地重复或漏失一些重要内容，甚至可能打击人的自信心。所以我着实羡慕那些对时间拥有很大支配权的人，他们才是这个世界上的最大时间富翁和最大精神富翁，而其他人只不过是些只有微薄积蓄的穷汉和身不由己的奴仆。

这本小册子的写作，主要缘起于2006年中国社会科学出版社出版的拙著《文学元素学：文学理论的超学科视域》，该书以作者、文本和读者等行动元为宏观结构，未特别重视文学文本并以其结构元即言、象、意为宏观结构。加上近年来对现行文学理论有越来越清晰的反思和自省：人们似乎已经习惯了忽略文学案例特别是文本案例，仅满足于甲说乙说最后我说之类以观点印证观点、以理论推演理论的套路。我也曾以为这是毋庸置疑的法则，但久而久之发现，各种观点及学说莫衷一是，相互矛盾，且又各有其理。一些看似荒诞不经的言论也自有其可取之处，但即使精密考证、严密推理的结论也不可能放之四海而皆准。人们对文学乃至其他事物的认知都可能是盲人摸象，而且越趋于学科化专业化，这种只见树木不见森林的缺憾似乎越严重。这使我更深切领悟了《坛经》所谓“万法本自人兴，一切经书因人说有”，及《金刚经》所谓“一切圣贤皆以无为法而有差别”的道理。一切言说乃至所谓著书立说都不过是自我论说，都因各人心量和站位而有差异。

即使如此，也并不意味着某些心量广大、站位高远的精英便可以拥有足以替代他人言说的绝对权威。其实越是大众文化时代，所谓精英乃至权威遭遇大众乃至庸众肆意解构和践踏的可能越大，而且越是大众越好像拥有了傲慢无比的解构和践踏权利。有人可能怀疑大众的趾高气扬与精英的谨小慎微正是这一时代是非颠倒的一个表征，但他们似乎忘记了更重要的一点，真正的智慧往往周遍含容、心量广大和平等不二。其实世界上本来就没有什么大众与精英、烦恼与菩提、失败与成功的分别，任何诸如此类孰是孰非乃至非此即彼的分别，都不过是些小肚鸡肠的斤斤计较。这才是大众文化时代给予每个人最周遍无碍智慧的绝佳启示。

也正是基于这一点，使我有了难得的自信。这使我可以不必过分担忧其中的某些疏漏，因为读者自有火眼金睛帮助我修订完善，而且也不再过分担忧误人子弟的罪过，因为读者自有一己之得，即使了无所得，也正好印证了读者自有无与伦比的智慧。

作　者

2018 年 2 月 28 日